## Jim Fergus

Né à Chicago en 1950, d'une mère française et d'un père américain, Jim Fergus est chroniqueur dans de nombreux journaux américains. Passionné par l'histoire des Indiens d'Amérique, il avait depuis toujours le projet d'écrire une biographie de Little Wolf. Afin de trouver matière à son livre, il s'est beaucoup documenté et a sillonné le Middle West, de l'Oklahoma au Montana, seul pendant plusieurs mois, sur les pistes des Cheyennes. À partir d'un fait authentique, Jim Fergus a imaginé le journal d'une des femmes qui ont été données en mariage aux Indiens en 1875. *Mille femmes blanches* (2000), qui est son premier roman, a obtenu le prix du premier roman étranger.

D0735723

# MILLE FEMMES BLANCHES
## Les carnets de May Dodd

# JIM FERGUS

# MILLE FEMMES BLANCHES

## Les carnets de May Dodd

*Traduit de l'anglais par Jean-Luc PININGRE*

LE CHERCHE MIDI ÉDITEUR

© St. Martin's Griffin, 1997.
© Le Cherche Midi Éditeur, 2000, pour la traduction française.

ISBN : 2-266-11078-0

*à Dillon*

*Les femmes l'aimeront d'être des leurs*
*Et de valoir plus que tout homme;*
*Eux d'être la plus rare des femmes.*

William Shakespeare,
*Le Conte d'hiver,* acte V, scène I

# INTRODUCTION DE J. WILL DODD

Quand j'étais petit, à Chicago, je prenais un malin plaisir à raconter le soir à mon jeune frère Jimmy toute sorte d'histoires à faire peur à propos de notre ancêtre dérangée, May Dodd. Celle-ci, après avoir été internée dans un asile de fous, s'était enfuie pour vivre chez les Indiens — c'est du moins l'étoffe relativement vague, mais facile à broder, d'une légende familiale tenue secrète.

Nous habitions Lake Shore Drive et, à cette époque, la famille, héritière de « longue » date, était encore fort riche. Notre fortune et notre dynastie avaient été bâties par notre arrière-arrière-grand-père J. Hamilton Dodd. Jeune homme au milieu du XIXe siècle, il avait commencé à labourer les vastes prairies autour de Chicago, parmi les plus fertiles du monde, pour cultiver ses céréales. « Papa », comme l'appellent encore ses descendants, était l'un des fondateurs des Comptoirs de Chicago ; il fut l'ami, le copain, le partenaire ou le concurrent de tous les grands entrepreneurs de cette métropole du Midwest alors en plein essor — parmi eux, Cyrus McCormick, l'inventeur de la moissonneuse, Philip Armour et Gustavus Swift, célèbres conserveurs de viande de porc et de bœuf, ou les frères bûcherons

Charles et Nathan Mears, qui achetèrent et détruisirent à eux seuls toutes les vieilles forêts de pins du Michigan.

Personne dans la famille ne nous a jamais vraiment parlé de notre arrière-grand-mère May. Au sein des classes aisées, la folie d'un aïeul est pour tous un sujet de profond embarras. Bien des générations plus tard, une fois les mâchoires acérées des « anciens » gros requins de l'industrie et de la finance largement émoussées par une éducation privilégiée dans les clubs de la haute bourgeoisie et les grandes universités privées du Nord-Est, personne chez nous n'avoue encore être directement issu d'une aïeule folle. Dans l'histoire familiale, pourtant régulièrement revue et augmentée, May Dodd ne représente au plus qu'une note de bas de page : « *Naissance le 23 mars 1850... deuxième fille de J. Hamilton et Hortense Dodd. Internée à l'âge de 23 ans pour troubles nerveux. Décès à l'hôpital le 17 février 1876.* » C'est tout.

Mais la discrétion des vieilles fortunes — qui ne souffre aucune forme de concurrence — et l'incomparable habileté des riches à préserver les plus sombres secrets ne purent totalement occulter les rumeurs chuchotées, filtrant de génération en génération, selon lesquelles May aurait trouvé la mort dans d'assez mystérieuses circonstances, non pas à l'hôpital comme il fut dit officiellement, mais quelque part dans l'Ouest. C'est cette autre version qui a nourri mon imagination et celle de mon frère.

Quand j'arrivai à l'université, mon père avait presque dilapidé la fortune familiale, déjà largement entamée par deux générations d'héritiers improductifs — comme il fut dit : de « propres à rien ». Pop donna le coup de grâce au moyen d'une série d'investissements véreux sur le marché de l'immobilier à Chicago au moment où il s'effondrait. Il réussit ensuite à couler une banque et à boire les quelques deniers encore vaillants réservés aux études de ses fils. Conséquence indirecte, Jimmy, appelé sous les drapeaux, perdit la vie au Viêt-nam en mettant le pied sur une mine dans une rizière du Mékong. Moins de six mois plus tard, papa se saoula à mort.

Plus chanceux que mon frère, je parvins à rester à l'université, gagnai un jour une forte somme à la loterie et finis avec un diplôme de journalisme auquel je dois d'être devenu rédacteur en chef du magazine local *Chitown*.

C'est en faisant des recherches pour un article sur les vieilles familles de Chicago que je retrouvai par hasard le nom de Dodd. Je me rappelais les histoires que j'avais inventées pour mon frère Jimmy et me demandais où j'avais entendu pour la première fois cette rumeur selon laquelle elle était partie « à l'Ouest vivre avec les Indiens » — la formule étant devenue à la maison un euphémisme d'insanité.

Je me mis alors à fouiller dans les archives familiales, sans trop de sérieux d'abord, mais peu à peu mû par un intérêt que certains pourraient qualifier d'obsessionnel. Une lettre, écrite à l'asile de la main de May et destinée à ses enfants Hortense et William — l'un et l'autre en bas âge lors de l'internement de leur mère —, avait échappé à l'opprobre. Elle confirmait la rumeur familiale et apportait la preuve incontestable de la folie de son auteur. Elle fut surtout pour moi le début d'un long et étrange voyage.

Je pris un congé au journal afin de pouvoir me consacrer à plein temps à retracer l'itinéraire complexe de May. Mes recherches finirent par me conduire à la réserve indienne de Tongue River, au sud-est du Montana. C'est là que, muni de sa lettre, preuve de ma descendance, on me permit de consulter les journaux publiés dans cet ouvrage. Propriété des Cheyennes, ils faisaient depuis plus de cent ans partie des trésors sacrés de la tribu. Ces récits, mettant en cause les flirts du gouvernement de l'époque avec l'expérimentation sociale, constituent certainement quelques-uns des secrets les mieux gardés de l'histoire américaine.

On trouvera dans le prologue une description rapide d'événements historiques, prémices à l'histoire de mon arrière-grand-mère. Ils ont diverses sources, parmi lesquelles la presse de l'époque, mais aussi le *Congressional Record* (journal du Congrès), l'*Annual Report to the Commissioner of Indian Affairs* (Rapport annuel du Bureau des Affaires indiennes), les dossiers et la correspondance de l'officier général des Archives nationales de Washington, et différents ouvrages consultés à la bibliothèque Newberry de Chicago. Le point de vue indien, relatif à la visite de Little Wolf à Washington en 1874 et aux événements qui s'ensuivirent, provient, lui, de l'histoire orale des Cheyennes du Nord, telle que m'en a fait part Harold Wild Plums[1], à Lame Elk dans le Montana en octobre 1996.

---

1. Harold Prunes sauvages.

# PROLOGUE

Accompagné d'une délégation d'hommes de sa tribu, le « chef et grand homme-médecine » cheyenne Little Wolf entreprit au mois de septembre de l'année 1874 de traverser les terres américaines jusqu'à Washington dans l'intention expresse de négocier une paix durable avec les Blancs. Little Wolf, qui avait passé plusieurs semaines à fumer le calumet et à débattre posément de différentes initiatives conciliatoires avec les quarante-quatre chefs du conseil tribal, se rendait à la capitale muni d'une proposition assez particulière, quoique parfaitement rationnelle du point de vue cheyenne. Elle était destinée à assurer la sécurité et la prospérité d'un peuple assiégé de toutes parts.

Le chef indien fut reçu à Washington avec la pompe normalement déployée pour un chef d'État étranger. Au cours d'une cérémonie formelle au Capitole en présence du président Ulysses S. Grant et d'une commission extraordinaire du Congrès, Little Wolf fut décoré de la Médaille de Paix présidentielle. C'était un insigne d'argent sculpté qu'il allait arborer plus tard sans la moindre ironie — la chose étant inconnue des Cheyennes — lors des derniers combats désespérés qui opposèrent son peuple encore libre à l'armée américaine. Le profil du président Grant, gravé d'un côté, était cerné de la mention circulaire « Vivons ensemble dans la paix la liberté la justice et l'égalité » ; l'autre face représentait une bible ouverte au-dessus d'un râteau, d'une charrue, d'une hache, d'une pelle et de divers autres outils de ferme, avec les mots : « Paix et bonne volonté aux hommes de la terre, 1874 ».

Participèrent également à cette rencontre historique l'épouse du président Grant, Julia, qui l'avait supplié de la laisser y assister pour observer les sauvages dans leurs plus beaux atours, ainsi que quelques membres privilégiés de la presse de Washington. Date précise de l'événement : 18 septembre 1874.

De vieux daguerréotypes de l'assemblée réunie montrent les Cheyennes en grande tenue de cérémonie. Ils avaient revêtu de fins mocassins cousus de perles, des jambières de cuir sur les franges desquelles cliquetaient des dents de wapiti, des tuniques de guerre en peau de cerf aux coutures garnies des scalps de leurs ennemis — minutieusement ornés de perles et de piquants de porc-épic teints. Ils portaient dans leurs cheveux des pièces d'argent frappé, leurs tresses étaient garnies de rubans de cuivre et de franges en peau d'hermine. Jamais à Washington on n'avait vu un tel spectacle.

Bien qu'ayant dépassé la cinquantaine, Little Wolf semblait avoir au bas mot dix ans de moins. Mince, musclé, il avait le nez aquilin et les narines épatées, les pommettes hautes et colorées. Sa peau cuivrée était marquée de profondes cicatrices depuis l'épidémie de variole qui avait ravagé la tribu en 1865. S'il n'était pas grand, il avait belle allure et un port de tête altier. Son visage arborait une expression naturelle et féroce de défi — les journaux devaient par la suite qualifier son attitude « de hautaine » et « d'insolente ».

S'exprimant par l'intermédiaire d'un interprète du nom d'Amos Chapman, arrivé de Fort Supply au Kansas, Little Wolf alla droit à l'essentiel : « La tradition cheyenne veut qu'en venant au monde les enfants restent dans la tribu de leur mère », commença-t-il en s'adressant au président des États-Unis — sans pour autant le regarder droit dans les yeux, ce que son peuple trouvait impoli. « Mon père était arapaho et ma mère cheyenne. J'ai donc grandi auprès de ma mère et suis cheyenne moi-même. Cependant j'ai toujours joui de la liberté d'aller et venir chez les Arapahos. J'ai pu ainsi connaître leur vie et je crois que c'est une bonne chose. » À ce stade de son discours, Little Wolf aurait d'ordinaire tiré une bouffée sur sa pipe afin que l'assemblée puisse un instant peser ses paroles. Mais le Grand Père Blanc, mal élevé comme tous les siens, avait malgré l'importance de la rencontre négligé de mettre un calumet à disposition.

Le chef poursuivit : « Le Peuple » — les Cheyennes se référaient très simplement à eux-mêmes sous le terme de *Tsitsistas* : le Peuple — « est une petite tribu, moins importante que les Sioux ou les Arapahos. Nous n'avons jamais cherché à nous multiplier car nous savons que la terre ne peut porter qu'un certain nombre d'entre nous, de la même façon qu'elle abrite seulement un certain nombre d'ours, de loups, de wapitis, d'antilopes[1] et d'autres animaux. Car s'il existe trop de bêtes d'une espèce donnée, elles meurent de faim jusqu'à ce qu'il s'en trouve à nouveau la bonne quantité. Nous préférons rester peu mais avoir chacun suffisamment à manger plutôt que mourir de faim.

---

1. Pronghorn : antilocapridé.

« À cause du mal que vous avez apporté avec vous » — à cet instant Little Wolf posa la main sur sa joue couverte de cicatrices — « et à cause des guerres que vous nous avez déclarées » — ici il mit sa paume sur sa poitrine car il avait maintes fois été blessé au combat — « nous sommes maintenant peu nombreux. Le Peuple disparaîtra bientôt entièrement, comme les bisons de notre pays. Je suis le grand homme-médecine de mon peuple et mon devoir est d'assurer sa survie. Cela n'est possible pour nous qu'en intégrant le monde de l'Homme Blanc — je veux dire que nos enfants doivent devenir membres de votre tribu. C'est pourquoi nous avons l'honneur de demander au Grand Père le présent de mille femmes blanches. Nous les épouserons afin d'apprendre, à nous et à nos descendants, la vie nouvelle qu'il nous faudra mener quand le bison aura disparu. »

Piqué d'exclamations de surprise, un hoquet de stupeur souleva la salle. Interrompre un orateur au milieu de son discours autrement que par de brefs murmures d'approbation était considéré chez les Cheyennes comme très grossier, et la réaction de la salle irrita Little Wolf. Mais il avait déjà constaté l'impudence des Blancs et ne fut pas surpris. Il s'interrompit assez longtemps pour permettre à la foule de se reprendre et lui signifier que sa dignité de chef venait d'être froissée.

« Ainsi, reprit-il enfin, nos guerriers logeront leur graine de Cheyennes dans le ventre des femmes blanches. Elle s'épanouira dans leurs entrailles et la prochaine génération de nos enfants viendra au jour dans votre tribu pour jouir de tous les privilèges qui y sont associés. »

À ce moment précis de l'allocution du chef, Julia, l'épouse du président, perdit brusquement connaissance et tomba de sa chaise, évanouie, presque morte, en émettant un long râle comparable à celui d'un bison femelle atteint d'une balle en plein poumon (plus tard, dans ses mémoires, Julia Dent Grant devait affirmer que son évanouissement n'était pas dû à l'idée insupportable que ces sauvages puissent s'accoupler avec de jeunes Blanches, mais à la chaleur étouffante qui régnait ce jour-là dans la pièce).

Tandis que l'on accourait au secours de la *First Lady,* le président, empourpré, se leva difficilement. Little Wolf comprit qu'il était ivre, ce qui, vu la solennité de la cérémonie, constituait un sérieux manquement au protocole.

« En échange des mille femmes blanches que vous nous confierez », poursuivit-il d'une voix plus ferme et plus puissante pour couvrir le tollé général — et bien qu'à ce stade, Chapman, l'interprète, ne fît plus que chuchoter —, « nous vous donnerons mille chevaux. Cinq cents bêtes sauvages et cinq cents autres déjà dressées. »

Levant la main comme le pape au moment de la bénédiction, le chef conclut sa requête avec une intense dignité : « Les sangs de nos deux peuples seront désormais irrémédiablement liés. »

Une terrible fureur s'était emparée de la salle et pratiquement personne n'entendit les derniers mots du grand homme. Les sénateurs hurlaient en frappant du poing. « Arrêtez ces barbares ! », lança quelqu'un, et l'escouade en faction dans le couloir vint en ordre serré braquer ses baïonnettes sur les Indiens. Voyant cela, les chefs cheyennes se levèrent comme un seul homme, dégainèrent leurs couteaux et se regroupèrent d'instinct en cercle comme une volée de cailles gîte le soir venu pour se protéger des prédateurs.

Titubant, Grant s'était redressé et, rouge comme

une écrevisse, il cria : « Outrage ! Outrage ! » en montrant Little Wolf du doigt. On avait appris au chef que le président était un valeureux guerrier respecté de ses ennemis. Toutefois le grand homme-médecine n'appréciait guère d'être montré du doigt. S'il avait eu sa cravache sur lui, il aurait mis à genoux le Grand Père, saoul ou pas saoul, et lui aurait fait payer son arrogance par quelques coups bien sentis. Little Wolf était redouté de son peuple pour ses terribles changements d'humeur : s'il était lent à se fâcher, sa férocité était ensuite celle du grizzly.

L'ordre revint finalement. Les Cheyennes rengainèrent leurs couteaux et les gardes firent sortir rapidement toute la délégation — le grand chef marchant fièrement à leur tête — sans qu'un autre incident n'ait lieu.

À mesure que la rumeur de la scandaleuse proposition indienne se répandait au soir à Washington, on ferma soigneusement toutes les portes, tous les volets, et on interdit aux femmes et aux filles de sortir. Attisant les passions racistes, la une des journaux provoqua le lendemain la colère des citoyens : « Les sauvages veulent des esclaves blanches ! » ; « Des épouses blanches pour les diables rouges ! » ; « Les Indiens à Grant : des femmes blanches en échange de nos chevaux ! »

Confrontés certainement, de mémoire d'Américain, au pire cauchemar de tout le XIXe siècle, les quelques citadins qui, les jours suivants, s'aventurèrent au-dehors une femme à leur bras, jetaient derrière eux des regards furtifs. Ils restaient en alerte au cas où des hordes de Peaux-Rouges à cheval fondraient soudain sur eux en hurlant comme des loups, avant de les scalper d'un seul coup de dague étincelante, puis d'emporter au loin leurs femmes pour peupler le territoire de sang-mêlé.

La réponse officielle à la singulière offre de paix imaginée par Little Wolf ne se fit pas attendre ; tandis qu'une violente indignation teintait les proclamations du Congrès, l'administration entreprit rapidement de rassurer les citoyens angoissés : *non*, on ne ferait sûrement pas commerce de femmes blanches avec les sauvages et oui, des mesures allaient être mises en œuvre sans tarder pour assurer la protection de toutes les Américaines.

Deux jours plus tard on chargeait dans une bétaillère Little Wolf et sa suite, qui quittèrent la capitale sous escorte armée. La nouvelle de la proposition indienne avait circulé le long des fils du télégraphe, et les citoyens en colère, massés spontanément sur la route du retour de la délégation, se préparaient au lynchage. Ils brandirent des banderoles et lancèrent sur le convoi autant de fruits pourris que d'insultes racistes.

Tandis que de voie ferrée en voie ferrée on huait dans le Midwest les Cheyennes du Nord, un autre phénomène d'ampleur nationale, de loin plus intéressant, prenait de l'ampleur. Dans le pays entier des femmes répondirent à l'offre de mariage indienne en écrivant ou en télégraphiant à la Maison Blanche pour proposer leurs services de bonnes et fidèles épouses. Loin d'être toutes cinglées, elles semblaient au contraire former un vaste et disparate échantillon socio-économique, racial même, puisque parmi elles se trouvaient de jeunes célibataires souhaitant pimenter leurs ternes existences d'un parfum d'aventure, des esclaves récemment émancipées espérant échapper aux corvées ingrates qui les attendaient dans les filatures de coton et les usines inhumaines de l'industrie naissante, ou encore de jeunes veuves qui avaient perdu leur mari pendant la guerre de Sécession. Nous savons aujourd'hui que l'administration de Grant ne fit pas la sourde oreille.

Après la tempête, le président et ses conseillers reconnurent en privé que le projet d'intégration prôné par Little Wolf n'était pas dénué d'un certain sens pratique. S'il avait déjà mis en œuvre son plan de paix avec les Indiens, par lequel il confiait la gestion des réserves à l'Église américaine, Grant restait prêt à examiner d'autres solutions pacifiques susceptibles de mettre fin à la situation toujours explosive des Grandes Plaines — car, si elle faisait obstacle au développement économique du pays, elle promettait aussi de nouveaux bains de sang aux avant-postes des colonies.

Ainsi naquit le programme secret « Femmes Blanches pour les Indiens » — ou FBI comme on l'appela dans le cercle présidentiel. L'administration pensait qu'en plus d'apaiser les sauvages en leur offrant gentiment les épouses désirées, la « Noble Femme Américaine », œuvrant de conserve avec l'Église, pourrait exercer une influence positive sur les Cheyennes qui, bénéficiant ainsi de quelque instruction, troqueraient éventuellement leurs pratiques barbares contre une vie plus civilisée.

D'autres membres du cabinet, cependant, continuaient de soutenir le programme initial de résorption du « problème indien » et il restait entendu de part et d'autre que les tribus récalcitrantes seraient vouées à l'anéantissement militaire.

Le génocide d'une race entière étant considéré par le grand nombre comme moralement tentant et politiquement acceptable, les membres les plus progressistes du cabinet Grant se doutaient forcément que l'idée d'accoupler des femmes blanches avec des sauvages ne trouverait jamais d'écho favorable auprès de l'opinion publique. C'est pourquoi, comme au bon vieux temps, l'administration décida au cours d'une série de réunions confidentielles de prendre l'affaire en main — puis de lancer, sous le sceau du secret, le programme matrimonial convenu.

Les hommes du président apaisèrent leur mauvaise conscience en stipulant que les femmes associées à l'audacieux projet seraient toutes volontaires — mais en quelque sorte vendues par correspondance —, et d'autant plus légitimes, morales, qu'elles bénéficieraient de la tutelle de l'Église. Le point de vue officiel était que, si des aventurières dévouées et généreuses décidaient de leur plein gré de partir vivre à l'Ouest, et que leur arrivée chez les Indiens se traduisait par une réduction des belligérances, alors tout le monde serait content ; c'était en d'autres termes un parfait exemple de politique jeffersonienne, alliant le principe d'initiative personnelle à la philanthropie.

Le projet « Femmes Blanches pour les Indiens » avait son talon d'Achille et l'administration le savait : elle anticipa donc l'éventuelle pénurie de volontaires en allant recruter des femmes dans les prisons et les pénitenciers, auprès des insolvables et dans les asiles de fous. On leur offrit l'absolution ou la liberté sans condition, sous réserve, bien sûr, de s'enrôler. Le gouvernement avait fini par comprendre, au contact des indigènes, qu'il s'agissait de gens terre-à-terre pour lesquels les traités devaient être respectés à la lettre. Si les Cheyennes avaient demandé mille épouses, ils s'attendaient à en recevoir exactement ce nombre — et offriraient en échange mille chevaux, ni plus ni moins, pour remplir leur part de contrat. Aussi infime fût-il, tout manquement serait susceptible de les renvoyer dare-

dare sur le sentier de la guerre. L'administration s'assura donc que cela n'aurait pas lieu — même s'il fallait libérer pour faire le compte quelques criminelles de droit commun ou d'inoffensives arriérées mentales.

Le premier train de femmes blanches en partance pour les grandes plaines du Nord, et une vie maritale nouvelle dans la nation cheyenne, quitta Washington à l'automne suivant, en pleine nuit et dans le secret le plus absolu. C'était au début de mars 1875 — soit un peu plus de six mois après que Little Wolf eut officiellement présenté son étrange requête au président Grant. Les semaines suivantes, des convois semblables quittèrent les gares de New York, Boston, Philadelphie et Chicago.

Le 23 mars 1875, une jeune femme répondant au nom de May Dodd fêtait son vingt-cinquième anniversaire. Ancienne patiente de l'asile d'aliénés privé de Lake Forest, situé à cinquante kilomètres au nord de Chicago, elle prit place avec quarante-sept autres volontaires et recrues de la région dans un train de l'Union Pacific à Union Station — à destination de Camp Robinson dans le territoire du Nebraska.

*Excepté quelques ajustements minimes du point de vue de l'orthographe et de la ponctuation, les carnets présentés aux chapitres suivants n'ont pratiquement pas subi de corrections. Ils ont été transcrits exactement comme leur auteur, May Dodd, les a écrits. S'ils contenaient plusieurs lettres adressées à sa famille et à ses amis, rien ne permet d'affirmer qu'aucune d'elles ait jamais été expédiée et il semblerait plutôt que May les ait rédigées dans le but, avant tout, de « parler » à différentes personnes à certains moments de son récit. Il est aussi probable, comme elle l'indique dans son journal, qu'elle ait laissé cette correspondance à l'attention de sa famille pour que celle-ci puisse la lire un jour, au cas où May ne serait pas ressortie vivante de son aventure. Les lettres sont présentées dans l'ordre et sous la forme où elles apparaissent dans les carnets originaux.*

# PREMIER CARNET

## Un train vers la gloire

*« Franchement, vu la façon dont j'ai été traitée par les gens dits "civilisés", il me tarde finalement d'aller vivre chez les sauvages. »*

(Extrait des journaux intimes de May Dodd.)

*La note suivante, sans date, apparaît au tout début du premier carnet de May Dodd :*

Au cas où ils ne me reverraient jamais, moi leur mère qui les aime, je rédige ce journal afin de conserver mon témoignage pour mes très chers enfants Hortense et William, qu'ils puissent tout savoir de mon internement injuste, de mon évasion hors de l'enfer, et de ce que ces pages encore blanches leur révéleront un jour sur mon avenir...

## 23 mars 1875

C'est aujourd'hui mon anniversaire et j'ai reçu le plus beau des cadeaux : la liberté ! Je griffonne maladroitement ces premières lignes à bord d'un train de l'Union Pacific, parti ce matin à six heures trente-cinq de la gare de Chicago, vers l'Ouest et le Nebraska. On nous a dit que le voyage allait durer quatorze jours, avec un changement de train à Omaha. Si notre destination finale est sciemment gardée secrète, j'ai surpris les conversations des soldats de l'escorte (les militaires sous-estiment l'acuité d'une oreille féminine) et j'ai appris que le

train nous emmène tout d'abord à Fort Sidney —
d'où nous serons ensuite convoyées en chariot vers
le Wyoming, à Fort Laramie, et finalement à Camp
Robinson dans le Nebraska.

La vie est si imprévisible. Quelle sensation
étrange de me trouver dans ce train, en route pour
un long voyage, et de contempler la ville qui
s'éloigne. Je me suis assise dans le sens contraire de
la marche pour garder avec moi une image fuyante
de Chicago, son épais nuage de fumée charbon-
neuse qui, à la manière d'un parasol géant, s'étend
au-dessus des rives du lac Michigan. Toute grouil-
lante et noire, la cité vient une dernière fois de défi-
ler sous mes yeux. Son éclat et ses bruits m'ont tant
manqué dans le silence et l'obscurité de la réclu-
sion. Et j'ai maintenant l'impression d'être un personnage de théâtre, arraché au monde réel et voué à
un terrible rôle que l'auteur n'aurait pas encore
écrit. Comme j'envie ces gens que j'aperçois depuis
la fenêtre du train, pressés de retrouver la sécurité
d'un labeur quotidien, tandis qu'on nous emporte,
déjà captives d'un destin et d'un monde inconnus.

Nous longeons maintenant les enchevêtrements
de petites bicoques qui ont poussé partout après le
grand incendie de 1871. Avec leurs charpentes grossières assemblées à la hâte, vacillant sous le vent
comme un château de cartes, elles forment une clô-
ture improbable autour de Chicago — désireuses,
semble-t-il, de contenir l'expansion constante de la
métropole. Sales et en haillons, des enfants qui
jouent dans les cours boueuses s'arrêtent pour nous
regarder passer, comme s'ils voyaient en nous les
créatures d'un autre monde. Mes propres enfants me
manquent terriblement ! Je ne sais ce que je donnerais pour les voir une dernière fois et les serrer
contre moi... Derrière ma fenêtre, je fais un signe de

la main à ce tout petit garçon qui, malgré ses cheveux blonds et crasseux, me rappelle mon cher William. Les boucles grasses de celui-là bordent un visage crotté et des yeux intensément bleus. Hésitant, il lève à mon intention une minuscule menotte et me rend mon salut... ou plutôt mes adieux... Je le regarde devenir de plus en plus petit, tandis que nous quittons les derniers avant-postes de la misère civilisée. Le soleil d'orient illumine la ville dont les contours bientôt se fondent dans le lointain. Mes yeux restent rivés sur elle aussi longtemps que mon regard le peut. Alors seulement, je trouve assez de courage pour changer de siège, tourner le dos à un passé sombre et agité, pour faire face à un avenir terrifiant, incertain. J'ai le souffle coupé devant le spectacle des terres immenses qui s'ouvrent devant nous, de l'indescriptible étendue de la vaste prairie solitaire. J'en reste étourdie, défaillante, mes poumons me donnent l'impression de s'être soudain vidés, et moi, de m'être jetée à la lisière du monde, précipitée la tête la première dans le vide infini. Peut-être que... oui... c'est peut-être bien ce qui m'arrive.

Mais, Seigneur bien-aimé, veuillez me pardonner : jamais plus je n'oserai formuler une plainte, toujours je me rappellerai le bonheur d'être libre, et les prières, aujourd'hui exaucées, que je vous ai adressées chaque jour de mon internement ! La terreur qu'inspire à mon cœur cette aventure nouvelle semble bien insignifiante, comparée à l'idée de poursuivre mon existence de « détenue » dans cette immonde « prison » — car c'était une prison bien plus qu'un hôpital, et nous, des prisonnières bien plus que des patientes. Le « traitement » que l'on nous y administrait se résumait à la captivité, sur fond de barreaux d'acier. Semblables aux animaux d'un zoo, nous étions ignorées par ces médecins sans âme, mais torturées, injuriées, agressées par leurs sadiques gardiens.

Ma définition de l'asile d'aliénés : le lieu où l'on crée les fous.

« Pour quelle raison suis-je ici ? ai-je demandé au Dr. Kaiser lors de sa première visite, une bonne quinzaine de jours après mon "admission".

— Enfin, voyons ? Pour vos débauches sexuelles », répondit-il, comme réellement surpris que je lui fasse l'affront de poser une telle question.

« Mais je ne suis pas une débauchée, je suis amoureuse d'un homme ! protestai-je avant de lui parler de Harry. Ma famille m'a placée ici parce que je l'ai quittée pour vivre hors des liens du mariage avec un homme qu'elle considérait d'un rang inférieur au mien. C'est la seule et unique raison. Comme ils n'ont pas réussi à me convaincre de le quitter, ils m'ont arrachée à lui et de mes enfants. Vous ne voyez donc pas, docteur, que je ne suis pas plus folle que vous ? »

Il fronça les sourcils et, hochant la tête d'un air de sainte-nitouche effarouchée, griffonna quelques mots sur son carnet de notes. « Ah, dit-il, je vois : vous pensez être victime d'une conspiration familiale. » Alors il se leva, partit, et je ne le revis plus pendant près de six mois.

Au cours de cette période, je dus subir d'atroces « traitements » prescrits par le bon docteur pour me guérir de ma « maladie ». Ceux-ci consistaient en des injections quotidiennes d'eau bouillante dans le vagin — destinées, d'évidence, à calmer mon « énorme » appétit sexuel. Je restais confinée au lit des semaines entières, avec l'interdiction de sympathiser avec les autres patients, de lire, d'écrire des lettres et de m'adonner à quelque loisir que ce soit.

Comme si je n'existais pas, les infirmières et les surveillants ne m'adressaient pas la parole. Je dus en plus endurer l'humiliation d'utiliser un bassin, contre mon gré, bien que je n'eus absolument rien qui m'y obligeât physiquement. Si je protestais ou si une infirmière me surprenait hors du lit, on m'y attachait pour le reste du jour et de la nuit.

C'est lors de ce confinement que je perdis réellement la raison. Comme si la torture que l'on m'infligeait chaque jour ne suffisait pas, l'isolation complète et l'inaction auxquelles j'étais astreinte étaient insupportables. Je rêvais d'air frais, d'exercice physique et des promenades sur les rives du lac Michigan, comme autrefois... À mes risques et périls, je quittais mon lit avant l'aube pour monter sur une chaise et, me haussant sur la pointe des pieds afin que mes yeux s'élèvent jusqu'aux barreaux de fer, je m'efforçais de surprendre un rayon de soleil ou un carré de pelouse verte derrière la fenêtre aux étroits volets. Je pleurais amèrement sur mon sort, mais combattais mes larmes jusqu'à les faire disparaître. Car j'avais également appris que je ne devais offrir ce spectacle à personne, faute de quoi on m'aurait déclarée hystérique ou mélancolique en sus de ce premier diagnostic absurde de débauche : cela se serait traduit par de nouvelles tortures.

Laissez-moi ici décrire une fois pour toutes les circonstances réelles de mon incarcération.

Je suis tombée amoureuse d'un homme, Harry Ames, il y a quatre ans. De quelques années plus vieux que moi, il était contremaître aux silos familiaux. Nous avons fait connaissance chez mes parents, où il se rendait régulièrement pour parler affaires avec mon père. Bien que de manières parfois frustes, Harry est un homme très séduisant avec de bons bras virils et l'assurance qui émane de certains ouvriers. Il n'avait rien des garçons bien nés, insipides, que les filles de mon rang sont réduites à retrouver pour le thé ou les quadrilles. Les charmes de Harry m'ont envoûtée tout entière... et peu à peu, j'ai pris aux yeux de certains l'apparence d'une débauchée.

Je n'ai aucune honte à admettre que j'ai toujours été une femme passionnée, sujette à de vifs désirs charnels. Je ne les renie pas. J'ai été pubère assez tôt et j'ai toujours intimidé les jeunes hommes inhibés du cercle social étriqué que fréquentait ma famille.

Harry était différent. C'était un homme, un vrai, et je fus attirée par lui comme un papillon par la lumière. Nous avons commencé à nous voir en cachette. Nous pensions l'un comme l'autre que Père ne nous le pardonnerait jamais, et Harry avait aussi peur que moi qu'il ne découvre cette relation, dont il savait qu'elle lui coûterait son emploi. Mais nous ne pouvions résister l'un à l'autre — ni rester trop longtemps séparés.

Je tombai enceinte dès nos premiers ébats de ma fille Hortense, que je sentis littéralement prendre vie en moi tandis que nous faisions l'amour. Je dois reconnaître que Harry, se conduisant comme un gentleman, a assumé ses responsabilités. Il m'a proposé le mariage. J'ai refusé tout net. Malgré l'amour que je lui vouais et lui voue encore aujourd'hui, je suis une femme indépendante, certains diraient anticonformiste. Je n'étais pas prête pour le mariage. Mais il était hors de question que je renonce à mon enfant. C'est pourquoi, sans explication, j'ai quitté le domicile familial pour m'installer avec mon bien-aimé dans une petite bicoque vétuste sur les rives du fleuve Chicago, où nous avons vécu un certain temps, de façon simple, mais heureux.

Naturellement, il ne fallut pas longtemps à Père pour découvrir la trahison de son contremaître. Il le congédia aussitôt. Harry se vit offrir une autre place chez un concurrent, et je cherchai un emploi. J'en trouvai un dans une entreprise qui apprêtait des tétras des prairies pour les vendre aux marchés de Chicago. C'était un travail épuisant, salissant, auquel mon éducation privilégiée ne m'avait aucunement préparée. En même temps, et peut-être pour ces mêmes raisons, d'être ainsi confrontée au monde réel et de devoir m'y frayer un chemin me procurait un étrange sentiment de liberté.

Je tombai de nouveau enceinte presque aussitôt après la naissance d'Hortense, cette fois de mon fils William — adorable Willie. Je m'efforçais de garder le contact avec mes parents. Je souhaitais qu'ils puissent connaître leurs petits-enfants et qu'ils ne me jugent pas trop sévèrement d'avoir choisi un autre chemin. Mais Mère devenait franchement hystérique à chaque fois que je m'arrangeais pour leur rendre visite — en vérité, c'est sans doute elle qui aurait dû être internée, pas moi. Père, quant à lui demeurait inflexible et refusait de me voir. Décidant finalement de ne plus y aller du tout, je gardai cependant quelque forme de lien avec ma famille par l'intermédiaire de ma sœur aînée, mariée, elle aussi prénommée Hortense.

Lorsque Willie vint au monde, Harry et moi vivions une période difficile. Je me demande si les hommes de mon père n'avaient pas déjà commencé à le talonner, puisque je le vis changer d'attitude du jour au lendemain ou presque. Il devint subitement distant, puis hors d'atteinte. Il se mit à boire, à sortir tous les soirs, et lorsqu'il rentrait enfin, c'était avec le parfum d'une autre femme. J'en eus le cœur brisé car je l'aimais toujours. En revanche, je me félicitais de ne pas l'avoir épousé.

C'est au cours d'une de ces soirées où Harry était absent que les sbires de mon père sont venus me chercher. Ils ont fracassé la porte au milieu de la nuit. L'infirmière qui les accompagnait s'est précipitée sur mes enfants et les a éloignés en douce tandis que les hommes me maîtrisaient. Je me suis débattue de toutes mes forces — j'ai crié, rué, mordu, griffé, mais en vain. Et je n'ai pas revu mes enfants depuis cette sombre nuit.

On m'a emmenée directement à l'asile d'aliénés où l'on m'a gardée alitée dans une pièce obscure, des jours, des semaines, des mois, sans rien d'autre pour passer le temps que mes tortures quotidiennes et mes constantes pensées pour mes enfants.

Je ne doutais pas qu'ils se soient retrouvés sous le toit de Père et Mère. Je ne savais pas ce qu'il était advenu de Harry et son souvenir me hantait. (Harry, Harry, amour de ma vie, père de mes petits, Père t'a-t-il couvert de pièces d'or pour me livrer à ses ruffians au milieu de la nuit ? Lui as-tu vendu tes bébés ? Ou bien t'a-t-il simplement fait assassiner ? Peut-être ne saurai-je jamais la vérité...)

Le cœur brisé de toutes ces souffrances pour le seul crime d'avoir aimé un homme sans rang... Toute cette peine, toutes ces horreurs, cet ignoble châtiment pour me punir de vous avoir fait naître, mes chéris... Ce désespoir sombre et sans issue parce que j'ai choisi une existence non conformiste...

Pourtant rien de ce qui s'est passé alors ne saurait être encore qualifié de « non conformiste » à la lumière de ce que je vis maintenant ! Laissez-moi relater exactement les événements qui m'ont conduite à bord de ce train : il y a maintenant deux semaines, un homme et une femme sont arrivés dans la salle des femmes à l'asile. Du fait de mon

« infirmité » — ma « perversion morale » comme le stipule l'assignation à résidence (c'est un faux ! un simulacre ! et je me demande combien d'autres femmes ont été ainsi enfermées sans cause véritable !) — je faisais partie de ces patientes à qui l'on interdisait strictement tout contact avec l'autre sexe, de peur sans doute que je ne sois tentée de copuler. Dieu tout-puissant ! Ce même diagnostic a cependant dû être pris comme une invitation par certains membres du personnel qui se mirent à me rendre visite au milieu de la nuit. Combien de fois me suis-je réveillée en train d'étouffer sous le poids de ce détestable surveillant allemand, ce Franz puant et corpulent, suant à grosses gouttes au-dessus de moi... Dieu me pardonne, j'ai prié pour trouver le courage de le tuer de mes mains.

L'homme et la femme nous évaluèrent du regard, comme du bétail dans une salle d'enchères, avant de choisir six ou sept d'entre nous et de nous isoler dans une pièce spéciale. Je ne pus m'empêcher de remarquer l'absence, dans notre groupe, des patientes âgées ou atteintes de folie incurable — celles qui se balancent, assises, gémissant d'heure en heure, qui pleurent sans arrêt ou entretiennent de larmoyants dialogues avec ces démons qui les hantent. Non, ces pauvres démentes ne furent pas prises en compte et, seules, les plus « présentables » de nos folles furent sélectionnées pour l'entrevue.

Une fois que nous fûmes rassemblées dans une pièce à part, notre visiteur, un dénommé Benton, nous expliqua qu'il venait chercher d'éventuelles recrues pour un programme gouvernemental concernant les Indiens des plaines de l'Ouest. Sa collègue, l'infirmière Crowley qu'il présenta alors, allait procéder avec notre accord à un examen physique. Dans le cas où, suite aux différents entretiens et à la visite médicale, nous serions jugées aptes, nous serions alors susceptibles d'être immédiatement libérées. J'étais bien sûr intriguée et intéressée par leur proposition. Mais il fallait également obtenir le consentement de ma famille, que j'avais faible espoir de trouver.

Je me suis malgré tout aussitôt portée volontaire. Un entretien et un examen corporel me semblaient mille fois préférables à ces heures infinies d'agonie monotone lorsque, assise ou couchée, je n'avais pour passer le temps que de sombres réflexions sur l'injustice de mon sort et la perte accablante de mes enfants — entretenues par le profond désespoir de ma situation et la crainte de nouveaux « traitements » abominables.

Avais-je quelque raison de me croire stérile ? fut la première question que me posa l'infirmière au début de l'examen. Je dois avouer que j'en restai interdite — toutefois, bien décidée à ce qu'on me déclare apte quel que soit leur diagnostic, je répondis sans attendre : « *Au contraire*[1] *!* » J'appris à l'infirmière l'existence des deux enfants à qui j'avais donné naissance hors des liens du mariage, une fille et un garçon cruellement arrachés à l'amour de leur mère.

« Je suis si fertile que, lorsque mon bien-aimé Harry Ames posait seulement sur moi le regard romantique dont il avait le secret, les nouveau-nés s'échappaient de mes reins comme les graines d'un sac de blé ouvert ! »

Je dois narrer l'inénarrable : si je ne suis pas tombée enceinte du répugnant Franz, le monstre qui s'introduisait la nuit dans ma chambre, c'est seulement parce que ce pathétique crétin, cambré, gémis-

_____

1. En français dans le texte.

sant et pleurant amèrement sa douloureuse précocité, étalait sa révoltante semence sur mes couvertures.

J'eus peur de m'être montrée trop enthousiaste tant je désirais impressionner mademoiselle Crowley avec mes aptitudes. Elle me regarda avec cet air peiné, maintenant familier, d'intense circonspection qu'affichent les gens devant les fous — ou les fous prétendus tels — dans la crainte que nos pathologies se révèlent contagieuses.

Ayant semble-t-il passé l'épreuve initiale, je fus ensuite interviewée par M. Benton qui me posa à son tour une série d'étonnantes questions : savais-je faire la cuisine au-dessus d'un feu de camp ? Aimais-je vivre au grand air ? Dormir à la belle étoile ? Quelle opinion avais-je personnellement des indigènes américains ?

« Des indigènes américains ? l'interrompis-je. N'en ayant jamais rencontré, monsieur, il me serait difficile de m'être formé une quelconque opinion à leur sujet. »

Benton rentra dans le vif du sujet. « Seriez-vous prête à faire un grand sacrifice personnel au bénéfice de notre gouvernement ?

— Mais bien sûr, répondis-je sans hésitation.

— Iriez-vous jusqu'à considérer un mariage de raison avec un indigène dans l'intention expresse de porter son enfant ?

— Ha ! » Ébahie, j'aboyai plus que je ne m'esclaffai. « Mais dans quel but, grands dieux ? » demandai-je, plus curieuse qu'offensée.

— Celui d'assurer une paix durable dans les Grandes Plaines, proposa M. Benton. Celui aussi de permettre à nos braves colons d'occuper des terres éloignées sans craindre les déprédations coutumières de ces barbares assoiffés de sang.

— Je vois, dis-je, bien que ce ne fût pas tout à fait le cas.

— En contrepartie, poursuivit-il, le président vous manifestera son éternelle gratitude en permettant que vous soyez libérée sur-le-champ de cette institution.

— Vraiment? On me libérerait? m'exclamai-je en m'efforçant d'atténuer le tremblement de ma voix.

— Je vous en donne toute mon assurance, à la condition cependant que votre tuteur légal, s'il s'en trouve un, veuille bien signer les décharges nécessaires. »

Déjà en train d'échafauder un plan afin de venir à bout de cet ultime obstacle sur le chemin de la liberté, je répondis encore sans une seconde d'hésitation. Les jambes en coton — à cause de ces mois d'inactivité et de confinement autant qu'à la perspective de ma libération —, je me levai et fis gracieusement la révérence. « Je serais profondément honorée, monsieur, d'offrir mon humble concours à la présidence des États-Unis. » La vérité était que j'aurais volontiers pris un aller simple pour l'enfer dans le seul but d'échapper à l'asile... et, pourtant, qui sait si ce n'est pas exactement ce que j'ai fait...

Quant à la difficulté d'obtenir l'assentiment de mes parents, laissez-moi affirmer tout de go que, si l'on m'a accusée de débauches et d'aliénation mentale, on ne m'a par contre jamais taxée d'imbécillité.

Il incombait au Dr. Sidney Kaiser, médecin-chef et auteur de mon absurde diagnostic, de prévenir les familles des patientes candidates au plan FBI et de les inviter à l'hôpital afin de signer les formulaires permettant notre libération. Après quoi les heureuses élues pourraient réellement prendre part au programme. Pendant mes dix-huit mois d'internement forcé, je n'ai, comme j'en ai déjà fait part, reçu que deux fois la visite de ce bon docteur. En revanche, dans le cadre de mes efforts — répétés mais vains — destinés à obtenir une entrevue avec lui, j'ai fait la connaissance de son assistante, Martha Atwood, une femme admirable qui, ayant pitié de moi, m'a prise en affection. Martha est devenue mon unique amie et confidente dans ce lieu de désolation. Sans sa sympathie, ses visites, les nombreuses attentions qu'elle m'a témoignées, je ne sais comment j'aurais survécu.

À mesure que nous faisions connaissance, elle fut de plus en plus convaincue que je n'avais rien à faire dans ces murs, que je n'étais pas plus folle qu'elle et que, comme d'autres femmes ici, j'avais été internée de façon inique à la demande de ma famille. Quand l'occasion d'une « fuite » s'est présentée, elle a accepté de m'aider. Tout d'abord en « empruntant » le courrier échangé entre mon père et le docteur, dans le bureau même de celui-ci, afin de copier son papier à en-tête. Nous avons ensuite toutes deux contrefait une lettre signée de mon père, à l'attention du Dr. Kaiser, dans laquelle il expliquait qu'étant actuellement en voyage d'affaires il serait incapable de se rendre à la réunion prévue. Kaiser n'avait aucune raison de douter de cela; il connaissait la situation de mon père à la tête des chemins de fer de Chicago and Northwestern Railroads, acquise après avoir conçu et érigé tout le système de chargement des entrepôts à grains — le plus grand et le plus moderne de la ville, comme Père ne cessait de le répéter. Ses fonctions exigeaient des déplacements constants et je le vis rarement lorsque j'étais enfant. Martha et moi, ou devrais-je dire mon père, expliquâmes dans cette lettre que ma famille venait d'être contactée directement par Washington à propos de ma participation au projet FBI et que l'agent Benton avait donné sa garantie personnelle que ma sécurité serait assurée d'un bout à l'autre de mon séjour en territoire indien. Martha étant au courant de toutes les étapes du processus de sélection, je savais que j'avais satisfait aux exigences préliminaires et qu'on voyait en moi une candidate de premier ordre — non qu'il faille y déceler une prouesse de ma part, puisque le critère essentiel d'admission voulait que nous ne soyons pas folles au point d'être invalides, et surtout jeunes et encore fécondes. Je me permets d'affirmer que l'État se préoccupait moins de la réussite des unions envisagées que de fournir le nombre exact de femmes « désirées » — ce à quoi mon père, homme d'affaires pragmatique et avisé, était probablement sensible.

Par cette lettre, Père a donc accepté que je prenne part à ce qu'il a appelé de notre main, je cite de mémoire, « un projet passionnant et noble d'intégration des sauvages ». Je sais que Père a toujours vu en eux, avant tout, un frein au développement de l'agriculture américaine. Il déteste penser que les grandes plaines fertiles de l'Ouest restent en friche alors qu'elles serviraient si bien, comme le commande la Bible, à remplir ses silos. La vérité est que Père conçoit une haine profonde pour les Peaux-Rouges qui sont pour lui de piètres hommes d'affaires — défaut qu'il considère comme le pire de tous. Lors des interminables dîners qu'il offre à la maison, il aime à rappeler, en lui portant un toast, que ses amis et lui doivent leurs vastes fortunes au chef Sac Black Hawk qui lui avait dit un jour que « la terre ne se vend pas, car rien ne peut être vendu que l'on ne peut emporter avec soi », idée que mon père a toujours trouvée terriblement originale et amusante.

Je pense aussi qu'en secret — il faut le reconnaître — mon père aurait peut-être salué cette opportunité de se débarrasser de moi, et de l'opprobre que mon comportement et ma « condition sociale » ont jeté sur ma famille. À dire vrai Père est un abominable snob. Devant ses amis comme ses relations, le fait d'avoir élevé une aliénée, pire encore, une débauchée, a dû lui sembler un insupportable chemin de croix.

Aussi faisait-il part dans « sa » lettre, avec ce style ampoulé et confus qui le caractérise — le même qu'il aurait employé s'il avait rédigé pour moi une demande d'admission dans un pensionnat de jeunes filles et qu'il me fut diaboliquement facile d'imiter, puisqu'après tout le même sang coule dans nos veines —, de sa conviction que « le bon air fortifiant de l'Ouest, la vie robuste et rude des indigènes au contact de la terre et l'extraordinaire échange culturel ainsi offert pourraient bien fournir une solution idéale aux problèmes psychologiques de ma fille ». Il reste toutefois étonnant que l'on puisse demander (et obtenir !) d'un père la permission que sa progéniture s'accouple avec des sauvages, non ?

Joint à la lettre se trouvait le formulaire d'autorisation de remise en liberté, dûment signé, et Martha fit porter le tout par porteur spécial au bureau du Dr. Kaiser — un petit paquet bien présenté et finalement très convaincant.

Bien sûr, Martha savait qu'elle risquait d'être immédiatement licenciée, peut-être même inculpée, le jour où l'on découvrirait la nature de son rôle dans cette supercherie — cela n'aurait pas tardé. C'est pourquoi cette amie sincère autant qu'intrépide — sans enfant ni mari (son physique n'ayant rien d'attrayant), confrontée à la perspective d'un long célibat et d'une probable solitude — s'est elle aussi portée candidate au programme FBI. Elle est assise près de moi dans ce train... Je ne me suis donc pas embarquée toute seule dans cette aventure, qui est bien à ce jour la plus étrange de mon existence.

## 24 mars 1875

Il serait malhonnête de ma part d'affirmer que je ne ressens pas d'inquiétude au sujet de la vie qui nous attend. M. Benton nous a assuré que les clauses de notre contrat ne nous obligent à donner naissance qu'à un enfant seulement, après quoi nous serons libres de partir ou de rester. En cas d'impossibilité de concevoir, nous sommes tenues de demeurer auprès de nos conjoints deux années entières, au terme desquelles nous ferons ce que nous voudrons... c'est du moins la version des autorités. Il n'a pas manqué de me venir à l'esprit que nos futurs maris n'entendront peut-être pas les choses de cette oreille. Il n'empêche que le prix à payer pour échapper à l'enfer quotidien de l'hôpital, dans lequel je serais sans doute restée enfermée jusqu'à la fin de mes jours, me semble relativement modeste. Mais maintenant que nous sommes en route vers cet avenir si improbable, avec l'inconnu pour seul horizon, il est impossible de n'éprouver aucune crainte. Il est tout de même franchement ironique de remarquer que, pour échapper à l'asile, je me retrouve embarquée dans l'entreprise la plus folle de ma vie.

Je crois honnêtement que ma naïve et bien-aimée

Martha se prépare ardemment à l'expérience à venir : elle est tout excitée, radieuse par anticipation à l'idée de ses noces ! Voyez un peu : elle est venue me demander il y a quelques instants, le souffle court, si je pouvais lui prodiguer quelque conseil en matière de choses charnelles. Il semble qu'au vu des causes revendiquées pour mon internement, toute personne liée de près ou de loin à l'institution — y compris ma bonne et véritable amie — voie en moi une autorité dans ce domaine !

« Quel genre de conseil, ma chère ? » lui ai-je demandé.

Très gênée, Martha s'est penchée vers moi et, d'une voix plus faible encore, s'est mise à murmurer : « Eh bien... à propos de... la façon dont une femme rend un homme heureux... Je veux dire, comment faut-il s'y prendre pour satisfaire les désirs d'un monsieur ? »

J'ai ri de sa charmante innocence. Martha pense déjà à répondre à l'appel sauvage de la chair ! « Admettons tout d'abord, commençai-je, que les besoins physiques des indigènes soient similaires à ceux des hommes de notre noble race. Nous n'avons d'ailleurs pas de raison d'en douter, n'est-ce pas ? Si, de fait, tous les hommes partagent les mêmes besoins, dans leur chair et dans leur cœur, mon expérience somme toute limitée me souffle que la meilleure façon de les rendre heureux — si c'est bien votre dessein — veut que nous veillions affectueusement sur eux, que nous préparions leurs repas et que nous honorions leurs désirs, en temps et en lieu, lorsqu'ils se manifestent. En revanche, il ne faut pas en prendre nous-mêmes l'initiative ni témoigner de dispositions personnelles à cet égard, car cela semble effrayer nos amis, qui ne sont pour la plupart que des petits garçons qui veulent jouer aux grands. Sans doute plus important encore, de même qu'ils redoutent les femmes qui expriment leurs désirs, les hommes dédaignent celles qui affichent leurs opinions — quelles qu'elles soient et quel qu'en soit le sujet. J'ai appris toutes ces choses au contact de M. Harry Ames. Je vous recommanderai donc d'être systématiquement d'accord avec ce que votre élu dira. Ah, si, une dernière chose : faites-lui croire qu'il est extrêmement bien pourvu, même et surtout si ce n'est pas le cas.

— Mais comment le saurai-je ? demanda ma pauvre et innocente Martha.

— Ma chère, ai-je répondu, voyez-vous quelle différence il y a entre, disons, une chipolata et un salami ? Entre un cornichon et un concombre ? Un crayon et un sapin ? »

Martha s'empourpra jusqu'au violet profond, mit une main sur sa bouche et commença à pouffer sans pouvoir s'arrêter. Riant avec elle, je me rendis subitement compte qu'il y avait bien longtemps que cela ne m'était arrivé... c'est un sentiment merveilleux que je redécouvre.

27 mars 1875

Ma bien chère sœur Hortense,

À cette heure, tu as sans doute eu vent de mon départ soudain de Chicago. Mon seul regret sera de ne pas avoir pu être présente quand la famille a été avertie des circonstances de ma « fuite », loin de cette « prison » où d'un commun accord vous avez voulu m'enfermer. J'aurais particulièrement aimé observer la réaction de Père au moment où il a appris que j'allais me marier — car c'est bien cela, je vais épouser et, évidemment, partager la couche d'un authentique Indien de la nation cheyenne ! Ah, parlez-moi encore de perversion morale. J'entends d'ici Père s'exclamer : « Mon Dieu, mais elle est vraiment folle ! » Ce que je ne donnerais pas pour voir son expression !

Maintenant, franchement, ne t'es-tu pas toujours doutée que ta pauvre petite sœur capricieuse tenterait un jour une telle aventure ? Essaie, si tu peux, de m'imaginer à bord d'un train bruyant parti vers l'Ouest rejoindre des terres sauvages et inconnues. Saurais-tu décrire deux existences plus dissemblables que les nôtres ? Toi douillettement confinée (ce que cela doit être ennuyeux, quand même !) dans les salons de la bourgeoisie de Chicago, mariée à ce banquier pâlot de Walter Woods, avec ta progéniture bien rose — combien as-tu d'enfants maintenant, je ne sais plus, quatre, cinq ou six petits monstres ? Tous aussi incolores et informes que de la pâte à pain...

Pardonne-moi, ma chère sœur, si je te parais agressive. Mais il aura fallu que j'attende ce jour pour, enfin libre de toute censure et éventuelle récrimination, pouvoir exprimer ma colère à ceux d'entre vous qui m'ont si mal traitée ; je peux enfin dire ce que je pense sans craindre une fois de plus que l'on se serve de mes paroles pour confirmer ma « démence », ou sans risquer encore que mes enfants soient pour toujours tenus loin de moi — tout cela étant fini, je n'ai plus rien à perdre. Me voici de nouveau libre — de corps et d'esprit, ou du moins autant qu'on peut l'être lorsqu'on vient d'acheter sa liberté au prix de son ventre...

Mais il suffit... je veux maintenant te parler un peu de mon aventure, de notre long voyage, de ce pays extraordinaire qui défile sous mes yeux... t'en rapporter tout à la fois la fascination, la solitude, la désolation... à toi qui as rarement mis le pied hors de Chicago, et qui n'en peux rien imaginer. La ville en pleine effervescence, tout affairée qu'elle est à renaître de ses cendres après le terrible incendie, croît comme un organisme vivant qui s'étend chaque jour plus loin sur la prairie (est-ce si surprenant que les sauvages se révoltent puisqu'on les repousse sans cesse à l'ouest?). Tu ne peux imaginer les foules, les relations humaines, l'activité brutale qui ont pour cadre la prairie autrefois nue de notre enfance. Le train vient de dépasser les nouveaux parcs à bestiaux — très proches du quartier où nous avons vécu, Harry et moi (tu n'es jamais venue nous voir, hein, Hortense?... Pourquoi ne m'en étonnais-je pas?). Maintenant les cheminées crachent des nuages de toutes les couleurs — bleu, orange, rouge — qui semblent se mêler dans l'atmosphère comme les huiles sur la palette du peintre. C'est un très beau spectacle qui a pourtant quelque chose de grotesque, le tableau d'un dieu dérangé. Puis viennent les abattoirs et l'on entend les hurlements terrifiés des bêtes par-dessus le vacarme constant du chemin de fer. Une puanteur sanguine, un relent sirupeux et rance, vient d'envahir le wagon. Enfin le train perce le linceul de fumée qui enveloppe la ville, fend cette brume dense d'un seul coup pour déboucher au milieu de champs bien cultivés, de sols noirs et riches fraîchement retournés, des céréales bien-aimées de Père qui quittent seulement leur enveloppe de terre.

Je dois te révéler que, nonobstant l'insistance paternelle, la beauté véritable de la prairie ne réside pas dans l'alignement parfait des labours. Bien au contraire, elle prend forme au-delà des terres cultivées, là où le mot prairie se justifie vraiment : c'est une mer d'herbes sauvages, une créature vivante avec son souffle propre dont les ondulations courent rejoindre l'horizon. J'ai vu aujourd'hui des poules des prairies qui, par cent ou par mille, se détachaient des rails et formaient de vrais nuages à notre passage. Je ne peux qu'imaginer le bruit de leurs ailes dans le rugissement du train. Quel spectacle incroyable de les voir ainsi voler, après un an passé dans cette affreuse usine où je les plumais et vidais en pensant que plus jamais je ne pourrais poser les yeux sur un poulet jusqu'à la fin de ma vie. Je sais que ni toi ni le reste de la famille n'aviez compris ma décision d'accepter un travail si ingrat, ni de vivre, sans être mariée, avec un homme d'un rang inférieur au nôtre. Ce que vous avez toujours pris pour les premiers symptômes de mon aliénation. Mais ne vois-tu pas, Hortense, que c'est précisément notre éducation confinée sous le toit de Père et Mère qui m'a poussée à rechercher le contact avec un monde plus vaste ? J'aurais étouffé, je serais morte d'ennui si j'avais dû rester un jour de plus dans cette maison sombre et lugubre. Et si mon travail à l'usine avait, je le reconnais, quelque chose de répugnant, je ne regretterai jamais d'en être passée par là. J'ai tant appris des hommes et des femmes avec qui j'ai peiné ; j'ai vu de quelle façon vivent les autres dans ce bas monde, ces familles qui sont dans tous les sens du terme moins fortunées que la nôtre et qui, d'évidence, forment la majorité. C'est une chose que tu ne sauras jamais, ma bien chère sœur, et cette ignorance t'appauvrira toujours.

Non que je te recommande de travailler dans un tel endroit ! Bon Dieu, je ne me remettrai jamais de cette puanteur et, encore aujourd'hui, lorsque je lève mes mains à la hauteur de mes yeux, elles semblent avoir gardé cette odeur innommable de sang, de plumes, d'intestins... Je crois que plus jamais je ne mangerai de volaille ! J'admets quand même que ma rancœur s'estompe au spectacle des oiseaux sauvages qui s'envolent à notre passage comme les étincelles jaillissent des essieux du train. Ils sont si beaux lorsqu'ils déploient leurs ailes devant le couchant — leurs arcs et leurs ellipses m'aident à oublier la monotonie rectiligne du voyage. J'ai tenté d'attirer sur eux l'attention de mon amie Martha, mais elle dort à poings fermés. Sa tête tremble gentiment contre la vitre du train.

Mais voici soudain une rencontre amusante : tandis que je regardais les tétras s'envoler devant nous, une grande femme anguleuse et à la peau très claire, aux cheveux de sable coupés court sous une casquette de tweed, a traversé en hâte l'allée centrale en s'arrêtant à chaque fenêtre pour observer un instant la course des oiseaux avant de repartir vers la banquette suivante. Comme elle porte un costume d'épais coton peigné irlandais, avec des culottes bouffantes, on la prendrait aisément, avec ses cheveux courts et son couvre-chef, pour une personne de l'autre sexe. Son veston d'homme est complété par un gilet, des bas, de grosses chaussures de marche et elle se déplace avec un carnet à croquis.

« Vous m'excusez, je vous prie, n'est-ce pas ? » demande-t-elle aux occupantes de chacune des banquettes où elle prend successivement place afin de profiter du meilleur angle de vue. Elle parle avec un très net accent britannique. « Veuillez vraiment me pardonner ! » Et elle continue de s'exclamer, les sourcils levés, avec un regard où se lisent l'étonnement et le plaisir. « Fantastique ! Magnifique ! Splendide ! »

Lorsqu'elle prend finalement la place restée libre près de moi, les poules de la prairie sont parties à tire-d'aile vers de lointains horizons, et l'Anglaise dégingandée s'affale, les jambes molles, sur la banquette. « Grands gallinacés sauvages, dit-elle. Nom scientifique : *tympanuchus cupido,* dits également tétras, cousins des grouses d'Écosse, appelés communément poules de prairies. Ce sont les premières que je vois en liberté, même si j'ai bien sûr étudié certains spécimens. J'ai aussi vu de près, évidemment, la branche orientale de l'espèce, le coq de bruyère, lors de mes voyages en Nouvelle-Angleterre. Son nom vient des mots grecs *tympananon,* qui veut dire timbale, et *echein,* qui signifie "en posséder un", par référence à un oesophage évasé de chaque côté de la gorge, qui permet au mâle de se gonfler littéralement devant les femelles, puis de faire ce bruit caractéristique lorsqu'elles répondent à ses avances. On l'appelle aussi "cupidon des prairies" — je m'empresse d'ajouter qu'il ne faut y déceler aucune allusion à l'amour. C'est simplement que les longues plumes raides qui se dressent sur la tête du mâle lorsqu'il fait sa cour ressemblent à celles d'un angelot. »

Elle se tourne maintenant vers moi comme si elle venait de me remarquer, braquant sur mon visage cet air continuellement surpris, gravé dans sa contenance britannique et son teint de lait. Les sourcils levés et un sourire ravi aux lèvres, elle semble vouloir dire que le monde en lui-même n'est pas seulement merveilleux, mais aussi parfaitement étonnant. « J'espère que vous voudrez bien m'excuser d'être aussi bavarde ? Je m'appelle Helen Elizabeth Flight, dit-elle en me tendant sa main avec une droiture toute masculine. Peut-être connaissez-vous mes travaux ? Mon ouvrage *Les Oiseaux d'Angleterre* en est à sa troisième réédition. Toute la typographie est assurée par ma chère amie et collaboratrice Miss Ann Hall de Sunderland. Malheureusement,

Miss Ann, indisposée, n'a pu m'accompagner aux États-Unis où je suis venue chercher des spécimens et ébaucher quelques esquisses pour mon prochain livre *Les Oiseaux d'Amérique* — à ne pas confondre, bien sûr, avec la série de M. Audubon dédiée au même sujet. C'est un peintre intéressant, ce monsieur Audubon, bien qu'un peu trop fantaisiste à mon goût. J'ai toujours trouvé que ses oiseaux étaient dépeints d'une manière bien... capricieuse ! Il se moque franchement de la biologie, vous ne trouvez pas ? »

Je me doutais que ce n'était pas seulement une question de pure forme. Tandis que je m'efforçais de penser à une réponse, Miss Flight demanda encore : « Et vous êtes... ? », le sourcil toujours haut d'étonnement anticipé, comme si révéler mon identité, en sus d'être une affaire de la plus grande urgence, devait apporter également son lot de surprise.

« May Dodd.

— Ah, May Dodd. Très bien. Vous m'avez l'air de ne pas avoir les yeux dans la poche, avec ça. Je me suis demandé, en voyant votre teint clair, si vous n'étiez pas d'origine britannique ?

— Écossaise. Mais cent pour cent américaine. Née et élevée à Chicago, ajoutai-je d'un air vaguement mélancolique.

— Ne me dites pas qu'une personne aussi charmante que vous s'est portée volontaire pour vivre chez les sauvages ?

— Eh bien, si, dis-je. Mais vous-même ?

— J'ai peur d'avoir quelque peu épuisé mes allocations, expliqua Miss Flight avec une petite grimace de dégoût. Comme mes clients ont refusé de m'accorder une nouvelle avance pour mon travail ici, j'ai pensé que c'était l'occasion idéale d'étudier les oiseaux des prairies de l'Ouest sans débourser un sou. C'est affreusement excitant, comme aventure, n'est-ce pas ?

— Oui, admis-je en riant, affreusement !

— Je dois quand même vous confier un petit secret, dit-elle en vérifiant autour de nous que personne ne nous entendait. Je ne peux pas avoir d'enfants. Je suis parfaitement stérile ! À cause d'une infection quand j'étais petite. » Elle leva les yeux au ciel, ravie. « J'ai menti à l'examinateur pour être acceptée ! Je vais vous demander de m'excuser, maintenant, Miss Dodd, se reprit Miss Flight, de nouveau tout affairée. Mais il faut vite que je fasse quelques croquis pour conserver mon impression de ces sublimes tétras tant que leur spectacle est frais dans mon esprit. Dès que le train s'arrêtera, j'espère pouvoir descendre et chasser quelques spécimens. J'ai avec moi la carabine que Featherstone, Elder & Story de Newcastle upon Tyne ont spécialement fabriquée pour moi avant mon départ. Vous aimez sans doute les armes à feu ? Dans ce cas, je serai ravie de vous la montrer. Avant de connaître des difficultés financières et de me laisser échouée sur cet immense continent, mes clients l'ont fait fabriquer sur mesure pour mon séjour en Amérique. J'en suis plutôt fière. Mais vous voudrez bien m'excuser ? Je suis terriblement heureuse de vous avoir rencontrée. C'est merveilleux que vous soyez de la partie ! Il faudra que nous parlions plus longuement. J'ai le sentiment que nous allons devenir de formidables amies. Vous avez les yeux bleus les plus extraordinaires que j'aie jamais vus, dites-moi, couleur des rouges-gorges bleus d'Amérique. Ils me serviront de référence quand je mélangerai mes teintes pour peindre cet oiseau-là, si vous n'y voyez pas d'inconvénient. Et il me tarde d'avoir votre opinion à propos des travaux de M. Audubon. » Et voilà cette toquée d'Anglaise qui prend congé !

Tant que j'y suis, et puisque la compagnie de Martha est pour l'instant tout à fait ennuyeuse, laisse-moi, ma chère sœur, te décrire mes compagnes de voyage, seule distraction offerte au long de cette pénible et monotone route d'acier : tracée dans la campagne, elle est magnifique de par son étendue et sa virginité, mais manque de vrais panoramas.

Je n'ai pas eu le temps de lier connaissance avec toutes les femmes, mais notre destination commune paraît encourager une certaine familiarité. Nous parlons facilement de nous en évoquant déjà quelques détails intimes sans être passées par la phase habituelle de réserve sociale ou de timidité. Mes camarades, plutôt filles que femmes il faut le reconnaître, sont dans l'ensemble originaires de la région de Chicago ou du Middle West, avec toutes sortes d'existences. Certaines semblent vouloir échapper à la misère, à un amour déçu ou, comme moi, à « une vie difficile ». S'il ne se trouve avec moi qu'une fille de mon asile, plusieurs dans notre groupe viennent d'autres établissements. J'en vois qui sont diablement plus excentriques que moi. J'ai eu tout le loisir d'observer à l'asile que pratiquement tous les patients se consolaient de la présence d'un autre plus fou qu'eux. Il y a cette fille du nom d'Ada Ware qui s'habille toujours de noir, garde le voile du deuil, et dont les yeux portent sans arrêt les cernes du chagrin. Je ne l'ai jamais vue sourire ou afficher quelque expression. Les autres l'ont surnommée « Ada noire ».

Tu te souviendras peut-être de Martha, que tu as rencontrée la seule fois où tu es venue me voir. Elle est adorable. Bien qu'elle semble plus jeune, Martha a à peine deux ans de moins que moi, et elle est aussi séduisante qu'une chaise. Je lui dois une reconnaissance éternelle, car elle m'a aidée au-delà de toute mesure à obtenir ma liberté.

Comme je te l'ai dit, une autre fille de mon asile est venue à bout du processus de sélection, alors que beaucoup ont décliné la proposition de M. Benton. J'ai été frappée de les voir renoncer à cette chance unique de quitter un endroit épouvantable par peur, tout simplement, d'une relation conjugale avec un Indien. Je vivrai peut-être assez vieille pour le regretter, mais je ne vois pas en quoi cela pourrait être pire que rester toute sa vie détenue dans un enfer humide et froid. Elle s'appelle Sara Johnston. Jolie, pas très grande, timide, elle est à peine pubère. C'est comme s'il lui manquait le don de la parole — je sais que certaines personnes sont naturellement silencieuses — mais cette pauvre petite semble incapable ou en aucune façon disposée à dire le moindre mot. Nous n'avons eu que peu de contacts à l'asile, donc pratiquement aucune occasion de faire connaissance. Quelque chose me dit que cela pourrait changer, maintenant qu'elle semble s'être attachée à Martha et à moi. Assise en face de nous, elle se penche souvent vers moi, les larmes aux yeux, pour me prendre la main et la serrer très fort. Je ne sais rien de son passé ni des raisons de son internement. Elle n'a pas de famille et, selon Martha, se trouvait à l'asile bien longtemps avant que je n'y arrive — depuis même sa tendre enfance. Je ne sais pas non plus qui payait ses frais de séjour — tu sais comme moi que cet endroit n'est pas une institution de charité. Martha pense que le Dr. Kaiser à de lui-même offert la candidature de cette pauvre petite pour s'en débarrasser — ce que Père appellerait une réduction des coûts —

car, toujours selon elle, elle était traitée à l'hôpital comme une « parente éloignée ». Martha suppose finalement, même s'il reste impossible d'aborder le sujet avec Sara, qu'elle pourrait bien être la fille du bon docteur — voire le fruit de quelque liaison avec une ancienne patiente ? On peut se demander tout de même quel genre d'homme serait prêt à envoyer son enfant vivre chez les sauvages... Quelle que soit la situation de la petite, je trouve inquiétant qu'elle ait été acceptée dans ce programme. Si frêle, si peureuse des choses de ce monde, elle n'est sûrement pas préparée à la tâche difficile qui l'attend. Comment pourrait-elle l'être, d'ailleurs, après une vie passée derrière les briques et les grillages des fenêtres ? Je suis certaine que, comme Martha, elle ne sait rien encore de la chair, à moins que l'ignoble Franz ne l'ait aussi gratifiée de ses visites nocturnes... je prie pour son bien que cela ne soit pas le cas. J'ai de toute façon l'intention de veiller sur elle, de la protéger autant que je pourrai. Curieusement, sa jeunesse même et ses appréhensions me donnent force et courage.

Ah, voici maintenant Margaret et Susan, les sœurs Kelly du quartier irlandais de Chicago, qui remontent l'allée centrale en se pavanant : de jeunes jumelles rousses, parfaitement identiques, couvertes de taches de rousseur, deux larrons en jupons prêtes à toute occasion. Rien ne leur échappe ; leurs yeux vifs et vert pâle voient toujours tout ; je serre mon sac contre mon ventre pour parer à toute éventualité.

L'une des deux — je suis incapable de les distinguer — se glisse sur le siège le plus proche. « T'aurais pas un peu de tabac sur toi, May ? » lance-t-elle d'un air complice, comme si nous étions les meilleures amies du monde alors que je les

56

connais à peine. « Je me roulerais bien un petit clope. »

Je lui réponds que je ne fume pas.

« Ah, c'était plus facile de trouver du tabac en prison que dans ce foutu train, dit-elle. Pas vrai, Meggie ?

— Tu l'as dit, bouffi ! renchérit l'autre.

— Est-ce que je peux vous demander pourquoi vous étiez en prison ? » Je leur montre mon carnet : « J'écris une lettre à ma sœur.

— Mais, pas de problème, ma chérie, dit Meggie qui se penche par-dessus le siège devant moi. Prostitution et vol qualifié : on a pris dix ans au pénitencier de l'Illinois. » Elle lance cela d'un air bravache comme s'il y avait de quoi en être fier. Puis, me voyant écrire ce qu'elle vient de révéler, elle se penche pour vérifier que je rapporte la chose en détail. « Hé, n'oublie pas que le vol est qualifié, répète-t-elle le doigt tendu.

— T'as raison, Meggie, dit l'autre en hochant la tête d'un air satisfait. On ne nous aurait pas arrêtées d'ailleurs, si ce gentleman qu'on a brigandé à Lincoln Park n'avait pas été un juge. Ah ! cette vieille fripouille voulait nos faveurs. "Des jumelles", qu'il disait. "Deux tranches de pain autour de ma saucisse" qu'il voulait faire de nous. Le pauvre diable ! C'est deux volées de brique qu'il a pris de chaque côté de la tête, tiens ! En deux coups de cuiller à pot, on lui a piqué son portefeuille et son oignon. Et dire qu'ignorantes on se félicitait de ce qu'il ait eu autant d'argent sur lui. Tous ses pots-de-vin de la semaine, je suis sûre.

— Mais oui, Susie, c'est vrai, et ça se serait arrêté là, renchérit Margaret, sans cette sacrée oseille. Le juge est tout de suite allé voir son vieux pote commissaire et ç'a été la plus grande chasse à l'homme que Chicago ait jamais vue, juste pour traîner devant la justice les terribles sœurs Kelly.

— C'est bien la vérité, Meggie, reprend Susan en opinant du chef. Tu as sûrement lu l'histoire dans les journaux, ma petite dame, me dit-elle à présent. C'est qu'on a été célèbres un moment, moi et Meggie. On s'est retrouvées au tribunal avec l'avocat de l'assistance qui a dormi pendant toute l'audience. En cinq minutes on nous a condamnées à dix ans de pénitencier. Mon Dieu, dix ans à cause qu'on a défendu notre honneur devant un vieux juge lubrique, les poches pleines d'argent malhonnête. Vous y croyez à ça, vous ma petite dame ?

— Et vos parents ? demandai-je. Où sont-ils ?

— On n'en a pas la moindre idée, ma chérie, répond Margaret. C'est qu'on nous a trouvées bébés, vois-tu. Deux petits bouts de chou sur les marches de l'église, pas vrai, Susie ? On a grandi à l'orphelinat irlandais, et c'était pas Byzance, ça on peut le dire. On n'avait pas dix ans quand on a pris la poudre d'escampette, et depuis on s'est débrouillées toutes seules. »

Margaret se redresse et scrute les passagères avec un air de prédateur. Ses yeux vont se poser sur une femme assise dans une autre aile près de nous. Elle s'appelle Daisy Lovelace. Si je ne lui ai parlé que brièvement, je sais qu'elle vient du Sud ; elle a l'allure reconnaissable des aristocrates déchus. Elle garde sur ses genoux un vieux caniche blanc et sale. Les poils du chien sont tachés de rouge sur le museau, au bas du dos, et autour de ses yeux larmoyants.

« T'aurais pas un peu de tabac, par hasard, toi là-bas ? lance Margaret.

— Je crains bien que non, répond l'intéressée d'une voix traînante, loin d'être sympathique.

« — Joli petit bout de chien que t'as là, dit Margaret en se glissant sur la banquette près de la Sudiste. Comment qu'il s'appelle, si je peux demander ? » Ses manières insidieuses ne trompent personne ; elle n'a à l'évidence rien à faire de ce chien.

Ignorant la nouvelle arrivée, Miss Lovelace pose son caniche par terre entre ses pieds. « Va faire ton pipi, maintenant, Fern Louise, susurre-t-elle avec un accent lent comme le Mississippi à la saison sèche. Allez, va, ma chérie. Fais un petit pissou pour Momma. » Et la misérable créature, raide et mal assurée, de remonter l'allée centrale en reniflant et en grognant, pour finalement s'accroupir devant un siège inoccupé.

« Alors, son nom, c'est Fern Louise ? commente Meggie. Si c'est pas mignon, ça, hein, Susie ?

— *Looovely,* dit Susan. Adorable, ce petit chien. »

Sans cesser de les ignorer, Miss Belle du Sud sort de son sac un petit flacon en argent et s'octroie une courte rasade, ce qui ne manque pas d'intéresser les jumelles.

« Ça serait-y pas du whiskey, ma petite dame ? lui demande Margaret.

— Non, ça n'est pas du whiskey, répond l'autre froidement. C'est le remède pour les nerfs que m'a donné mon docteur, et *non,* je ne vous en donnerai pas. »

Ces jumelles ont trouvé à qui parler, j'ai l'impression !

Arrive alors mon amie Gretchen Fathauer qui, massive et balançant les bras en cadence, arpente l'allée centrale à grands pas en chantant d'une voix robuste une ballade populaire suisse. Gretchen ne manque jamais de nous remonter le moral à toutes. Bonne âme et bon cœur, c'est un personnage, une grande fille exubérante à la forte poitrine et aux joues rouges qui semble capable à elle seule de pourvoir la nation cheyenne de tous les enfants souhaités.

Nous connaissons maintenant l'histoire de Gretchen presque aussi bien que la nôtre : ses parents, des immigrants suisses, se sont installés dans les hautes prairies à l'ouest de Chicago pour y cultiver le blé lorsqu'elle était enfant. Mais la ferme a périclité après une série de mauvaises récoltes dues à d'âpres hivers, à la nielle des blés et aux insectes, c'est pourquoi Gretchen, jeune femme, a dû quitter les siens et partir à la ville chercher un emploi. Elle a trouvé une place de domestique chez les McCormick — oui, il s'agit bien de Cyrus McCormick, très cher ami de notre père, inventeur de la moissonneuse... N'est-ce pas une curieuse coïncidence, Hortense, que pendant notre enfance nous ayons sûrement rendu visite aux McCormick alors que Gretchen était leur employée ? Bien sûr nous n'avons jamais prêté attention à leur épaisse femme de chambre.

Comme elle désirait fonder une famille, Gretchen a répondu un jour à une annonce de la *Tribune* qui demandait des épouses pour les colons de l'Ouest. Elle posta sa candidature et reçut une réponse quelques mois plus tard, lui apprenant qu'on l'envoyait rejoindre un fermier de l'Oklahoma. Le promis l'attendrait le jour convenu à la gare de Saint Louis et l'emmènerait rejoindre ses nouveaux foyers. Gretchen donna son congé aux McCormick et, deux semaines plus tard, prit le train pour le Missouri. Malheureusement, si elle a un cœur d'or, Gretchen est terriblement ordinaire... Je dois avouer qu'elle est moins encore que cela, au point que certains membres peu amènes de notre délégation l'ont surnommée « Face de Patate »... les plus charitables admettent, hélas, que la comparaison n'est pas dénuée de fondement.

Le promis ne prit pas la peine de la regarder deux fois, s'éclipsa sous le prétexte d'aller chercher ses bagages, et Gretchen ne revit plus le misérable mufle. Elle raconte aujourd'hui sa mésaventure avec beaucoup d'humour, mais elle en fut lourdement accablée. Elle qui avait tout laissé se retrouvait seule et démunie dans la gare de cette ville inconnue, sans rien d'autre que sa valise, quelques affaires personnelles et le maigre pécule qu'elle avait économisé chez les McCormick. Il était bien trop humiliant de rentrer à Chicago pour leur demander de reprendre sa place. L'idée de revenir chez ses parents, avec la honte d'une union fantôme, n'était guère plus convaincante. Non, Gretchen était bien décidée à trouver un mari et à faire des enfants d'une façon ou d'une autre. Sans quitter la gare, elle s'assit sur un banc et pleura ouvertement son malheur. Un gentleman vint alors à sa rencontre et lui tendit un prospectus sur lequel était imprimé :

*Si vous êtes une jeune femme en bonne santé, prête au mariage, et en âge de donner la vie, si vous aimez l'aventure, l'exotisme et les voyages, présentez-vous à l'adresse suivante mardi matin, douzième jour du mois de février de l'année 1875 de Notre-Seigneur, à 9 heures précises.*

Gretchen rit — d'un bon rire gaillard — lorsqu'elle fait le récit de ses déconvenues. Puis elle commente d'un fort accent : « Alors, *fous safez, ch'ai* cru que ce *cheune* gars était un *messacher* des dieux, *fraiment*. Et quand *che* suis allée à l'endroit indiqué, et qu'ils m'ont demandé si *che foulais ébouser* un Cheyenne et lui donner des *bedits, ch*'ai *rébondu* : "Si ces *saufages* sont moins difficiles que mon fermier, mais *bourquoi bas ? Ya,* bien sûr que *che* donnerai à mon *noufeau* mari de grands et beaux enfants. *Ya, che* ferai même la nourrice *bour* toute la tribu !" » Et elle repart d'un gros rire qui ébranle son immense poitrine.

Et nous rions toutes de conserve.

Faute d'arriver à bout de la froide indifférence de Miss Belle du Sud, les sœurs Kelly sont parties tenter leur chance dans un autre wagon. Elles me font penser à deux renards en train de courir les prés à la recherche d'une proie.

J'étais toujours en train d'écrire lorsque ma nouvelle amie Phemie est venue s'asseoir à mes côtés. Son nom entier est Euphemia Washington. C'est une fille de couleur, sculpturale, qui a rejoint Chicago depuis le Canada. Elle a environ mon âge et son allure est saisissante, avec quelque chose de sauvage. Phemie mesure plus d'un mètre quatre-vingts, sa peau magnifique luit comme de l'acajou verni, son nez est finement dessiné, ses narines épatées, et elle a de belles lèvres négroïdes. Je suis bien sûre, ma chère sœur, que toi et les autres trouveront scandaleux que je fraternise maintenant avec les nègres. Mais nous sommes toutes égales dans ce train, de mon point de vue du moins.

« J'écris une lettre à ma sœur de Chicago, dis-je à Phemie. Je lui explique les circonstances qui ont amené certaines d'entre nous ici. Parlez-moi de vous, que je puisse lui en faire part. »

Elle s'est esclaffée, d'un rire franc et chaleureux qu'elle semble puiser tout au fond d'elle. « Vous êtes la première personne à me le demander, May. Et pourquoi votre sœur serait-elle intéressée par l'histoire d'une négresse ? Certaines ici paraissent assez gênées par ma présence. »

Phemie s'exprime fort bien, avec l'une des voix les plus agréables, les plus mélodieuses que j'aie entendues. Claire et profonde, sa parole est un poème, un chant.

J'ai bien pensé, chère Hortense, que l'histoire de Phemie t'est certainement égale. Je ne lui ai pas dit.

Au contraire je lui ai demandé : « Comment vous êtes-vous retrouvée au Canada ? »

Elle s'esclaffa encore. « Je n'ai pas l'air d'une vraie Canadienne, c'est cela que vous voulez dire, May ?

— Non, vous avez l'air d'une Africaine, Phemie. » Et j'ose. « D'une princesse, même !

— Oui, ma mère est originaire de la tribu des Ashanti. Les plus grands guerriers de toute l'Afrique. Un jour, alors qu'elle était une jeune fille, elle est partie avec sa mère et les autres femmes ramasser du bois pour le feu. Elle avait du mal à les suivre et s'est assise pour se reposer, sans inquiétude, car elle savait que sa mère reviendrait la trouver. Alors elle s'est endormie contre un arbre. Lorsqu'elle s'est réveillée, des hommes d'une autre tribu étaient là autour d'elle à parler une langue qu'elle ne comprenait pas. Elle n'était qu'une enfant, et elle a eu très peur.

« Ils l'ont emmenée à un endroit qu'elle ne connaissait pas et l'y ont gardée enchaînée. Jusqu'à ce qu'on l'enferme dans les soutes d'un bateau avec des centaines d'autres Noirs. Le voyage a duré plusieurs semaines. Sans comprendre ce qui lui arrivait, elle pensait toujours que sa mère viendrait la chercher. Elle n'a jamais cessé d'y croire. C'est ainsi qu'elle est restée en vie.

« Le bateau est finalement arrivé dans une de ces villes que ma mère n'avait jamais vues, ni même imaginées. Beaucoup de ses compagnons étaient morts en route, mais elle avait survécu. On la vendit aux enchères à un homme blanc, qui exportait du coton, et à qui appartenait toute une flotte au port maritime d'Apalachicola en Floride.

« Son premier maître a été très bon avec elle, poursuivit Phemie. Il l'a emmenée chez lui où elle s'occupait des tâches ménagères. On lui a aussi donné un peu d'instruction. Elle a appris à lire et à écrire, ce qui était vraiment rare pour une esclave. Et lorsqu'elle est devenue femme, son maître l'a couchée dans son lit.

« Je suis le fruit de leur union. J'ai grandi dans cette maison, où le tuteur des "vrais" enfants du maître m'a aussi donné des leçons. Dans la cuisine. Jusqu'au jour où la maîtresse des lieux a compris qui était mon père — elle a peut-être sans doute fini par trouver quelque ressemblance entre la fille de la bonne et ses propres enfants. Une nuit, je n'avais pas sept ans, deux hommes, des marchands d'esclaves, sont venus me prendre — comme ma mère avant moi. Elle les a suppliés, en pleurant, elle s'est battue mais ils l'ont frappée et laissée assommée par terre. C'est la dernière fois que je l'ai vue, inconsciente, blessée, le visage couvert de sang... » Phemie s'est interrompue pour regarder un instant par la fenêtre. Les larmes perlent à ses yeux.

« Ils m'ont vendue à un planteur, près de Savannah en Géorgie. C'était un homme méchant, odieux, qui buvait et se montrait terriblement cruel envers ses esclaves. Le jour de mon arrivée, on m'a marqué ses initiales au fer rouge sur le dos... Oui, voilà ce qu'il faisait à tous ses esclaves pour qu'on puisse les identifier au cas où ils prendraient la fuite. Je n'étais qu'une enfant, âgée d'à peine huit ans, mais au bout d'une semaine, le planteur a commencé à me faire venir la nuit dans ses quartiers privés. Je n'ai pas besoin de vous raconter la suite... J'étais en pièces...

« Plusieurs années se sont écoulées ainsi, reprit Phemie d'une voix plus douce. Puis un jour un naturaliste est venu visiter la plantation. En fait, sous couvert d'étudier la faune et la flore, c'était un abolitionniste dont le vrai travail consistait à apprendre aux esclaves l'existence du chemin de fer souterrain[1]. Mais il était muni d'excellentes lettres de recommandation et toutes les plantations lui ouvraient leurs portes sans se douter de rien. Comme j'avais un peu d'instruction, que je m'intéressais depuis toujours à toutes sortes de choses, mon maître m'a chargée d'accompagner le visiteur pendant la journée, pour chercher avec lui des spécimens dans la nature. Il est resté plusieurs jours et m'a souvent parlé du Canada, des hommes, des femmes et des enfants qui vivaient tous là-bas libres et égaux, personne n'appartenant à personne. Le naturaliste m'aimait bien, il a eu pitié de moi. Il m'a dit que j'étais trop petite pour tenter de m'enfuir seule, mais que je devais demander à d'autres, plus âgés, de m'emmener avec eux. Il m'a montré des cartes avec les meilleurs itinéraires vers le nord et m'a donné aussi les noms des gens qui pouvaient nous aider en route.

« J'ai parlé aux autres esclaves, mais ils avaient tous trop peur du maître pour penser à s'échapper. Ils savaient, parce qu'ils l'avaient vu, ce qu'il faisait aux fuyards quand on les lui ramenait.

« Une semaine environ après le départ de l'abolitionniste, un soir que, rouée de coups, je sortais de la chambre du maître pour rentrer en pleurant aux quartiers des esclaves, j'ai fait un baluchon avec

---

1. Réseau clandestin de libération des esclaves.

quelques vêtements et le peu de nourriture que j'ai pu rassembler et je suis partie toute seule. Il me faisait trop mal. Ça m'était égal de mourir si on me retrouvait. La mort me semblait plus douce que la vie que je menais.

« J'étais jeune et forte, dit Phemie. Pendant plusieurs nuits, j'ai couru à travers les forêts, les marais et les cannaies. Je n'ai pas arrêté de courir. J'entendais parfois des chiens aboyer derrière moi, mais le naturaliste m'avait dit de marcher dans l'eau, le long des ruisseaux ou au bord des lacs, pour leur faire perdre ma trace. Et j'ai continué.

« Des semaines entières, j'ai poursuivi vers le nord en voyageant de nuit et en me cachant la journée dans les sous-bois. Je mangeais ce que je trouvais dans les forêts et dans les champs, des racines, des herbes, parfois des fruits ou des légumes que je volais dans les fermes ou dans les jardins. J'avais faim et je ne savais jamais où j'étais, mais je gardais toujours l'étoile du Nord en ligne de mire, et je me dirigeais à l'aide des repères que m'avait donnés le savant. J'ai souvent eu envie d'entrer dans les villes en chemin pour mendier un peu de nourriture, mais je n'osais pas. Je portais sur le dos les initiales de mon ancien maître et, si l'on me capturait, j'étais sûre qu'on me ramènerait à lui et que ma punition serait terrible.

« Pendant ces semaines de solitude en pleine campagne, j'ai commencé à me souvenir de ce que ma mère m'avait dit de son peuple, des hommes qui chassaient et des femmes qui faisaient la cueillette. Je n'aurais jamais survécu sur la route de la liberté sans ce que ma mère m'avait appris de la brousse. Et c'est ce savoir ancestral, que ma mère tenait de ma grand-mère, qui m'a sauvé la vie. Comme si, bien des années après, la mère de ma mère était revenue me trouver moi, cette mère que ma mère aurait tant aimé revoir...

« J'ai fini par franchir la frontière canadienne au bout de quelques mois. Je suis allée voir les gens dont le naturaliste m'avait donné les noms, et ils m'ont placée au service d'une famille, chez un médecin. J'y étais très bien traitée et j'ai pu continuer à m'instruire. J'ai vécu parmi eux presque dix ans et ils me payaient honnêtement en échange de mon travail.

« Un jour j'ai remarqué un petit encart dans le journal où l'on demandait à de jeunes femmes célibataires de toute race, confession et couleur, si elles souhaitaient se porter volontaires dans le cadre d'un grand programme sur les territoires de la frontière américaine. J'ai répondu... et je suis là... avec vous.

— Mais si vous étiez heureuse chez ce docteur au Canada, demandais-je à Phemie, pourquoi les avez-vous quittés pour vous lancer dans cette aventure insensée ?

— C'était des gens très bien. Je les aimais beaucoup et je leur serai toujours reconnaissante. Mais voyez-vous, May, je restais quoi qu'il en soit au service de quelqu'un. On me payait mes heures de travail, bien sûr, mais j'étais encore aux ordres des Blancs. Je veux plus que cela, je rêve d'être une femme libre, réellement indépendante, tributaire de personne. Je le dois à ma mère, à mon peuple. Je sais que pour une femme blanche comme vous, ce que je dis peut être difficile à comprendre. »

Je lui donnai une petite tape sur le dos de la main. « Vous seriez étonnée, Phemie, de savoir à quel point je connais ce besoin de liberté. »

Mais un acte méprisable vient de tout gâcher. Tandis que nous conversions, Phemie et moi, Daisy Lovelace, la Sudiste assise de l'autre côté de l'allée, a posé sur le siège près d'elle son affreux vieux caniche et lui a demandé d'une voix si forte que nous n'avons pu nous empêcher de nous tourner vers elle : « Fern Louiiiiise, qu'est-ce tu aimerais mieux, être un nèèègre ou mourir tout de suiiiiite ? » Pour toute réponse, le chien s'est laissé basculer, le ventre à l'air et les pattes à moitié repliées. Et Miss Lovelace de couiner de son petit rire méchant.

« Misérable bougresse, ai-je murmuré. Ne lui prêtez pas attention, Phemie.

— Bien sûr que non, fit-elle, parfaitement détachée. Cette pauvre femme est saoule, May, et, croyez-moi, j'ai entendu bien pire. Je suis sûre que ce petit jeu de société devait beaucoup amuser ses amis planteurs. Maintenant qu'elle se retrouve au sein de notre foule colorée, il lui faut bien trouver un moyen de se sentir supérieure. Mais je crois que nous ne devrions pas la juger trop vite. »

J'étais assoupie, la tête sur l'épaule de Phemie, lorsque m'a brutalement réveillée la voix haut perchée de cette épouvantable Narcissa White, la protestante épiscopalienne qui a pris part à notre programme sous les auspices de la Société des missionnaires de l'Église américaine. La voici qui s'affaire le long de l'allée à distribuer ses missels. « Celui qui sans la foi pénètre une terre vierge est voué à périr, dit Notre-Seigneur Jésus-Christ », prêche-t-elle avec tout un chapelet d'absurdités, sans autre résultat que de semer le trouble parmi les volontaires dont certaines sont déjà nerveuses comme un troupeau aux portes de l'abattoir.

Je crains que Miss White et moi ne nous soyons prises en grippe à peine nous nous sommes vues et que cette antipathie ne se transforme bientôt en vive inimitié. Parfaitement exaspérante, elle nous assomme au-delà du raisonnable avec sa piété suffisante et son délire évangéliste. Comme tu le sais, Hortense, je n'ai jamais éprouvé un grand intérêt envers l'Église. Sans doute est-ce l'hypocrisie inhérente à la position de Père — aîné de l'Église presbytérienne, mais l'homme le moins chrétien que j'aie connu — qui m'a valu cette causticité à l'égard de toutes les religions organisées.

Miss White, qui nous a déjà fait savoir qu'elle n'a aucunement l'intention de donner un enfant à son futur Cheyenne, ni même d'entretenir avec lui de relations conjugales, nous assure qu'elle ne s'est engagée que dans le but de se donner au Christ lui-même, et de sauver l'âme égarée de son sauvage promis en lui enseignant « les voies du Seigneur et l'unique chemin du salut », comme elle répète si pieusement. Il ne fait pas de doute qu'elle se prépare à distribuer des missels chez les Cheyennes. Elle n'a pas semblé le moins du monde découragée lorsque je lui ai fait remarquer qu'ils seront probablement incapables de les lire. Je blasphème peut-être mais, en ce qui me concerne, je pense que le bon Dieu proclamé des ouailles de ce genre sera d'une utilité douteuse auprès des indigènes...

Chère sœur, je t'écrirai bientôt de nouveau...


31 mars 1875

Nous avons franchi le fleuve Missouri il y a trois jours et passé une nuit dans une pension à Omaha. L'escorte militaire — je préfère dire nos « gardes » — nous traite plus comme des prisonnières que comme des volontaires au service du gouvernement. Ils sont méprisants, sarcastiques, et leurs ricanements semblent indiquer qu'ils connaissent la nature faustienne de notre contrat avec l'État. On nous a empêchées de visiter Omaha, même de seulement quitter la pension ; sans doute craignent-ils que nous changions d'avis et que nous tentions de prendre la fuite.

Le lendemain matin, nous sommes montées à bord d'un autre train qui a longé deux jours entiers les falaises qui dominent la Platte River, curieux fleuve, en réalité : large, lent et gonflé.

Nous avons traversé le petit campement de Grand Island, où le train s'est réapprovisionné — et où l'on nous a interdit de descendre —, puis nous avons suivi la direction du nord vers le village fangeux de North Platte où, à nouveau, on ne nous permit pas même de nous dégourdir les jambes à la gare. Hier matin à l'aube, nous avons assisté à un spectacle remarquable : des milliers, je dirais même des millions de grues étaient là dans le fleuve. Obéissant à quelque signal, ou simplement effrayées par l'arrivée du train, elles se sont subitement toutes envolées, s'élevant au-dessus de la surface de l'eau comme un seul être pour former un immense drap soulevé par le vent. Notre ornithologue britannique, Miss Flight, était paralysée par l'émotion. Elle n'en perdit pas pour autant l'usage de la parole... « Fantastique ! disait-elle en frappant sur son inexistante poitrine. Absolument extraordinaire ! » J'ai vraiment cru que ses sourcils allaient eux aussi s'envoler par-dessus son front. « Un chef-d'œuvre, s'émerveillait-elle. Le chef-d'œuvre de Dieu ! » J'ai d'abord trouvé sa remarque curieuse, pour me rendre compte finalement à quel point sa description était juste. Des oiseaux se dégageait un tel bruit qu'on l'entendait malgré le rugissement de la locomotive. Un million d'ailes — inimaginable ! Comme le grondement du tonnerre ou la voix d'immenses cascades, ponctués par les étranges cra-

quètements de ces grues, ce cri d'un autre monde !
Et ces battements d'ailes, à la fois lourds et élé-
gants, leurs corps si grands qu'on ne les croirait pas
capables de voler, et leurs pattes ballantes et mala-
droites qui ressemblent aux rubans de chiffon d'un
cerf-volant d'enfant... Le chef-d'œuvre de Dieu...
Sans doute, après le long confinement spartiate que
j'ai enduré, derrière mes quatre murs et la porte fermée, le spectacle d'une telle liberté, d'une telle
fécondité, me paraît-il plus merveilleux encore. Que
cette terre, ce matin, me semble un endroit si bien
désigné pour vivre et se sentir libre ! Je crois que je
n'aurai pas de mal à m'adapter à la vie sauvage...

Je n'ai pas encore d'idée véritable de ce pays
étrange et nouveau. Comparées à celles de l'Illinois,
les vastes prairies que nous traversons ont un aspect
aride, ingrat, et les rares fermes que nous ren-
controns le long de la plaine inondée du fleuve res-
pirent la pauvreté et l'odeur des marais. Les travail-
leurs des champs ont un air désolé, découragé,
comme s'ils avaient déjà renoncé à leurs rêves de
prospérité. Nous avons remarqué un pauvre homme
qui s'efforçait en vain de labourer un champ inondé
avec un attelage de bœufs ; son entreprise était à
l'évidence condamnée, ses bêtes embourbées
jusqu'au poitrail ; abattu, il a fini par s'asseoir et
recueillir sa tête entre ses bras croisés, prêt sans
doute à pleurer.

J'ai l'impression que les hautes terres
conviennent mieux à l'élevage du bétail que ces bas
marais à l'agriculture. De fait, plus nous avançons
vers l'ouest, plus nous remarquons la présence de
bovins d'une variété tout à fait différente de celle
que j'ai toujours vue dans l'Illinois : plus élancés,
plus sauvages, avec de hautes pattes et de longues
cornes gracieusement courbées. Nous avons assisté

hier au fameux tableau d'un troupeau de plusieurs milliers de bêtes certainement, guidé le long du fleuve par des « cow-boys ». Le conducteur du train a dû stopper ses machines pour éviter une collision avec les animaux, ce qui nous a laissé le temps de bien observer la scène. J'ai bien sûr appris l'existence de ces cow-boys dans les périodiques et j'ai vu les impressions qu'en ont rendu les peintres. Eh bien, ils sont aussi hauts en couleur et pittoresques qu'on nous les décrit. Martha est devenue toute rouge en les apercevant — une habitude charmante qui trahit son excitation — et c'était, il est vrai, un moment étonnant. Ils lancent de terribles cris aigus lorsqu'ils chargent devant leurs bêtes en faisant gaiement tournoyer leurs chapeaux. C'est un spectacle à la fois fantastique et romantique de voir le grand troupeau patauger lourdement dans les basses eaux, guidé et pressé par ces hommes. Un soldat de l'escorte nous a appris que, partis du Texas, ils sont en route vers le Montana où l'élevage est une industrie en plein essor. Qui sait, peut-être les « épouses indiennes » que nous deviendrons partiront-elles un jour visiter à leur tour ce territoire, car on nous a prévenues que les Cheyennes sont un peuple nomade, et que nous devions nous attendre à des déplacements fréquents et subits.

3 avril 1875

Le train est resté arrêté aujourd'hui quelques heures tandis que plusieurs hommes du convoi se sont offert un genre de récréation « sportive », tirant au fusil depuis les fenêtres sur des dizaines de bisons. Je ne vois pas exactement quel rapport ce jeu de massacre peut bien avoir avec le sport, les bisons me paraissant aussi confiants et stupides que les vaches laitières. Ces pauvres bêtes idiotes se contentent de tourner en rond alors qu'on les abat une par une comme au tir au fusil dans une foire aux plaisirs. Les hommes à bord, notamment les soldats de notre escorte, se comportent comme des mômes égarés, à crier et brailler en se félicitant mutuellement de leurs exploits à la carabine. Pour la plupart, les femmes restent silencieuses, un mouchoir sous le nez pour se protéger de l'âcre fumée dégagée par les armes à feu qui remplit les wagons. Ce spectacle grotesque est aussi selon moi un parfait gaspillage : les animaux à terre resteront morts sur place, et ceux qui ne périssent pas tout de suite, mortellement blessés, beuglent pitoyablement. Certaines femelles ont auprès d'elles des petits qui font aussi le bonheur des tireurs. J'ai remarqué, ces derniers jours, que les terres sont jonchées d'os et de carcasses à un stade ou un autre de décomposition, et qu'une odeur sensible de chair pourrie plane dans l'air. D'aussi ignobles perversions sont de nature à provoquer la colère des gens normaux, sinon l'ire des dieux. Je ne peux m'empêcher de penser une fois de plus que l'homme est bel et bien une créature brutale et imbécile. Est-il une autre espèce sur terre qui tue pour le plaisir ?

Nous voilà enfin repartis, ces messieurs ayant étanché leur soif de sang...


### 8 avril 1875
### Fort Sidney, territoire du Nebraska

Arrivées à notre première destination, nous sommes logées dans les quartiers des officiers en attendant de partir pour la prochaine étape. Martha et moi avons été séparées, et je suis hébergée par la famille du lieutenant James. Son épouse Abigail, muette et froide, semble avoir adopté cet air de supériorité commun à pratiquement tous ceux qui nous ont approchées depuis le début de ce voyage. Nous avons beau être « officiellement » des missionnaires dépêchées auprès des sauvages, tout le monde paraît au courant des objectifs réels de notre mission et, pour cette raison, nous méprise. Je suis peut-être naïve d'espérer que l'on puisse nous accorder quelque respect, puisque nous sommes les volontaires d'une expérience notable tant du point de vue social que politique. Toutefois les esprits étroits telle l'épouse de ce lieutenant ont toujours besoin de se trouver supérieurs à quelqu'un, et pour eux nous sommes des putains.

Peu après notre arrivée, mon hôtesse a frappé à la porte de ma chambre et, lorsque j'ai répondu, m'a priée, d'un ton hautain et sans mettre le pied à l'intérieur, de ne pas parler de notre mission devant les enfants au dîner.

« Cette mission est secrète, ai-je dit, je n'ai donc aucunement l'intention d'en parler. Mais puis-je vous demander, madame, la raison de votre requête ?

— Les enfants ont été exposés au spectacle de ces sauvages alcooliques et dégénérés qui traînent autour du fort. Ce sont des gens répugnants que je ne laisserais en aucun cas entrer chez moi, encore moins s'asseoir à ma table. Et jamais je ne permettrais que mes petits lient connaissance avec leur progéniture. Nous avons reçu l'ordre du commandant du fort de vous recevoir et de vous nourrir, mais vous devez comprendre que ce n'est pas un choix et que nous n'avons pas eu le loisir de protester. Je ne laisserai pas corrompre mes enfants par quelque évocation de cette affaire honteuse. Me fais-je bien entendre ?

— Parfaitement, madame. Alors permettez-moi d'ajouter que j'aime mieux mourir de faim que m'asseoir à votre table. »

J'ai donc passé mon court séjour chez Miss James dans ma chambre. Je n'ai pris aucun repas. Tôt chaque matin, je suis sortie me promener dans le fort, mais les soldats eux-mêmes et les drôles de brigands, aux allures brutales et aux vêtements de daim, qui fréquentent les lieux m'ont reluquée d'un air égrillard. Leurs commentaires graveleux m'ont forcée, à contrecœur, à renoncer à cette maigre distraction matinale. Notre mission semble n'être qu'un secret de polichinelle d'un bout à l'autre de la Frontière ; on croirait presque qu'elle représente une terrifiante menace pour tous ceux au courant. Eh bien, soit ; je ne m'en formaliserai pas, puisque j'ai plutôt l'habitude de suivre des voies peu conformistes, voire décriées... je m'en fais même un plaisir... Franchement, vu la façon dont j'ai été traitée par les gens dits « civilisés », il me tarde finalement d'aller vivre chez les sauvages. J'espère qu'eux, au moins, sauront nous apprécier.


### 11 avril 1875

Nous sommes de nouveau en route, cette fois dans un train de l'armée en direction de Fort Laramie. Et nous avons perdu quelques recrues à Fort Sidney. Elles ont dû changer d'avis maintenant que nous approchons de notre destination finale, ou peut-être les familles des militaires qui les ont hébergées ont-elles réussi à les convaincre d'abandonner notre dessein « immoral ».

Ou encore — c'est l'hypothèse la plus vraisemblable — se sont-elles émues du pathétique spectacle des pauvres sauvages qui résident aux environs du fort. Je dois admettre que c'est bien la plus infâme bande de gueux et de soûlards que j'aie jamais vu. Tous répugnants et vêtus de haillons, ils tombaient ivres morts par terre et dormaient dans leur crasse. Mon Dieu, m'aurait-on dit qu'un de ces pauvres malheureux allait devenir mon mari, j'aurais moi aussi reconsidéré la chose. Ce qu'ils doivent puer !

Durant notre séjour à Fort Sidney, mon amie Phemie a été hébergée par le maréchal-ferrant, un Noir, et sa femme. Beaucoup de nos volontaires ont refusé de rester sous le même toit que Phemie, puisque c'est une négresse. Comme nous allons toutes vivre et procréer avec des individus d'une autre race et à la peau plus sombre, ce genre de subtilités me paraît franchement absurde — je parie d'ailleurs qu'elles s'effaceront progressivement une fois que nous serons chez les sauvages. Et, par la même occasion, que Phemie se sentira peu à peu comme toutes les autres — ni plus ni moins blanche...

Le forgeron et son épouse ont été très aimables avec elle et lui ont même donné quelques vêtements de rechange. Ils lui ont appris que les Indiens « libres » avec lesquels nous allons demeurer ne ressemblent en rien aux « rapaces du fort », que les Cheyennes ont la réputation chez les autres tribus de compter parmi eux les plus beaux hommes des plaines, et les femmes les plus vertueuses. Ces nouvelles nous ont grandement soulagées.

Cet autre train est sensiblement moins confortable ; les sièges sont de simples bancs de bois brut ; comme si l'on nous privait graduellement des plaisirs de la civilisation... Martha semble de plus en plus anxieuse; la pauvre Sara, toujours aussi silencieuse, est pratiquement folle d'angoisse — elle n'a plus d'ongles au bout des doigts... Même Gretchen, d'ordinaire si joviale, si exubérante, s'est enfermée dans ses muettes appréhensions. Et les autres sont toutes livrées à une forme ou une autre de détresse. Miss Lovelace, qui tète en douce sa flasque de « potion », serre son vieux caniche blanc sur sa poitrine. Miss Flight affiche son perpétuel air étonné, légèrement teinté maintenant du piquant de l'angoisse. Ada Ware, la femme en noir qui parle peu, ressemble plus que jamais à l'ange de la mort. Les sœurs Kelly elles-mêmes paraissent avoir égaré leur effronterie de gosses des rues dans les prairies infiniment désolées que nous traversons. Au grand soulagement de toutes, Narcissa White, l'évangéliste, qui prêche d'habitude assez fort pour que toutes les oreilles l'entendent, est plongée maintenant dans quelque fervente prière intérieure.

Seule Phemie, Dieu la bénisse, reste comme toujours calme et imperturbable, la tête haute et un petit sourire aux lèvres. Je crois que les amertumes et les tribulations que la vie lui a imposées lui ont donné une inébranlable solidité; c'est une force à regarder vivre.

Elle vient à l'instant d'accomplir une chose remarquable alors que nous sommes vraiment au plus bas, épuisées par notre long voyage, découragées et effrayées à l'idée de ce qui nous attend. Nous cheminions lentement le long des rails d'acier et regardions par la fenêtre, sans rien dire, le paysage de cette lande stérile, morne, sèche, rocailleuse et nue. Nous scrutions ce pays qui n'a rien pour se prévaloir, cette campagne qui accroît nos angoisses et ne porte d'autre augure que celui du monde terrible où nous serons reléguées, quand soudain Phemie s'est mise à entonner, de sa voix basse et mélodieuse, la chanson des esclaves du chemin de fer souterrain :

*Il est en route pour la gloire, ce train*
*Oui, il est en route pour la gloire, ce train*
*Ce train est en route pour la gloire*
*Monte à bord et dis ton histoire*
*Car il est en route pour la gloire, ce train.*

Tous les yeux ont convergé vers elle. Quelques femmes sourient timidement et, envoûtées, l'écoutent continuer :

*Il a bien peu de wagons, ce train*
*Il a bien peu de wagons, ce train*
*Il n'en attachera pas de nouveau*
*Car c'est l'express du fond de la nuit*
*Il a bien peu de wagons, ce train.*

L'émotion teintée de vaillance et de fierté contenue dans la voix ravissante de Phemie nous redonne courage et, lorsqu'elle reprend le premier couplet : « *Il est en route pour la gloire, ce train* », je commence à chanter avec elle... « *Oui, il est en route pour la gloire, ce train...* » D'autres se joignent à nous : « *Il est en route pour la gloire, ce train, monte à bord et dis ton histoire* ». Bientôt le wagon entier — j'ai même vu la Noire Ada s'y mettre aussi — entonne en chœur « *Car il est en route pour la gloire, ce train...* » Oh oui, la gloire... quelle bonne idée, je trouve...

# DEUXIÈME CARNET

## Aux confins d'un monde sauvage

*« La paix ressemble à nos conquêtes*
*Car des deux parties noblement soumises*
*Aucune n'a vraiment perdu. »*

(William SHAKESPEARE, *Henry VI*
deuxième partie, acte IV, scène 2,
extrait des journaux de May Dodd.)

## 13 avril 1875

Eh bien, nous voilà enfin à Fort Laramie, l'endroit le plus sale, le plus misérable, le plus perdu que Dieu ait bien voulu nous donner! Il semble que nous ayons quitté il y a cent ans les prairies de Chicago qu'on dirait luxuriantes comparées à ce désert poussiéreux de rocaille. Seigneur!

Logées dans les quartiers militaires, nous dormons sur de petits lits de bois brut — tout ce qu'il y a de primitif, vraiment inconfortables... pourtant je ne devrais pas encore employer ces mots. Dans quel genre d'inconfort devrons-nous vivre dans quelque temps? Nous allons rester ici une semaine, nous dit-on, ensuite nous serons escortées par un détachement de l'armée jusqu'à Camp Robinson où nous ferons enfin la connaissance de nos maris indiens. Je suis convaincue d'être parfaitement dérangée, comme toutes les autres. Il faut quand même être vraiment folle pour rejoindre de tels lieux de son plein gré, non? Accepter de vivre chez les sauvages! Et en épouser un! Mon Dieu, Harry, comment as-tu pu les laisser m'écarter de toi...

Mon cher Harry,

À l'heure qu'il est, tu dois savoir que j'ai quitté la région de Chicago.

Que je vais m'établir à l'Ouest. Ou peut-être la nouvelle ne t'est-elle pas parvenue ? Peut-être encore ces voyous engagés par mon père t'ont-ils laissé mort... Oh Harry, j'ai essayé de ne plus penser à toi, et à nos deux enfants chéris. Nous as-tu donnés pour une poignée de dollars ? Je t'ai tant aimé, et ces questions qui restent sans réponse sont pour moi une torture. Étais-tu dans les bras d'une autre, ivre et dans l'ignorance de ce qui nous arrivait, la nuit où l'on nous a enlevés ? Je préférerais le croire plutôt que te savoir de mèche avec Père. N'étais-je pas ta fidèle compagne, la mère de tes enfants ? N'avons-nous pas été heureux ensemble ? N'avons-nous pas aimé nos beaux enfants ? Combien d'argent t'a-t-il donné, Harry ? Combien as-tu demandé pour ta famille ?

Je suis navrée... je t'accuse sûrement à tort... peut-être ne saurai-je jamais la vérité... Oh Harry, mon doux, mon merveilleux amour, ils ont pris nos petits... Dieu, ce qu'ils me manquent, je souffre la nuit à leur pensée, je me réveille en sursaut quand mes rêves me rendent la douceur de leurs visages. Allongée sans pouvoir dormir, je me demande comment ils vont, s'ils ont gardé quelque souvenir de leur mère qui les aime. Que ne ferais-je pour recevoir de leurs nouvelles ! Les as-tu revus ? Non, sûrement pas. Père ne le permettrait jamais, de même qu'il n'a jamais admis qu'un homme d'humble naissance puisse être le père de ses petits-enfants. Comme moi, ils grandiront gâtés, avec les privilèges de leur classe, ils deviendront d'insupportables petits monstres qui regarderont de haut les hommes de la tienne. N'est-ce pas incroyable : que l'on puisse d'un jour à l'autre nous priver de nos vies, nous voler nos enfants au beau milieu de la nuit, et enfermer leur mère dans un asile de fous pendant que leur père... Dieu seul sait ce que tu es devenu, Harry. T'ont-ils tué, t'ont-ils payé ? Es-tu mort ou nous as-tu vendus au plus offrant ? Dois-je te haïr ou porter le deuil ? En l'absence de réponse, penser à toi m'est presque insupportable... Je ne peux que rêver de retourner un jour à Chicago, quand j'aurai rempli ma mission, et de rentrer vivre avec mes enfants, vous revoir et trouver la vérité dans vos yeux.

Au stade où en sont les choses, c'est en fait une chance que nous n'ayons pas été mariés, puisque me voilà aujourd'hui officiellement fiancée à un autre. Oui, je sais, tout cela est arrivé si vite. Malgré mes réticences devant le mariage, j'ai conclu un singulier contrat afin de gagner ma liberté. Et, si je ne connais pas encore le nom de l'heureux élu, je sais que c'est un Indien de la tribu cheyenne. Je ne suis pas autorisée à m'en ouvrir à qui que ce soit mais, de toute façon, on ne me laisserait jamais poster cette lettre si je savais où l'adresser. Cette affaire doit rester secrète, même si en vérité elle ne l'est plus guère... Cela peut sembler insensé, mais je crois de mon devoir de te faire part de ma situation, de t'apprendre la nouvelle... même si je ne peux envoyer de courrier. Voilà, je me serai acquittée de mes obligations et je reste, à défaut d'autre chose...

... la dévouée mère de tes enfants,

May.

Au terme de cette semaine à Fort Laramie, je ne serai pas fâchée de reprendre la route. C'est pour l'instant d'un ennui épouvantable. Nous sommes pratiquement enfermées, prisonnières de ces quartiers. On nous autorise seulement une heure de promenade autour du fort l'après-midi, et toujours sous bonne escorte. Peut-être craint-on que nous ne liions connaissance avec les Indiens assignés à proximité et que nous changions toutes d'avis. Je dois admettre qu'ils sont aussi abjects que ceux de Fort Sidney et il ne doit pas exister sur terre d'épaves aussi navrantes et disgracieuses. Ce sont pour l'essentiel des Sioux, des Arapahos et des Crows, nous a-t-on dit. Les hommes ne font rien d'autre que boire, jouer, mendier, quand ils n'offrent pas les services de leurs pauvres femmes et filles en haillons, aux soldats, aux sang-mêlé ou aux hors-la-loi blancs qui se retrouvent autour du fort contre une rasade de whiskey! Tout cela est répugnant et pathétique. Les Indiennes sont elles-mêmes trop ivres pour protester, si tant est qu'elles aient leur mot à dire...

Il ne faut pas nous laisser abattre, car ces Indiens-là ne sont d'aucune façon représentatifs du peuple chez qui on nous emmène. C'est ce que je continue de répéter, pour le bien au moins de la petite Sara et de mon amie Martha. Comme je l'ai fait remarquer à cette dernière, il est peu probable que son mari se débarrasse d'elle en échange d'une bouteille de whiskey et, s'il le faisait, elle reprendrait tout simplement sa liberté, son devoir accompli, et elle n'aurait plus qu'à rentrer chez les siens. Mais j'avais oublié que Martha tient vraiment à trouver l'amour sincère et véritable chez un de nos sauvages. C'est pourquoi, loin de la rassurer, l'éventualité d'une union malheureuse ne fait que l'inquiéter encore plus.

L'unique autre distraction de ce séjour monotone à Fort Laramie nous est offerte lors des repas communs au mess des officiers. Pour des raisons de sécurité sans doute, nous restons isolées de la population civile du fort, toutefois certains officiers et leurs épouses sont autorisés à manger avec nous. La version « officielle » de notre présence ici veut une fois de plus que nous soyons des « missionnaires » parties convertir les sauvages.

C'est ainsi que j'ai pu aujourd'hui m'asseoir à la table du capitaine John G. Bourke, à qui la responsabilité de notre groupe a été confiée jusqu'au terme de ce voyage. Le capitaine est l'aide de camp du général George Crook en personne, le célèbre pourfendeur d'Indiens qui a soumis il y a peu les rudes Apaches du territoire de l'Arizona. Certaines de nos camarades avaient pris connaissance de ses exploits à la lecture des quotidiens de Chicago. Évidemment, la presse était un luxe inconnu dans l'asile...

Je suis très favorablement impressionnée par ce capitaine Bourke. C'est un vrai gentleman, et quelqu'un qui, enfin, nous traite avec la courtoisie et le respect appropriés. Il est célibataire, mais les rumeurs le disent fiancé à la fille du commandant du fort, une jolie jeune femme peu intéressante répondant au nom de Lydia Bradley qui, assise à sa droite, s'efforçait de monopoliser son attention par le discours le plus insipide que l'on saurait imaginer. S'il s'est montré plein de sollicitude envers elle, il est clair qu'elle l'ennuie terriblement.

Le capitaine Bourke, manifestant un grand intérêt pour nous, nous a posé quantité de questions directes, quoique toutes délicatement formulées. Il ne fait pas de doute qu'il n'ignore rien de la vraie nature de notre mission — ce qui n'implique pas pour autant qu'il l'approuve. Comme il a passé un temps considérable au contact des indigènes en Arizona où il était auparavant affecté, le capitaine se flatte de nombreuses connaissances d'ethnographe amateur et paraît fort au courant du mode de vie et des coutumes sauvages.

Soit dit en passant, j'ai cru remarquer d'une façon générale qu'il semble aussi très bien connaître les femmes. J'avoue qu'il est plutôt bel homme et que l'uniforme sied bien à sa carrure virile. Ses longs cheveux bruns lui tombent sur le col, il porte la moustache, et ses yeux noisette, enfoncés et expressifs, sont animés d'une lueur doucettement espiègle, comme s'il s'amusait constamment de quelque chose. Ce sont, me semble-t-il, moins les yeux d'un soldat que ceux d'un poète. Leur éclat est d'autant plus singulier que, pour ajouter au romantisme, notre homme a le front haut. Il respire l'intelligence et la sensibilité.

Je fus à la fois amusée et séduite de me rendre compte en outre que le capitaine s'adressait plus volontiers à moi qu'aux autres femmes de notre table. Ce qui n'échappa aucunement à sa fiancée qui n'eut d'autre recours que de poursuivre de plus belle ses babillages ineptes.

« John, chéri, l'interrompit-elle brusquement alors qu'il nous livrait un commentaire des plus intéressants à propos des cérémonies religieuses des tribus de l'Arizona. Je suis bien sûre que ces dames apprécieraient quelque sujet de conversation un rien plus civilisé. Vous avez d'ailleurs fort cavalièrement omis de me féliciter à propos de mon nouveau chapeau, arrivé aujourd'hui de Saint Louis. C'est pourtant le dernier cri de la mode new-yorkaise ! »

Le capitaine la regarda d'un œil distrait et vaguement amusé. « Votre chapeau, Lydia ? Quel rapport y a-t-il entre votre chapeau et les danses magiques des Chiricahuas ? »

Voyant sa tentative de détourner la conversation ainsi rejetée, la pauvre fille, embarrassée, se mit à rougir. « Mais, aucun, bien sûr, chéri, dit-elle. Je pensais simplement que ces dames auraient préféré évoquer au dîner les dernières modes new-yorkaises plutôt que ces superstitions indiennes qui me paraissent bien ennuyeuses. N'est-ce pas votre avis, franchement, Miss Dodd ? » me demanda-t-elle.

Je ne pus retenir un petit rire étonné. « Certes, Miss Bradley, votre chapeau est tout à fait remarquable. Dites-moi, capitaine, pensez-vous que nous pourrons inspirer à nos hôtes indiens une appréciation plus nuancée des modes new-yorkaises ? »

Il me sourit en inclinant galamment la tête. « Mais avec quel talent vous me paraissez lier deux sujets aussi éloignés que la coiffure féminine et les coutumes indiennes ! dit-il, les yeux luisants de malice. Saurez-vous accomplir votre œuvre missionnaire avec la même souplesse auprès de ces populations ?

— Dois-je déceler un genre de scepticisme dans le ton de votre voix, capitaine ? Douteriez-vous de notre capacité à enseigner aux sauvages les bénéfices de notre culture et de notre civilisation ? »

Il prit un ton plus grave : « L'expérience m'a appris, madame, que les Indiens d'Amérique sont par nature parfaitement incapables de comprendre notre culture — de la même façon que notre race n'entend rien ou fort peu à leurs coutumes.

— L'objectif déclaré de notre mission, répondis-je — abordant d'assez près l'angle « secret » de celle-ci —, est pourtant de favoriser la compréhension entre nos races, et de fondre les prochaines générations en un peuple unique.

— Ah, un bien noble dessein, madame », dit le capitaine qui, hochant la tête, semblait m'avoir parfaitement saisie. « Mais — vous voudrez bien me pardonner de parler si crûment — pure sottise. Ce que nous risquons de créer en brouillant les frontières raciales, divines et naturelles, est un peuple à la dérive, dépossédé de lui-même, sans identité et sans but, en d'autres termes ni chair ni poisson, ni indien ni caucasien [1].

— Que voici une pensée dégrisante, capitaine, pour une future mère de ces générations. Vous ne croyez sans doute pas plus que nous soyons en mesure d'exercer une influence bénéfique sur ces infortunés ? »

La hardiesse de ma déclaration le fit rougir. Miss Bradley, elle, semblait avoir perdu le fil de la conversation.

« Ce que nous dit malheureusement l'expérience, Miss Dodd, c'est que malgré les trois siècles passés au contact de notre civilisation, l'Indien d'Amérique n'a imité que nos vices.

— Ce qui implique à votre avis, répondis-je, que notre mission n'a aucune chance de réussir ? »

Il posa sur moi un regard intelligent et expressif qui accusait profondément le sillon entre ses sourcils. Je crus détecter dans ses yeux plus qu'une simple inquiétude. Il parla d'une voix basse et ses mots me gelèrent la moelle. « Ce serait pour un officier un crime de trahison, Miss Dodd, que de se prononcer contre les ordres de son commandant. »

Un murmure s'empara de la table et nous fûmes

1. *White caucasian* : terme officiel désignant les personnes de race blanche aux États-Unis.

bientôt tous reconnaissants à Miss Flight de voler à notre secours. « Pardonnez-moi, Miss Bradley, dit-elle, mais saviez-vous que les plumes de votre chapeau sont la parure nuptiale des aigrettes garzettes ?

— Eh bien, non, je ne le savais pas », répondit Miss Bradley, qui semblait à la fois être soulagée et, en quelque sorte, triompher que la conversation revienne finalement à son chapeau. « Mais c'est extraordinaire !

— Certainement, dit Helen. C'est surtout un lamentable commerce dont j'ai été témoin au printemps dernier en Floride, alors que j'étudiais les échassiers des Everglades pour mon ouvrage *Les Oiseaux d'Amérique*. Comme vous le notiez avec raison, les chapeaux à plumes de ce type sont très en vogue de nos jours à New York. Les chapeliers là-bas paient les Indiens Séminoles qui vivent dans les Everglades pour leur fournir ce genre de plumes. Malheureusement celles que vous arborez n'apparaissent chez les oiseaux adultes qu'à la saison des pontes. Les Séminoles ont mis au point une méthode ingénieuse pour capturer les aigrettes dans leurs nids — elles rechignent bien sûr à les quitter puisqu'elles veulent protéger leurs petits. Évidemment, les Indiens sont obligés de tuer les parents pour arracher ces plumes qui portent aussi le nom d'aigrettes. Des colonies entières d'échassiers sont ainsi dévastées, tandis que les jeunes orphelins meurent de faim dans les nids. » Miss Flight réprima un léger frisson. « C'est horrible... les criaillements de couvées entières qui appellent en vain leurs parents... On les entend dans les marais à des kilomètres... »

Devenue blême au terme de ce récit, la pauvre Miss Bradley n'osait plus manipuler son chapeau qu'avec des doigts tremblants. Je la crus un instant sur le point de fondre en larmes. « John, dit-elle, la voix brisée. Voulez-vous, je vous prie, m'escorter jusqu'à mes quartiers ? Je ne me sens pas très bien.

— Chère amie, aurais-je gaffé ? demanda Helen, les sourcils levés et pleine d'appréhension. Je veux dire, je serais horriblement désolée de vous avoir contrariée, Miss Bradley. »

J'étais impatiente d'évoquer plus longuement avec le capitaine Bourke, en privé, ses évidentes objections au bien-fondé de notre mission. Je l'aperçus après dîner, assis tout seul dans la véranda de la salle à manger, en train de fumer un cigare. La vérité est que je suis sans conteste séduite, bien que cette attirance ne puisse aboutir à rien... Cependant quel mal peut-il y avoir à poursuivre d'innocentes galanteries ?

J'ai dû surprendre le capitaine qui bondit littéralement de son siège en m'entendant approcher.

« Miss Dodd, dit-il en s'inclinant.

— Bonsoir, capitaine. J'espère que Miss Bradley n'est pas souffrante ? Je crains que Miss Helen ne l'ait bouleversée avec son récit.

— Je crains, moi, que Miss Bradley n'ait que trop souvent l'occasion d'être bouleversée par la vie de la Frontière, dit-il avec une lueur d'amusement dans l'œil. Elle est arrivée ici l'année dernière, depuis New York où elle a vécu la majeure partie de son existence avec sa mère. Elle se rend compte que les avant-postes de l'armée ne sont pas exactement conçus pour de jeunes sensibilités.

— Ils conviennent sans doute mieux, répondis-je sur un ton badin, à nous autres les rudes pionnières du Middle West.

— Ce n'est pas, à mon sens, conclut-il, songeur et les sourcils froncés, un endroit qui convient aux dames, quelles qu'elles soient.

— Dites-moi alors, capitaine : si la vie est déjà si difficile au fort, que devons-nous attendre chez les sauvages ?

— Vous vous en doutez, Miss Dodd, j'ai reçu de mes supérieurs des instructions précises en ce qui concerne votre mission. Et comme je l'ai indiqué au dîner, je préfère ne pas avancer d'opinion à ce sujet.

— Mais vous l'avez déjà fait, capitaine. De toute façon, je ne vous la demande pas. En revanche, puisque vous êtes féru de culture indienne, je souhaiterais obtenir de votre part des éclaircissements à propos de notre nouvelle vie.

— Dois-je comprendre, dit-il, la voix serrée par le courroux, que le gouvernement ne vous a pas fourni un minimum d'informations au moment du recrutement ?

— On nous a dit que nous devions nous attendre à faire un peu de camping, répondis-je non sans quelque ironie dans l'intonation.

— Du camping... marmonna-t-il. C'est de la folie, toute cette histoire est de la folie pure.

— Est-ce un avis personnel ou professionnel, capitaine ? demandai-je en espérant le dérider. Le président Grant en personne nous envoie poursuivre une noble entreprise et vous appelez cela de la folie. Est-ce la trahison que vous évoquiez plus tôt ? »

Les mains croisées derrière le dos, son cigare allumé entre deux doigts, il se détourna de moi. Le profil régulier du capitaine, son long nez droit, se dessinaient contre l'horizon ; ses cheveux presque noirs tombaient en boucles sur ses épaules. Bien que ce ne fût guère le moment, je ne pus m'empêcher de remarquer à nouveau la fière silhouette de mon compagnon — son dos puissant, ses hanches minces, son port altier... l'uniforme flattait sa carrure... Le regardant alors, je sentis l'aiguillon de ce

91

qui ressemble bien au... désir — une sensation que j'attribuai volontiers au fait que je sois restée plus d'un an enfermée dans une institution psychiatrique, sans autre compagnie masculine que mes haïssables tortionnaires.

Le capitaine Bourke se tourna alors vers moi et, me dévisageant d'un œil pénétrant, me fit littéralement rougir jusqu'aux oreilles. « Oui, dit-il, les hommes du président vous ont envoyées ici pour vous unir à des barbares au nom de je ne sais quel absurde dessein politique. Vous parlez de camping ? C'est bien le cadet de vos soucis, je vous assure, Miss Dodd. Évidemment, ces messieurs de la capitale n'ont pas la moindre idée des épreuves qui vous attendent — ils s'en fichent probablement. Comme d'habitude, ils ne se sont pas donné la peine de consulter ceux d'entre nous qui auraient pu les renseigner. Ils nous demandent tout bonnement de vous conduire saines et sauves chez vos nouveaux maris, comme de simples marchandises. À échanger contre des chevaux ! Quelle honte ! » La colère s'emparait de lui comme un vent furieux, déchaîné. « Honte à eux ! Dieu tout puissant, c'est une abomination !

— Des chevaux ? demandai-je d'une petite voix.

— Ils auront sans doute omis de mentionner que les sauvages ont offert de payer leurs épouses par le même nombre d'animaux. »

Je retrouvai rapidement contenance. « Nous devrions peut-être en être flattées, dis-je. J'ai cru comprendre que les Indiens ont la plus haute estime pour leurs chevaux. En outre, vous devez garder à l'esprit, cher capitaine, que personne ne nous a forcées à participer à ce projet. Nous sommes des volontaires. Si notre mission a quelque chose de honteux, la honte revient aussi à celles d'entre nous qui se sont enrôlées de leur plein gré. »

Il braqua sur moi un regard scrutateur, comme à la recherche de quelque motivation secrète qui aurait pu l'aider à comprendre notre décision. « Je vous ai observée à table, Miss Dodd, dit-il à voix basse.

— Cela ne m'a pas échappé, admis-je, les joues de nouveau empourprées... et non sans un certain picotement à fleur de peau.

— J'ai tenté de deviner ce qui a bien pu pousser une séduisante jeune femme comme vous à prendre part à une entreprise aussi improbable au milieu de cette cohorte bariolée à souhait. Certaines de vos compagnes... eh bien, disons qu'il n'est pas difficile de trouver les raisons de leur présence ici. Par exemple, votre amie britannique, Miss Flight n'a trouvé que ce moyen pour poursuivre ses activités professionnelles. Pour ce qui est des sœurs Kelly, les deux Irlandaises, ce sont deux petites canailles, cela crève les yeux et je parie qu'elles ont eu maille à partir avec la police de Chicago. Quant à cette grosse Allemande, là, eh bien, je doute qu'elle ait trouvé chez les siens un très grand nombre de soupirants... »

Je l'interrompis d'un ton cassant : « Je trouve ceci très cruel de votre part, capitaine. Vous me décevez. Je vous prenais pour un gentleman et cette remarque est indigne de vous. La vérité est qu'aucune d'entre nous n'est spécialement meilleure que l'autre. Nous nous sommes toutes engagées pour des raisons personnelles, sans qu'elles puissent faire l'objet d'une quelconque hiérarchie. Et ces raisons ne vous regardent pas. »

Il se redressa et claqua des talons avec une précision toute militaire. Puis il inclina légèrement la tête vers moi. « Vous avez parfaitement raison, madame. Veuillez accepter mes excuses. Je n'avais pas l'intention d'insulter vos camarades. J'exprimais seulement le fait qu'une femme jeune, jolie, intelligente, spirituelle et à l'évidence fort bien élevée comme vous, ne correspond aucunement à l'échantillon de criminelles de droit commun, de vieilles filles esseulées et d'attardées mentales que l'État voulait voir prendre part à cet étrange projet.

— C'est donc cela, dis-je en me mettant à rire. Voici donc le descriptif dont nous sommes affublées. Il n'est pas étonnant, dans ce cas, qu'on nous ait jusque-là traitées partout avec un tel mépris. Votre conscience serait-elle soulagée, capitaine, si vous n'aviez à livrer aux sauvages qu'une racaille de cet ordre ?

— Pas le moins du monde. Ce n'est pas non plus ce que je voulais dire. »

Le capitaine fit alors une chose singulière. Il me prit par le coude et garda mon bras, gentiment mais fermement, dans sa main. Semblable à celui d'un amant, son geste me parut à la fois possessif et intime, et je sentis mon désir poindre de nouveau. Puis, sans me lâcher, Bourke se rapprocha de moi, si près que je sentis l'odeur de cigare dont il était imprégné, mais plus encore celle, mâle et riche, de l'homme sous l'uniforme. « Vous pouvez encore refuser, madame », dit-il.

Je le regardai dans les yeux puis, bêtement, en proie à quelque transe ou comme paralysée à son contact, je compris malgré moi que je pouvais encore « refuser » ses avances amoureuses.

« Mais pourquoi le ferais-je, capitaine ? demandai-je dans un souffle. Comment pourrais-je vous refuser ? »

Ce fut soudain lui qui s'esclaffa. Il replia aussitôt son bras et s'écarta de moi, à l'évidence embarrassé par ce quiproquo... mais en était-ce bien un ? « Pardonnez-moi, Miss Dodd. Je... je voulais dire seulement que vous pouviez encore refuser de participer au programme FBI. »

J'ai dû rougir une fois de plus. Après m'être excusée, je suis immédiatement rentrée dans mes quartiers.


## 18 avril 1875

Le capitaine Bourke et sa fiancée Miss Bradley brillaient par leur absence hier soir à la salle à manger... J'imagine qu'ils ont dîné en tête à tête, sans doute dans les appartements du capitaine... Ha! Je me rends brusquement compte que mes derniers écrits — et le romantisme parfaitement déplacé auquel je me laisse aller depuis vingt-quatre heures — commencent à ressembler aux confessions d'une écolière en mal d'amour. Je n'arrive pas, semble-t-il, à chasser ce beau capitaine de mes pensées. Je dois perdre la raison! Promise à un homme que je ne connais pas encore, je m'éprends d'un autre que je ne peux avoir. Seigneur! Ma famille avait peut-être raison de m'enfermer à l'asile pour comportement outrancier...


## 19 avril 1875

Chère Hortense,

Il est très tard et je t'écris à la faible lueur de l'unique bougie de nos austères quartiers de Fort Laramie. Je n'arrive pas à m'endormir. Quelque chose de vraiment terrible s'est passé ce soir, dont je ne peux souffler mot à mes camarades. Comme je meurs d'envie de me confier à quelqu'un, il ne me reste plus qu'à t'écrire, ma chère sœur... Oui, cela me rappelle l'époque où, petites filles, quand nous étions encore proches l'une de l'autre, je te rejoignais dans ta chambre, tard le soir, et me glissais dans ton lit. Alors nous nous confessions en riant nos plus profonds secrets... Comme tu me manques, ma chère Hortense... et ce qui nous liait l'une à l'autre, aussi... Te rappelles-tu?

Laisse-moi te livrer mon secret. Ce soir au dîner, j'étais assise une fois de plus — je ne crois pas que ce soit un hasard — à la table du capitaine John G. Bourke qui a pour ordre de nous escorter en territoire indien. Le départ est fixé à demain matin, à destination de Camp Robinson dans le Nebraska où nous devons rencontrer nos futurs maris.

S'il n'est âgé que de vingt-sept ans, le capitaine Bourke est déjà un officier de haut rang, héros de guerre, décoré de la Médaille d'Honneur depuis la bataille sanglante de Stones River dans le Tennessee. Issu d'une bonne famille bourgeoise de Philadelphie, c'est un gentleman accompli et fort cultivé. Non content d'être spirituel, doté d'un malicieux sens de l'humour, c'est aussi l'un des plus beaux hommes que j'aie jamais croisés, brun, avec des yeux intelligents, pénétrants, qui semblent capables de voir tout au fond de mon cœur. Tout cela est affreusement troublant.

Tu penseras sans doute que les circonstances se prêtent difficilement aux réjouissances ou à d'éventuelles intrigues dans notre groupe d'agneaux en route pour l'abattoir, mais c'est faux. C'est au dîner surtout que nous parvenons à nous distraire de l'ennuyeuse inactivité de ce séjour au fort et, d'une façon bien naturelle pour des femmes toutes célibataires, nous nous disputons les égards du capitaine. Les autres sont vertes de jalousie puisqu'il n'a d'yeux que pour moi.

Notre attraction réciproque, forcément innocente, et nos aimables badinages n'ont pas échappé à Miss Lydia Bradley, la fille du commandant du fort, jolie quoique insipide, qu'il doit épouser cet été. Elle ne le lâche pas du regard — j'en ferais autant à sa place — et ne rate aucune occasion de contrer l'attention qu'il me porte.

Miss Bradley s'est choisi comme tactique, c'est aussi évident que pénible, de me faire apparaître sous un jour désavantageux. Elle se donne beaucoup de mal. Comme, malheureusement pour elle, elle n'est pas spécialement intelligente, ses efforts n'ont jusque-là pas abouti. Ce soir, par exemple, elle a lancé à table : « Dites-moi, Miss Dodd, en tant que membre de la Société des missionnaires de l'Église américaine, je serais curieuse de savoir sous quelle confession vous y êtes affiliée ? » Ce premier stratagème était destiné à me faire dire que j'étais protestante, puisque le capitaine venait de nous faire savoir que, catholique, il avait été élevé chez les jésuites.

« En réalité, Miss Bradley, je ne suis pas membre de la Société des missionnaires, ai-je répondu, et je ne suis d'aucune confession particulière. Pour être franche, eu égard aux religions organisées, je pencherais plutôt du côté de l'agnosticisme. » Depuis le temps, je me suis faite à l'idée que la meilleure, et certainement la plus simple justification de sa foi — ou de sa non foi — consiste à dire la vérité. J'espérais bien sûr que ma déclaration ne me vaudrait pas l'inimitié du capitaine. Je savais en outre que les catholiques préfèrent souvent les non-croyants aux fidèles des autres confessions.

« Oh ? fit la jeune femme, feignant l'incompréhension. J'aurais cru que, pour se rendre chez les sauvages en tant que missionnaire, il était avant tout nécessaire d'être rallié à une Église, quelle qu'elle soit. »

Il n'était pas difficile, une fois de plus, de comprendre où Miss Bradley s'efforçait maladroitement de me mener. Je suis certaine que, par sens du devoir autant que par discrétion, le capitaine s'est abstenu d'aborder toute question professionnelle avec sa fiancée. Il était cependant clair qu'elle avait deviné la véritable nature de notre entreprise.

« Cela dépend du genre de mission que l'on se propose de remplir, ai-je dit à Miss Bradley. Je suis tenue, bien sûr, de ne pas révéler en détail le travail que nous effectuerons auprès des sauvages. Mais il suffira de dire que nous agissons... eh bien... en tant qu'ambassadrices de paix.

— Je vois », dit-elle, visiblement déçue de n'avoir pas éveillé chez moi la gêne qu'elle attendait chez une créature impudique partie s'accoupler avec un Indien. Après un an passé dans un asile de fous pour un « péché » grossièrement analogue, je n'allais certainement pas me laisser intimider par les insinuations oiseuses de cette imbécile.

« Ambassadrices de paix... reprit-elle après moi, sur un ton sarcastique.

— Parfaitement, ai-je rétorqué, avant de citer : *"La paix ressemble à nos conquêtes, Car des deux parties noblement soumises, Aucune n'a vraiment perdu."* Ainsi parlait notre grand Shakespeare.

— *Henry VI,* deuxième partie, acte IV, scène 2 ! » gronda alors le capitaine, le visage éclairé d'un large sourire. Il renchérit : « *"Vous saviez que mon conquérant deviendriez, Que mon épée, émoussée par mon affection, N'obéirait plus qu'à sa cause."*

— *Antoine et Cléopâtre,* ajoutai-je avec un bonheur égal.

— Merveilleux ! s'exclama le capitaine. Vous êtes donc férue du barde de Stratford, Miss Dodd ! »

Je ris de bon cœur : « Comme vous-même, monsieur ! »

La pauvre Lydia Bradley, qui venait de nous trouver un nouveau centre d'intérêt aussi simplement que l'on mène les chevaux à l'abreuvoir, se mura dans sa bouderie tandis que nous entamions une discussion animée à propos du grand Shakespeare, à laquelle, enthousiaste, Miss Flight se joignit bientôt. Le capitaine, aussi brillant que cultivé, se montra un charmant et merveilleux convive, de sorte que la soirée fut fort plaisante — si ce n'était cette épée de Damoclès toujours plus menaçante au-dessus de nos têtes...

Oui, oui, je sais, Hortense. J'entends déjà tes commentaires. J'ai bien conscience que le moment est mal choisi pour s'embarquer dans une aventure romanesque — d'autant plus que le capitaine Bourke et moi sommes, dirais-je, « engagés ». D'un autre point de vue, peut-être ne se trouve-t-il meilleure occasion de nouer cette intrigue qui ne peut justement que rester innocente. Après l'épouvantable épreuve que j'ai subie à l'asile, alors que je m'attendais à mourir dans ma chambre d'ombre, tu ne peux imaginer le plaisir merveilleux que je ressens à la compagnie d'un fringant officier de l'armée qui me trouve... désirable. Tu n'en as certes aucune idée, ma chérie, mais parfois l'amour interdit est le plus délicieux de tous... Oui, je sais, je t'entends déjà dire : « Bonté divine, voilà qu'elle parle d'amour à présent ! »

Miss Bradley fut indisposée après le dîner — c'est la deuxième fois qu'elle se sent mal en notre présence. Si le capitaine maintient qu'elle est trop délicate pour vivre aux avant-postes de la civilisation, nous savons bien, nous femmes, que feindre le malaise est l'ultime refuge de qui manque d'imagination.

J'allai attendre sous le porche que le capitaine, après avoir raccompagné Miss Bradley chez elle, revînt fumer son cigare. C'était une charmante soirée de printemps, douce et tiède. Les jours rallongeaient et le crépuscule s'installait lentement autour de nous, atténuant la nudité rocheuse de ce pays dont les collines se fondaient lentement dans un horizon perdu. Le ciel gardait quelques traces de couleur à l'ouest, par-dessus les contreforts où le soleil avait disparu. J'observais ces dernières lueurs du jour quand le capitaine me rejoignit.

« Que diriez-vous d'une promenade autour du fort, Miss Dodd ? » demanda-t-il en se plaçant si près de moi que son bras effleura le mien. Le contact à peine voilé de son corps me fit presque fléchir.

« J'en serais ravie, capitaine », répondis-je sans m'écarter de lui — j'en étais incapable. « Êtes-vous sûr que votre fiancée ne verrait pas d'inconvénient, ajoutai-je en plaisantant à moitié seulement, à ce que vous teniez compagnie à une autre femme ?

— Bien sûr que si, dit-il. Vous devez la trouver bien sotte, Miss Dodd.

— Non, pas sotte. Elle est plutôt charmante, en fait. Peut-être un peu naïve pour son âge. Elle manque sans doute d'expérience...

— J'imagine pourtant, madame, qu'elle n'est guère moins âgée que vous.

— Ah, soyez prudent, capitaine ! L'âge d'une femme est un sujet sensible. Cela dit, je fais plus que le mien. Comme vous, d'ailleurs.

— À quel point de vue, Miss Dodd ?

— Du point de vue de l'expérience. Si nous

sommes capables d'apprécier à sa juste valeur l'œuvre du grand Shakespeare, c'est sans doute parce que vous et moi avons suffisamment vécu pour saisir la sagesse et la vérité de ses propos.

— À défaut de sagesse, la guerre, oui, est une rude école de la vérité. Comment se fait-il qu'une jeune femme de votre éducation sache tant de choses sur la vie?

— Capitaine, il est plus que probable que nous n'aurons pas le temps de faire assez connaissance pour que mon passé présente un quelconque intérêt.

— Je m'y intéresse déjà, Miss Dodd, dit-il. Vous vous en êtes certainement rendu compte. »

Je continuais de fixer l'horizon, mais je sentais le regard brun du capitaine sur mon visage et la chaleur de son bras contre le mien. Incapable de remplir normalement mes poumons, je respirais à courts traits essoufflés. Je réussis à dire : « Il se fait tard. Peut-être devrions-nous remettre notre promenade à une autre fois. » Lorsqu'il retira son bras, je crus qu'il emportait ma chair pour laisser l'os à nu.

Ma bougie va s'éteindre, chère Hortense, et je dois poser ma plume...

Affectueusement, ta sœur May.


20 avril 1875


Nous reprenons enfin la route, dans des chariots à mules, escortées par l'énergique compagnie que dirige le capitaine Bourke. Il monte fièrement, en cavalier d'élite, une alerte jument blanche. Que l'armée nous ait confiées à un aussi illustre combattant des tribus indiennes atteste, il faut bien le croire, l'intérêt capital que les autorités portent à notre sécurité.

Un certain nombre de résidents se sont groupés aux portes afin d'assister au départ de notre convoi, dont Miss Bradley, la jeune et jolie fiancée du capitaine, vêtue d'une ravissante robe rose et d'un bonnet assorti (remarquablement déplumé). Toute souriante, elle agite un mouchoir blanc sur son passage. Galant, il la salue à son tour en soulevant son chapeau. Comme je les envie, eux et la vie qu'ils mèneront tous deux. Et comme je me sens triste de la voir, elle...

Les portes se referment et nous quittons le fort pour les vastes prairies. La piste n'est bientôt plus que deux grossiers sillons qui finissent d'ailleurs par disparaître entièrement. C'est dire si la route est dure dans ce chariot excessivement inconfortable où, assises sur d'innommables bancs, nous sommes constamment ballottées, parfois si violemment que nos dents menacent de se déchausser. La poussière s'immisce entre les planches du châssis et tourbillonne sans cesse à l'intérieur. Cette pauvre Martha n'arrête pas d'éternuer depuis que nous sommes parties. Comme le trajet doit durer deux semaines, je crains pour elle que le voyage ne soit une longue épreuve triste, voire désespérante.

## 21 avril 1875

Le printemps resplendissant offre aujourd'hui une touche réjouissante à notre difficile traversée. À la grande surprise des autres passagères, j'ai décidé de poursuivre le voyage à l'avant en compagnie de notre cocher, un jeune homme dénommé Jimmy qui parle, de fait, comme un charretier. Je préfère rester à l'air plutôt qu'enfermée dans la poussière, et je peux au moins apercevoir la campagne que nous traversons en profitant du beau temps.

En plus du paysage qui s'ouvre devant mes yeux, l'avantage de voyager à l'avant avec Jimmy est qu'il m'apprend quantité de choses sur ce nouveau pays qui devient le nôtre. C'est un rude gars qui en connaît un brin sur le sujet et je pense que, sans le dire, il est plutôt ravi d'une présence féminine à ses côtés.

Si, le premier jour du voyage, le cadre était plutôt plat, monotone, sans végétation réellement digne d'intérêt, le relief semble présenter aujourd'hui une plus grande diversité, avec des collines ondoyantes parsemées de rivières et de torrents.

Le printemps a été humide et l'herbe paraît aussi verte que celle que Mère nous décrivait d'après les souvenirs de son Écosse natale. Les fleurs sauvages de la prairie commencent seulement à apparaître, partout les oiseaux sont en plein ramage, et les pipits des prés lancent de joyeux trilles comme pour signaler notre passage. Par milliers, canards et oies peuplent les fondrières et les plaines inondées. Enchantée par cette grande diversité ornithologique, Helen Flight prie de temps à autre le capitaine de faire halte et de la laisser mettre le pied à terre avec sa carabine pour abattre une de ces pauvres créatures. Elle en fait ensuite le dessin avant de la dépouiller d'une main experte et d'en garder la parure pour ses travaux ultérieurs.

Le capitaine, lui-même bon chasseur, observe avec tant de plaisir les exploits de Miss Flight avec sa carabine qu'il se plaint rarement du retard causé par nos arrêts fréquents. Jimmy, mon ami muletier, également admiratif devant notre tireuse d'élite, ne rate pas une occasion d'arrêter le chariot dès qu'un oiseau est à portée de fusil, pour laisser Helen exercer ses formidables talents.

Voyons plutôt : elle bondit à terre avec toute l'autorité d'un homme puis, sérieuse comme un pape, le pied ferme et les jambes légèrement écartées, charge son arme. Comme, malgré une température chaque jour plus clémente, Miss Flight porte encore son costume irlandais et ses culottes bouffantes, elle conserve une allure masculine, plus particulièrement de dos. Elle sort une fiole de poudre d'une poche de son veston et en verse dans le canon ; puis elle la pousse tout au fond avec de la bourre récupérée sur de vieux jupons en coton. Suit alors une petite quantité de plomb très fin et de la bourre, cette fois-ci de carton, qui empêche le plomb de quitter le canon. Il faut en outre porter à son crédit que Helen tire seulement sur les ailes des oiseaux : viser ailleurs manquant selon elle de fair-play.

Si elle rassemble ainsi ses spécimens, l'opération a aussi l'avantage de remplir notre garde-manger de toutes sortes de gibier d'eau et de volaille, pris par surprise le long de la route dans les fondrières et les fourrés de pruniers. Ses canards, oies, grouses, bécassines et autres pluviers agrémentent, pour le plaisir de tous, nos rations militaires.

Ne serait-ce qu'au cours des deux premiers jours de voyage, nous avons également aperçu des cerfs, des wapitis, des antilopes et un petit troupeau de bisons en train de brouter. Le capitaine ne permet pas à ses hommes de partir chasser trop loin du convoi pour ne pas risquer de mauvaises rencontres avec les Indiens, mais nous ne devrions pas manquer de viande fraîche en chemin.

Nous nous efforçons de rester sur les terres hautes, les autres étant inondées en cette saison, mais nous sommes parfois obligés de descendre dans les vallées pour traverser à gué les rivières et les ruisseaux. Ce qui ne plaît guère aux mules qui rechignent à avancer dans la boue ou à mouiller leurs sabots. « Il n'y a rien que les mules détestent autant, m'apprend Jimmy, que poser leurs *foutues* pattes dans l'eau. C'pas pareil qu'les ch'vaux. Non, ça, la flotte, ça aime pas, ces sacrés mulets. Mais le reste du temps, je préfère mille fois mes *satanées* mules aux canassons. Ma parole. » Ce Jimmy est un étrange et rude garçon, mais il paraît avoir bon cœur.

Nous devons nous-mêmes aussi nous enfoncer dans la boue. Plusieurs fois aujourd'hui il a fallu descendre pour alléger la charge de l'attelage, remonter nos jupes et franchir à pied une rivière dont nous sommes ressorties trempées jusqu'aux os.

Pourtant ces vallées fluviales sont tellement ravissantes, car la vie y abonde, y passe ou s'y retrouve au sortir des longues plaines désertiques qui les bordent.

Nous montons le camp le soir aussi près que possible de l'eau sans pour autant abandonner la terre sèche. Les mules sont entravées ou attachées à des pieux dans les prés, déjà soyeux de tendres pousses herbeuses. C'est très joli. Je pense qu'un jour j'aurai sans doute envie de vivre dans un endroit semblable... le temps viendra peut-être où je rentrerai chez moi prendre mes enfants pour les amener ici... et habiter une petite maison au bord d'une rivière, cernée de futaies de peupliers... Ah, ce sont ces doux rêves qui me gardent en vie...

Certes, mais pour l'instant, il va me falloir apprendre à dormir sous la tente ! Quand j'y pense ! Comme une vraie nomade, une bohémienne ! Quelle incroyable aventure que celle-ci !

À ma grande tristesse, le capitaine Bourke m'a à peine regardée ou parlé depuis notre départ de Fort

Laramie. Je suppose qu'il m'évite sciemment. Maintenant qu'il est « en mission » officielle, la stricte rigueur militaire semble avoir entièrement pris le pas chez lui sur ses bonnes manières. Je préférais celles-ci, j'avoue.

Ce soir au dîner, dans la tente du « mess » comme ils s'obstinent à l'appeler, la conversation a tourné une fois de plus autour des Cheyennes. Le capitaine admet, quoique avec mauvaise grâce, que leur tribu fait montre d'une certaine supériorité sur les autres races d'Indiens d'Amérique. C'est un peuple élégant, fier et indépendant qui est resté fidèle à lui-même autant qu'il a pu malgré les vicissitudes du temps. Bien plus que les autres tribus, quelles qu'elles soient, les Cheyennes ont évité les missionnaires, les agences indiennes de l'État et, de façon générale, tout contact avec les Blancs. Ce qui leur a permis, nous a expliqué le capitaine, de moins se « dégrader » que les autres.

« Je trouve que le mot n'est pas particulièrement bien choisi, intervint Narcissa White, notre représentante officielle de l'Église, puisque cela voudrait dire que c'est au contact de la civilisation chrétienne que les sauvages se sont dégradés, comme vous dites, alors que celle-ci devrait être un tremplin par lequel ils s'élèveront et quitteront le paganisme.

— Miss White, je me considère moi-même comme un fervent catholique, lui répondit-il. Mais je suis aussi un soldat. L'histoire nous apprend que, lorsqu'elle veut reculer ses nobles frontières, la civilisation chrétienne se doit avant toute chose de vaincre les barbares sur le champ de bataille. En parlant de dégradation, je voulais dire seulement qu'en offrant aux Peaux-Rouges différents présents — sous forme de vivres ou d'aumônes —, l'État n'a rien fait d'autre que les encourager, comme des chiens que l'on nourrit sous la table, à en demander toujours plus.

— Et des femmes à marier ! ai-je lancé avec bonhomie. Donnez à ces sauvages les mille femmes blanches qu'ils veulent et ils en exigeront deux mille !

— Je crois bien que vous vous moquez de moi, Miss Dodd, commenta le capitaine avec une lueur d'amusement dans l'œil, mais ce que vous dites est parfaitement exact. Ces présents bien intentionnés se traduiront par des demandes plus extravagantes. Les sauvages ne seront convaincus des bienfaits de la civilisation qu'à partir du moment où ils seront soumis à une force supérieure.

— Oui, et n'est-ce pas la raison pour laquelle le gouvernement nous envoie parmi eux ? relevai-je avec une note faussement bravache.

— *Ya*, May, *che* suis de ton *afis,* renchérit Gretchen Fathauer. *Che bense* qu'ils *combrendront* en nous *foyant* que c'est nous, la force *subérieure!* »

Et nous avons ri tous et toutes. Que pouvonsnous faire de mieux ?

22 avril 1875

Ce soir, après le dîner, notre muletier Jimmy est venu dans l'étroite tente que nous partageons, Phemie, Martha, Gretchen, la jeune Sara et moi. Il m'a demandé de le rejoindre dehors une seconde pour m'apprendre que le capitaine souhaitait me voir dans ses propres quartiers. Le camp offre fort peu d'intimité à la fin d'une journée de voyage et je dois reconnaître que cette demande m'a surprise, d'autant plus que le capitaine se montre depuis peu froid et distant. Le jeune homme m'a conduite chez lui. C'est un si curieux garçon... Quelque chose m'empêche de comprendre cette sensation.

M'accueillant sous l'auvent de sa tente, Bourke parut sincèrement heureux de ma venue. « J'espère que vous ne me reprocherez pas le caractère somme toute direct de mon invitation, Miss Dodd? Mais ces bivouacs en pleine nature sont parfois d'un terrible ennui, surtout pour un vieux militaire qui, comme moi, en a enduré tant. J'emporte toujours en mission une édition bien-aimée de Shakespeare, dont la lecture me divertit. J'ai pensé que ce soir vous aimeriez peut-être vous joindre à moi : c'est tellement plus agréable de lire avec un autre passionné.

— Mais avec plaisir, capitaine, ai-je répondu. Dois-je demander à Miss Flight de nous rejoindre également, elle fera une troisième voix? »

Je lui tendis ce petit piège dans le seul but de jauger sa réaction. Je ne fus pas mécontente de lui voir une pointe de déception. Retrouvant vite sa contenance, il redevint le parfait gentleman qu'il est. « Oui... oui, certainement, Miss Dodd, quelle bonne idée, faites, faites. Puis-je demander à Jimmy d'aller la chercher? »

Nos yeux se croisèrent et nous sommes restés un bon moment à nous dévisager. Mon stratagème disparut sous la chaleur de nos regards comme un parchemin à la flamme d'une bougie. « Ou peut-être que, John... dis-je à voix basse. Puis-je vous appeler John? Peut-être qu'après tout, nous saurons aussi bien nous divertir à deux, pour cette fois?

— Oui, May, murmura-t-il. Je le pense également. Je crains cependant de vous soustraire en quelque sorte aux commandements de la décence.

— Ah, bien sûr, les commandements de la décence. Je ne doute pas que cette impossible sainte-nitouche de Narcissa White ait placé des espions partout. Rien ne lui échappe et elle ne rate pas une occasion de mettre son nez dans les affaires des autres. Je vous dirai, sincèrement, capitaine, qu'au stade où en sont les choses, les commandements de la bienséance sont le cadet de mes soucis. »

J'entrai donc dans la tente du capitaine et la chose, comme nous nous en doutions tous deux, prit quelque allure de scandale dans notre petite communauté, bien que la soirée se poursuivît en toute innocence... ou quasiment... car nous sommes l'un et l'autre bien conscients de la nature de nos sentiments. Passer du temps ensemble équivaut à souffler sur les braises de ce qui ne doit pas être. Nous nous sommes toutefois contentés de la lecture de Shakespeare — ni plus ni moins. Rien n'a transpiré entre nous qu'un désir mutuel et muet, suspendu mais aussi palpable qu'une toile d'araignée tissée sur nos destins. Peut-être faut-il y voir un avatar de ces singulières circonstances, ou le fait que nous sommes interdits l'un à l'autre. Mais jamais de ma vie je n'ai ressenti un tel émoi...

Quand je regagnai ma tente, quelques heures plus tard, Martha était toujours éveillée sur le lit près du mien. « May, au nom de Dieu, tu n'es pas devenue folle ? » murmura-t-elle, tandis que je me glissais sous ma couverture.

Je posai ma tête en souriant près de la sienne et citai, chuchotant à mon tour : « *L'amour n'est que pure folie et, je dois bien te l'avouer, mérite, et les obscures demeures, et le fouet auxquels les fous ont droit.* » *Comme il vous plaira,* acte III, scène 2. Peut-être est-ce la raison pour laquelle on m'a accusée d'être folle à chaque fois que je suis tombée amoureuse, Martha.

— Amoureuse, May ? Seigneur Dieu ! dit-elle. Mais c'est impossible ! Il est fiancé. Et toi aussi. C'est impensable.

— Je sais, Martha. C'est sûr. Mais ce n'est rien qu'un jeu. *Nous, amants véritables, nous livrons à d'étranges caprices.* Comme tu l'as sans doute deviné, nous nous sommes adonnés ce soir à la lecture de *Comme il vous plaira.*

— Tu ne vas pas nous quitter, May ? dit-elle d'une voix tremblante. Tu ne vas pas nous abandonner aux sauvages et t'enfuir avec le capitaine, dis-moi ?

— Bien sûr que non, ma chérie. Une pour toutes et toutes pour une, n'est-ce pas le vœu que nous avons formulé ?

— Parce que je ne serais jamais venue, autrement, sans toi », dit la pauvre et timide Martha que je sentais au bord des larmes. « Ne me laisse pas, je t'en prie. Je me fais un sang d'encre à cause de cela, depuis que j'ai vu la façon dont vous vous regardez, avec ce capitaine. Tout le monde l'a remarqué, d'ailleurs. On en parle tout le temps. »

Je tendis le bras pour prendre sa main dans la mienne : « Une pour toutes et toutes pour une. Je ne t'abandonnerai jamais, Martha. Jamais. Je te le jure. »

## 23 avril 1875

Comme je m'y attendais, Miss White a déjà répandu toutes sortes de mensonges à propos de mon prétendu rendez-vous amoureux avec le capitaine. Elle est secondée dans son entreprise par notre *Southern Belle,* Daisy Lovelace, en qui Miss White semble avoir trouvé une improbable alliée —

pour la raison sans doute qu'elles ne sont guère appréciées de l'ensemble de notre troupe. Que m'importe, de toute façon, ce qu'elles peuvent bien penser de moi ! Leurs grossiers commérages sont la simple expression de leur bête jalousie, et je ne vais pas m'y attarder.

Tout le monde a également remarqué que les deux Miss redoublent d'efforts pour s'insinuer dans les bonnes grâces du capitaine. Elles ne semblent pas se rendre compte que, farouche catholique, il conçoit une aversion totale pour les protestants et que, ancien combattant de l'armée de l'Union, il ne porte pas non plus les Sudistes dans son cœur.

Il est bien pathétique, je dois l'admettre, de voir cette pauvre Daisy Lovelace tenter d'impressionner John Bourke à la table du dîner avec l'histoire de son *Daddy* et de la plantation qu'ils possédaient autrefois avec leurs deux cents *nègres*. Ce genre de propos ne sert en fait qu'à irriter et choquer le capitaine. Un soir au dîner, il a poliment demandé à Miss Belle ce qu'il était advenu de la plantation paternelle.

« Eh bien, il a tout perdu pendant la guerre, bien sûr, a-t-elle répondu. Et après avoir mis le feu à la maison, ces maudits Yankees ont libéré les nègres. Daddy ne s'en est jamais remis ; il a commencé à boire et il est mort sans le sou.

— J'en suis vraiment navré, madame, commenta le capitaine en inclinant respectueusement la tête, sans éteindre toutefois la lueur amusée qui brille toujours au fond de son œil. A-t-il participé à la guerre ?

— Non, capitaine », dit notre pathétique Sudiste en serrant contre sa poitrine le vieux caniche mité qu'elle laisse prendre place à table sur ses genoux. Elle puise dans son assiette de quoi nourrir cette pitoyable créature, comme on le ferait avec un petit enfant. « Mon père a pensé que son premier devoir consistait à rester chez lui pour protéger sa famille et son domaine des viols et des pillages qui rendirent si célèbre l'armée yankee. Daddy a envoyé ses deux plus vaillants jeunes esclaves combattre à sa place. Évidemment, ils se sont aussitôt ralliés à l'Union, comme l'ont fait tous les autres à la première occasion. » Le regard du capitaine a croisé discrètement le mien ; nous savons déjà communiquer silencieusement et je sais que nous pensions tous deux à cet instant que Shakespeare lui-même aurait difficilement pu prévoir une fin plus appropriée au papa chéri de cette dame.

## 24 avril 1875

Nous avons pénétré en territoire indien où l'on nous interdit de nous aventurer loin des chariots sans protection rapprochée. On vient seulement de nous informer que, le mois dernier, le lieutenant Levi Robinson a été tué lors d'une embuscade par des Sioux hostiles rattachés à la Red Cloud Agency, proche d'ici, alors qu'il escortait un train chargé de bois sur le même itinéraire. Le camp où nous nous rendons porte depuis son nom. À l'évidence on nous a caché la chose le plus longtemps possible, de crainte de semer la panique parmi nous. C'est aussi la raison pour laquelle nous sommes sous bonne garde militaire, et sous le commandement du capitaine Bourke.

La proximité du danger confère soudain à notre mission une matérialité dont, jusqu'à maintenant, nous n'étions sans doute pas vraiment conscientes. Peut-être ne voulions-nous pas franchement considérer la pleine réalité de notre destination. Je suppose qu'il faut y voir aussi la cause du sérieux et de la gravité croissante que j'ai décelés chez le capitaine depuis notre départ de Fort Laramie. Car nous nous rapprochons sans cesse de notre rendez-vous avec le destin...

## 25 avril 1875

Découverte extraordinaire. Je suis partie cette après-midi faire mes besoins dans les fourrés et j'ai eu la surprise d'y trouver notre conducteur Jimmy s'y prenant de la même façon que moi. Je dois bien me rendre à l'évidence, « il » n'a rien d'un jeune homme, puisque c'est une femme ! J'ai su dès le départ qu'il y avait quelque chose d'étrange chez lui... enfin, chez elle. Son vrai nom, m'a-t-elle confié, est Gertie. Les gens de la Frontière l'avaient même surnommée « Dirty[1] Gertie ». Nous avons appris en route quantité d'histoires concernant diverses frasques féminines aux forts et aux comptoirs. D'abord fille de saloon, puis joueuse, fine gâchette et enfin muletière, c'est la femme la plus rude et la plus excentrique que j'aie jamais rencontrée. Non qu'elle soit pour autant, si je puis dire, un mauvais cheval, même si elle est un peu fruste sur les bords. Les autres conducteurs ignorant tout de sa vraie identité, elle m'a priée de ne pas trahir son secret, car elle perdrait sûrement sa place s'ils venaient à l'apprendre.

« Il faut bien que je m'en sorte, ma chérie, m'a-t-elle dit. Il n'y a pas ici-bas une seule compagnie muletière qui engagerait une fille, surtout si elle

1. *Dirty :* sale.

s'appelle Dirty Gertie. Et ça fait un moment que j'ai compris, en plus, que lorsque je fais semblant d'être un gars, les autres types ne passent pas leur temps à essayer de me coincer la nuit sous mes couvertures : ceux qui joueraient à ça se prendraient une bonne rossée par leurs copains. Tandis que si une fille se met à beugler à cause d'un type qui la violente, les autres sont bien capables de venir prendre la suite derrière le premier. Alors que s'ils te prennent pour un gars et qu'il y en a un qui en veut à tes fesses, les autres vont le traiter de pervers et lui coller une trempe. Les hommes sont de drôles de bestiaux, tiens, pour sûr. »

J'ai du mal à imaginer les hommes tenter de la « coincer sous sa couverture », mais j'apprécie d'autant plus de voyager avec « Jimmy » à l'avant maintenant que je connais son secret. Je n'ai rien dit à personne. Même au capitaine. Je ne serais pourtant pas étonnée qu'il soit déjà au courant.


## 5 mai 1875

Camp Robinson est bien ce que l'on pouvait supposer : un camp. Nous sommes logées dans de grandes tentes communes où nous dormons dans des lits de bois et de toile, sous les couvertures militaires de laine brute auxquelles nous sommes maintenant habituées. On applique également de strictes mesures de sécurité : les gardes restent postés d'heure en heure à l'intérieur et autour du camp et notre peu d'intimité s'en trouve d'autant réduit.

Au dire de tous, il a régné une grande agitation chez les Indiens de l'Agence depuis le début du printemps. Le même jour de février où le pauvre lieutenant Robinson a été tué, un certain Appleton, représentant local du gouvernement pour les Affaires indiennes, a été assassiné à Red Cloud et quatorze mules des chaînes d'approvisionnement de l'État ont été volées. Nos propres Cheyennes, et des Sioux, sont parmi les auteurs de ces exactions. Il semble que nous arrivions — peut-être au moment opportun — alors que la situation menace d'exploser, et le capitaine Bourke est sans cesse plus soucieux de notre sécurité. Nous allons bientôt avoir l'occasion de vérifier si nos présences féminines sont en mesure d'exercer leur influence civilisatrice sur les capricieux sauvages.

Après de régulières défections en chemin, notre petit groupe compte maintenant moins de quarante femmes. Nous avons été informées que nous sommes en quelque sorte la première tranche du « crédit » offert aux Indiens — et donc les vraies pionnières de cette singulière expérience. À ce que l'on dit, d'autres doivent suivre immédiatement, et plusieurs convois sont en route vers des forts de la région. Comme nous sommes les premières, nous allons être « échangées » auprès d'un groupe éminent de la tribu cheyenne — celui du grand chef Little Wolf. Si l'on en croit les connaissances ethnographiques du capitaine, les Cheyennes vivent en communautés restreintes qui se rassemblent à différents moments de l'année, d'une façon similaire aux grands vols d'oies migratrices. C'est pourquoi les modalités pratiques de l'échange sont assez complexes, les Cheyennes étant un peuple nomade qui suit ici et là les troupeaux de bisons du printemps à l'automne, avant d'établir à la saison froide de petits villages plus ou moins permanents au bord de quelques fleuves importants. Nous allons donc nous rendre dans l'un de ces campements hivernaux dont l'emplacement exact est encore inconnu. Selon le capitaine, il faudra nous attendre à des déplacements quasi constants. Voilà qui est plutôt déconcertant, voire terrifiant, pour la plupart d'entre nous, habituées à une existence dans l'ensemble sédentaire. De fait, je me demande comment on aurait pu réellement nous préparer aux épreuves à venir. Peut-être le capitaine a-t-il raison : toute cette histoire n'est que folie. Dieu merci nous avons Phemie et Helen Flight avec nous. Et Gretchen. Leur grande connaissance d'une nature sauvage et indomptée sera pour nous inestimable au long de cette aventure, quantité de nos camarades étant de vraies citadines parfaitement étrangères aux contraintes de la vie au grand air. Je commence à comprendre pourquoi M. Benton nous a demandé si nous aimions le « camping »... le cadet de nos soucis, comme l'a souligné le capitaine...

## 6 mai 1875

Seigneur Dieu, nous les avons vus aujourd'hui ! Notre peuple adoptif. Une escouade est venue nous examiner comme on le ferait d'un lot de marchandises... ce que, de fait, nous sommes précisément. Ils m'ont littéralement coupé le souffle. J'ai réussi à distinguer cinquante-trois individus — car autant essayer de compter les grains d'une poignée de sable jetée au vent — tous des hommes, chevauchant des montures dont ils semblaient le prolongement naturel. Ils ont fait irruption comme les membres d'un seul corps, un diable de poussière galopant et tourbillonnant. Les gardes, alertés, ont aussitôt braqué leurs armes sur eux tout autour de nos tentes, avant de comprendre clairement que les

Indiens étaient seulement venus inspecter notre contingent.

Je suis bien soulagée de noter qu'ils ne ressemblent en rien aux misérables épaves que nous avons aperçues près des forts. C'est au contraire une race d'hommes robustes et minces, aux visages basanés, bruns comme des châtaignes, à l'ossature fine nouée de muscles vigoureux. Ils paraissent dotés d'une agilité proprement féline, avec une vraie noblesse d'attitude. Ma première impression est que ces hommes sont plus proches du règne animal que nous autres caucasiens. Ces propos n'ont rien de dévalorisant ; je veux seulement dire qu'ils ont une apparence plus « naturelle » que la nôtre, parfaitement en harmonie avec les éléments. Je les avais imaginés de quelque façon plus grands, plus massifs, ainsi que les dépeignent les portraits dans les périodiques, très loin de ces créatures élancées, presque féeriques.

Ce qui ne veut pas dire qu'ils ne sont pas impressionnants... Le visage peint de mystérieux motifs, un grand nombre de nos visiteurs étaient vêtus de jambières et de tuniques de cuir resplendissantes, ornées de toute sorte de parures fantastiques. Certains avaient les jambes et le torse nus, parcourus de curieuses peintures. D'autres, armés de lances décorées de couleurs vives, arboraient des plumes, parfois une coiffe entière. Leurs cheveux tressés étaient embellis de perles et de pièces d'argent frappé, ils portaient des colliers d'os et de dents d'animaux, mais aussi des boutons de cuivre et des clochettes d'argent, de sorte que leur magnifique apparition était accompagnée d'un tintinnabule mélodieux qui ne fit qu'ajouter au sentiment général d'irréalité.

Excellents cavaliers, ils menaient leurs rapides poneys avec une extrême précision. Les chevaux eux-mêmes étaient ornés de motifs spectaculaires, leurs crins et leurs queues décorés de plumes et de perles, de bandes de fourrures, de fils de cuivre et de laiton, de boutons et de pièces.

Certains hommes de la troupe n'étaient revêtus en tout et pour tout que d'un pagne, simple morceau d'étoffe qui laisse une part réduite à l'imagination et devant lequel certaines de nos jeunes femmes se sont détournées par pudeur. Pas moi, n'ayant jamais été d'une pudeur immodérée. Je dois reconnaître, parmi les différentes impressions, souvent contradictoires, dont j'ai été l'objet alors que je découvrais ce tourbillon, avoir ressenti une étrange et terrifiante jubilation.

Fier et bien de sa personne, le chef manifeste de la délégation cheyenne se mit à dialoguer rapidement par signes avec le sergent en faction. On nous a conseillé d'apprendre dès que possible à communiquer par gestes, et des imprimés rédigés par le lieutenant W.P. Clarke, décrivant certains des plus usuels, ont été distribués parmi nous. Bourke, rompu à ce langage, nous en a déjà appris les rudiments. Nous nous sommes même essayés à traduire ainsi un passage de *Roméo et Juliette,* non sans quelque succès, dois-je ajouter, et de nombreux éclats de rire ! Une activité commune qui me paraît d'autant plus appréciable que le destin se resserre autour de nous.

J'ai entendu à l'occasion l'un ou l'autre de ces Indiens qui traînent autour des forts, ou ceux qui servent d'éclaireurs à l'armée, et je ne vois pas très bien comment je serais un jour capable de parler leur langue. Elle me paraît très primitive, gutturale et criante, d'évidence dépourvue de nos familières racines latines... autant essayer d'apprendre le langage des coyotes ou des grues.

Cachées derrière un pan de tente, certaines de nos camarades n'ont guère fait mieux qu'épier timidement les sauvages en train de s'agiter et de s'exclamer dans cet idiome sonore et terrifiant qui est le leur. Les plus hardies ont fait quelques pas devant leurs auvents pour observer de plus près nos nouveaux amis. Cela n'était pas peu de chose, vous pouvez me croire, que de voir ces femmes rassemblées par deux ou quatre devant les Cheyennes à cheval : les uns et les autres se regardant en chiens de faïence, ou plus exactement comme des meutes reniflant leur présence mutuelle au vent...

Ma pauvre Martha, rouge comme une pivoine, en restait muette.

Notre Anglaise Helen Flight, les sourcils comme toujours levés sur une éternelle surprise, puisa comme à son habitude dans ses vastes ressources lexicales : « Bonté divine ! Ils sont, je dirais, pittoresques, colorés, non ? Je veux dire, les Indiens que j'ai brièvement rencontrés dans les marais de Floride étaient le plus souvent couverts d'une boue pour le moins répugnante qui leur servait à se protéger d'irréductibles moustiques. Mais ces cousins-là sont un rêve d'illustrateur !

— Ou un cauchemar en chair et en os », reprit de sa voix traînante Miss Lovelace, dont je suis sûre qu'elle avait bu et qui, cramponnée à son minuscule caniche, les regardait en plissant les paupières pardessus ses yeux cernés. « Mais c'est qu'ils sont noirs comme des nègres, Fern Louise. Et que papyjoli mourrait une deuxième fois de chagrin si sa gentille petite fille devait tomber dans les bras d'un nègre indien... »

Nos effrontées jumelles irlandaises, déchaînées au spectacle des sauvages, vinrent se placer aux premières loges. De leur côté, les Cheyennes parurent fascinés par les deux rouquines ; certains se sont mis à grogner en leur lançant des regards furtifs. Ils ont une drôle de façon de vous observer sans le montrer. C'est assez difficile à décrire, mais ils ne nous regardaient pas directement, au contraire des Blancs. Ils semblaient plutôt nous étudier en quelque point de leur vision périphérique. « Regarde, Meggie, dit Susan. Celui-là a déjà l'air conquis ! T'as vu, ce beau p'tit gars sur le poney blanc tacheté ? Ouh, je suis sûre que j'ai le ticket ! » Là-dessus, Miss Kelly numéro 1 a remonté sa robe jusqu'aux cuisses pour montrer sa jambe nue au jeune et valeureux cavalier. « Jette un œil là-dessus, mon joli, dit-elle en partant d'un rire gras. C'est-y que tu voudrais pas reposer ta petite lance dans mon joli pays ? » Son geste hardi a paru jeter le pauvre homme dans un vif embarras, puisqu'il s'est mis, avec son cheval, à tracer des cercles toujours plus étroits.

« Ah, mais c'est que tu sais y faire, sacrée chipie ! commentait sa sœur Margaret. Regarde-moi comment il tourne en rond devant toi, déjà ! Y'a pas de doute, ma poulette, tu lui as tapé dans l'œil. »

Gretchen Fathauer, droite comme une maison, les mains sur les hanches et les paupières plissées au soleil, les attendait de pied ferme. Levant finalement le poing en l'air et le faisant tournoyer pour attirer leur attention, elle s'exclama : « *Ya !* Alors mes *betits* gars ! *Che chuis* une très bonne femme ! Et *che* serai une bonne *ébouse* pour celui qui me choisira. » Elle se frappait la poitrine. « *Che* ne suis pas très *cholie, bais che* sais faire des bébés beaux et forts ! » Et Gretchen de rire à pleins poumons, en beuglant comme une vache.

Phemie, comme toujours parfaitement sereine, pouffait gentiment en hochant la tête, apparemment ravie par le spectacle. Sa peau très sombre semblait causer un certain émoi chez les sauvages. Quelques-uns vinrent s'affairer autour d'elle, conversant dans leurs bizarres sonorités et portant la main sur leurs propres visages comme pour parler fonds de teint. Puis quelqu'un parmi eux se fit entendre distinctement et, un instant plus tard, un grand Indien noir se détacha du lot et se présenta à Phemie. Il était habillé exactement comme les autres sauvages, mais c'était à l'évidence un Noir, un fort grand homme d'ailleurs qui, installé sur son petit poney indien, donnait à l'animal des allures de nain. « Eh bien, ça alors ! s'esclaffa Phemie. Je croyais avoir tout vu, mais pour une surprise, c'est une surprise. Qu'est-ce que tu fais dans ce costume d'Indien, négro ? » Mais le grand Noir, qui ne semblait pas plus parler anglais que ses compagnons, se contenta de grommeler quelque chose à leur égard dans leur langue.

Il s'ensuivit une discussion animée chez nos visiteurs. Certains se mirent à crier entre eux ; la scène me rappelait quelque peu l'atmosphère des ventes aux enchères dans les parcs à bestiaux de Chicago ; je crois que les uns et les autres faisaient valoir leurs prétentions sur chacune de nous ! Si à aucun moment ils ne nous montrèrent du doigt, les hommes nous regardaient attentivement et parlaient avec animation : nous n'avons pu qu'imaginer leurs discussions : *« Moi, je prends la blonde ! Et moi, la rousse. Je veux la grosse, moi ! Je préfère la fille noire. Je veux celle qui a une robe bleue ! Moi je prends celle au petit chien ! »* Ce spectacle n'aurait pas eu quelque chose d'irréel, nous nous serions peut-être vexées de ces présomptions. Il était clair depuis le début que nous devions rejoindre un monde nouveau. Pourtant, à cet instant, celui d'où nous venons s'est réellement effondré sous nos pieds.

Je les observais en tentant de deviner lequel, s'il en était un, me trouverait à son goût, lorsque mes yeux croisèrent le regard en coin de l'homme qui, arrivé à la tête de l'escouade, restait maintenant assis sur son cheval, parfaitement immobile et muet. Il tenait une lance, un bouclier admirablement décoré, et sa tête était coiffée d'une magnifique parure de plumes d'aigles qui descendait le long de son dos jusqu'à la croupe de sa monture. Les éclairs blancs de la foudre étaient représentés sur les jambes de celle-ci. Son cavalier ne portait aucune peinture au visage. Il me parut plus âgé que ses compagnons, quoique cela pût être seulement une impression, son immobilité et son assurance suggérant une certaine maturité. Il avait la peau sombre, les traits fins, une mâchoire féroce et volontaire. Contrairement aux autres, il restait coi, campé telle une statue sur sa monture. Lorsqu'il leva sa lance en hochant rapidement la tête vers moi, d'un geste impérieux, royal et propriétaire — celui d'un seigneur féodal — je compris sans l'ombre d'un doute que celui-là, le chef, m'avait choisie pour être son épouse. Je hochai la tête à mon tour... moins à l'attention personnelle de mon futur mari qu'en signe de résignation, d'acceptation finale des termes de mon terrible contrat. J'avoue m'être dit à moi-même, tant par calcul féminin que par esprit foncièrement pratique : *j'aurais pu tomber plus mal.*

À cet instant précis, je regardai à l'autre bout de la cour la troupe des militaires en armes qui suivaient l'étrange spectacle d'un œil nerveux. Ils s'efforçaient de maîtriser leurs chevaux qui, inquiets, s'ébrouaient, hennissaient et piaffaient. Et là, en tête du bataillon, droit sur ses étriers tandis que sa propre jument patinait de gauche et de droite, le capitaine John Bourke me fixait avec une expression d'insupportable tristesse.

Aussi subitement qu'ils étaient arrivés, mus semble-t-il par quelque invisible signal, les sauvages repartirent comme un seul homme, parfaitement synchronisés, tel un vol de merles quittant le sol, et s'éloignèrent au galop...

7 mai 1875

Ce matin, le commandant du camp, le colonel Bradley, est venu nous rendre visite en compagnie du capitaine Bourke — pour nous expliquer les modalités de notre imminent « transfert ». Un terme bien peu romantique, s'il en est ! La chose doit avoir lieu demain matin. Les Cheyennes viendront nous chercher peu après le lever du jour ; on nous conseille de prendre avec nous aussi peu de bagages que possible : les sauvages sont rétifs au concept de « malles » et n'ont de toute façon aucun moyen de les transporter. Comme le capitaine l'a souligné ironiquement, ils n'ont pas encore inventé la roue.

D'autres femmes dans le groupe viennent de renoncer au dernier moment — suite au spectacle des indigènes, j'en suis certaine. Une pauvre fille, notamment, recrutée comme moi dans une institution de Chicago — où elle était internée pour « troubles nerveux » — semble avoir complètement perdu la raison. Sanglotante, en proie au délire, elle a été conduite à la tente de l'infirmerie. Je suppose qu'un tel comportement était prévisible de la part de quelqu'un qui sort de l'asile. Il semble qu'il n'y ait pas de place ici pour les agités. Plusieurs autres, désertant au milieu de la nuit, ont été ramenées ce matin au camp par les soldats. Des éclaireurs indiens les avaient trouvées errant dans les collines, hébétées et à moitié mortes de froid — les températures sont encore très basses la nuit. Je ne sais pour l'instant ce qu'elles vont devenir. Pour ma part, j'ai pris un engagement et je dois m'y tenir. Dieu sait si nous avons eu le temps de réfléchir, les unes comme les autres...

Oui, ils viennent donc nous prendre demain... Bon Dieu... Qu'avons-nous fait ?

Post-scriptum aux réflexions de ce jour :

Tard dans la soirée, « Jimmy » est venue dans nos quartiers pour m'appeler au-dehors.

« Le 'pitaine veut te voir dans sa tente, ma jolie, me dit Gertie. J'aime mieux te prévenir qu'il est dans un drôle d'état. »

J'avais noté plus tôt lors de notre réunion avec le colonel Smith que Bourke, soucieux, restait silencieux, et je ne l'ai jamais vu si agité que ce soir quand je le rejoignis. Assis devant un verre et une bouteille de whiskey, il se leva dès mon arrivée et se mit à faire les cent pas comme un lion dans sa cage, à bout de nerfs.

« Savez-vous pourquoi je vous ai fait chercher ? demanda-t-il, pour une fois départi de ses civilités.

— Je suppose que ce n'est pas pour lire Shakespeare ?

— Moquez-vous de moi autant que vous voudrez, May, coupa-t-il, irrité. Vous êtes orgueilleuse et stupide. Ce n'est plus un jeu. Vous n'êtes plus une actrice de quelque farce sur une scène de théâtre.

— Je n'aime pas vos paroles, John. Personne ne sait aussi bien que moi où j'en suis. Laissez-moi dans ce cas reformuler ma réponse : j'imagine que vous m'avez demandé de venir pour m'implorer de ne pas prendre part au transfert de demain. »

S'immobilisant soudain, il se retourna vers moi : « Vous implorer ? beugla-t-il. Vous implorer ! Non, madame, certes pas : vous l'interdire ! Vous devez renoncer à cette folie ! Je ne vous permettrai pas ! »

J'avoue que si j'ai ri au spectacle de son désarroi, ce fut purement et simplement la réaction bravache d'une femme désespérée. À la vérité, commençant moi-même à perdre courage, je me trouvais presque paralysée par la crainte et l'appréhension, tant pour moi que pour mes compagnes d'aventure. Nous avions vu les sauvages en chair et en os, et notre moral était tombé au plus bas. Mais je ne pouvais laisser ni les autres, ni le capitaine, se rendre compte de ma faiblesse ou de ma foi envolée.

« Capitaine, cher ami, répondis-je. Puis-je vous rappeler que je ne suis pas un de vos soldats et que vous n'êtes guère en position de m'interdire quoi que ce soit. En outre, nos propres ordres proviennent d'une autorité supérieure à vous. »

Il hocha la tête en signe d'incrédulité, mais sa colère semblait presque évanouie. « Comment trouvez-vous encore le moyen de rire, May ? demanda-t-il d'une petite voix émerveillée.

— Croyez-vous honnêtement, John, que je ris d'un cœur léger ? Que je me moque de vous ? Que je prends cette situation comme un jeu, comme un acteur sur les planches ? Ne comprenez-vous pas que mon rire est une ultime défense contre mes larmes ? » Je citai : « *J'enseignerai la fierté à mes peines...* »

Ce fut lui qui termina : « *Car le chagrin est fier et courbe ses victimes* ». Puis il s'agenouilla devant moi. « Écoutez-moi, May, dit-il, prenant ma main entre les siennes et la serrant très fort. Vous n'avez aucune idée des épreuves qui vous attendent. Vous ne survivrez pas mieux à la vie de ce peuple que si l'on vous demandait de vous intégrer à une horde de loups ou à une famille d'ours, vous n'y arriverez tout bonnement pas. Ils sont à ce point différents de nous. Vous devez me croire, si je vous le dis. Ces sauvages sont plus qu'une race distincte de la nôtre : c'est une espèce à part.

— Ne sont-ils pas des êtres humains, John ? Ne pouvons-nous au moins espérer trouver un terrain d'entente puisque nous sommes tous des hommes et des femmes ?

— Mais ils en sont encore à l'âge de pierre, May ! Des païens qui n'ont jamais dépassé leur statut initial dans le règne animal, ne se sont jamais élevés à la beauté et à la noblesse de la civilisation. Ils n'ont d'autre religion que leurs superstitions, d'autre art que ces silhouettes qu'ils tracent sur la pierre, d'autre musique que le vacarme de leurs tambours. Ils ne lisent pas, n'écrivent pas. Je vous pose la question : Où est leur Shakespeare ? leur Mozart ? leur Platon ? C'est une race de barbares, d'oisifs. Leur histoire est inscrite dans le sang, par des siècles entiers de sauvagerie, de pillages, de boucheries incessantes. Le meurtre et la déshérence ! Écoutez-moi, May : ces gens ne pensent pas de la même façon que nous. Ne vivent pas de la même façon que nous... » Comme à court de mots, il sembla hésiter... « Ils n'aiment pas... de la même façon que nous... »

Mon souffle restait bloqué au fond de ma gorge tant le discours noir et brutal du capitaine m'inspirait l'appréhension, la terreur. « Mais de quelle façon... ? demandais-je, plus que jamais sur le point de m'effondrer d'une pièce. Dites-moi, John, en quoi n'aimeraient-ils pas comme nous ? »

Il ne sut que hocher la tête et détourner les yeux. « Des animaux... murmura-t-il enfin. Ils font l'amour comme des bêtes.

— Mon Dieu, John », dis-je doucement, aux

prises avec un désespoir plus vif que je n'en avais jamais connu... du moins me laissais-je aller un instant à le penser. Mais je me rappelai une fois encore celui auquel je m'étais soustraite — et cette pensée me sortit de l'abysse de ma propre lâcheté.

« Ne vous êtes-vous jamais demandé pourquoi j'avais accepté de participer à cette mission ? dis-je. Eh bien je vais maintenant vous le dire. Peut-être mes explications vous aideront-elles à calmer vos esprits. J'ai été recrutée par l'État dans un asile d'aliénés. Mon seul choix était d'y rester enfermée toute ma vie, et l'éventualité en était forte, ou de partir chez les sauvages. Qu'auriez-vous fait, John, face à une telle alternative ?

— Vous n'êtes pas plus folle que moi, May, protesta le capitaine. Quelle était la nature de votre mal, si je puis me permettre ?

— L'amour. J'étais amoureuse d'un homme que ma famille trouvait inconvenant. Je lui ai donné deux enfants sans que nous soyons mariés. »

L'ombre de désenchantement qui passa brièvement sur le visage de John Bourke ne m'échappa pas : sa droiture catholique se trouvait à l'évidence froissée par la découverte de mes « péchés ». Vaguement confus, il se détourna de moi. « On n'enferme pas les gens dans des asiles de fous pour des erreurs de ce genre, dit-il finalement.

— Des erreurs, John ? le repris-je. L'amour n'est pas une erreur. Ni mes enfants chéris, pour qui je prie chaque nuit afin que nous soyons réunis un jour, une fois cette aventure finie.

— Et quel diagnostic officiel a donc permis aux médecins de vous garder enfermée ?

— Perversion morale, déclarai-je sans ambages. Débauches sexuelles, comme l'a déclaré ma famille. »

Il lâcha alors ma main et se releva. Puis il se détourna une fois encore. Une détresse plus grande se lisait sur son visage. Je devinai ce qu'il pensait.

« John, dis-je, je ne sens aucunement le besoin de me défendre contre de tels mensonges, ni de justifier mon comportement, passé ou présent. Nous sommes vous et moi des amis, n'est-ce pas ? Je pense qu'en peu de temps nous avons même été de bons amis. Et, à moins que mes sentiments ne m'abusent, nous aurions pu en d'autres circonstances devenir bien plus que cela. Je suis sans doute un être passionné, mais je ne suis pas une débauchée. Je n'ai connu dans ma vie qu'un homme, Harry Ames, le père de mes enfants.

— Je pourrais intervenir en votre faveur auprès des autorités, May, interrompit le capitaine en se retournant vers moi. Et peut-être obtenir que l'on vous dispense de tenir votre engagement.

— Même si vous y arriviez, répondis-je, vous ne pourriez empêcher ma famille de me renvoyer dans cet endroit épouvantable. Vous me dites que je n'ai pas idée de la vie qui m'attend chez les sauvages, mais vous n'imaginez pas non plus celle que j'ai dû subir. Quand chaque jour est la réplique exacte du précédent, qu'ils forment une chaîne sans fin de semaines sans soleil, sans espoir. Quoi que je trouve dans ce monde nouveau et étranger où nous mettons le pied, ça ne peut être pire que l'ennui et la mélancolie de l'asile. Je n'y retournerai jamais, John. Je mourrai plutôt. »

Je me levai alors et avançai vers lui. Le prenant dans mes bras, je posai la tête contre sa poitrine et, le serrant contre moi, entendis les battements de son cœur. « Peut-être me détestez-vous, John, maintenant que vous savez la vérité. Et peut-être pensez-vous aussi que je mérite bien après tout qu'on m'envoie chez les sauvages. »

Le capitaine referma ses bras autour de moi et, à cet instant, pour la première fois depuis si longtemps que le souvenir m'en échappait, je me sentis totalement hors de danger, comme si j'avais enfin trouvé un abri loin des tumultes et des déchirements de mon existence. Je respirai son odeur d'homme fort, semblable à une forêt d'automne. Les muscles de ses bras et de son dos donnaient l'impression de robustesse d'une maison aux murs solides. Le rythme de son cœur contre ma gorge me sembla le pouls de la terre elle-même. Serais-je capable de rester ici, pensai-je, pour toujours en sécurité dans les bras de cet homme doux et bon ?

« Vous devez savoir que je suis amoureux de vous, May, dit-il, et que je ne saurais vous haïr ni vous juger. Si mes moyens me permettaient de couper court à cette folie, je le ferais. Je ferais n'importe quoi pour vous épargner.

— Vous êtes fiancé, John. Je le suis aussi de mon côté. Même si j'acceptais votre aide, il serait déjà trop tard. »

Pourtant je crois maintenant que c'est peut-être John Bourke lui-même, après tout, qui avait besoin de mon aide, besoin de se dérober à mes terribles exigences, à mon désir de me fondre en lui, de le prendre en moi pour ne plus former qu'un être unique, inséparable. Qui aurait su perdre la grâce plus vite ou plus âprement, au terme d'une splendide lutte spirituelle, qu'un jeune Irlandais élevé chez les jésuites ? ou un très honorable militaire, déjà fiancé à une autre ? Y a-t-il amour plus délicieux qu'un amour condamné ?

Quand John Bourke m'embrassa, je sentis sur ses lèvres le léger goût de miel de son whiskey. Sa profonde résistance morale s'évanouit devant mon ardent désir de lui. Je nous vis tous deux emportés au loin et me cramponnai de toutes mes forces à la vie, au moment présent, comme si le contact de nos corps pouvait me garder dans cette bulle de temps et d'espace, que la fusion de nos chairs effaçait nos identités et que l'être singulier que nous formions était seul capable de me garder en Terre Sainte, l'unique monde que je connaisse. « Allez-vous me montrer, John, murmurai-je devant sa bouche, John chéri, implorai-je, allez-vous me montrer maintenant comment un homme civilisé fait l'amour à une dame ? »

8 mai 1875

Mon cher Harry,

Je dois m'efforcer de t'écrire la lettre la plus inconsciente, la plus bavarde possible ce soir, car si je dois un jour devenir vraiment folle, ce ne peut être qu'aujourd'hui, lors de cette première nuit en pays indien. En t'écrivant, et en t'imaginant en train de lire cette lettre, je peux croire malgré moi quelques instants de plus que tout va bien, que je suis seulement en train de vivre un cauchemar dont je m'éveillerai entre tes bras, dans notre appartement où nos enfants dorment près de nous... et tout sera pour le mieux... oui, pour une fois encore...

Je vais être l'épouse du chef. Oui, le premier homme de la tribu m'a choisie pour femme. Son rang étant chez les sauvages celui d'un roi, je vais devenir un genre de reine, sans doute... Ha ! Que dirais-tu de cela, Harry, si tu savais seulement où nos actes et nos décisions m'ont menée ? Femme de chef, reine des Cheyennes, future mère de royaux petits sauvages...

Il s'appelle Little Wolf — son nom est vénéré

chez les Indiens des plaines et il a été reçu en personne à Washington par le président Ulysses S. Grant. Le capitaine de notre escorte admet volontiers qu'il a la réputation d'être un guerrier sans peur et un grand chef. Je dois dire que, au regard des autres sauvages, il n'est pas vraiment désagréable à regarder. Impossible de deviner son âge. Ce n'est plus un jeune homme et il doit avoir quelques années de plus que moi, sans qu'il soit vraiment vieux, pourtant... disons la quarantaine, bientôt, peut-être. Mais en parfaite santé, physiquement superbe, avec des yeux très sombres, presque noirs, des traits puissants et l'allure farouche d'un loup. Il me paraît cependant être un homme bon, dont le parler élégant et doux me ferait presque oublier la laideur de la langue indienne.

Ils sont venus tôt ce matin, Harry, précédés d'une troupe de chevaux qu'ils menaient par l'arrière dans un grand tintamarre, proférant toute sorte d'incroyables exclamations, comme de vrais animaux, les cris que l'on attend exactement de la part d'un groupe de sauvages. Les bêtes ont été rassemblées dans le corral du camp où un administrateur en a vérifié le nombre.

Naturellement, je dois admettre qu'être troquée contre un cheval fait naître en moi un sentiment mitigé... même si je devrais me consoler du fait que celui offert par Little Wolf au commandant en échange de ma main était, à tous points de vue, l'un des plus beaux de tous... non que je sois experte en la matière, mais c'est du moins l'avis de mon nouvel ami, Jimmy le muletier.

Admettons que je sois soulagée de me voir comparée à un spécimen aussi parfait de la race équine... cela va-t-il mieux pour autant?

Ma bonne amie Martha est censée épouser un

individu patibulaire répondant avec à-propos au nom de Tangle Hair, du fait de son épaisse chevelure emmêlée, qui lui donne d'ailleurs l'allure d'un des pensionnaires les plus fous de mon asile d'aliénés. Il est cependant, lui aussi et au dire de tous, un valeureux guerrier.

L'un des avatars les plus inouïs de cette situation déjà bizarre veut que notre courageuse Phemie ait été choisie par un Noir du peuple des sauvages. C'est d'ailleurs son nom : Black Man. L'interprète au service du camp, un sang-mêlé français-sioux du nom de Bruyère, nous a expliqué que le prétendant avait été capturé, enfant, lors de l'attaque d'un convoi d'esclaves noirs en fuite. Élevé chez les Cheyennes, il est considéré comme l'un des leurs au même titre que s'il était né chez eux. Il ne parle pas anglais et les autres le traitent en égal. Peut-être qu'à cet égard, les sauvages sont plus civilisés que nous. C'est un beau garçon, franchement plus grand que les autres, bien au-dessus d'un mètre quatre-vingts, je pense, et il paraît tout désigné pour faire un bon époux auprès de Phemie... pardonne-moi d'épiloguer aussi longuement, Harry... c'est l'effet de l'épuisement et de la terreur, et je ne suis qu'une femme... je m'efforce simplement de trouver un sens et un ordre à cette histoire insensée...

Helen Elizabeth Flight, notre artiste résidente, a été choisie par un dénommé Hog[1], autre fameux guerrier. « Eh bien, j'espère pouvoir garder mon nom de carrière, dit-elle sans se départir de son humour. J'imagine que Helen Hog a une sonorité assez déplaisante à l'oreille, tu ne trouves pas ? » Malgré son peu séduisant patronyme, Hog a belle allure avec sa grande taille et des épaules plutôt larges pour un Indien.

1. *Hog :* pourceau.

La gentille petite Sara est fiancée à un garçon fluet du nom de Yellow Wolf, à peine un adolescent semble-t-il. Je dois admettre une fois de plus que les Cheyennes me paraissent avoir établi sagement leurs choix, car ce jeune homme, lui aussi extrêmement timide, a tout l'air d'être épris de la petite : il peine à la quitter des yeux. Peut-être réussira-t-il là où nous avons échoué, et la sortira-t-il de son monde d'angoisses muettes.

Le capitaine Bourke nous a expliqué que la folie est considérée par les Cheyennes comme un don de Dieu, c'est pourquoi les égarés sont traités avec beaucoup de respect, même avec révérence, dans cette société. Dans ce cas, certaines d'entre nous risquent d'être tenues en haute estime, sinon idolâtrées ! De ce fait, la concurrence a été rude entre plusieurs fiancés potentiels pour la main de cette pauvre Ada Ware. Comme elle est une ancienne pensionnaire, atteinte de mélancolie, les hommes de notre monde voient difficilement un beau parti en elle. Mais selon Bruyère, les Indiens lui trouvent une odeur de sainteté, inspirée par ses vêtements noirs. Le peu de connaissances qu'ils ont assimilées sur nos diverses religions semble composer un joli puzzle.

Nos sacs de voyage ont provoqué chez eux une vive allégresse. Les saisissant par les poignées, les moins dignes de nos compagnons ont mimé un cortège grotesque et spectaculaire pour le plus grand bonheur de leurs puérils amis qui se sont mis à rouler par terre en riant. Ce sont vraiment de turbulents gamins ! J'ai remarqué avec plaisir que mon promis, loin de participer à ces absurdités, s'est contenté de regarder sévèrement ses hommes.

La pauvre Daisy Lovelace s'est, elle, vue mêlée à une triste farce orchestrée par celui qui l'avait choisie pour femme. Alors qu'il rassemblait les biens de la Sudiste, il a tenté de lui prendre des mains son bien-aimé caniche. Daisy, qui, j'imagine, était imbibée de son « remède », s'est cramponnée au chien en déclarant : « Non, môssieur, vous ne mettrez pas vos pattes sur ma Fern Louise. Jamais de la vie. Vous m'entendez ? Jamais je ne vous laisserai toucher à mon bébé chéri. »

Mais, agile comme un chat, l'Indien a quand même réussi à le lui arracher. Il l'a soulevé par la peau du cou pour l'exhiber fièrement devant ses comparses, qui se sont rassemblés autour de lui tandis que la pauvre bête battait l'air désespérément des quatre pattes. J'avoue ne pas beaucoup apprécier Miss Lovelace, son misérable quadrupède encore moins, mais je déteste voir maltraiter un animal, de sorte que j'ai volé à son secours lorsque Daisy a voulu le récupérer. « Rendez-lui son chien ! » ai-je intimé au sauvage. Semblant comprendre ce que je lui ordonnais, il haussa les épaules et laissa la pauvre chose choir dans la poussière avec autant d'égards que l'on jetterait une vieille chaussette. Le petit chien s'affala sur le sol mais, retrouvant rapidement l'usage de ses membres, il se mit à tourner en rond de plus en plus vite, ce qui eut pour effet de redoubler l'hilarité du groupe autour de lui. Puis, comme poussée par la force centrifuge, Fern Louise quitta brusquement sa danse de Saint-Guy et, se précipitant comme une flèche vers le sauvage qui l'avait malmenée, enfonça ses dents dans sa cheville en grondant méchamment et en agitant la gueule comme un minuscule démon tout juste sorti des enfers. Notre sauvage commença à bondir à cloche-pied en essayant vainement de se débarrasser du caniche, ce qui était du meilleur comique malgré ses braillements de douleur et replongea les autres dans la plus totale hilarité.

« Tiens bon, Feeeern Louiiiiise ! triomphait Daisy Lovelace. Vas-y, poulet, mords-moi ce vilain nègre ! Apprends-leur donc, à ces sacrés sauvages, ce qu'il en coûte de faire les idiots avec toi. » Bientôt épuisé par ses efforts, le petit chien lâcha prise et revint trotter vers sa maîtresse, haletant et la gueule couverte de bave rougeâtre. Entre-temps l'infortuné Indien, courbé vers la terre, se cramponnait des deux mains à sa cheville blessée en émettant de pitoyables gémissements. Ils ne lui valurent aucune marque de sympathie de la part de ses frères, lesquels trouvaient sa détresse désopilante au-delà de toute mesure. En fait, l'épisode entier nous fournit à toutes un amusement et une détente dont nous avions grand besoin. Quant à Fern Louise, elle a considérablement grandi dans notre estime.

Les chevaux échangés n'étaient qu'une monnaie d'échange au regard des autorités, car on nous a fourni de solides montures américaines pour nous véhiculer en territoire indien, équipées de bonnes selles militaires. Nous y avons attaché nos sacs et les rares objets personnels que l'on nous permit d'emporter. Anticipant la difficulté de parcourir de longues distances en robe, les soldats ont eu la bonne idée de confier à celles qui en voulaient des culottes de cavalier recousues spécialement, quoique en hâte, à notre attention. Celles qui ont refusé ce pantalon ont regretté leur coquetterie au bout de quelques kilomètres à peine. Pour leur part, les sauvages se montrèrent aussi agités en nous voyant ainsi accoutrées qu'ils l'avaient été au spectacle de nos sacs de voyage, et y allèrent de leurs grognements réprobateurs. Comme ils ne portent pas eux-mêmes de pantalons, on peut seulement présumer qu'ils n'avaient encore jamais eu l'occasion de voir des femmes en mettre.

J'ai avec moi mes précieux carnets et une bonne réserve de crayons à mine de plomb que le capitaine Bourke m'a offerts (il pensait non sans raison que l'encre serait difficile à trouver dans les contrées où nous nous rendons). Il m'a aussi donné son volume des œuvres de Shakespeare pour me tenir compagnie au pays des sauvages. Sachant ce qu'il représente pour lui, j'ai voulu refuser, mais il a insisté. Nous avons pleuré dans les bras l'un de l'autre la tristesse de cette séparation, un luxe que l'on ne nous a pas accordé à nous deux, Harry, il faut bien le dire.

Oui, je te dois cette dernière confession, à toi mon premier amour, le père de mes enfants, où que tu sois, quoi qu'il te soit advenu... toi à qui, jusqu'à la nuit dernière, je suis restée fidèle... Oui, le capitaine et moi nous sommes laissés emporter par la passion, la force de nos sentiments... c'était irrésistible et je n'avais pas l'intention de lutter... quelle étrange propension est donc la mienne, Harry, de m'attacher aux hommes pour lesquels je ne suis pas faite : un contremaître d'usine, un capitaine d'armée, catholique et fiancé, et maintenant un chef indien. Bon Dieu, je suis peut-être folle, après tout...

Tentant à la dernière heure de repousser l'inévitable, un comité de quelques femmes formé en hâte est allé trouver le colonel Bradley pour lui demander la permission de passer une nuit supplémentaire, la dernière, au camp. L'émotion était à son comble et je craignis une défection de masse. Le colonel a fait passer la requête à Little Wolf qui a réuni plusieurs autres chefs pour débattre de la chose. Revenant plus tard annoncer sa décision, le grand chef expliqua que les chevaux avaient été livrés comme convenu et que nous devions maintenant accompagner ses hommes. Il y aurait encore largement assez de soleil avant la fin de journée pour que nous puissions atteindre leur campement et les Indiens ne voyaient aucune raison de repousser notre départ au lendemain. Le colonel nous confia que, s'il ne nous libérait pas comme prévu, son geste pouvait être interprété par les Cheyennes comme un premier manquement à l'engagement que nous avions conclu. Auquel cas les ennuis ne tarderaient pas à arriver. L'objectif avoué de notre aventureuse mission était d'enrayer autant que possible la poursuite des hostilités avec les Indiens, aussi le colonel rejeta-t-il tristement notre requête de passer une dernière nuit dans le sein de la civilisation. Nous savons bien à quoi nous nous sommes engagées, pourtant ?

Nous avons été rejointes à la dernière minute par un certain révérend Hare, un corpulent missionnaire de l'Église épiscopale arrivé hier seulement à Fort Fetterman pour nous accompagner. C'est un personnage plutôt singulier : il doit peser au moins cent soixante-dix kilos et il est chauve comme une boule de billard. Avec sa grande chasuble blanche, il ressemble surtout à un monstrueux bébé en langes. Il est apparu sur une énorme mule, blanche elle aussi, qui grognait passablement sous son poids.

Bourke n'a pu se retenir de hocher la tête à l'arrivée de l'épiscopalien, en marmonnant quelque interjection du genre : « Encore un de ces protestants bien nourris. » Le capitaine, à l'évidence au courant des activités religieuses du missionnaire auprès des indigènes, s'est plaint en privé que le Plan Indien de Paix du président Grant donnait à toutes les confessions l'occasion de s'entre-déchirer pour les âmes des sauvages, comme autant de chiens devant un os.

Le révérend, précisément, une « Robe blanche » comme les Indiens surnomment les épiscopaliens, a été dépêché par son Église pour ramener les brebis cheyennes égarées avant qu'elles ne deviennent la proie de catholiques « Robes noires ». L'une des premières déclarations du pasteur a été, à peine arrivé, qu'il était préférable aux yeux de son Église que les barbares restent des sauvages plutôt que de se faire convertir par les catholiques. Une remarque, on me croira, qui fut loin de plaire au capitaine.

On nous a appris cependant que le révérend Hare travaillait depuis de nombreuses années avec les Indiens et que, linguiste à sa façon, il parle couramment plusieurs de leurs langues, le cheyenne notamment. Son rôle sera à la fois celui d'interprète et celui de conseiller spirituel auprès du troupeau d'agneaux sacrifiés que nous sommes.

C'est dans cet état d'esprit que nous avons quitté Camp Robinson en compagnie de nos futurs époux. Certaines d'entre nous se sont mises à pleurer comme s'il s'agissait d'un convoi funèbre au lieu d'une marche nuptiale. Pour ma part, je me suis efforcée de conserver mon sang-froid. Malgré la désapprobation du capitaine Bourke, j'ai fait le vœu de garder bonne figure tout au long de cette aventure, de bien conserver à l'esprit que notre situation n'est que provisoire ; nous sommes des soldats partis remplir notre devoir envers notre pays, et au moins nous pouvons déjà penser au jour de notre retour. Tout au fond de mon cœur, Harry, demeure le souvenir de nos enfants bien-aimés, et le rêve que j'entretiens de leur revenir ; cette espérance me donnera la vie et la force dont j'ai besoin. J'ai tenté dès le départ de réconforter mes camarades grâce à ces pensées : qu'un jour nous reviendrions à la civilisation, en femmes libres, enfin.

Je partis donc fièrement à cheval en tête de la procession, de conserve avec mon promis, et fis un discret signe de tête au capitaine Bourke dont l'attitude rigide reflétait sans conteste la profonde affliction. En signe d'adieu, je commençais à lever la main à son attention lorsque je m'aperçus qu'il avait les yeux rivés au sol, ne voulant pas me voir. Ai-je perçu de la honte dans ce regard qu'il me refusait ? Se flagellait-il tout seul, en bon catholique ? D'avoir trahi, pour un unique moment de passion, et Dieu, et sa fiancée, et le devoir militaire ? Ai-je décelé, peut-être, une vague lueur de soulagement dans le fait que l'objet licencieux de son abandon, cette tentatrice dépêchée par le diable, parte au loin vivre avec les sauvages — punition méritée de nos doux péchés nocturnes, infligée par un Dieu vengeur ? Oui, j'ai lu tout cela dans les yeux baissés de John Bourke. Et c'est le sort des femmes sur cette terre, Harry, que l'expiation des hommes ne puisse être obtenue qu'au prix de notre bannissement.

Moi, je n'ai pas baissé la tête. J'ai l'intention de conserver ma dignité coûte que coûte dans cette nouvelle vie. Et comme je dois être l'épouse du chef, je tiendrai mon rôle dans le respect le plus strict du décorum. C'est pourquoi, avant notre départ, j'ai répété à Martha et à celles d'entre nous qui me semblaient les plus inquiètes le conseil que mon amie Jimmy le muletier, alias Dirty Gertie — elle en sait assez long au sujet des Indiens — m'a donné : « Garde la tête haute, ma chérie, et ne laisse jamais aucun d'eux te surprendre à pleurer. » Bien sûr, c'est pour certaines plus facile à dire qu'à mettre en pratique. Je me propose, en ce qui me concerne, de n'afficher aucune faiblesse, d'être toujours franche, ferme et forte, de ne jamais manifester l'inquiétude ou le doute, aussi soucieuse ou incertaine puissé-je me sentir en mon for intérieur. Je ne vois pas d'autre moyen de survivre à cette ordalie.

Il fallut peu de temps pour que la plupart des passagères se résignent, semble-t-il, à leur sort. Leurs sanglots se muèrent bientôt en de rares gémissements vite étouffés, et nous parlâmes peu ; muettes et intimidées, nous étions semblables à des enfants soumis qui se laisseraient passivement mener vers des terres incultes.

Quelle étrange procession devions-nous former, chevauchant ainsi en longue file paresseuse, forte d'une centaine de personnes, Indiens et femmes. Notre cheminement paraissait sinueux, indiscipliné, après la rectitude militaire de nos récents convois. S'il nous regardait d'en haut, Dieu pouvait aisément nous comparer à une colonie de fourmis, progressant à travers les collines, gravissant les forêts de sapins pour redescendre ensuite près du lit des rivières et de l'abondante végétation qui les borde. Nos chevaux passèrent à gué des ruisseaux tout enflés d'écoulements printaniers. L'eau boueuse et rapide frappait nos étriers. Ma propre monture, un vigoureux bai, calme et bien assuré, que j'ai baptisé Soldier en hommage au capitaine, s'est engagé franchement dans un enchevêtrement d'arbres morts avant de partir au petit trot rejoindre les pentes rocheuses menant aux prochaines crêtes où la marche devenait plus aisée.

C'était une ravissante après-midi de printemps, propre à nous réconforter un peu, car, aussi incertain et étrange que paraissait notre avenir, nous vivions toujours sous le même ciel, c'était le même soleil qui brillait au-dessus de nos têtes, et c'était le même Dieu, pour qui est enclin à croire, qui nous guidait...

Planant dans l'air, une odeur légère, âcre et dou-
cereuse de bois brûlé annonça le campement indien
bien avant que nous ne l'atteignions. Nous aperçûmes bientôt une vague brume s'élever vers le ciel
depuis les feux de camp, et celui-ci apparut. Un
groupe de jeunes garçons vint à notre rencontre,
tous bavardant en émettant de curieux gazouillis de
surprise. Les plus petits d'entre eux chevauchaient
une espèce de gros chien aux immenses pattes que
je n'avais encore jamais vue — un genre de loup à
l'épaisse fourrure garnie de plumes, de perles, de
grelots et autres breloques, également orné de peintures semblables à celles des poneys des guerriers.
J'étais alors plus que jamais consciente de ce que
nous entrions dans un monde totalement nouveau,
avec sa race distincte, ses propres créatures... et
c'était le cas. Un monde de conte de fées en marge
du nôtre, à moins que ce dernier ne vive finalement
dans l'ombre de celui-là... qui sait ? Les plus enhar-
dis des garçons vinrent à la dérobée toucher nos
pieds avant de détaler en piaillant comme des écu-
reuils.

Ils repartirent en courant au camp pour annoncer
notre arrivée et nous entendîmes alors tout un brou-
haha de voix hautes et d'aboiements, une cacophonie villageoise de bruits inconnus et, je dois
l'avouer, franchement terrifiante.

Une foule de femmes, d'enfants et d'anciens se
rassembla devant nous. Les tentes — qu'ils
appellent des tipis ou loges — étaient groupées en
formations vaguement circulaires, par demi-cercles
de quatre ou cinq qui tous ensemble composent un
plus grand rond. L'endroit était coloré, bruyant —
une fête pour les yeux — et pourtant si étrange que
nous nous trouvâmes incapables de l'embrasser
entièrement. Nous en étions de toute façon empê-

chées par cette foule groupée autour de nous, qui jasait dans son curieux langage et tentait de poser furtivement une main sur nos jambes ou nos pieds. Nous avons parcouru le camp dans son entier, comme pour offrir un genre de parade à ses habitants, avant de faire demi-tour et de recommencer dans l'autre sens. Les cris et les bavardages, le bruit et l'agitation incessante me firent tourner la tête et je ne comprenais plus vraiment ce qui m'arrivait. Nous fûmes bientôt séparées les unes des autres et j'entendis plusieurs voix désespérées, perdues, crier en anglais. Je voulus leur répondre mais mes mots s'évanouirent dans le chahut général. Je perdis même Martha de vue tandis que les sauvages nous absorbaient une à une dans leur monde. C'était autour de moi un tel tourbillon, un tel mélange de mouvements confus, de couleurs et de bruits inconnus... que je crus me perdre moi-même.

Je ne t'écris plus aujourd'hui, mon cher Harry, dans l'abri sûr qu'offraient les tentes de l'armée, mais aux tout derniers rayons du soleil, à la faible lueur des braises mourantes d'un feu de tipi, au centre de la hutte d'un guerrier. Oui, j'ai fini par entrer dans ce rêve fabuleux, cette vie irréelle, cette existence étrangère à notre univers, dans ce monde que peut-être seuls les fous sont amenés à comprendre...

Me voilà assise dans cette tente primitive, près du feu presque éteint, entourée de sauvages accroupis à la mine sévère, et la réalité de cette situation s'impose finalement. En quittant cette après-midi Fort Robinson, il m'est venu à l'esprit que je pourrais bien mourir ici, dans les vastes espaces de la prairie déserte, au milieu de ce peuple reculé et perdu... un peuple qui a tout des trolls des contes de fées, qui n'a rien en commun avec les hommes et les femmes que j'ai connus. Ce sont les gens d'une terre différente et plus ancienne. John Bourke avait raison. Mes yeux balaient l'enceinte du tipi et soudain le souvenir des quatre murs étouffants de ma cellule à l'asile prend une allure vaguement réconfortante, familière... ce n'était rien qu'une pièce carrée aux parois bien solides... mais non, ces pensées-là me sont maintenant interdites. Je vis dans un autre monde, les pieds sur un sol neuf, parmi des gens nouveaux. Courage !

Au revoir, Harry, où que tu sois... je n'ai jamais perçu aussi clairement que la période de ma vie à laquelle tu as pris part est pour de bon achevée... aurais-je atterri sur la lune que je ne pourrais être plus loin de toi... il me vient la curieuse impression que nos vies personnelles ne sont pas les chapitres d'un même livre, mais des volumes entiers, détachés et distincts. Et, pour cette raison, je commencerai demain un nouveau carnet, un nouveau volume donc, qui aura pour titre *Ma vie de squaw*. Je ne t'écrirai plus, Harry... tu es maintenant mort pour moi, comme je le suis pour toi. Sache que je t'ai aimé. Mais c'était autrefois...

# TROISIÈME CARNET

## Ma vie de squaw

« *Sombrant alors dans un profond sommeil, j'eus le plus étrange des songes... du moins tout s'est passé comme dans un rêve... Ce devait en être un puisque mon mari se trouvait maintenant avec moi dans la tente et dansait légèrement, sans bruit. Ses pieds chaussés de mocassins s'élevaient et retombaient en rythme tandis qu'il tournoyait silencieusement autour du feu en balançant sa calebasse d'où, pour tant, ne sortait plus aucun son. Il dansait comme un esprit autour de mon corps allongé. Peu à peu excitée, je sentis un picotement au creux de mon ventre, entre les cuisses — l'immuable appel du désir que Little Wolf, paradant, faisait naître en moi.* »

(Extrait du journal intime de May Dodd.)

## 12 mai 1875

Seigneur Dieu ! Quatre jours ont passé, je n'ai pas eu le temps d'écrire, je suis épuisée, étourdie par tant de nouveauté, par le manque de sommeil et la promiscuité. Je crains que le capitaine n'ait eu raison, toute cette affaire n'est que folie. Une grave erreur. Exactement comme si je m'étais installée dans une tanière avec une bande de loups.

Pour commencer, je trouve au-delà de toute perversité de devoir partager une tente avec en sus de mon futur mari, ses deux autres épouses, une vieille bique et une jeune femme, un garçonnet et un bébé ! Oui, voilà combien nous sommes dans ce wigwam. On peut à juste titre se demander comment entretenir des relations conjugales dans ces conditions ? Nous n'avons d'intimité, pour ainsi dire, que dans la mesure où nous ne nous regardons jamais, et parlons encore moins. J'en retire une bien singulière impression, celle d'être invisible. Et je saurais difficilement décrire l'odeur de tous ces corps si proches les uns des autres.

C'est la « deuxième » femme du chef qui s'occupe de moi, une jolie fille pas beaucoup plus âgée que moi et qui s'appelle, selon le révérend Hare, Feather on Head[1]. Comme je l'ai dit, Little Wolf semble avoir deux autres épouses, et la doyenne tient d'une façon générale le rôle d'aide domestique — elle fait la cuisine, le ménage — et s'obstine pour l'instant à m'ignorer. Celle-là porte le nom de Quiet One[2], puisqu'elle n'ouvre quasiment jamais la bouche. Si elle continue de vaquer à ses activités sans reconnaître ma présence, mon instinct de femme me dit cependant qu'elle me hait déjà assez viscéralement pour m'égorger. J'ai d'ailleurs eu chaque nuit le même cauchemar depuis mon arrivée. Je me réveille dans mon rêve pour trouver la vieille femme penchée sur moi, agenouillée comme une gargouille, son couteau pointé sous mon menton. Je veux crier mais dois y renoncer car au moindre geste la lame effilée me trancherait la gorge. Je me réveille — pour de bon — chaque fois à moitié asphyxiée, hoquetant à la recherche de l'air. J'aurais intérêt à bien la surveiller, celle-là...

Tout notre contingent a été aussitôt mis à contribution au camp où nous nous acquittons des tâches les plus basses, à la manière d'enfants instruits par nos mamans indiennes, sinon d'esclaves, pour être plus proche de la vérité. Nous avions cru comprendre que notre rôle consistait à enseigner aux sauvages les manières du monde civilisé, non à devenir des bêtes de somme mais, comme l'a remarqué Helen Flight, à quoi bon se tenir bien à table s'il n'y a plus de table. Ces dames cheyennes semblent profiter largement de notre situation de nouvelles pour nous imposer les plus viles corvées. Nous partons à l'aube chercher de l'eau au ruisseau,

1. Plume sur la tête.
2. La Silencieuse.

ramasser du petit bois pour le repas du matin, et passons l'après-midi à arracher des racines dans les champs. Mon Dieu, quel bagne ! Seule Phemie paraît y avoir échappé. Je ne sais encore comment elle s'y est prise, car je la vois à peine. Le campement est vaste, et nous travaillons toutes si dur que, le soir, nous tombons de fatigue sur nos couches aussitôt avalé quelque morceau d'une infâme viande bouillie. En ce qui me concerne, je veux bien partager un temps le labeur de ces dames, mais je n'ai certes pas l'intention de devenir leur esclave ou leur domestique. Plusieurs d'entre nous ont déjà exposé leurs griefs au révérend Hare.

De leur côté, ces messieurs sauvages donnent l'impression de passer un temps démesuré à paresser dans leurs tipis, à fumer et à palabrer entre eux... ce qui me pousse à croire que nos cultures, finalement, ne sont peut-être pas si différentes : les femmes font tout le travail pendant que les hommes bavassent.


14 mai 1875

Nous venons d'apprendre que les sauvages préparent un genre de cérémonie de mariage, en groupe, qui ne serait guère plus qu'une fête bien préparée suivie de plusieurs danses. Leur projet est contrarié par la présence du révérend Hare qui se sent obligé de célébrer des mariages chrétiens. Parlons de lui justement. Il serait certes fort utile qu'il mette à notre disposition ses talents de traducteur et qu'il nous aide à nous adapter à notre vie nouvelle, mais le saint homme est franchement l'un des individus les plus indolents que j'aie rencontrés. Depuis notre arrivée ici, il a passé l'essentiel de ses jour-

149

nées allongé comme un demi-dieu sur des peaux de bison, dans la tente qu'il partage avec l'un des saints hommes de nos Cheyennes, dénommé Dog Woman[1]... et dont je tâcherai plus tard d'expliquer le curieux patronyme. Il s'est passé tant de choses en si peu de temps, nos esprits ont été à ce point assaillis par tellement d'événements et de spectacles bizarres, que je ne sais comment je vais pouvoir convenablement en rendre compte...

Quoi qu'il en soit, le révérend se retrouve quant à lui en proie à une confusion plus grande : selon notre contrat, nous gardons la possibilité de « divorcer » de nos « maris » indiens au bout de deux années. Il est cependant bien clair que certaines confessions associées au programme sous les auspices de la Société des missionnaires de l'Église américaine n'autorisent pas le divorce, ce qui pose un problème si nous devons être mariées selon la tradition chrétienne. Mais quelles inepties ! Je pense qu'il serait plus simple pour nous toutes d'adopter celle des Indiens — après tout, « à Rome faites comme les Romains » —, nous ne serions ainsi liées par la suite par aucune sorte d'obligation légale ou religieuse. De toute façon, tant que cette question ne sera pas réglée, nos unions ne pourront être consommées — quoique, en ce qui me concerne, j'aie l'intention de m'occuper seulement de ce qui me regarde.

J'ai aussi, autant le mentionner, laissé John Bourke quitter le cours de mes pensées, puisque je me prépare à être l'épouse respectueuse de mon chef Little Wolf. C'est plus facile à dire qu'à faire, mais il me paraît clair que pour rester autant que possible saine d'esprit, je ne dois surtout pas cher-

1. Femme-chien.

cher refuge dans le passé... cela reviendrait autrement à sombrer dans la folie. C'est une des leçons que j'ai apprises et répétées à l'asile — vivre chaque journée comme elle vient, et refuser tant les regrets que les inquiétudes pour l'avenir. Je n'ai de toute façon aucun pouvoir sur hier ni sur demain. La même leçon vaut certainement pour ma vie ici chez les barbares, mon sentiment étant que j'ai en quelque sorte mis les pieds dans une autre forme d'asile, celui-ci étant le saint des saints de la folie.

Quelques mots encore sur notre routine quotidienne : les hommes se retrouvent le matin au ruisseau pour faire ensemble quelques brasses. Les femmes ne semblent pas obéir au même rituel, mais s'y rendent parfois l'après-midi pour se laver avec un genre d'éponge, ce qui est loin d'être suffisant après une journée de labeurs très salissants. Moi, j'aime prendre un bain tous les jours, cela m'a manqué plus que tout à l'asile et durant notre long voyage. C'est pourquoi, le troisième matin, j'ai suivi le chef quand je l'ai vu quitter le tipi. Il ne m'a jusqu'ici prêté que peu d'attention — il m'a à peine parlé ou regardée —, encore moins manifesté quelque égard ou avance amoureuse.

Avec mes rares objets personnels, j'ai emporté le vieux costume de bain que je mettais le dimanche, il y a une vie de cela, quand nous allions avec Harry sur les plages du lac Michigan. Il se trouvait dans la malle qui contenait mes affaires à l'institution et, si je l'ai pris avec moi par sentimentalisme surtout, j'avais toutefois à l'esprit de m'en servir ici. Sans rien savoir du soin que portent les sauvages à l'hygiène personnelle, je me doutais qu'elle serait réduite à l'essentiel, que nous nous laverions dans un cours d'eau, et je n'avais pas l'intention, à cette occasion, de me montrer aux yeux de tous dans le plus simple appareil. En voyant chaque matin les hommes partir nager tandis que les femmes vont chercher de l'eau, du bois, et réveillent les feux, je me suis résolue à rejoindre les premiers au ruisseau. Jeune fille, j'étais déjà bonne nageuse, et c'est une distraction qui m'a grandement manqué pendant mon internement.

En me levant ce matin, j'ai donc enfilé mon costume de bain sous mon épaisse robe de bison (je dois admettre qu'ici, malgré le manque d'intimité, nos lits de rameaux de pins, de peaux de bison et de couvertures achetées en fraude ne sont pas si inconfortables). Puis, quand le chef a quitté la tente, je l'ai suivi au ruisseau. Les autres hommes, déjà au bord du petit étang retenu par un barrage de castors, bavardaient comme des écoliers en faisant quelques exercices respiratoires avant de plonger dans l'eau glacée (je devais m'en rendre compte assez vite !). Me voyant les rejoindre, ils émirent ensemble des murmures de réprobation, plus proches du grognement, d'ailleurs. Puis l'un d'eux fit une remarque, à propos, je suis sûre, de mon costume de bain, et tous commencèrent à rire, d'un horrible rire gras qui s'amplifia au point qu'ils se tinrent bientôt les côtes en roulant par terre comme des crétins. Seul Little Wolf resta digne, comme il sied au chef.

Mais la grossièreté des hommes m'irrita et, je l'avoue, me blessa dans mon amour-propre. J'ai toujours pensé que ce costume me mettait particulièrement en valeur. Et je n'ai pas spécialement l'habitude qu'on me tourne en ridicule. Sûre d'avoir franchement rougi, j'ai dû refouler des larmes de gêne et de rage, mais je n'allais sûrement pas déclarer forfait devant ces imbéciles. Reprenant mes esprits, j'ai suivi le grand tronc qui longe le barrage avant d'exécuter le plongeon le plus gracieux dont je fusse capable — en priant de trouver assez de profondeur ! Mon Dieu, j'ai vraiment cru que mon cœur n'allait pas résister à la température glaciale de l'eau ! Je nageai tout au fond et, lorsque je revins à la surface, cette fois les hommes s'étaient arrêtés de rire et me regardaient d'un air plutôt admiratif.

J'ai appris cette après-midi, par les bons soins du révérend Hare, que les Indiens m'ont surnommée *Mesoke*, ce qui signifie hirondelle, ce que je trouve plutôt charmant et dont je peux sûrement me réjouir. Le révérend m'a également révélé que notre grande et sympathique Gretchen est affublée, elle, d'un nom imprononçable qu'il traduit par Parle avec une Voix Forte — une variation, je suppose, de ce qu'on appelle vulgairement chez nous une grande gueule. J'ai de la chance mais, vraiment, ce que ces gens ont l'esprit terre à terre...

Le temps de m'habituer à la fraîcheur et ce fut un bain merveilleusement tonique. Cependant, après m'avoir vue plonger, les Cheyennes, intimidés semble-t-il, ont hésité à entrer dans l'eau après moi... sans doute répugnent-ils à nager en compagnie d'une femme. Ils sont partis les uns après les autres plus loin sur la rive, tandis que Little Wolf restait seul à me regarder. J'ai dû violer quelque code de conduite, « sauvage » et ridicule, en voulant me baigner avec les hommes. Quelle absurdité ! Leur attitude me rappelle à Chicago le club collet monté auquel appartient mon père... Oui, tiens... voilà une idée, je vais baptiser le leur Club Nautique et Viril des Indigènes !

Little Wolf s'est finalement glissé lui aussi dans l'eau. Il ne portait qu'un pagne, vêtement impudique, s'il en est, puisqu'il s'agit à peine d'un pan de cuir attaché à une corde autour de la taille. Et qui cache à peine...

Laissez-moi décrire le chef. C'est un homme élancé à l'ossature fine, aux muscles allongés et aux yeux noirs. Exempte de toute ride, sa peau est extraordinairement lisse, couleur de cuivre bruni. Ses pommettes hautes lui donnent un air asiatique, mongol peut-être, et ses cheveux d'un noir profond sont luisants comme le pelage du corbeau. C'est en fait un bel homme, d'une beauté que l'on appellerait chez nous « étrangère », avec une contenance très digne. Je ne l'ai encore jamais vu quitter ses austères manières de chef. Je lui trouve vraiment une sévérité exagérée. En le regardant entrer dans l'eau, je me disais : « J'aimerais quand même voir mon promis sourire, ne serait-ce qu'une fois. » Et voilà justement qu'à cet instant précis et contre toute attente, il m'a semblé deviner une ébauche d'expression sur ses lèvres, même s'il s'agissait sans doute d'une grimace irrépressible en réaction à la fraîcheur du ruisseau.

Agile et gracieux comme une loutre, M. Little Wolf a glissé sous l'eau, nagé, puis il est remonté à la surface s'ébrouer légèrement comme un chien avant de quitter l'étang sans plus me regarder. Je m'en trouvai franchement désappointée car c'était bien là l'occasion de lier connaissance sans être gênés, pour une fois, par la présence constante des autres. Non que j'aie espéré, ni même encouragé, aucune espèce de galanterie amoureuse dans les eaux glaciales de notre petit bassin. Mais enfin ce serait quand même aimable de la part du chef de bien vouloir m'adresser la parole.

Nous avons décidé de tenir chaque jour des réunions, par petits groupes disséminés dans le camp. Elles nous permettront de confronter nos expériences et nous aideront mutuellement, je l'espère, à nous adapter à notre vie d'Indiennes. Le révérend Hare est censé s'occuper de leur organisation mais, comme je l'ai déjà évoqué, Sa Corpulence est nichée en permanence dans la tente qu'il partage avec le saint homme Dog Woman... Non seulement ce dernier est réputé se transformer en chien, mais il est aussi ce que les Cheyennes appellent un *he'emnane'e* — mi-homme, mi-femme. Je ne sais si cela implique qu'il s'habille seulement en femme ou que, réellement hermaphrodite, il soit doté des organes des deux sexes, mais je n'ai encore jamais rencontré de créature aussi étrange ; avec sa robe en peau de daim, son châle aux couleurs vives et ses jambières, il fait une femme très convaincante, à défaut d'être particulièrement séduisante. Tout cela est parfaitement troublant et ne sert qu'à renforcer l'idée que nous avons atterri dans un autre monde, peuplé d'une espèce distincte d'êtres humains. Je ne peux oublier, une fois de plus, la remarque de John Bourke à cet égard.

Ce ou cette Dog Woman, apparemment très respecté par les siens, a été choisi pour héberger le révérend Hare. Les deux saints hommes, le premier sauvage et le second civilisé, l'un obèse et l'autre attifé en femme, forment un bien curieux couple ! Ils ont eux aussi à leur disposition une vieille dame — dénommée Sleeps with Dog Woman [1], selon la traduction offerte par le révérend, ce qui embrouille

1. Celle qui dort avec Femme-chien.

encore plus les choses — qui dort dans le même tipi et s'occupe d'eux. Un genre de domestique à demeure.

Le révérend, après avoir beaucoup vécu dans les tribus indiennes du Middle West, ne semble plus guère incommodé par le manque de confort. Il paraît mener une existence tout à fait agréable. On pourrait s'attendre à ce qu'il veuille se débarrasser de son excès de poids, mais il a au contraire toujours à portée de main quelque mets délicat que les Indiennes lui apportent régulièrement. C'est en fait une incessante procession qui passe par sa tente toute la journée afin de lui confier toutes sortes de plats qu'on lui présente comme une offrande à une idole. Je ne peux m'empêcher de supposer que le révérend abuse de sa position d'homme saint.

Au moins parle-t-il un minimum le cheyenne, ce dont nous lui sommes toutes reconnaissantes. La barrière des langues constitue un véritable frein à notre insertion; je m'efforce d'apprendre le plus vite possible à communiquer par signes et j'en connais plusieurs qui se révèlent fort utiles.

Cela étant, nos efforts d'adaptation aux contraintes et aux obligations inhérentes à cette nouvelle vie commencent déjà à porter leurs fruits. Après seulement quelques jours au camp, je sens que notre communauté initiale desserre ses rangs. Comme je l'ai mentionné, nous sommes souvent simplement trop épuisées pour nous rassembler après une journée de travail et, le camp étant relativement étendu, il nous est difficile de rester en contact les unes avec les autres ou de transmettre des informations. J'arrive tout juste à voler quelques minutes ici et là pour les passer seule à seule en compagnie de mes plus proches amies. Comme les Indiens ont un genre de crieur public, un vieil homme qui fait chaque matin la tournée du camp pour annoncer les « nouvelles » et les « activités », j'ai suggéré que nous en fassions autant.

J'avoue avoir été à la fois interpellée et ravie lorsque j'ai enfin retrouvé Euphemia à notre réunion d'hier. Je l'ai peut-être déjà écrit, mais je ne l'ai jamais vue affairée aux corvées avec les autres femmes. Elle est arrivée comme une princesse, marchant à belles enjambées, débarrassée de ses vêtements civilisés qu'elle a déjà troqués contre un costume d'Indienne, robe en peau de biche cousue de tendons, mocassins et jambières. Je dois reconnaître que cela lui va à merveille ; elle est franchement superbe.

Plusieurs de nos femmes se sont groupées autour d'elle pour admirer sa tenue. Je suis partie immédiatement à sa rencontre et lui ai pris les deux mains. « Je me suis fait tellement de souci pour toi, Phemie. J'ai craint que tu ne sois malade. Pourquoi ne t'ai-je pas vue travailler avec les autres ? »

Elle est partie de son rire chaleureux. « Oh May, m'a-t-elle dit. Je ne suis pas venue ici pour retomber dans l'esclavage. J'ai déjà dû fuir cette existence et, ce jour-là, je me suis promis de ne plus jamais m'échiner pour quiconque. Je suis une femme libre et désormais je choisis ce que je veux faire.

— Et comment y es-tu arrivée ? lui ai-je demandé. Alors que nous autres sommes assignées aux corvées ?

— J'ai refusé tout simplement en faisant valoir ma liberté de choix. J'ai décidé que je ferai partie des chasseurs, pas des cueilleurs, et j'ai expliqué à mon mari que mes efforts iraient dans ce sens. Que peuvent-ils me faire ? M'enchaîner ? Me fouetter ? Qu'ils essayent. Je porterai toute ma vie les traces du fouet et du fer rouge avec lequel on m'a tatouée, qui symbolisent ma vie d'esclave chez les tyrans, et je ne laisserai personne recommencer.

— Bravo, Phemie. Nous devons nous inspirer de ton exemple pour la réunion d'aujourd'hui.

— Laisse-moi t'expliquer autre chose, May », dit-elle alors en relevant sa robe de peau jusqu'à la taille pour nous montrer qu'elle portait le cordon de chasteté des Cheyennes.

Dès notre arrivée dans leurs tentes, les Indiennes nous ont présenté à chacune un de ces impossibles appareils. Apparemment toutes les jeunes Cheyennes en portent un. Il s'agit d'une petite corde que l'on noue autour de la taille à hauteur du ventre, et dont les extrémités passent entre les cuisses avant de s'enrouler autour de celles-ci presque jusqu'aux genoux. Les plus prudes d'entre nous ont hoqueté, horrifiées, en apercevant la chose (certaines sont tellement pudibondes que je me demande bien ce qui les a poussées, au début, à prendre part à cette expérience !). Mais Phemie ne s'en est pas offusquée. « Personne n'entre ici sans la clé, fit-elle de sa voix mélodieuse avant de s'esclaffer : J'aurais bien aimé disposer de ce genre d'invention quand j'étais une esclave. La petite négresse que j'ai été a passé tant de nuits éveillée à subir les caprices de son maître. Alors que c'est moi aujourd'hui qui dispose de cette partie-là de mon corps.

— Mon Dieu, Phemie, je n'arrive pas à croire que tu acceptes ce truc épouvantable ! La vieille loutre qui habite dans ma tente a essayé de m'en faire porter un, et j'ai refusé. Ça a l'air affreusement incommode.

— Mais elle ne t'a pas forcée, n'est-ce pas ? souligna Phemie. Tu vois, May, c'est un peuple démocratique, finalement. Et, pour ce qui est du confort, ce n'est sûrement pas plus gênant que les corsets dont certaines d'entre vous serrent leur taille tous les jours.

— Seulement nous sommes ici pour faire des enfants. Pas pour faire vœu de chasteté.

— Oui, mais c'est moi aussi qui choisirai le moment », répondit-elle.

Je dois dire que, contrairement aux articles des journaux et des magazines populaires qui les décrivent comme des êtres immoraux, avides et effrayants, les Indiens n'ont pas vraiment l'air d'être des forcenés de la chair. La réunion d'aujourd'hui révèle qu'aucune d'entre nous n'a encore été lancée sur cette piste par son futur mari. Dans ces conditions, les cordons de chasteté semblent franchement superflus...

« Ça, c'est bien vrai, May, renchérit sur ce sujet l'effrontée Meggie Kelly. J'ai bien essayé de raidir un peu la baguette de mon petit gars depuis qu'on est là, mais il ne veut rien savoir. Timide comme un lapin, qu'il est. » Comme pour répondre à quelque impérieux besoin de symétrie, les jumelles ont été fiancées avec deux jumeaux cheyennes, de sorte que chaque couple offre une parfaite image de l'autre. Les sauvages pensent que la naissance de jumeaux est synonyme de chance pour leur peuple, et confèrent à ceux-ci un statut particulier. Bien entendu, les sœurs Kelly se sont bien gardées de battre en brèche leurs superstitions, et leur principale responsabilité semble être pour le moment de parader d'un bout à l'autre du camp avec leurs semblables fiancés devant les yeux admirateurs du reste de la tribu.

Nous fûmes plusieurs à rire de la remarque de Meggie, ce qui nous a valu d'être sèchement interrompues par le révérend. « Je vous rappellerai, mesdames, qu'aux yeux de Notre-Seigneur vous n'êtes pas encore mariées, dit-il. L'accouplement est interdit avant l'union sacrée du mariage.

— Eh, aux yeux de votre Seigneur à vous, peut-être, lança Susie Kelly. Seulement vous êtes un de ces protestants à la gomme ! Pour nous, ça ne vaut pas. Ou alors il faudrait que ça soit un prêtre catholique qui nous marie. Seulement dans ce cas Meggie et moi on serait coincées ici jusqu'à la fin de nos jours à élever dans la brousse des tas de petits sauvages. Mais on a signé pour deux ans, pas plus. Après, on rentre à Chicago s'occuper de choses sérieuses, pas vrai, Meggie ?

— Tu l'as dit, bouffi, répondit l'autre. Laisse donc ce gros hérétique nous marier tant qu'il veut dans son Église du diable. Comme tu dis, pour deux bonnes filles bien catholiques comme nous, ça vaut pas. »

Rouge comme une écrevisse, le révérend en bégaya presque : « Je ne tolérerai pas qu'on me parle de cette manière, jeune fille. J'exige le respect. C'est l'Église épiscopale, la seule véritable Église, l'unique maison de Dieu, que le gouvernement a chargée de sauver l'âme des barbares.

— Eh ben, si c'est pas triste pour leurs pauvres âmes, alors, fit Meggie, loin d'être intimidée. Pass'que tout le monde sait bien que les protestants finissent en enfer !

— Blasphématrices ! hurla le révérend, toujours plus rouge, en montrant les jumelles du doigt. Impies ! Suppôts de Satan ! »

Je ne pus m'empêcher de penser que la conversion des Indiens sera d'autant plus difficile que nous ne parvenons pas nous-mêmes à nous accorder sur un Dieu unique...

Je repris la parole : « Moi, je suis d'accord avec Susan et Margaret. Cette cérémonie de mariage n'est que pure formalité et ne nous engage aucunement. Nous avons été envoyées ici pour donner des enfants aux Indiens et, plus vite nous aurons rempli notre part du contrat, plus vite nous pourrons reprendre notre liberté et rentrer chez nous si nous le souhaitons. Donc finissons-en avec ça.

— Puis-je vous demander, Miss Dodd, à qui vous attribuez l'autorité morale de notre contingent ? » demanda Miss White qui laisse rarement passer une occasion de saper les efforts que je fournis pour maintenir l'unité parmi nous. Je suis certaine que sa jalousie se trouve renforcée du fait que le chef Little Wolf m'a choisie pour épouse, tandis qu'elle se retrouve avec un certain Turkey Legs[1], un jeune homme dégingandé, sans réelle importance dans la tribu, et au patronyme adéquat.

« Eh bien, je ne l'attribue à personne, ai-je répondu, surprise par cette accusation. Mon rôle se limite à essayer d'accélérer autant que possible la bonne marche de notre mission.

— Mais il n'est pas de votre ressort, ma chère, lança-t-elle avec son air de petite sainte, de prodiguer aux autres vos manières de conseil sur le plan de la moralité ou du caractère sacré des liens du mariage. C'est à moi qu'il incombe, en tant que représentante de la Société missionnaire de l'Église américaine, et au révérend Hare, directeur spirituel de la Commission épiscopalienne des affaires indiennes, de se prononcer au sujet de toutes les questions religieuses. Même si sans le moindre doute, insinua-t-elle de la façon la plus vile, votre expérience est certainement plus étoffée sur le plan de la chair. »

Les autres émirent alors de petits rires étouffés.

1. Pattes de dinde.

Toutes connaissent maintenant la raison de mon internement à l'asile, et une accusation de débauches sexuelles suffit largement à entacher la réputation d'une femme, tout particulièrement dans son propre clan. Et il n'est pas impossible non plus que l'on ait épié mes ébats avec le capitaine Bourke...

« J'ai donné vie à deux enfants, répondis-je, et je pense bien avoir à ce sujet des connaissances plus détaillées qu'un curé obèse ou une vieille bigote. Mais la comparaison ne me vaut pas pour autant le titre de spécialiste. »

Celles qui me soutenaient rirent de bon cœur.

« Je pense que certaines d'entre nous n'avaient peut-être pas clairement perçu, poursuivis-je, que notre mission devait être encadrée par l'Église. Nous avions cru comprendre que notre autorité première était et resterait le gouvernement américain puisqu'il nous a recrutées pour donner des enfants aux sauvages.

— C'est en partie vrai, dit Miss White. Mais le gouvernement a également confié la prise en charge des Indiens à l'Église et à la Société missionnaire. Ce qui fait de nous l'autorité première au camp.

— Ah, ça suffit maintenant, dit Susie. Il n'y a pas d'autorité ici. »

Je regardai le révérend qui était retourné à son bol de nourriture, l'atteinte portée à son statut s'évanouissant au contact des morceaux de viande qu'il mangeait à pleines mains, digne comme un nouvel empereur des terres sauvages.

Il essuya sa bouche du revers de la main et offrit un sourire bienveillant et paternaliste. « Mes amies, dit-il paisiblement, l'Église épiscopale a reçu pour mission de guider les âmes des barbares et de s'assurer par la suite qu'ils s'installent dans leurs réserves sous l'aile protectrice du Seigneur.

— Mais on n'a pas assigné de réserve aux Cheyennes, observai-je.

— Cela ne saurait tarder, répondit-il. Nous nous en occupons. C'est seulement alors que notre vrai travail commencera.

— On nous a déclaré à toutes que notre but était de donner naissance à de petits Cheyennes afin d'aider à l'intégration des sauvages, poursuivis-je.

— Oui, c'est aussi exact, admit le révérend d'un haussement d'épaules. C'est l'idée de ces gens, à Washington. Ce après quoi les petits Cheyennes, y compris vos enfants, seront au plus jeune âge possible envoyés dans les pensions religieuses que nous sommes en train de bâtir dans la région. Cet aspect fait également partie du plan de paix présidentiel. Et ainsi ces enfants, à l'âge où ils sont le plus malléables, subiront l'influence déterminante de l'homme blanc et de bons chrétiens — *protestants,* si je puis me permettre d'ajouter. Comme ils auront une moitié de sang caucasien, l'Église et l'État entretiennent l'espoir qu'ils seront spirituellement et intellectuellement avantagés par rapport à leurs cousins de race pure, et que par la suite les sauvages suivront cette nouvelle génération, supérieure aux précédentes, dans le berceau de la civilisation et sur les voies du salut religieux. En ce qui me concerne, je ne suis ici que pour vous servir de guide spirituel. » Cela étant dit, l'énorme révérend, toujours impérial, inclina légèrement la tête et son crâne, recueillant la lumière du matin, se mit à luire comme un jambon au miel.

Je répétai : « Les sœurs Kelly et moi-même suggérons que nous nous occupions des questions immédiates.

— En tant que chrétiennes, dit Narcissa White, certaines d'entre nous sont susceptibles de choisir des voies supérieures, par lesquelles elles aideront les sauvages à s'élever au-dessus de leur humble condition.

— Votre fiancé vous a échangée contre un quadrupède, comme les autres, soulignai-je.

— Je n'ai certainement pas l'intention de renoncer à ma virginité pour le prix d'un cheval, répondit-elle. Je me propose, quant à moi, d'apprendre à mon mari que son salut prend d'autres voies que les vôtres.

— Ah, c'est qu'on était une grande âme, Narcissa, pas vrai ? lui servit Meggie Kelly. Et ce pauvre M. Turkey Legs va en avoir une belle surprise quand il voudra plonger sa canne dans cette mer de glace !

— Et toi, Phemie ? » ai-je demandé à celle-ci.

Elle s'esclaffa de nouveau. Franchement, j'envie sa sérénité. Rien ne semble la contrarier. « Quand je serai prête, May, dit-elle, si j'aime mon mari et si je le crois capable d'être un bon père pour mes enfants, alors, oui, je retirerai mon cordon de chasteté. Mais, comme c'est à la fois un sauvage et un nègre, je ne vois pas bien comment je pourrais donner naissance à ces demi-caucasiens de race supérieure qui sont, à ce que dit le révérend, l'idéal de l'Église et du gouvernement.

— Bien dit, Phemie, et nous non plus on ne fera pas de petits protestants, ajouta Susie Kelly. Ça, vous pouvez en être bien sûrs, pas vrai, Meggie ? »

## 18 mai 1875

Phemie avait raison de dire que les Indiens sont un peuple démocratique. Suivant son exemple, j'ai commencé à prendre quelques libertés et à m'écarter de certaines des corvées imposées aux femmes. Il semble utile à cet égard de pouvoir afficher quelque particularité, même s'il doit n'être perçu qu'extérieurement par les sauvages. Je pense aux sœurs Kelly, pratiquement exemptées de tout travail manuel pour la seule et unique raison qu'elles sont jumelles ! Dans le même ordre d'idées, nos hôtes montrent une certaine fascination pour mes carnets et peut-être même prêtent-ils un pouvoir surnaturel à ce que j'y inscris — ce qui pourrait m'être favorable. Je ne jouerai pourtant pas les tire-au-flanc, car il serait injuste, tant envers mes camarades qu'envers celles qui partagent ma tente, de ne pas m'acquitter de mon lot.

Je dois également porter ceci au crédit des Indiens : c'est un peuple formidablement tolérant et, si certaines de nos manières ou de nos coutumes semblent perpétuellement les amuser, ils n'ont encore jamais fait mine de les condamner ou de nous censurer. Ils se sont jusqu'ici montrés simplement curieux, mais toujours respectueux. Les enfants, particulièrement, sont captivés par notre présence et interrompent immédiatement leurs activités lorsqu'ils nous voient passer, pour nous regarder avec de grands yeux comme si nous étions des créatures tout à fait incroyables — ce que nous devons être pour eux ! Ils viennent parfois timidement à notre rencontre pour toucher nos robes, puis repartent en courant et avec le fou rire. D'autres fois, ils se mettent à nous suivre à peu de distance comme une meute de chiens affamés. J'ai conservé avec moi, depuis les magasins à provisions de Fort Laramie, quelques bonbons dont j'emplis de temps en temps mes poches pour pouvoir en donner. Ce sont d'adorables petits bambins, tout bruns, pleins de santé et de vigueur. Ils me semblent plus mûrs, plus forts et mieux élevés que des caucasiens du même âge. S'ils restent trop timides pour nous adresser la parole, ils acceptent d'un air très solennel les bonbons que je leur offre, puis repartent à toutes jambes en jacassant comme des pies. J'ai le sentiment qu'ils seront peut-être le pont qui nous permettra de nous adapter à cette autre vie. Et les sauvages à nous. Il n'y a pas de mauvais enfants, n'est-ce pas? Tous ne sont finalement que des enfants — qu'importe la race ou la culture qui les accueille — ils appartiennent avant tout à la leur. Pour cette raison, je suis impatiente d'apprendre la langue, difficile peut-être, qui est la mienne à ces petits lutins sauvages. Comme j'aime les regarder! Leur spectacle offre à mon cœur une joie mêlée de tristesse quand je les trouve ici ou là dans le camp occupés à leurs jeux. Car je ne peux m'empêcher de penser aux miens... Comme je me languis de les reprendre dans mes bras... il finit par me tarder, maintenant, d'en porter un bientôt moi-même.

À propos d'enfants, j'ai tenté aussi de mon mieux de garder un œil sur la petite Sara. Il vient de se passer quelque chose de vraiment extraordinaire. Nous l'avons entendue parler, à peine quelques mots, non pas en anglais, mais en dialecte indien. Ou alors il s'agit d'un quelconque charabia, car ni Martha ni moi n'y avons compris goutte. Son jeune fiancé, Yellow Wolf[1], semble l'entendre parfaitement, c'est pourquoi j'en conclus qu'il lui enseigne sa langue — alors que je n'arrive toujours pas à lui faire prononcer une syllabe d'anglais. N'est-ce pas incroyable? Et merveilleux... Peut-être qu'après tout l'amour peut s'éveiller aussi ici, parmi les sauvages.

1. Loup jaune.

De son côté, Martha paraît éprouver quelques problèmes d'adaptation à cette existence et, forcément, ses propres espoirs amoureux auprès de son fier guerrier aux cheveux emmêlés, M. Tangle Hair, ont essuyé quelques déceptions. « Je crois que c'est un bon garçon, May, m'a-t-elle confié tandis que nous arrachions des racines hier matin avec les autres femmes. Mais j'aimerais tant qu'il prenne un peu soin de lui. » Elle s'interrompit un instant dans son travail. « Je me demande une chose depuis un moment : est-ce qu'après mon mariage on m'appellera Mme Tangle Hair ? Je pense que tu sais comment ils m'ont surnommée ? Le révérend Hare vient de m'en donner la traduction : Falls Down Woman [1]. Du fait que je suis si maladroite. »

Les sauvages se basent d'évidence sur les caractéristiques physiques des individus pour leur trouver un nom et, de fait, cette pauvre Martha est parfois gauche. Elle trébuche et culbute à longueur de temps.

« C'est uniquement parce que tu t'évertues à porter encore tes hauts souliers à boutons, Martha. Ça allait très bien sur les trottoirs de Chicago, mais on ne marche pas avec des talons hauts dans la nature, c'est parfaitement inadapté. Encore moins dans les champs à cueillir des racines. Enfin, regarde-toi !

— Je sais. Bien sûr que tu as raison, May, dit-elle. Je les ai pratiquement achevés... mais... mais... » Je voyais ma pauvre amie Martha sur le point de s'effondrer. « Ils me rappellent chez moi. » Et elle se mit à pleurer à grands sanglots. « Excuse-moi, May, larmoya-t-elle, c'est que je suis fatiguée... Ma vraie maison me manque. Je ne veux pas qu'on m'appelle Falls Down Woman, ni Mme Tangle Hair. Je veux rentrer.

1. Celle qui tombe par terre.

— Ça, ma chérie, dis-je en cherchant un moyen de la réconforter, c'est pour l'instant impossible. Mais tu peux toujours apprendre à ton fiancé à se servir d'un peigne. Et si ton nom indien ne te plaît pas, on va s'occuper de le changer.

— Et comment allons-nous faire? demanda Martha, le nez dans son mouchoir, toujours en sanglots.

— Il me semble que les Indiens en inventent de nouveaux selon l'humeur du jour, dis-je. Peut-être que si tu accomplissais quelque chose, ou simplement si tu mettais un vêtement particulier, comme un foulard autour de la tête, alors, ils se mettraient sûrement à t'appeler Woman who Wears Scarf on Head...

— Mais pourquoi voudrais-je qu'on m'appelle ainsi, grands dieux? » coupa-t-elle assez vivement. Je crains que ce monde nouveau, la nostalgie qui nous empoigne chaque jour, couplés à l'épuisement de nos labeurs quotidiens et de trop nombreuses nuits sans sommeil, ne soient à l'origine de ces états d'âme.

« C'est seulement un exemple qui me vient à l'esprit, Martha. Dis-moi comment tu aimerais qu'on t'appelle?

— Quelque chose d'un peu plus romantique. Comme toi, peut-être, Swallow [1] — *Mesoke* — c'est plutôt joli dans les deux langues. Ou comme celle qu'ils appellent Woman who Moves Against the Wind [2]. C'est quand même plus charmant que Celle qui tombe par terre.

— Bon, alors il nous faut trouver quelque chose qui te plaise, mais qui te corresponde d'une façon ou d'une autre... Mon Dieu, que ce travail est salis-

1. Hirondelle.
2. Celle qui avance contre le vent.

sant! dis-je en m'interrompant à mon tour, avant de jeter l'espèce de bêche grossière que les sauvages façonnent avec du bois et de la pierre. Je n'aurai bientôt plus d'ongles à force. Regarde, ils sont tous cassés et pleins de terre. Si j'avais su qu'on nous demanderait de travailler dans les champs, j'aurais emporté une vraie bêche et une bonne paire de gants. Moi, c'est Needs Manicure Woman[1] qu'ils vont bientôt m'appeler.

— Mais qui invente ces noms? lâcha Martha, insensible à l'humour que je tentais de glisser dans la conversation, et, à mon sens, franchement contrariée. Comment se fait-il qu'ils les adoptent ensuite?

— À ce qu'il me semble, ça leur vient naturellement. Pour les raisons les plus banales. Si l'un d'entre eux te voit trébucher et tomber, par exemple dans ces chaussures à talons que tu t'entêtes à porter, dès qu'on parlera de toi ensuite dans une conversation, eh bien on dira "ah oui, je vois qui tu veux dire : celle qui tombe par terre".

— Pourquoi ne peuvent-ils pas tout simplement utiliser mon nom de baptême — Martha?

— Au cas où tu n'aurais pas remarqué, ma chère, non ne vivons plus chez les chrétiens. Maintenant, réfléchissons un peu ensemble et tâchons de te trouver un nom décent, après quoi nous ferons campagne pour qu'ils l'adoptent.

— Mais nous ne savons même pas parler leur langue. C'est sans espoir. »

Je redoutai qu'elle ne s'effondre encore en sanglots.

« Ce n'est pas grave, ça, dis-je. Nous sommes en train d'apprendre à communiquer par signes, et nous pouvons toujours mettre à contribution le révé-

1. Celle qui a besoin d'une manucure.

rend Hare — si tant est que nous arrivions à lever son ineffable derrière épiscopalien de ses couvertures de bison. De toute façon, je te le répète, les Indiens se basent plutôt sur des actes ou des caractéristiques individuelles. »

Nous avons étudié la question un moment en continuant à déterrer ces maudites racines. Je finis par avoir une idée. « Que penserais-tu de : Woman who Leaps Fire[1] ? Moi je trouve ça mystérieux... romantique. »

Le visage de Martha s'éclaira perceptiblement. « Mais oui ! Ça me plaît beaucoup. Leaps Fire Woman ! Et je crois deviner ce que tu vas me suggérer de faire.

— Parfaitement, dis-je. Désormais, à chaque fois que tu passes devant une tente près d'un feu presque éteint ou, encore mieux, devant celle de M. Tangle Hair, tu sautes par-dessus. Ce qui te vaudra à coup sûr ton nouveau nom. Qu'est-ce qu'ils pourraient inventer d'autre en te voyant faire ? »

Hélas, l'issue de notre plan si bien concocté n'a pas été celle que nous avions prévue : Martha n'est pas d'un tempérament très sportif, ce que j'aurais dû prendre en compte. À peine eut-elle vu un feu, après m'avoir quittée, qu'elle voulut le franchir d'un saut devant un bon nombre de sauvages. Seulement, et notamment parce qu'elle portait encore ses impossibles talons, elle a aussitôt trébuché pour tomber en plein milieu du foyer et s'est retrouvée couverte de suie de la tête aux pieds. Les Indiens, on le saura, ont un don peu commun pour trouver des surnoms et, ce matin, si l'on en croit le révérend, Martha en détient deux nouveaux : Falls Down in Fire Woman[2] et, moins séduisant encore,

1. Celle qui saute par-dessus le feu.
2. Celle qui tombe dans le feu.

170

Ash Faced Woman[1]. J'ai peur qu'elle ne s'en remette jamais... quelle chance j'ai eu, de mon côté, de céder à l'impulsion de plonger depuis le barrage des castors...


### 19 mai 1875

Ma bien chère sœur Hortense,

Je me rends compte subitement que je ne t'ai pas écrit depuis un mois entier, pourtant le mois le plus singulier de ma vie ! J'ai tant à te dire. Mais d'abord, comment va ce cher Walter ? Et les enfants ? Père et Mère ? Écris-moi, tu me promets... ah, si seulement tu pouvais me... si je pouvais avoir des nouvelles de mes enfants...

Évidemment, la livraison du courrier est assez aléatoire sur la Frontière, mais tu peux toujours adresser tes lettres à : Madame Little Wolf, Reine des Sauvages, ou plus familièrement : Swallow, aux bons soins de la Nation cheyenne, Au milieu de nulle part, Territoire du Nebraska, États-Unis d'Amérique... et elles arriveront aussitôt... Ah ! Si seulement c'était vrai...

À la vérité, je n'ai aucune idée de l'endroit où nous nous trouvons. Sinon qu'il s'agit bien d'un autre monde... J'essaye parfois de vous imaginer tous là-bas à Chicago, confortablement installés au cœur de la civilisation, en train de prendre le thé au salon avec maman, par exemple... J'ai tant besoin de me concentrer pour faire naître une telle scène dans mon esprit, d'autant que l'imagination me fait parfois défaut. De la même façon, tu n'imaginerais pas la vie que je mène ici... même dans tes rêves les

---

1. Celle qui a le visage couvert de cendres.

plus fous, ma chère... ou tes plus horribles cauche-mars... tu ne pourrais te représenter ce village indien, ses habitants, et le paysage qui nous entoure.

Laisse-moi te décrire un instant les activités quotidiennes d'une vie de campement parmi les sauvages. Les trois « Madame » Little Wolf — oui, nous sommes trois à porter ce nom : la doyenne, la jeunette et, plus récemment, la « caucasienne » (moi), bien que pour l'instant je sois seulement fiancée (le chef étant, j'y pense, ce que Harry aurait appelé « un veinard de Peau-Rouge ») — habitent le même tipi, une loge comme disent les périodiques avec un rien de grandiloquence, mais qui n'a rien à voir avec celle dont se sert Père lorsqu'il part chasser au bord du lac. Ce n'est en réalité rien de plus qu'une grande tente circulaire de quinze pieds de diamètre[1] peut-être. Tu as sans aucun doute déjà vu des illustrations de ces habitations primitives, faites de peaux de bison et décorées de motifs indigènes naïfs. Le sol n'est autre que la terre, au centre se trouve un foyer pour le feu, et nos lits, si l'on peut les appeler ainsi, composés de fourrures d'animaux, de feuilles et de brindilles, sont dotés chacun d'un dossier de bois sur lequel on peut s'asseoir... comme sur un divan, en somme. Je dois admettre, finalement, que le tout n'est pas dénué de confort, à partir du moment où l'on s'est habitué à vivre sans meubles et à dormir par terre.

J'ai omis de rapporter qu'en sus de ses deux femmes et du chef lui-même, vivent avec moi Pretty Walker[2], une jeune fille issue sans doute de son premier mariage, un jeune garçon qui s'occupe des chevaux et que je crois orphelin, et une vieille

1. Quatre mètres cinquante.
2. Celle qui marche gracieusement.

femme au grand nez crochu, portrait craché des sorcières de nos cauchemars d'enfant, qui sert à la fois de surveillante et pour ainsi dire d'administrateur de la loge ; elle monte la garde sur le côté gauche à l'intérieur de la tente, et brandit un gros gourdin de bois à la moindre infraction aux innombrables règlements de ce tipi qui ne me sont pas encore tout à fait familiers.

Enfin, pour compléter notre grande et heureuse famille, un nourrisson grandit parmi nous, fils de la seconde épouse du chef, Feather on Head. Cet enfant est silencieux au point que j'ai pu passer plusieurs jours dans la tente avant de découvrir son existence. Contrairement aux nôtres, les bébés indiens ne pleurent pas ; c'est franchement extraordinaire : on dirait de petits faons décidés à ne faire aucun bruit pour ne pas trahir leur présence. Je pense aussi que, mue par une forme d'instinct maternel, sa mère l'a volontairement caché aux premiers jours de mon arrivée... oh, Hortense, quand j'ai découvert ce bébé, ou plutôt lorsque Feather on Head a fini par me le montrer, j'ai eu des pincements au cœur, un sentiment doux-amer à la vue du minuscule bout de chou, et un tel désir de retrouver les miens... il m'a tant fait penser à eux, à leurs petites têtes souriantes... les reverrai-je jamais un jour ?

L'enfant m'a prise tout de suite en affection ; comme tu le sais, j'ai toujours eu un faible pour les bébés — ah oui ! je sais ce que tu vas dire, un faible pour les faire avant de m'en occuper... Il m'a souri aussitôt. C'est vraiment un petit ange, brun comme une châtaigne, avec des yeux brillants comme des pièces de cuivre. Quand Feather on Head s'est rendu compte de ma sympathie pour l'enfant, elle s'est montrée bien plus chaleureuse avec moi. Elle s'est adoucie et s'est mise à me sourire à son tour. Nous sommes depuis devenues très amies, et elle sera pour moi la première parmi les Cheyennes! même si, forcément, nos relations restent limitées à cause de la barrière de la langue. Mais elle m'aide grandement à apprendre le langage des signes. En revanche, si je fais de mon mieux pour comprendre quelques bribes du dialecte cheyenne, je doute d'être un jour capable de le parler. Il me semble parfois dépourvu de voyelles — c'est un ensemble de sons grossiers, sans mots dirait-on. Plutôt des sifflements, des grognements et des ululations, autant de sons étonnants qui paraissent provenir de terres plus anciennes et plus primitives que celle où nous vivons. Où tu vis, plus exactement...

J'ai récemment découvert que certains de nos sauvages ont une connaissance limitée de la langue anglaise. Plus nombreux apparemment sont ceux qui parlent assez couramment un genre de français abâtardi, appris autrefois au contact de trappeurs et de marchands français, et qui, au fil des générations, a pris la forme d'un curieux patois, difficilement compréhensible pour nous, quoique certainement plus que leur cheyenne natal. Comme j'aimerais que tu entendes cet accent, ma chère! La première fois que cette abomination m'est parvenue aux oreilles, je n'ai rien reconnu de la langue des Français, même si quelque chose me semblait vaguement familier. Nous avons par chance une Française parmi nous, une très jolie fille brune répondant au nom de Marie-Blanche de la Bretonne, qui visitait les États-Unis avec ses parents quand ceux-ci ont été cruellement assassinés par des voleurs dans notre bonne ville de Chicago. Vraiment, on n'est

174

plus en sécurité nulle part dans ce bas monde. Endeuillée et seule dans cette ville étrangère, toujours sous le coup de leur disparition et à des milliers de *miles* de son pays, elle s'est elle aussi engagée. Et, comme bon nombre d'entre nous, j'ai peur qu'elle ne commence à le regretter... Toujours est-il que c'est grâce à elle que nous nous sommes aperçus que les Cheyennes parlaient français, si on peut appeler cela ainsi. Car je t'assure, Hortense, la préceptrice de nos jeunes années, Mme Bouvier, s'en retournerait dans sa tombe. Te rappelles-tu à quel point elle était à cheval sur la prononciation ? Comment elle nous tapait sur les doigts avec sa baguette en répétant : « Zat is note carrecte, mademoiselle »... Mais je m'égare, *n'est-ce pas*[1] ? Je dois arrêter de faire sans cesse référence au passé, qui me revient pourtant si nettement en mémoire quand je t'écris, comme si ma nouvelle vie n'était qu'un rêve et que toi, là-bas dans le monde réel, tu essayais de m'y rappeler... trop tard, hélas, il est trop tard... ah ! si seulement c'était possible...

Comme tu peux t'en douter, ce n'est pas exactement une position enviable que de prendre place dans le ménage (je crains que le terme ne convienne assez mal à nos curieuses conditions de vie) d'une autre femme — elles sont d'ailleurs deux — en tant que future épouse de leur mari. La plus âgée des deux, Quiet One, s'est montrée bien moins tolérante à mon égard que la jeune Feather on Head. Je reste éveillée sur mon lit (ou ce qui en tient lieu), morte de peur qu'elle ne vienne me trancher la gorge si j'osais seulement m'endormir...

C'est, à tout le moins, une situation embarrassante. Quel euphémisme ! Il faut reconnaître que

1. En français dans le texte.

nous sommes issues, voyons... d'« horizons » fort dissemblables... Mon Dieu, ça me fait penser à Mère lorsqu'elle nous faisait la leçon, il y a des années, quand nous nous laissions aller à jouer avec les enfants des domestiques... Je commence à comprendre que l'expérience à laquelle je suis mêlée exige de recourir à un vocabulaire entièrement neuf : tenter d'en faire la description reviendrait à vouloir expliquer le monde de Shakespeare aux sauvages... les mots manquent, le langage n'y suffit pas... John Bourke avait raison...

Enfin, laisse-moi essayer tout de même. Nous vivons dans une tente — pourquoi mâcher les mots : une tente de peaux de bêtes — et sommes trois épouses, une aïeule, un nourrisson et un jeune orphelin, semble-t-il adopté, qui s'occupe des nombreux chevaux du chef et aide parfois les femmes aux corvées, en sus de Little Wolf lui-même, grand commandeur de son peuple.

Comparée à d'autres, la tente est spacieuse, il faut le reconnaître. Je dispose de mon petit coin à moi, fort charmant... si l'on peut bien sûr parler de coins dans une tente... et je dors sur un lit d'aiguilles de sapin, de fourrures d'animaux et de couvertures des comptoirs. Les odeurs de notre « foyer » sont indescriptibles (le mot revient souvent lorsque je m'efforce de restituer, crayon en main, différentes petites scènes de notre quotidien). Il y a celles des corps, celle de la terre par-dessous, celles des peaux et des cuirs des lits, celle du feu et de la fumée... En sus, lorsque les femmes font la cuisine (pratiquement tout le temps, puisque les sauvages n'ont pas comme nous l'habitude de prendre à heures régulières un petit déjeuner, un déjeuner et un dîner, mais semblent au contraire manger à la moindre petite faim, de sorte qu'on doit toujours pouvoir leur donner quelque chose), il faut aussi compter avec l'odeur de ce qu'elles sont en train de préparer. Leur cuisine est parfois réellement appétissante, d'autres fois la puanteur qui se dégage de leurs marmites est écœurante au point de devenir insupportable. Ces jours-là pour ne pas vomir, je dois sortir de la tente et respirer l'air frais, et je sais que la faim me taraudera jusqu'au lendemain. Comme tu le sais, Hortense, l'art culinaire a toujours été l'un de mes passe-temps favoris, mais je n'ai pas encore offert mes services à la « cuisine », ou ce à quoi elle est ici réduite (nouvel excellent exemple d'approximation linguistique), et l'on n'a pas non plus sollicité mon aide. Je suis censée vivre ici et j'ai bien l'intention, à un moment ou un autre, de prendre place aux fourneaux... ou disons devant le feu... Peut-être mitonnerai-je à mes compagnons quelque gentil plat français, un délicieux coq au vin, par exemple... Harry en raffolait... Évidemment, la première question qui se pose est de savoir où trouver une bouteille correcte de bourgogne ? Même de vin tout court, d'ailleurs... Ah ! Mais voici que je me laisse encore aller à penser à cette vie révolue, ce qui ne manque pas de rendre la nouvelle plus difficile, plus précaire et plus... insupportable.

Bien. Ma chère sœur, passons maintenant à l'aspect positif des choses. Il a finalement été décidé que nos mariages seraient célébrés tous ensemble lors d'une cérémonie de groupe prévue pour demain soir. Le révérend Hare, l'énorme missionnaire de l'Église épiscopale qui nous a accompagnées, célébrera les mariages chrétiens. Si seulement tu pouvais venir me servir de témoin ! Ah, ce que je m'amuse à imaginer la famille rassemblée ici... séjournant dans le tipi des amis ! Père consterné, les lèvres pincées, Mère passant des sanglots à l'évanouissement, horrifiée du spectacle abject des barbares. Nous serions obligées de lui administrer des sels tous les quarts d'heure ! Mon Dieu, que ce serait drôle ! Si j'ai toujours fait preuve d'un certain talent pour choquer la famille, je crois que, là, je me suis surpassée, non ?

D'après ce que j'ai compris, ce mariage de groupe constitue un événement sans précédent. Il ne correspond à aucune des cérémonies établies de la tradition cheyenne. Ici, l'offrande d'un cheval, l'organisation d'un banquet suivi d'une danse, suffisent à sceller les unions, le mariage n'étant qu'un agrément entre les deux parties semblable en quelque sorte à la façon dont nous avons, Harry et moi, fondé notre ménage. N'étant pas particulièrement religieuse moi-même ni, comme tu le sais, très attachée à l'institution du mariage, je trouve cet arrangement bien suffisant.

Toutefois l'introduction de noces à caractère chrétien dans cette cérémonie a eu pour effet de compliquer les choses tant du côté des futures épouses que de celui des Indiens concernés. Les sauvages sont incapables de parvenir au moindre consensus, même sur les questions les moins pressantes, sans y consacrer des heures de délibérations en tout point laborieuses. Mais aujourd'hui, après moult « pow-wows » et calumets en présence du révérend Hare, les parties semblent avoir tout de même trouvé un terrain d'entente.

À leur manière, les sauvages sont aussi rigoureusement à cheval sur le protocole. Certaines de leurs coutumes sont si étranges qu'elles paraissent même impossibles à décrire. Il se passe rarement de journée sans que je viole quelque tabou bizarre, culturel ou autre. Il semble, par exemple, que chez les Indiens une jeune fille bien élevée doive s'asseoir dans la tente les pieds vers la droite, sauf chez un groupe à part, situé légèrement à l'écart du camp, que certaines de nos filles sont allées voir et où les femmes s'assoient les pieds tournés à gauche. Eh bien, je n'ai aucune idée des raisons pour lesquelles ces absurdes coutumes ont été établies, cependant les sauvages les respectent avec le plus grand sérieux. Mon cher capitaine Bourke y voyait la marque d'une nature foncièrement superstitieuse. Évidemment, le jour même de mon arrivée, je me suis assise les pieds vers la gauche pour entendre aussitôt les femmes de la tente glousser à qui mieux mieux d'un air réprobateur, en proie au plus vif désarroi. La vieille squaw est allée jusqu'à brandir son bâton devant moi en caquetant comme une poule affolée. Bien sûr, je ne prête aucune attention à la façon dont mes pieds sont orientés et je continuerai de m'asseoir dans la loge comme bon me plaira — malgré les profondes angoisses que je semble susciter chez mes hôtes. Vois-tu, Hortense, comme de par le passé, prête à faire toute sorte de vagues sur le terrain des conventions, je suis déjà le cheveu sur la soupe de la bonne société sauvage et sur le point peut-être d'être considérée comme celle par qui le scandale est arrivé... ce qui a toujours été mon rôle, quelle que soit la culture envisagée, n'est-ce pas ?

Mais j'oublie une heureuse surprise : mes coépouses ont confectionné à mon intention la plus belle robe de mariée qu'il m'ait été donné de contempler. Elle est faite de peau d'antilope — la plus douce que l'on puisse imaginer — cousue de fil de tendon, délicatement brodée, parée de perles, de piquants de porc-épic, et teinte de fort jolis motifs de différentes couleurs extraites de racines. Je fus littéralement sidérée — et très touchée —

lorsqu'elles me l'ont offerte. Car non seulement cette robe représente certainement des centaines d'heures de travail pénible et fastidieux, mais elle semble aussi indiquer que je suis maintenant acceptée au sein de la famille, et de la façon la plus gracieuse. Il est de coutume, j'ai cru comprendre, que la famille de la mariée s'occupe de la robe, mais comme nous sommes toutes venues ici sans nos proches, ce sont les femmes de la tribu qui ont pris sur elles de nous habiller décemment pour l'occasion. On en a offert une à toutes mes camarades, cousue, la plupart du temps, par les sœurs et la mère du promis. J'obéis sans doute à un parti pris mais, de toutes celles que j'ai vues, c'est jusqu'ici la mienne que j'ai trouvée la plus belle, et la plus joliment décorée. Du fait, sans doute, que je vais épouser le chef, on aura prêté la plus grande attention à sa confection... Même la sévère et antipathique Quiet One a mis la main à la pâte — ce qui ne veut pas dire pour autant qu'elle se montre plus chaleureuse à mon égard.

Comme tu l'imagines certainement, j'ai comme la plupart des autres hésité à abandonner mes habits normaux pour endosser une tenue indienne. Les vêtements et les maigres affaires personnelles que nous avons emportés avec nous dans la nature représentent notre dernier lien avec le monde civilisé, et il est naturel que nous répugnions à les quitter — de peur qu'une fois attifées comme eux, nous devenions nous-mêmes des sauvages. Pas seulement leurs épouses, mais de vraies Indiennes. Tu comprendras que la nuance est de taille... Certaines de nos amies s'entêtent tant et si bien à garder leurs anciennes toilettes, aussi inadéquates soient-elles, qu'on a parfois l'impression de les voir purement et simplement s'exhiber dans le camp. Un vrai troupeau de petites dames, paradant, bavardant en faisant tournoyer leurs ombrelles comme au jardin public, qui s'efforcent vainement d'ignorer leur nouveau décor. Je pense qu'elles sont complètement folles — et, c'est un fait, certaines le sont. Cela dit, si j'ai décidé de ne pas recréer à tout prix un cadre civilisé dans cette nature sauvage, je dois admettre que je ne me suis pas encore moi-même résignée à me vêtir exclusivement de peaux de bêtes.

Par bonheur, les Cheyennes sont un peuple de chasseurs et de marchands, c'est pourquoi leurs trousseaux ne sont pas si différents des nôtres. On trouve chez eux, par exemple, des tissus, des couvertures, des boutons, ainsi que d'autres articles « importés ». Au point que certains hommes se parent, assez ridiculement d'ailleurs, de tout un bric-à-brac mal assorti, récupéré chez les Blancs : vieux uniformes de l'armée et différents chapeaux, difformes et découpés. Les plumes d'aigle jaillissent du fond troué ! Les Indiens ainsi accoutrés ont tout l'air de petits enfants déguisés ; ils ressemblent plus aux clowns d'un carnaval qu'à des guerriers, leurs costumes hybrides empruntant indifféremment aux deux cultures...

Je me réjouis de ce que mon fiancé s'habille très sobrement de vêtements traditionnels. Le seul attribut d'homme blanc qu'il accepte de porter est une grande médaille d'argent, sur une chaîne autour de son cou, que lui a offerte le président Grant.

Mais je dérive encore... où en étais-je ? Ah oui — à l'exception de Miss White et de ses ferventes partisanes, nous serons unies vêtues des traditionnelles robes de mariée cheyennes. Avant la cérémonie, nous allons être habillées par nos « mères » et nos « sœurs », littéralement dépouillées de nos habits civilisés pour prendre la tenue « sauvage ». C'est pour moi assez difficile à décrire et certainement aussi ardu à comprendre pour toi, Hortense, mais la chose me paraît d'avance à la fois... terrifiante et grisante.

Je ne veux pas te garder trop longtemps en haleine et je reprendrai cette lettre une fois officiellement mariée... pour l'instant, il y a beaucoup à faire.

### 21 mai 1875

Mon Dieu, Hortense, j'ai tant de choses à te raconter... nous sommes deux jours plus tard et je me réveille seulement de cette... expérience... Je ne me retrouve pas, j'ai peur de ne plus jamais être la même. J'ai été droguée, tous mes sens, assaillis, et moi-même, dénudée jusqu'à l'essence de mon être... jusqu'à mon cœur sauvage et animal.. mais par où commencer... ?

La musique... son rythme bat encore dans ma tête, pulse le long de mes membres... les danseurs tourbillonnent à la lumière des feux... sur les crêtes et les collines, les coyotes reprennent et amplifient la même scansion au clair de lune...

### 22 mai 1875

Pardonne-moi, bien chère sœur, mais je suis retombée dans un profond sommeil sitôt écrites ces dernières lignes incohérentes... J'ai dû dormir tout le jour, puis toute la nuit, et je me suis sentie mieux, plus forte, en me réveillant. Un enfant grandit dans mon corps... est-ce possible ? Ou n'était-ce également qu'un rêve...

Oui, la nuit de notre mariage me revient maintenant entière, clairement gravée dans mon esprit... laisse-moi te décrire la scène :

La lune, pleine, qui s'était levée avant le coucher du soleil, a attendu que celui-ci réapparaisse pour s'évanouir. Elle a pris toute la nuit pour traverser la voûte céleste, tandis que ses mystérieuses lueurs illuminaient les danseurs et projetaient leurs ombres sur la plaine. Je me suis demandé si celle-ci ne dansait pas aussi...

Avant le mariage proprement dit, nous avons passé la journée entière dans nos tipis. Les femmes nous ont habillées, ont paré nos costumes et nos cheveux d'ornements et de totems, et peint de curieux motifs sur nos visages. Si curieux que nous ne nous reconnaissions plus les unes les autres sous la blancheur laiteuse de la lune... c'était peut-être aussi bien. Sans doute ce maquillage se voulait-il un genre de déguisement pour permettre à chacun de nous, femmes blanches et Indiens, de suivre ces rites païens en restant anonyme. Plusieurs journées ont passé depuis — ce n'est d'ailleurs peut-être qu'une impression, car j'ai perdu la sensation du temps — et je dois reconnaître qu'entre femmes « civilisées » nous avons du mal à nous regarder en face après toute cette folie.

Les hommes venaient juste de rentrer d'une fructueuse chasse au bison : bête comme je suis, il ne m'était pas venu à l'esprit que les Cheyennes avaient attendu que la chance leur sourie ce jour-là pour confirmer la cérémonie. Évidemment, sans le fruit de leurs chasses, la fête aurait été bien morne. À l'évidence, j'ai autant à apprendre de leurs moyens de subsistance qu'eux des nôtres.

De petits banquets, pour ainsi dire, étaient offerts dans pratiquement chaque loge du camp, à la manière d'une grande fête communautaire et mobile. La nourriture était abondante et, à ma grande surprise, le plus souvent délicieuse. Quiet One, la première épouse, réputée pour ses talents de cuisinière, s'était surpassée pour l'occasion. Elle avait fait griller sur des charbons les côtes les plus tendres et des foies de bisons, mis leur langue à bouillir, tandis que dans une autre marmite mijotait un ragoût de viande aux navets, qu'ils appellent en français *pommes blanches*. On servit d'autres racines et plusieurs légumes verts dont je ne connais pas le nom, mais au goût plutôt délicat. Il n'était pas question que les « épouses » lèvent le petit doigt, au point que nos suivantes indiennes ont coupé notre nourriture à notre place et nous ont fait manger comme si elles voulaient que nous conservions toutes nos forces... je comprends maintenant pourquoi.

Il faut que je te parle d'un plat bien singulier qu'aucune d'entre nous, y compris moi-même, n'a pu supporter. Horrible ! Honteux ! Du chien bouilli ! Oui, oui, un petit chien qu'ils ont étranglé ! C'est considéré comme un mets de choix et ils ont attendu nos mariages pour le préparer. Mon amie Feather on Head, qui servait pour l'occasion d'assistante à Quiet One, s'est vu confier l'affreuse tâche de tordre le cou à un pauvre chiot juste avant de le passer à la casserole. Elle s'en est acquittée à mains nues aussi nonchalamment que si elle essorait un torchon. Mon Dieu ! Quand j'ai voulu intervenir et sauver le petit animal de son étreinte mortelle, elle s'est mise à rire en s'écartant de moi et a poursuivi l'indicible besogne jusqu'à ce que l'animal, inerte, perde la vie. Elles l'ont ensuite ébouillanté, écorché, étripé, puis rôti sur le feu. Tous les convives se sont exclamés de plaisir, chacun y allant de ses « oh » et de ses « ah » satisfaits et gourmands. Je n'ai pu me résoudre à goûter du chien, rien que l'odeur me soulevait l'estomac.

Nous étions exactement douze personnes à l'intérieur de notre tente, dont la majorité avait été choisie pour d'évidentes raisons de pauvreté. Ce n'est sans doute pas le genre de chose qui te viendrait à l'esprit, ma chère Hortense, toi qui vis à l'abri du besoin et jouis de tes privilèges, mais la misère a un caractère universel qui transcende les cultures ; tout comme la nôtre, la société indienne a ses riches et ses pauvres. Les bons chasseurs, les « fournisseurs », vivent dans de belles tentes bien pourvues, dotées de quantités de peaux et cuirs, possèdent de bons chevaux, alors que d'autres n'ont presque rien et doivent compter sur les largesses de leurs voisins. J'admets n'avoir jamais rencontré peuple plus généreux et altruiste. Je suppose que les malheureux qui sont venus chez nous ce soir-là — tu vois, je commence à me sentir propriétaire de mes quartiers ! — sont des parents de guerriers morts au combat, ou peut-être ceux des lamentables épaves que nous avons vues autour des forts, ces ivrognes et ces mendiants qui ont abandonné leurs familles... Je ne peux m'empêcher de me demander ce que nous pouvons bien faire à ces gens pour que leurs vies et leurs moyens d'existence s'abîment tant à notre contact, qu'ils se « dégradent » à cause de nous, comme disait le capitaine Bourke...

Il semble que ce soit le premier devoir de mon mari... quelle curieuse impression j'ai à écrire ceci... de mon mari Little Wolf... en tant que chef de tribu, de prendre soin des plus pauvres. Plusieurs femmes ont amené avec elles des enfants de différents âges qui, assis sans rien dire au fond de la tente, ont pris la nourriture que les mères faisaient passer.

Après avoir mangé, les plus petits, repus, se sont endormis sur les fourrures, et les hommes, partageant un calumet, ont entrepris de conter des histoires dont je ne compris rien, bien sûr, mais que les autres enfants, captivés, écoutaient avec attention. Peut-être était-ce dû à la nourriture, à la chaleur dans la tente, ou simplement au doux murmure des voix d'hommes, j'avoue que j'ai depuis commencé à trouver leur langue moins désagréable ; elle un a rythme, une cadence bien à elle qui, tout en restant primitifs, ne choquent plus mes oreilles, mais je commençai à sombrer dans une sorte de transe, un état proche du sommeil sans que je sois endormie, comme si je flottais dans un rêve sous l'emprise de quelque drogue.

Puis, suivant un genre de signal tacite, tout le monde a peu à peu quitté les tipis pour se rassembler dans l'espace communautaire autour duquel, stratégiquement, les tentes sont rassemblées... l'équivalent, je dirais, de nos squares municipaux, sauf que la forme en est ici ronde. Tout est d'ailleurs rond dans ce monde nouveau... Les musiciens (il faut prendre le terme pour ce qu'il est, il ne s'agit pas du Chicago Philharmonic Orchestra !), les chanteurs et les danseurs se sont installés à leur tour. Les femmes blanches ont composé de petits groupes pour comparer leurs différentes « robes de mariées », s'exclamer devant leurs visages peints et leurs incroyables mises. On avait donné à mon amie Martha les traits d'un blaireau — la ressemblance était frappante —, à la tête noire parcourue d'un trait blanc du front jusqu'au bout du nez : je ne sais pourquoi, mais les sauvages trouvent toujours des significations à tout. Pour ma part, on m'avait enduit la moitié du visage de noir avec des constellations d'étoiles le long de la joue et la lune pleine sur le front, tandis que l'autre côté, tout blanc, était orné d'une rivière bleue. « Tu es le jour avec la nuit », lança Martha d'une voix curieuse, émerveillée ; elle semblait elle aussi sous l'influence d'un narcotique. « Tu es le ciel et la terre !

— Oui, et nous, nous sommes deux renards ! » dit Susan Kelly, enthousiaste. Nos rouquines irlandaises n'étaient pas moins jumelles avec les vraies têtes de renard dont elles venaient d'être coiffées, et les queues assorties attachées à l'arrière. La ressemblance ici aussi était parfaite et, compte tenu du caractère si rusé des deux sœurs, c'était une vraie idée de génie de la part des sauvages.

Mais la plus étonnante d'entre nous toutes était peut-être notre négresse Phemie, au corps et au visage tout fardés de blanc, tandis que ses bras, son cou et le tour de ses yeux étaient cernés de bandes rouge vif. On avait couvert d'un carmin profond ses belles lèvres pulpeuses et même ses cheveux étaient teints d'un rouge sang — mon Dieu, elle offrait un spectacle extraordinaire... une déesse imaginaire de Peau-Rouge...

Alors est apparu l'homme saint qu'ils appellent Dog Woman, et son apprenti, dénommé Bridge Girl [1] — lui aussi un *he'emanne'e*, mi-homme, mi-femme. Les deux plus étranges créatures que j'aurai jamais vues ! Bridge Girl parle d'une voix douce et haut perchée de femme, alors que c'est clairement un jeune garçon. Son maître plus âgé a lui aussi une voix et des gestes efféminés. Nous avons aperçu jadis des gens qui leur ressemblaient dans les rues de Chicago — des « tapettes », comme disait Père.

L'un et l'autre ont réuni le « ballet » avec beaucoup de solennité et autant de grâce. Les hommes-

1. La Fille-pont.

femmes sont réputés être très doués pour assortir les couples et jouissent d'une grande popularité auprès des jeunes, qui apprécient leurs conseils sur les affaires de cœur... Ils sont censés tout savoir des deux sexes...

La musique a enfin pu commencer — un orchestre complet de sauvages ! Flûtes, tambours, calebasses... une symphonie primitive, certes, aux harmonies grossières... mais indéniablement douée d'une grande puissance rythmique. Les voix ont alors entonné leur refrain et ce fut le chœur le plus mystérieux que j'aie jamais entendu. Le contre-chant aigu des femmes planait au-dessus des basses masculines, suivant un rythme répétitif, semblable aux ondulations d'une eau régulièrement troublée... j'en avais des frissons le long de l'échine tandis que certaines de nos camarades, frappées par l'inquiétante étrangeté de ces sonorités, se sont évanouies si profondément qu'il fallut les ranimer près de l'immense feu de joie allumé au centre du « square », dont les flammèches et les étincelles partaient dans le ciel nocturne effleurer les dieux... Je peux t'assurer, ma sœur, que même notre asile d'aliénés un jour de déchaînement n'aurait jamais suffi à nous préparer à un tel spectacle...

Dog Woman commandait les différentes danses et parfois grondait gentiment les plus jeunes s'ils n'exécutaient pas exactement les pas respectifs de chacune. Il me faisait penser à cette vieille pie de Miss Williams à notre école de danse de Chicago — tu t'en souviens sûrement, non ? Tu vois que je m'agrippe encore à ces bribes du passé, mais elles m'empêchent de sombrer complètement dans la folie après ces assauts répétés contre nos sens...

Les enfants étaient assis en retrait du cercle, derrière les adultes qu'ils fixaient d'un œil envoûté, et battaient la mesure de leurs mains et de leurs pieds. Leurs visages brillaient sous la lune, tandis que le feu virevoltait dans leurs pupilles d'ardoise, que les flammes imprimaient des reflets d'or brûlant dans leurs cheveux noirs et luisants.

Le révérend Hare, resplendissant et imposant dans sa grande soutane blanche, fit alors son entrée en tenant sa bible bien haut pour que tous puissent la voir. Les sauvages ne savent pas lire, mais ils ont appris qu'il s'agit d'un texte sacré — c'est un peuple pour qui les totems revêtent la plus grande importance — et nombreux furent ceux qui se pressèrent pour la toucher. Le révérend appela nos fiancés qui se détachèrent bientôt des zones d'ombre autour du feu, comme des fantômes jaillissant des flammes. Je ne suis pas, à ce jour, absolument certaine que nous n'ayons pas été droguées pour la cérémonie, car nous nous sommes toutes par la suite fait la remarque que nous vivions un rêve.

Si nous avons cru de notre côté être parées des plus beaux costumes et des plus belles peintures, nos hommes étaient habillés et grimés de manière plus fantastique encore. Il nous fut difficile d'en reconnaître certains, et nombre de nos amies durent croire sur parole que leur promis venait réellement de prendre place près d'elles. J'ai quant à moi retrouvé sans peine mon chef Little Wolf, coiffé de cornes de bison, de plumes noires de corbeau tout autour de sa tête, elles-mêmes cernées d'une rangée de plumes d'aigles qui couraient le long de son dos comme deux grandes ailes. Il avait revêtu d'impeccables mocassins neufs, une fine tunique de peau de biche artistiquement décorée, je m'en rends compte maintenant, avec des cheveux humains. Je ne vois pas sinon ce que cela aurait pu être. Il portait sur les épaules une cape de bison, teinte en rouge, sur laquelle étaient imprimés toutes sortes de motifs complexes. Enfin, il tenait d'une main une crécelle rouge qu'il faisait tinter en rythme avec l'orchestre, et dans l'autre une lance à l'extrémité ornée de fourrures. C'était l'image de l'Indien dans toute sa splendeur et, dans l'état second où je me trouvais, je fus emplie d'une étrange fierté de me tenir à ses côtés. Après tout, n'est-ce pas ce que l'épouse doit ressentir au jour de son mariage ?

Par-dessus la musique, tandis que les danseurs poursuivaient leur ballet derrière nous, le révérend Hare commença à réciter le saint sacrement de l'union chrétienne. Quoi qu'on puisse dire de cet homme, il possède une voix sonore et autoritaire qui réussit à couvrir la musique et les chants :

« Chers amis, nous sommes ici assemblés en présence de Dieu, devant cette assistance, pour unir ces hommes et ces femmes par les liens sacrés du mariage... »

À la fin de chaque phrase, il répétait en cheyenne.

« Ici dans la maison de Dieu, les couples à nous présentés sont venus prononcer leurs vœux. S'il est un homme, dans l'assistance, capable avec raison de faire valoir que cette union est illégitime, qu'il parle maintenant, ou qu'il se taise à jamais... »

John Bourke a-t-il alors fondu sur le camp sur son grand cheval blanc, pour me tirer hors de cette mise en scène et m'emmener à l'abri dans une petite maison de la prairie, au bord d'une rivière, bordée de futaies de peupliers, où je retrouverais mes propres enfants, en donnerais d'autres au fringant capitaine, et mènerais une existence de bonne épouse chrétienne et de mère dévouée ? Non, hélas, non... Ai-je prié avec ferveur pour qu'à cet instant-là de la cérémonie mon capitaine vienne me sauver ?... Oui... Je le confesse... Dieu me pardonne.

« Veux-tu prendre pour épouse cette femme ici présente afin de vivre avec elle, uni par les liens sacrés du mariage tels qu'ils sont définis par notre Seigneur ? Sauras-tu l'aimer, la réconforter et l'honorer, pour le meilleur et pour le pire ; renoncer à toutes les autres pour ne te donner jamais qu'à elle, tant que la vie vous gardera l'un à l'autre ? »

Quand le révérend eut fini de traduire cette dernière phrase, un murmure collectif se dégagea de l'assemblée des hommes, comme si un vent venu d'ailleurs les enveloppait soudain de son étrange bruissement.

« Veux-tu prendre pour époux l'homme ici présent afin de vivre avec lui, unie par les liens sacrés du mariage tels qu'ils sont définis par notre Seigneur ? Sauras-tu lui obéir, le servir, l'aimer et l'honorer, pour le meilleur et pour le pire ; renoncer à tous les autres pour ne jamais te donner qu'à lui, tant que la vie vous gardera l'un à l'autre ? »

Il y eut un long silence de notre part avant qu'ici ou là on n'entende finalement quelques « oui », certains à peine chuchotés avec une remarquable absence de conviction. Je sais aussi que plusieurs n'ont rien dit du tout, préférant laisser leur réponse flotter dans les limbes d'une ultime évasion...

« Aucun homme ne pourra maintenant séparer ceux que Dieu vient ici de réunir. Vous les hommes et femmes qui ont consenti à sacrer votre union en présence de Dieu et de cette assemblée, qui ont fait les uns et les autres vœu de fidélité, et qui avez joint vos mains, je vous déclare maris et femmes. Au nom du Père, du Fils et du Saint-Esprit, amen... »

Ainsi fut fait... Un nouveau silence, tout empreint de stupeur, s'abattit sur le groupe des femmes, chacune méditant en son for intérieur la portée profonde de l'événement. Apparemment moins impressionnés qu'elles par leurs nouveaux liens conjugaux, les maris repartirent se fondre dans l'ombre auprès des danseurs. Entre-temps les épouses s'étaient rassemblées par petits groupes, quelque peu hébétées, pour se féliciter mutuellement de nos jeunes épousailles ou s'apitoyer de concert... Si certaines ont pleuré, je ne pense pas que ce furent des larmes de joie. Et toutes s'interrogeaient sur la suite des événements...

« Sommes-nous vraiment mariées au regard de Dieu ? » demanda Ada Ware, l'étrange femme en noir, au révérend. Malgré les circonstances, elle portait encore son costume de deuil et sa voilette. « Est-ce bien sûr ? »

Les autres se massèrent autour d'elle, dans l'espoir, je suppose, que l'énorme homme de foi soulage leurs esprits en annonçant que, non, la cérémonie entière n'ayant été au plus qu'une simulation, nous n'étions pas unies à ces étrangers...

« Est-ce que j'ai épousé un de ces fichus nègres ? » interrogea à son tour Daisy Lovelace qui, ayant elle aussi refusé l'habit indien, avait revêtu la superbe robe de mariée qu'elle avait apportée pour l'occasion. Ce qui ne l'empêcha pas de sortir sa flasque des plis de dentelle blanche et de s'octroyer une bonne rasade.

« Votre robe est vraiment splendide, Miss Lovelace, commenta Martha, toujours envoûtée, semblait-il.

— C'était celle de feue ma chère mère, répondit

Daisy. Je devais déjà la porter pour épouser Monsieur Wesley Chestnut, à Albany en Géorgie. Mais quand il a appris que *Daddy* avait tout perdu à la guerre, il a soudain changé d'avis, si vous voyez ce que je veux dire. Ah, si *Mummy* et *Daddy* voyaient maintenant leur petite fille, unie par les liens sacrés du mariage avec un gentleman au nom fort malheureux de Bloody Foot[1]! ». Les sauvages le lui avaient attribué suite à ses aventures avec le brave petit caniche Fern Louise. « Mon Dieu ! » Elle se mit à rire et je sentis naître en moi une sympathie inattendue envers elle. Je comprenais tout à fait, pour la première fois, ce qui l'avait amenée à s'engager auprès de nous. Daisy avait perdu sa fortune, un coureur de dot l'avait laissée attendre devant l'autel et elle n'était peut-être plus si jeune qu'elle le prétendait. Malgré son insupportable sectarisme, je commençais à bien l'aimer au moins pour la raison, émouvante s'il en est, qu'elle s'était munie pour cette aventure de la robe de mariée de sa mère. C'était bien la preuve que, derrière son cynisme de façade, Daisy entretenait encore des espoirs, un rêve. Je m'esclaffai avec elle de la franche absurdité de notre situation, et bientôt nous avons ri, les unes et les autres, de nous voir ainsi, comme attifées par les démons de l'enfer et toutes mariées à un barbare... Nous avons ri jusqu'à ce que les larmes coulent sur nos joues grotesques et fardées. Oui, nous étions certainement droguées...

Mais les rires s'épuisèrent et l'étrange réalité de la situation s'imposa de nouveau à nos esprits enivrés. Nos larmes séchées, nous restions ensemble, par petits groupes, collées les unes aux autres comme des poussins effrayés. Voilà bien à quoi

1. Pied en sang.

nous ressemblions avec nos visages peints et nos robes de toutes les couleurs.

Naturellement, nous hésitions toutes, timidement, à entrer dans la danse et c'est notre bonne Phemie, comme toujours courageuse, qui fut la première à oser. « Je vais leur montrer ce que sait faire une vraie Ashanti, lança-t-elle de sa voix sonore. Comme ma mère m'a appris autrefois. » Les danseurs cheyennes se sont interrompus un instant pour observer la nouvelle venue, hardie et résolue, quand elle vint prendre place entre eux. Quant à nous, nous étions très fières. Phemie a un style bien différent du leur... c'est une danseuse hors pair, au pas souple et gracieux... ses longues jambes semblaient parfois fuser de sa robe, tandis qu'elle sautillait et virevoltait en cadence, en prenant soin toutefois de respecter les figures imposées par la vigilante Dog Woman, peu encline à accepter de trop vives variations. Un murmure collectif d'approbation s'éleva parmi les Indiens qui la regardaient, et je pense qu'une plus grande liberté a peu à peu marqué les danses, avec une frénésie redoublée.

« Mais c'est qu'elle guinche drôlement bien, cette négresse, commenta Daisy Lovelace. *Daddy,* Dieu ait son âme, disait toujours qu'ils avaient le sens du rythme. » Puis elle demanda en levant son flacon : « Quelqu'un veut-il un peu de mon remède magique ?

— Ah oui, je veux bien une petite goutte, dit Meggie Kelly. Ça me donne le pied léger, moi. » Elle prit le flacon des mains de Daisy et, buvant rapidement, le passa à sa sœur en faisant la grimace. « Ce n'est pas du whiskey irlandais, pour sûr, Susie, mais vu les circonstances ça fera bien l'affaire. »

Les sœurs Kelly se fondirent à leur tour dans la danse — il n'existe pas au monde plus intrépides jumelles. L'une et l'autre se mirent à remonter leurs jupes en rythme, à la manière de quelque gigue irlandaise endiablée. Et Dog Woman de s'affoler au spectacle de leurs pas indécents !

« Oh et *abrès* tout zut, *che* crois que moi aussi *che fais* y aller ! lança notre bonne Gretchen, enhardie par l'audace des deux sœurs. *Che fiens* de les regarder et *che* crois que *ch'ai combris* comment ils font. » Parée d'une robe blonde de bison ornée de dessins primitifs, Gretchen avait la peau couverte de teintes ocre sombre. En fait elle ne ressemblait à rien tant qu'une énorme femelle de bison. Ceci dit, elle rejoignit la file des danseurs, et à la grâce de Dieu ! « *Ya !* » s'exclama-t-elle avec son entrain habituel. « *Ya !* » et elle se lança dans un pas de polka à sa façon, avec une lourdeur toute bovine qui ajouta à l'allégresse du moment. Une main sur la bouche, quelques-unes parmi nous s'esclaffèrent à la voir ainsi, et plusieurs indigènes, spectateurs ou danseurs, rirent aussi de bon cœur devant ses efforts. Les sauvages ne manquent pas d'humour et rien ne les amuse tant qu'une personne prête à se donner en spectacle.

« Formidable ! Mais c'est épatant, cette danse ! » jeta soudain Helen Flight, les sourcils comme toujours levés sur un œil ravi. Helen, qui porte le nom indien de Woman who Paints Birds, ou le diminutif Bird Woman [1], était grimée avec beaucoup de classe pour ressembler à un tétras. Des plumes étaient placées judicieusement autour de ses hanches fines. « Malheureusement, c'est un talent qui m'a toujours fait défaut. Ma très chère amie Ann Hall ne m'a jamais permis de danser dans les bals. Elle prétend que j'essaye toujours de prendre le pas sur ces mes-

---

1. Celle qui peint les oiseaux, Femme-oiseau.

sieurs avec, selon ses propres mots, "une lourdeur remarquable". »

Miss Flight traîne déjà une odeur de scandale parmi les Indiens à cause de cette habitude qu'elle a de fumer la pipe. À l'instar des baignades matinales, c'est une activité plutôt réservée aux hommes, avec en outre un rituel très étudié. Alors que Helen ne se gêne pas pour allumer son brûle-gueule à tout moment et dans n'importe quelle situation. Les sauvages sont plus consternés encore de la voir faire que de me trouver assise dans mon tipi avec les pieds du mauvais côté ! Mais compte tenu de ses formidables aptitudes au dessin, qu'ils tiennent en très haute estime, ils ont finalement accepté de tolérer plus ou moins son vice (il nous serait bien utile de disposer d'un précis des us et coutumes indigènes).

En pleine crise de rectitude morale, Narcissa White est venue nous rejoindre. La foi chrétienne, à l'évidence, lui interdit toute danse. « Le terrain de jeux du diable, affirmait-elle. Un odieux stratagème destiné à attiser les passions et étouffer l'intellect.

— Que Dieu soit loué, dans ce cas, lui répondit Daisy Lovelace. Je ne vois ce que nous pourrions faire de notre intellect ici ? »

Ayant — il fallait s'y attendre — refusé de revêtir le costume indien, Miss White arborait comme toujours son collet monté de missionnaire et ses bottines lacées à talons hauts. « Comment pouvons-nous croire que nous arriverons un jour à convertir ces pauvres gens, demanda-t-elle, si nous adoptons leurs manières de dégénérés ?

— Narcissa, lui ai-je dit gentiment. Pourquoi n'oubliez-vous pas vos sermons ? Une fois n'est pas coutume ! Essayez de vous réjouir avec le reste de la noce. Regardez, le révérend lui-même s'est laissé gagner par les festivités. » De fait, notre épiscopalien s'était confortablement installé près du feu sur une montagne de peaux de bisons en présence de plusieurs saints hommes cheyennes. Comme à son habitude, il mangeait en conversant d'une voix animée.

« Que oui, May ! approuva Helen Flight. Nous aurons tout le temps d'éveiller les sauvages aux bienfaits de la civilisation. Malgré la lourdeur de mes pas et, si vous n'y voyez pas d'inconvénient, mesdames, je crois que je vais me lancer. J'ai observé les parades amoureuses des grouses et au moins je connais celles-là. » Et Helen d'entrer à son tour dans la sarabande. « Oh là là ! », l'entendis-je s'exclamer tandis qu'elle se fondait parmi les danseurs. Ils l'enveloppèrent au point que je ne vis bientôt plus que ses mains s'agiter gaiement au-dessus de sa tête sous le clair de lune.

« Dieu vous aide, bonnes gens, murmurait Narcissa White à demi éteinte.

— Voyons, Narcissa, lui répondit Daisy Lovelace de sa voix traînante. Arrêtez de jouer les vieilles perruques. C'est notre nuit de noces et nous devrions toutes être à la fête. Allez, buvez un petit coup. » L'air passablement enivrée, Daisy lui tendit son flacon. « On aura tout le temps de se repentir plus tard de notre belle nuit d'amour avec nos nègres indiens, poursuivit-elle. Parce que j'ai comme le vilain doute que demain nous aurons bien besoin de l'indulgence divine... Et après tout, au diable les préjugés, je vais aller faire un tour moi aussi sur la piste. Je n'ai qu'à imaginer que c'est le bal des débutantes au début du printemps à la plantation Mariposa. C'était la première fois qu'on me laissait sortir dans le monde, et j'ai dansé toute la nuit comme une reine. Wesley Chestnut disait que j'étais la plus belle fille du bal... et c'est ce soir-là qu'il m'a embrassée sur la véranda... » Cela dit, Miss Daisy fit la révérence puis ouvrit les bras, comme pour rejoindre un invisible cavalier à qui elle confiait d'une voix douce et rêveuse : « Merci, cher monsieur, ce sera un plaisir. » Se lançant dans une valse lente, elle partit en tournant sur elle-même rejoindre la foule des danseurs dans laquelle elle se perdit.

Ainsi, l'une après l'autre, agrippées de notre mieux à un souvenir précieux, ne serait-ce qu'à un pas de danse connu comme à un garde-fou, aussi ténu fût-il, qui nous empêcherait de sombrer dans les abysses indigènes qui s'ouvraient devant nous, nous avons pris part à la danse.

Nous avons dû offrir un drôle de spectacle à tourbillonner ainsi follement sous la lune pleine... de valses en polkas, et de polkas en gigues, jusqu'au cancan endiablé de notre jolie Française Marie-Blanche. Car, vois-tu, peu importaient les pas que nous choisissions puisqu'ils se fondaient tous dans la même danse, toujours plus rapidement, dans une frénésie de couleurs, de mouvements et de sons. Bientôt tous les danseurs ressemblèrent aux oiseaux au jour de la parade, plumes gonflées ou plissées. Les hommes se pavanaient comme des coqs et les femmes les émoustillaient de dos, revenant sur leurs pas, repartant en avant, décrivant d'autres rondes... La musique quant à elle reproduisait les grognements réguliers et tambourinants des grands tétras de la prairie, battant ainsi le rythme de la terre, ses battements de cœur, et dans les voix on entendait le tonnerre, le vent et la pluie... danse et cadence du monde. Les dieux au-dessus de nos têtes devaient se sentir fiers de leur création.

Emplissant l'air sensuel de la nuit, la musique et

les chants volèrent avec la brise dans les plaines alentour, de sorte que même les animaux des crêtes et des collines se sont rassemblés pour écouter et voir. Les coyotes et les loups ont répondu de leurs plaintes, tandis que des silhouettes d'ours, d'antilopes et de wapitis, sortis de leurs tanières, se dessinaient nettement à l'horizon sous la clarté lunaire. Les enfants les aperçurent derrière les braises du feu, envoûtés et un rien effrayés par cette soudaine folie en mouvement. Enfin, les vieux, observant une scène après l'autre, hochaient la tête entre eux d'une mine approbatrice.

Nous avons dansé. Et dansé. Sous le regard du Peuple, les yeux des animaux. Même les dieux nous admirèrent.

Certains poursuivirent leurs danses toute la nuit, car la musique et les chants retentissaient encore lorsque l'aube nouvelle vint prendre de vitesse la lune qui se couchait. Cependant nous fûmes pour la plupart reprises par nos familles et nos nouveaux maris bien avant le matin ; ils se trouvèrent soudain autour de nous, silencieux, muets, et nous les suivîmes toutes, dociles comme des agneaux, tandis qu'ils nous ramenaient aux tentes.

Un nouveau tipi avait été dressé, à peine décalé des tentes familiales de Little Wolf. On m'accompagna à l'entrée et l'on me fit asseoir sur une douce couverture posée au sol. Alors plusieurs membres de la famille — les deux premières épouses du chef, deux de ses jeunes cousines et sa propre fille Pretty Walker — ont empoigné les bouts de la couverture et, sans mot dire, m'ont portée à l'intérieur ; de la même façon, pourrait-on dire, que l'époux chez nous prend la mariée dans ses bras sur le perron, ici la tâche est dévolue à sa famille. Je me retrouvai donc dans ma nouvelle loge, auprès d'un petit feu allumé au centre. La tenture de peau de bison, récemment tannée et blanche comme du papier parcheminé, était joliment décorée de toute sorte de dessins primitifs, décrivant ici des scènes de chasse, là des tableaux de guerre, mais aussi des hommes et des femmes intimement liés, des moments de la vie familiale, des chiens et d'autres motifs que je ne pus déchiffrer mais qui représentaient peut-être les divinités indigènes.

Une fois qu'ils m'eurent laissée seule, je poussai un grand soupir de soulagement : enfin, un peu d'intimité ! Espérant de tout cœur qu'il s'agissait de mon nouveau foyer, je me rendis compte que j'étais pour la première fois entièrement seule depuis notre arrivée. Cela me parut un luxe merveilleux. Épuisée, je m'étendis près du feu sur la douce couverture à écouter les pulsations de la musique...

Sombrant alors dans un profond sommeil, j'eus le plus étrange des songes... du moins tout s'est passé comme dans un rêve... Ce devait en être un, puisque mon mari se trouvait maintenant avec moi dans la tente et dansait légèrement, sans bruit. Ses pieds, chaussés de mocassins, s'élevaient et retombaient en rythme tandis qu'il tournoyait silencieusement autour du feu en balançant sa calebasse d'où, pourtant, ne sortait plus aucun son. Il dansait comme un esprit autour de mon corps allongé. Peu à peu excitée, je sentis un picotement au creux de mon ventre, entre les cuisses : l'immuable appel du désir que Little Wolf, paradant, faisait naître en moi. Je rêvais qu'au fil de ses mouvements, sa virilité se réveillait comme un serpent sous son pagne, et je m'allongeai sur le ventre le souffle court, en me pelotonnant sur la couverture avec le sentiment de bientôt exploser. Quand je tentai de toucher mon mari, il recula pour se placer derrière moi. Je le sentais maintenant dans

200

mon rêve effleurer ma vulve nue comme du bout d'une plume, et jouer avec elle pour m'exciter. Alors, toujours sur le ventre, je m'offris à lui et il m'effleura plus encore et plus vite jusqu'à ce que je me laisse retomber sur la couverture, pleine d'un désir brûlant. Mais Little Wolf continuait de danser avec légèreté derrière moi, ses mocassins foulant le sol sans bruit. Dans mon rêve un râle s'échappa de ma gorge et, levant de nouveau ma croupe, plus haut, je lui imprimai un mouvement circulaire, la danse de la nature... D'autres plumes revinrent m'effleurer et je sentis enfin, à peine, le contact d'une chair, un pincement à la nuque, et le serpent chaud et sec se poser au bas de mon dos, imprimer légèrement ses pulsations entre mes cuisses, puis m'ouvrir les jambes. Il me pénétra avec précaution et douceur, avant de se retirer presque aussitôt, et je m'élançai en arrière pour le prendre et le garder. Cette fois, il me trouva entièrement, profondément, et l'étrange râle s'échappa de nouveau de ma gorge, tandis que mon corps tremblant se cambrait. Je n'étais plus dans ce rêve un être humain doué d'une conscience distincte, mais le simple élément de quelque chose de plus ancien, de plus primitif, de plus vrai... Comme des animaux, avait lâché Bourke... c'est cela qu'il voulait dire... comme des animaux.

Mon rêve s'arrêta là et je ne me souviens plus de rien jusqu'au réveil à l'aube, alors qu'allongée sur le ventre je portais encore ma robe de mariée en peau de biche. Je sais qu'il n'a pu s'agir que d'un rêve, une sorte de songe érotique étrange et inattendu. Mais je sais aussi, comme par magie, qu'un enfant a pris vie en moi...

Eh bien, Hortense, que peut-on dire de cette nuit ? Si tu pouvais seulement lire ces mots, tu serais terriblement choquée d'apprendre le détail de mes noces ! Je m'amuse à t'imaginer en train de contempler mon récit devant une tasse de thé, alors que tu viens d'envoyer Walter rejoindre sa banque, et les enfants à l'école. Si tu devais apprendre dans quels abîmes l'attitude de notre famille a fini par m'entraîner, tu penserais que ce pauvre Harry faisait un prétendant finalement pas si mal assorti pour ta petite sœur. Et que vos accusations m'ont conduite dans un monde plus fou encore que tu n'es capable d'imaginer.

Transmets, je te prie, mon affection à Mère et Père, dis-leur que je leur écrirai bientôt. Embrasse pour moi mes enfants que j'aime tant... dis-leur qu'il n'est de journée, de moment où ils n'occupent mon cœur et mes pensées... ils auront bientôt un petit frère ou une petite sœur, et le jour viendra où nous serons tous réunis...

Ta sœur qui t'aime,
May.

QUATRIÈME CARNET

# Whiskey l'œuvre du diable

*« Si l'enfer est sur terre... j'ai bien cru cette nuit parcourir ses labyrinthes. Quelques danseurs titubaient encore à la lumière vacillante du feu bientôt éteint. D'autres, effondrés à côté, formaient un enchevêtrement de corps; certains tentaient difficilement de se relever, quand leurs compagnons gémissaient péniblement. Des hordes de sauvages ivres morts... me bousculaient tandis que j'essayais de me frayer un chemin entre eux. Des couples nus forniquaient comme des animaux à même le sol. Je dus les enjamber, repousser ceux qui se levaient vers moi en les menaçant au besoin de mon gourdin. Comme si le monde entier venait, au sens religieux du terme, de perdre la grâce, comme si l'on nous avait abandonnées ici pour assister à son avilissement final. »*

(Extrait des journaux de May Dodd.)

## 23 mai 1875

Tant de choses à relater... Hier, mon mari... quelle étrange impression d'écrire ces mots... mon mari Little Wolf s'est rendu avec son cheval à notre loge de jeunes époux en tenant le mien, également sellé, par la bride. Il avait à sa suite deux bêtes de somme, l'une d'elles chargée d'un « parflèches » — version cheyenne de nos sacs de voyage — qui est un genre d'étui pliant, fait de cuir de bison, dans lequel on transporte affaires personnelles, ustensiles de cuisine, vivres, etc. Il s'en trouve plusieurs, minutieusement décorés, dans la loge du chef. Little Wolf est à l'évidence un « homme aisé » au sein de son peuple, « notre » tente étant à la fois plus grande et mieux pourvue que quantité d'autres dans le camp, comme il sied à un grand chef. Le capitaine Bourke m'avait déjà expliqué que, parmi les sauvages, celui qui possède le plus de chevaux est par définition l'homme le plus « riche », pour cette raison au moins que, plus il a de chevaux, plus il lui est facile de transférer d'un endroit à l'autre une tente de grande taille et de nombreux biens personnels. Père lui-même, je suppose, conviendrait de la scientifique simplicité de l'économie indienne.

À l'aide de signes, Little Wolf me fit comprendre de rassembler quelques affaires, car nous allions partir. Son visage brun semblait moins austère qu'à l'habitude.

« En voyage de noces, sans doute ? » demandai-je en riant, sans bien sûr qu'il comprenne. Je fourrai en hâte quelques vêtements et affaires de toilette dans une sacoche en daim garnie de perles, restée dans ma loge de mariage avec d'autres objets. Il doit s'agir, je suppose, de cadeaux de la famille de Little Wolf, puisque j'ai également trouvé une parure entière de femme cheyenne, avec une paire de mocassins en peau de cerf, ornés de perles eux aussi et souples comme de la soie, avec des jambières assorties que l'on attache au-dessus du genou avec une cordelette, comme, en quelque sorte, nos jarretières. La robe est faite d'une peau tout aussi douce, décorée assez simplement mais avec goût, de perles et de boutons de cuivre. Elle conserve une légère odeur de fumée, pas franchement désagréable, puisqu'elle a été chauffée sur des charbons de peuplier durant le tannage. Notre apprentissage de la vie cheyenne nous a valu d'observer les femmes confectionner leurs vêtements du début jusqu'à la fin. Elles s'y sont révélées merveilleusement habiles, et nous sommes à l'évidence censées les imiter. L'une de nos camarades les plus heureuses à cet égard se trouve être Jeannette Parker, qui exerçait la profession de couturière à Chicago avant d'être enfermée à l'asile d'aliénés d'État pour avoir assassiné son mari à l'aide d'un poinçon à cuirs. Je ne sais si elle est malade ou pas — et peu m'importe — car il me semble que cette crapule méritait bien son sort. Jeannette, qui a vivement impressionné les squaws par sa technique, leur a appris différents points qu'elles ne connaissaient pas : elles la tiennent donc en haute estime.

Conçue comme un sarrau, avec les manches ouvertes à la manière d'une cape, cette nouvelle robe est merveilleusement confortable, de même que les jambières et les mocassins. L'ensemble donne l'impression de porter une seconde peau, très ample, qui offre un contact plutôt sensuel avec la vraie. Comparés à ces vêtements si commodes, les nôtres, ainsi que nos souliers, paraissent si étriqués et embarrassants que je serai bientôt prête à les abandonner complètement. Même les pantalons de cavalières que l'armée nous a donnés semblent me serrer à présent.

Mais assez de digressions : après avoir rassemblé quelques affaires, j'ai enfourché mon cheval, Soldier, et suis partie avec mon mari... sous le regard des autres épouses, excepté Quiet One qui, droite comme le devoir devant sa loge, refusait une fois de plus de lever les yeux vers moi. Ces derniers jours, mes « quartiers réservés » m'ont fourni un répit dont j'avais bien besoin. Cela a dû être le cas, j'en suis certaine, pour chacune d'entre nous. J'imagine ma réaction à sa place, donc je peux difficilement blâmer Quiet One de m'en vouloir. J'ai appris que mon amie Feather on Head, la seconde épouse, est la jeune sœur de la première. C'est une disposition commune chez les Cheyennes, destinée à diminuer les tensions entre « concubines ». Cela étant, les Cheyennes ne sont pas tous polygames... c'est vraiment une culture complexe que la leur et nous avons beaucoup à apprendre les uns des autres.

Tandis que nous traversions le camp, mon amie Martha est sortie de sa tente avec une allure manifeste de mariée rose et confuse. Nous ne nous étions pas vues depuis la nuit de noces et, d'après son visage rayonnant, je supposai qu'elle n'avait pas été déçue. « Oh May, m'a-t-elle dit en courant auprès de mon cheval, il faut que nous parlions. J'étais sur le point de te rendre visite aujourd'hui. Où vas-tu comme ça ?

— Je n'en ai aucune idée, Martha. Comme tu peux le constater, je suis une épouse parfaite qui se contente de suivre son mari. Mais, si je ne m'abuse, nous partons en voyage de noces !

— Pour votre lune de miel ? Et quand serez-vous de retour ? demanda Martha, inquiète. Que vais-je faire sans toi ?

— Je ne sais pas, ma chérie. Mais tu y arriveras. Tu t'es fort bien débrouillée seule ces derniers jours, non ? Je suis sûre que nous ne partons pas longtemps.

— May, il faut que je te parle, me dit Martha dont les joues rosissaient. Comment s'est passé ta... ta... »

Je ris : « Ma nuit de noces ?

— Oui, comment était-ce ? Étrange ? Ou bien merveilleux ?

— Comme dans un rêve, ai-je répondu. Je ne suis même pas sûre de ce qui s'est passé.

— Exactement ! C'était pareil pour moi — comme dans un rêve. On a nous droguées, non ? J'en suis pratiquement certaine, May. Mais ai-je rêvé ou s'est-il vraiment passé quelque chose ?

— Dans quel état étais-tu le lendemain matin ?

— Épuisée. Épuisée, mais heureuse... Mais aussi... je veux dire... que... » Elle s'empourpra cette fois franchement — il lui fallait cependant courir pour se maintenir au niveau de mon cheval.

Je terminai sa phrase pour elle : « ... tu as saigné, Martha ?

— Oui. Tu sais bien que j'étais vierge.

— Dans ce cas, on peut considérer que tu n'as pas uniquement rêvé.

— Crois-tu qu'il soit possible, de quelque façon, que cela tienne à la fois du rêve et de la réalité ?

— Oui. Je crois que c'est une bonne façon de voir les choses. Comme toute cette aventure, d'ailleurs, c'est un rêve qui devient réalité. »

Nous atteignions les limites du village et Martha, qui ne souhaitait pas aller plus loin, s'arrêta et me dit : « Une dernière chose, May. As-tu vu son visage ? Est-ce que... vous étiez face à face, à ce moment précis ? »

Je ris : « Non, comme chez les hirondelles que nous avons vues en chemin, mon oiseau de mari s'est placé derrière moi.

— Oui, c'est ça, cria Martha dans mon dos comme nous nous éloignions. Tout à fait ! Au revoir, May. Ne t'en va pas trop loin, ma douce amie, nous avons besoin de toi ici.

— Ne t'en fais pas, Martha, lui répondis-je. Tout se passera bien pour toi. Nous reviendrons bientôt, j'en suis sûre. Mais quelle aventure ! »

Elle me faisait au revoir de la main : « Oh oui, quelle aventure ! »

Et nous partîmes au loin, bientôt engloutis par l'immensité de la prairie. Je n'avais aucune appréhension à quitter le village. Je me sentais parfaitement protégée, à l'abri du danger en compagnie de mon mari. C'était une superbe matinée de printemps et la prairie était partout en pleine floraison. Des espèces sauvages de toutes les variétés couvraient les plaines ondoyantes, l'herbe, d'un vert vif et brillant, frémissait gentiment sous la brise légère, les pipits des prés chantaient, et dans les saules et les peupliers le long de la rivière, toutes sortes d'oiseaux répondaient à leurs pépiements matinaux.

Le village rapetissait derrière nous et je me retournai pour le regarder. La fumée des premiers feux s'élevait par-dessus les pointes des tipis, le Peuple vaquait à ses activités matinales, les chiens aboyaient, les garçons emmenaient les chevaux dans la prairie. Je percevais de loin des rires et les sons étouffés de la vie et il me vint subitement à l'esprit que, pour la première fois, je me trouvais à ma place : j'étais ici chez moi. Comme s'il m'avait fallu faire un pas de côté pour regarder derrière et voir les choses en perspective, avec le recul, de la même façon qu'on se détourne d'une peinture avant d'y revenir pour s'assurer de sa beauté. En même temps, et contre toute attente, je me trouvai envahie d'un puissant sentiment de paix et de satisfaction. Et je pensai : « Quelle chance extraordinaire. »

Oui, malgré son étrangeté sauvage et ses difficultés, notre nouveau monde me semblait ce matin-là d'une douceur indicible ; je m'émerveillais de la perfection et de l'ingéniosité avec lesquelles les natifs avaient embrassé la terre, avaient trouvé leur place dans cette nature ; tout comme l'herbe du printemps, ils me semblaient appartenir à la prairie, à ce paysage. On ne peut s'empêcher de penser qu'ils font partie intégrante du tableau...

Pendant une demi-heure, Little Wolf chevaucha largement devant moi, tirant derrière lui les deux bêtes de somme. Il ne dit rien, ne se retourna même pas pour s'assurer de ma présence. D'un coup de talon, je finis par pousser mon cheval au petit galop (je n'ai jamais tant apprécié les leçons d'équitation auxquelles Mère nous avaient astreintes quand nous étions enfants et je me sens tout à fait à l'aise en selle, une aptitude qui, de toute évidence, ne cessera pas d'être utile !). Je me retrouvai vite à la même hauteur que le chef et il parut surpris, peut-être même légèrement contrarié, comme si je violais encore les us et coutumes cheyennes.

« Je suis une Américaine moderne, lui dis-je en ajustant à la sienne le pas de ma monture. Et je n'ai pas l'intention de rester vingt pas derrière toi toute la journée. » Sachant que Little Wolf ne comprenait pas mes paroles, je traduisis avec les mains, montrant nos deux chevaux côte à côte, puis reproduisant le geste en souriant pour indiquer les cavaliers. Le chef sembla réfléchir un instant, puis il hocha la tête comme s'il m'avait comprise, et il me retourna mon sourire. Oui, nous sommes arrivés à vraiment communiquer ! J'étais ravie.

Je pense maintenant qu'il a arrangé cette excursion pour que nous fassions connaissance et, peut-être, pour me montrer son univers. Nous avons établi notre camp hier après-midi dans un petit bois de peupliers près d'une étroite rivière. Little Wolf avait emporté une petite tenture de peau que nous avons disposée sur les branches d'un saule pour nous abriter s'il pleuvait. Mais le ciel est resté clair et la température, douce. Nous avons installé par-dessous des couches d'herbe, couvertes de peaux de bisons, pour y dormir. Une fois l'abri monté, je suis allée ramasser du bois au bord de la rivière, pas mécontente de retrouver l'usage de mes jambes après une journée à cheval.

Little Wolf porte sur lui un petit sac de cuir brut contenant un fusil, de la pierre à silex et un morceau de bouse sèche de bison dont il coupe des bouts et qui, une fois émiettés, servent en quelque sorte de petit bois. Je fus étonnée de constater avec quelle dextérité il est capable d'allumer rapidement un feu, puis d'y ajouter herbes sèches et brindilles. En un instant, nous avions une belle flambée qui nous permettrait de cuisiner et de repousser la fraîcheur de la nuit.

Nous avons rôti au dîner des gelinottes à queue fine que le chef a abattues de ses flèches cette après-midi, l'une après l'autre et sans quitter son cheval, lorsqu'un vol est passé dans le ciel. Père lui-même aurait été impressionné par son habileté à l'arc ; il me tarde d'en parler à Helen Flight ; je jure qu'aucun homme (ou femme) ne saurait être plus rapide ou viser mieux avec une carabine.

Ces volailles étaient délicieuses : je les ai farcies avec des herbes et de petits oignons sauvages ramassés dans la journée en parcourant la prairie. Grâce à l'éducation de nos « mamans » indiennes, j'arrive maintenant facilement à identifier plusieurs pousses comestibles.

Comme c'étaient les premiers moments que nous passions véritablement seul à seul, nous nous sommes l'un et l'autre d'abord montrés timides. J'ai fini par trouver le moyen de venir à bout de cette frustration quasi constante de ne pas arriver à m'exprimer : cela consiste simplement à ne plus essayer. Je bavarde maintenant en anglais avec Little Wolf à qui je confie tout ce qui me passe par la tête. Qu'est-ce que cela peut faire puisque de toute façon, il ne me comprend pas ? J'ai dû lui raconter toute ma vie hier soir : Harry, les enfants, les mois passés à l'asile ; je lui ai parlé de Père, de Mère et de ma sœur Hortense. J'ai même mentionné le capitaine Bourke. Après lui avoir tout dit, je me suis sentie incroyablement libérée, allégée du poids de ces nombreux secrets. Little Wolf m'écouta patiemment, ou du moins il en donnait l'impression. S'il ne comprenait pas mes mots, il me regardait comme s'il y arrivait, en hochant la tête de temps à autre. Au point même qu'il a fini par me répondre, à mots doux dans sa propre langue, et bien qu'évi-demment je n'eusse aucune idée moi non plus de ce qu'il disait. Nous sommes restés assis près du feu la moitié de la nuit à converser, moi en anglais, lui dans son algonquin natal, mais plus succinctement que moi, Little Wolf n'étant pas ce qu'on pourrait appeler d'une nature loquace. Je suis certaine qu'il m'a confié lui aussi des choses importantes de sa vie puisqu'il parla parfois de façon animée. Je l'ai écouté attentivement en essayant de deviner quelques mots, de saisir des bribes de ce qu'il disait, toutefois je crus mieux le comprendre lorsque je laissai simplement ses paroles rouler sur moi sans m'efforcer de les interpréter. Nous avons bâti une curieuse intimité : je pense que nous avons tous deux parlé à cœur ouvert et c'est sans doute nos cœurs, à défaut de nos esprits, qui se sont entendus.

Aujourd'hui le chef est parti chasser très tôt et je profite de son absence pour coucher ces notes dans mon journal. C'est une belle matinée et les oiseaux chantent gaiement dans le bois. Emmitouflée dans nos peaux de bison, je me sens fort bien et j'attends seulement que le soleil monte un peu dans le ciel pour réchauffer le jour. Alors je descendrai prendre un bain à la rivière...

Dieu tout-puissant, j'ai fait une affreuse rencontre. Je tremble encore au point que ma main peine à tenir mon crayon. Peu après avoir refermé mon carnet, je suis partie au bord de la rivière. J'eus l'agréable surprise de trouver un petit réservoir naturel autour d'une source chaude. De la vapeur s'élevait par-dessus la surface et, lorsque j'y mis le pied, l'eau était délicieusement tiède. Mon mari a dû choisir cet endroit pour la proximité de cette source.

Je me dévêtis comme je le fais maintenant toujours avant de me baigner. La nudité étant un état naturel chez les Indiens, j'ai renoncé à toute prétention de pudeur. Je rentrai dans le minuscule étang et me prélassai dans la chaleur enveloppante de ces eaux soyeuses, dégageant une légère odeur soufrée, et d'une température exquise. Puis je me laissai aller à faire la planche, parfaitement détendue.

J'eus soudain l'impression troublante de ne plus être seule — on m'épiait. Immobile dans l'eau, je sentis mon cœur battre et l'angoisse monter. Couvrant mes seins de mes mains, je finis par m'asseoir dans l'eau pour inspecter rapidement les alentours. C'est alors que je le vis : accroupi sur la rive, à la manière d'un animal, se trouvait un homme — faute toutefois d'un autre terme, car c'est bien la plus épouvantable créature sur laquelle j'aie posé les yeux. Ses longs cheveux emmêlés tombaient presque sur le sol où il était assis, et ses traits lourds et basanés ne ressemblaient guère à ceux d'un être humain. On aurait plutôt dit un genre de sanglier.

Il était nu sous son pagne, la peau couverte de poussière, et il se trouvait... dans un état d'excitation que l'impudique vêtement avait peine à cacher. Voyant que je l'avais aperçu, il sourit en découvrant une rangée de dents noires comme les crocs d'un chien démoniaque. Il s'est alors saisi de son engin en me désignant d'un signe de tête, avec une familiarité révoltante. Je replongeai dans l'eau pour couvrir ma nudité, pendant qu'il se redressait de son côté, sa chose toujours en main, sans aucunement cacher ses intentions. Je fus stupéfaite lorsqu'il s'adressa à moi, non pas en langue indienne, mais en français : « *Salope,* dit-il d'une voix grave, *je vais t'enculer à sec !*[1] » Je ne... traduirai pas ces propos d'une ignoble bassesse.

L'immonde personnage se mit à marcher vers

1. En français dans le texte.

moi dans l'eau, son organe toujours à la main tel un horrible instrument de violence. Mon sang ne fit qu'un tour et, paralysée par la peur, je fus incapable du moindre mouvement. « Non, je vous en prie, ai-je murmuré. Ne me touchez pas. » Jamais de ma vie je n'ai eu l'impression d'être plus seule, plus terrifiée. Je me mis à nager frénétiquement dans l'autre direction, jusqu'à atteindre la rive opposée où je me blottis contre un gros rocher sans pouvoir aller plus loin. L'homme continuait d'approcher. Par-dessus les dégagements soufrés de l'eau, je sentais déjà son odeur de crasse — la puanteur du diable... Il s'adressa de nouveau à moi, avec une telle vulgarité que la bile me monta dans la gorge. J'étais sûre de vomir d'un moment à l'autre. Au moment où il allait mettre la main sur moi, j'entendis la voix de mon mari. Ah, Dieu soit loué ! Je levai les yeux pour apercevoir Little Wolf sur la berge, son long fouet enroulé autour de sa main. Il parla d'une voix calme et égale et, si je ne sais ce qu'il a pu dire, je compris au son de sa voix qu'il connaissait l'intrus. Son ton ferme était pourtant exempt de toute agressivité.

L'homme répondit au chef en cheyenne, apparemment avec respect, presque obséquieusement, et commença à battre en retraite vers la rive. Il s'arrêta cependant en chemin comme s'il avait oublié quelque chose et, se retournant vers moi, m'offrit un dernier sourire immonde par-dessus ses chicots. Cette fois, il souffla dans un anglais guttural, quoique étonnamment maîtrisé : « Mon nom est Jules Seminole », et sa voix me glaça les sangs. « On se reverra et je tiendrai ma promesse. » Il repartit en pataugeant sans plus regarder derrière lui.

Je m'efforçai par la suite d'arracher à Little Wolf

l'identité de cet odieux personnage. « *Sas-sis-e-tas* », dit-il — le mot par lequel, je crois bien, les Cheyennes se désignent eux-mêmes. Puis, joignant le geste à la parole, il fit ce zigzag de l'index qui veut également dire Cheyenne dans le langage des signes. « Cheyenne ? lui demandai-je en anglais. Ce n'est pas possible. » Sans doute Little Wolf comprit-il la question au seul son de ma voix, puisqu'il posa sa main au milieu de sa poitrine avant de la glisser vers le côté gauche en répétant : « *Sas-sis-e-tas* ». Sa main repartit alors vers la droite et il expliqua : « *ve'ho'e* », le terme cheyenne qui signifie homme blanc.

« C'est un sang-mêlé, alors, dis-je.

— *Oxeve'ho'e* », me répondit le chef.


### 26 mai 1875

Nous avons continué de camper au même endroit plusieurs autres journées. Après l'épouvantable intrusion du sang-mêlé, j'ai espéré de toutes mes forces que nous partirions nous installer ailleurs, voire que nous rentrerions au village, mais en vain. Si mes angoisses ont commencé à se dissiper, j'ai pris au sérieux la menace de ce Jules Seminole et je ne laisse plus mon mari quitter mon champ de vision. S'il part chasser, je l'accompagne. S'il descend à la rivière, je vais avec lui. Je n'ai jamais été d'un naturel particulièrement timide mais, pour l'instant du moins, je ne me sens vraiment en sécurité qu'en compagnie de mon mari. Il ne semble pas gêné de ma présence constante et, de fait, plus nous passons de temps ensemble, plus nous nous attachons sincèrement l'un à l'autre. C'est un homme courtois, attentionné et très patient à mon égard.

Les chasses de Little Wolf se sont toutes révélées un succès. Nous avons tué, dépouillé et mangé des antilopes, des wapitis, des cerfs et toutes sortes de petit gibier, grouses, canards et lapins. L'existence des Indiens semble constamment osciller entre l'abondance et la disette, c'est pourquoi ils mangent tout le temps quand la nourriture le permet. J'ai préparé plusieurs repas devant le feu. L'un de nos parflèches contenait différents ustensiles de cuisine moderne, achetés aux avant-postes de la civilisation, avec lesquels j'ai essayé de mitonner quelques plats plus intéressants que l'ordinaire de viande bouillie. En sus des oignons sauvages et des pissenlits communs dans les prés, j'ai trouvé des morilles sous les arbres près de la rivière. Ce sont les mêmes qui poussaient partout au printemps dans l'Illinois, et que nous partions ramasser avec Mère et Hortense.

Nous avons laissé faisander la viande dont nous n'avions pas besoin dans le bois de peupliers, assez loin du camp, de crainte certainement qu'elle n'attire trop près de nous des sangliers ou d'autres animaux sauvages. En plus de mon travail « aux fourneaux », j'ai appris en détail l'art de dépouiller les bêtes, de les dépecer et d'apprêter les peaux. C'est également considéré par les indigènes comme le travail d'une femme, et le chef m'a montré comment s'y prendre, suffisamment pour que, sans être experte en la matière, je m'en sorte au moins décemment. Par chance, Père étant un chasseur luimême, j'ai été toute petite au contact du gibier, c'est pourquoi la vue du sang et de la viande crue ne me donne pas la nausée. Certaines femmes de notre groupe, notamment cette bonne Martha, auront quant à elles bien du mal à s'y faire.

La vie chez les Indiens, particulièrement celle des femmes, exige un effort physique quasi constant. Il reste peu de temps pour les loisirs. Et notre excursion, jusque-là, n'est pas vraiment ce que la plupart des épouses blanches appelleraient un voyage de noces ! Mais c'est une expérience utile et instructive.

Je n'ai jamais été aussi heureuse de pouvoir prendre un bain à la fin d'une journée de labeur — surtout dans ces sources si chaudes. Elles m'offrent non seulement l'occasion de me débarrasser du sang animal dont je suis littéralement couverte jusqu'au cou, mais aussi de retirer les couches de gras que j'applique sur ma peau. Comme nombre de mes camarades à la peau claire, j'ai été obligée de m'enduire de cet affreux mélange afin de me protéger du soleil brûlant de la prairie. D'ailleurs, beaucoup de sauvages l'utilisent aussi dans le même but, ce qui m'a permis de comprendre finalement l'origine du mot Peau-Rouge. Il s'agit d'une concoction à base d'argile rouge sombre que l'on trouve communément ici, et de graisse ou de suif. Elle pue horriblement et on se sent terriblement sale dès qu'on en est enduit.

Mais on utilise aussi parfois une argile blanche pour la préparer, et ceux qui la revêtent prennent alors une allure fantomatique. Impossible d'avoir l'air plus féroce que Phemie lorsqu'elle se pare de la crème blanchâtre qu'elle affectionne — même si, grâce au pigment plus sombre de sa peau, elle a beaucoup moins besoin de se protéger des ardeurs constantes du soleil. Le teint de lait que je tiens de mes ancêtres écossais est un vrai handicap dans cette prairie sauvage et sans ombre — comme pour Helen Flight, les sœurs Kelly et pratiquement tout notre groupe, issu de lignées européennes. Il me faut donc remercier Dieu pour cet enduit gras et les rares arbres qui cernent notre campement.

Comme le veut la coutume, Little Wolf prend son bain le matin, et je l'accompagne. Il s'assoit le soir sur la rive tandis que je me lave une deuxième fois, pour me défendre, j'imagine, d'autres éventuelles avances de cet ignoble Jules Seminole qui vient encore me menacer dans mes cauchemars.

Semblable à l'eau du bain que l'on faisait chauffer dans la cuisine à la maison, la température de cette eau naturelle est parfaite, merveilleuse. J'ai nagé cette après-midi vers le centre du petit bassin pour y faire la planche un instant, ce dont j'ai pris l'habitude. Je me suis retournée vers Little Wolf en l'incitant à me rejoindre, dans l'espoir d'éveiller en lui une manière de jeu ou de divertissement. J'ai peur que mon mari, sans être exactement un triste sire, ne soit trop porté au sérieux et généralement peu disposé à s'amuser. Peut-être est-ce la rançon de l'âge et de son grade. J'ai emporté ici le précis du lieutenant Clark sur le langage indien des signes qui, loin d'être exhaustif, s'est révélé formidablement utile. Je m'y exerce le soir auprès du feu avec l'aide de Little Wolf, qui me témoigne une grande patience. Il s'efforce également de m'apprendre en retour quelques mots de cheyenne. Mes progrès sont lents et j'apprécie toujours de babiller en anglais pour oublier de temps à autre la frustration d'être incapable de vraiment communiquer. Oui, d'ailleurs, je dois convenir qu'il faut être bien patient pour écouter avec tant d'attention mes constants radotages !

Puisqu'il ne sait pas lire, il est bien sûr impossible pour Little Wolf de bien comprendre ce qu'est un livre, mais l'objet en lui-même semble l'émerveiller. Il le prend dans ses mains et le retourne en tous sens, comme si la chose détenait un pouvoir magique — ce qui d'une certaine façon n'est pas entièrement faux, je pense. Mais nous arrivons à nous exprimer de façon rudimentaire (bien que nous soyons loin d'arriver à traduire Shakespeare en langage gestuel, comme nous nous sommes tant amusés à le faire, le capitaine Bourke et moi !).

Cédant à mes cajoleries, le chef vint enfin se glisser dans l'eau. Il a un physique gracieux. Les Indiens nageant de façon assez primitive, comme de gros chiens, j'ai décidé de lui enseigner à l'occasion des mouvements plus sophistiqués. Je lui ai d'abord montré le crawl qu'il a appris rapidement, athlétique comme il est. Puis la brasse. C'était fort drôle et nous nous trouvâmes bientôt à rire comme... eh bien, oui, comme de jeunes mariés ! J'ai cru franchement avoir « brisé la glace ».

Obéissant à une impulsion, j'ai passé les bras autour de son cou et mes jambes autour de sa taille. Il parut terriblement surpris, presque même effrayé : je ne sais s'il craignait que je l'entraîne sous l'eau ou s'il pensait seulement qu'une femme n'a pas à se montrer si directe. Toujours est-il qu'il tenta de se détacher de moi.

« N'aie pas peur, lui ai-je dit en anglais en me serrant plus fort contre lui. Je m'amuse, c'est tout. » Pourtant, si je n'avais engagé cette sorte de corps à corps que par esprit de jeu, je me surpris à réagir à son contact, à ressentir sans doute possible une franche attirance pour sa peau chaude et ferme. Mes mains cherchèrent les muscles longs et fins de ses bras et de ses épaules, tandis que mes pieds trouvaient ses jambes robustes. Je me pressai plus étroitement encore contre lui. Je dois mentionner que nous n'avions eu aucune sorte d'intimité physique depuis notre onirique nuit de noces.

« Oh mon Dieu, dis-je alors. Vraiment, je ne pensais pas à... » Mais le chef semblait se couler dans mon étreinte ; je sentais sa tension, sa résistance, s'évanouir. Nous sommes restés un moment ainsi à presque flotter dans les eaux chaudes et légères de la source, mes jambes ancrées sans effort autour de la taille de mon mari. Je commençai à l'embrasser doucement sur les joues, dans le cou, sur la bouche — les sauvages ne sont pas très instruits dans l'art du baiser et j'avais presque l'impression d'embrasser un enfant. Pourtant il répondit bientôt à sa façon. « N'est-ce pas agréable ? chuchotai-je. N'est-ce pas vraiment agréable ? Et si doux ? »

Le sujet est assez inconvenant... mais je ne vois pas comment l'aborder sinon tout simplement. Comme le mentionnait John Bourke, les Cheyennes ont dans la mesure du possible évité jusqu'ici tout contact avec les Blancs ou avec les missionnaires. S'ils ont procédé avec eux à différents échanges, marchands notamment, et s'ils connaissent certaines de nos coutumes, cela ne va pas jusqu'à inclure, dans le cas du moins de Little Wolf, un aspect plus... charnel des relations humaines. Ce que les Cheyennes savent à cet égard leur a été légué par l'observation de la nature, ou comme John Bourke le suggérait, le spectacle des animaux... c'est pourquoi ils font l'amour... eh bien, de la même façon...

Si, contrairement aux insinuations de Narcissa White, je ne fais pas autorité en la matière, j'admets sans honte que Harry Ames et moi avons eu une vie érotique active et que je suis une femme sensible à la passion. Les hommes ont le droit de se flatter de ces dispositions, elles valent en revanche aux femmes de se voir enfermer dans les asiles. En comptant mon unique écart de conduite avec le capitaine, et ma « nuit de noces », j'ai eu trois amants dans ma courte existence. Suis-je pour autant une pécheresse ? Peut-être... Je n'en ai pas l'impression... Une catin ? Je ne crois pas. Folle ? Guère.

Enlacés dans l'eau, mes bras autour de son cou et mes jambes à sa taille, nous flottions, Little Wolf et moi, et flottions encore... Nos corps glissaient doucement l'un contre l'autre, à l'aise et familiers dans cette eau tiède, soufrée, presque huileuse sur nos peaux. N'avons-nous pas été envoyées ici pour enseigner aux sauvages notre mode de vie ? Pourquoi les choses de la chair ne feraient-elles pas partie du programme ? Eh bien, si le chef peut m'apprendre en détail la préservation des chairs animales, je lui montrerai quelques secrets inhérents à la nôtre. C'est après tout un échange de bons procédés entre nos deux mondes.

Ma main descendit au bas du dos de Little Wolf pour trouver ses fesses musclées, lisses et fermes comme une roche de rivière, puis autour de sa taille pour le caresser. Il était nerveux comme un étalon, onctueux comme un serpent glissant dans ces eaux minérales. « À toi, maintenant », lui ai-je chuchoté, sans bien sûr qu'il puisse me comprendre, c'est pourquoi j'ai saisi ses mains pour les placer entre nous et les faire courir sur mon ventre puis sur mes seins. Il a de très jolies mains, fortes quoique presque féminines, douées d'un toucher léger et doux qui ne ressemble à rien de ce que j'ai connu. Je l'embrassai encore et il me répondit cette fois franchement, tandis que je reprenais sa main et la guidais. Mes hanches calées au-dessus des siennes, mes jambes bien autour de sa taille, je laissai d'autres sources trouver leur chemin, me réchauffer de leur vigueur...

J'écris ces quelques mots en hâte tandis que nous nous préparons à partir ce matin et à retrouver, je suppose, le village. Little Wolf s'occupe pour l'instant de charger les chevaux de la viande et des peaux que nous avons réunies et préparées ensemble. Excepté l'épouvantable apparition de ce Jules Seminole qui, par bonheur, ne s'est plus manifesté, ce séjour a été merveilleux et je suis attristée de devoir l'interrompre. Je pense que nous avons fait d'appréciables progrès l'un envers l'autre, et commencé à combler le fossé qui sépare nos deux cultures — ne pas voir ici toutefois quelque euphémisme sournois... quoique ce point de vue-là compte aussi. Tout cela est très encourageant et je crois plus que jamais au succès de notre entreprise — il y a du moins tout lieu de garder bon espoir. Sans doute les hommes du président Grant avaient-ils raison de penser que de vraies épouses américaines sauraient, par leur présence et leur talent, souder ces deux mondes si différents. Non seulement mon mari et moi avons appris à communiquer, même de façon rudimentaire, mais nous avons gagné en respect et en affection sincères l'un pour l'autre. Le chef sera pour moi le meilleur représentant de la vie sauvage, l'ouverture idéale sur cette autre culture, car il possède les qualités les plus prisées au sein de ce peuple simple : le courage, la dignité, la grâce et l'altruisme. Quelque chose également dont je n'ai eu qu'un vague aperçu, mais que l'on pourrait, je crois, appeler l'ardeur. Little Wolf a cette autorité naturelle nécessaire aux chefs de toutes cultures, et je suis certaine que, même à contrecœur, un John Bourke ne pourrait faire autrement que lui accorder son respect et l'inverse me paraît aussi vrai. Ils ont d'ailleurs, c'est frappant, beaucoup en commun. Capitaine et chef... sauvage et catholique. Soldat et guerrier... maintenant liés l'un à l'autre par l'amour d'une femme.

Pourtant, et contre mes meilleures intentions, je ne peux prétendre avoir pour Little Wolf les mêmes sentiments que j'eus pour le capitaine. Une telle passion m'était encore inconnue, car c'était un amour tant physique que cérébral — le corps, l'esprit et l'âme y étaient mêlés... Mon Dieu, j'ai déjà l'impression d'avoir vécu trois vies, chacune celle d'un amour distinct : le premier, Harry Ames, a enflammé ma chair pour la briser ensuite dans les ténèbres d'une cellule à l'asile ; puis les braises se sont réveillées brutalement à la lueur improbable d'une autre liaison, pareille à une étoile filante. Oui, si Harry a été l'étincelle, vive mais capricieuse, qui révéla ma féminité, John Bourke fut l'étoile de mes vœux, intense et éclatante. Maintenant voici Little Wolf, le feu de mon foyer, qui m'offre sa chaleur et sa sécurité... cet homme est mon mari et je serai pour lui une épouse fidèle et bonne. Je donnerai le jour à ses enfants.

Nous sommes rentrés au camp en suivant la Powder River. Cette matinée fut la dernière de notre escapade amoureuse. J'ai tenté de me repérer à l'aide d'une boussole et d'une carte militaire que le capitaine Bourke m'a offertes avant notre départ. Je n'en connais pas la précision et je n'ai rien d'une cartographe émérite, mais je sais au moins retrouver les principaux cours d'eau. Le chef et moi cheminons côte à côte — égaux, pourrait-on dire — et j'ai ponctué notre itinéraire de différents propos et remarques, montrant à mon mari oiseaux, animaux et plantes, bavardant sans cesse comme à l'accoutumée.

Le chef parfois me répondait en m'indiquant le nom d'une chose ou d'une autre, quand il ne me parlait pas tout simplement lui-même, conformément au code que nous avons établi. Je crois commencer enfin à assimiler des bribes de sa langue, mais je me sens encore trop timide pour essayer de la parler.

Alors que nous quittions la vaste et silencieuse prairie après ces quelques jours de presque solitude, le village me donna soudain l'impression d'une véritable ville, grouillant d'activité et d'énergie humaines. De fait, en notre absence, un second campement a pris place sur la rive opposée. Il est fort d'une bonne centaine de tentes.

Les chiens vinrent à notre rencontre en aboyant, reniflant et mordillant gentiment nos talons tandis que nous traversions le village. De joyeuses bandes d'enfants nous suivirent, tout excités, dont je reconnus certains petits diables. J'étais heureuse de les retrouver. Comme j'aime les enfants ! Comme il me tarde d'en avoir un de nouveau !

Plusieurs de mes amies nous ont lancé des bonjours tandis que nous passions devant leurs loges. Je m'aperçus non sans un certain amusement qu'après seulement quelques jours d'absence il devenait difficile de les distinguer des indigènes. Depuis la cérémonie de noces, elles étaient plus nombreuses à avoir adopté le costume indien, sans compter les Cheyennes elles-mêmes qui parfois portent nos vêtements civilisés, offerts ou échangés.

Gretchen qui, arborant une robe de daim, ramenait un seau d'eau à sa tente, s'arrêta pour m'accueillir. Elle observa d'un œil admiratif nos bêtes de somme chargées de gibier. « *Ya,* toi tu as un bon mari, May ! m'a-t-elle dit. Alors que moi, *ch'arrife* à *beine* à faire sortir le mien de son *tibi.* »

Pourtant elle en parlait avec une affection non feinte. « Tout ce qu'il *feut* faire, ce grand dadais, c'est *chouer* au corps à corps avec moi sur ses *beaux* de bison. Tu *fois* ce que *che feux* dire, May ? Ce sacré *saufache* n'en a *chamais* assez ! *Che fiendrai* te *foir blus* tard, *ya* ? *Che foudrais* te *barler.* »

Nous sommes passés ensuite devant la loge du révérend Hare et de Dog Woman, au moment même où ce dernier en sortait, vêtu d'une robe blanche confiée par l'une de nos camarades. C'est vraiment un drôle de garçon et je n'ai pu me retenir, surprise, de m'esclaffer en l'apercevant ainsi. Mais Dog Woman m'a lancé un regard froid en tirant sur son corsage apparemment récalcitrant. Je portai une main à ma bouche et m'excusai. « *Désolée* », ai-je dit en français, car notre hermaphrodite en comprend quelques mots. « *Mais vous êtes très belle !* » Ouf ! J'ai réussi, semble-t-il, à calmer son courroux. De fait, il/elle semblait plutôt fier de son acquisition. Alors je demandai : « *Dites-moi, où est le grand lapin blanc ?* »

« Révérend ! ai-je lancé plus fort. Si vous êtes là à l'intérieur, il faut que vous aidiez Dog Woman à ajuster sa nouvelle robe.

— Est-ce vous, Miss Dodd ? retentit sa voix d'oracle dans la tente. Puis-je vous rappeler qu'une fois de plus je ne vous ai pas vue à la messe, dimanche ? La moitié du campement y assiste maintenant. On va y arriver, à les convertir !

— Grand bien vous fasse, révérend ! lui répondis-je. Mais vous feriez mieux de vous dépêcher avant qu'ils n'arrivent, eux, à faire de nous des barbares. Je commence à me demander si je ne vais pas me convertir moi-même à la Grande Médecine ! J'y trouve finalement un certain bon sens, voyez-vous ? »

Passant alors son crâne chauve, rose comme celui d'un nouveau-né, au-dehors de la tente, le révérend cligna des yeux à la lumière du jour. « Vous êtes une jeune impie, Miss Dodd », gronda-t-il. Puis il s'adressa en cheyenne à Dog Woman, qui lui répondit.

« Révérend, demandez donc à votre ami de vous dire quel nom nous vous avons trouvé, le chef et moi, lançai-je, espiègle, tandis que nous nous éloignions. L'idée est simplement venue au fil de la conversation alors que je lui expliquai par signes, pendant notre voyage, la signification anglaise de votre patronyme. »

Il s'adressa de nouveau à Dog Woman, qui répondit derechef. C'est ainsi que le révérend Hare prit connaissance de son surnom cheyenne qui, je le prédis, va se répandre dans le village comme le feu dans la prairie.

« Vous n'êtes vraiment qu'impiété et blasphème, May Dodd ! s'exclama *Ma'vohkoohe ohvo'omaestse* — le Grand Lapin Blanc [1] — tandis que nous poursuivions notre chemin dans le camp. Mécréante, sacrilège ! Je prierai pour votre salut ! Et celui de votre amie Helen Flight ! Je vous recommande d'ailleurs d'aller la voir tout de suite, car elle est devenue en votre absence le disciple attitré de Satan ! Elle enjôle les barbares à force d'enchantements, de sorcellerie et autres thaumaturgies ! »

Je me demandai soudain si le crâne chauve du révérend Lapin n'avait pas été exposé trop longuement au soleil.

À ma grande déception, ma loge de jeune mariée avait été démontée en notre absence, et mes affaires

1. *Hare* veut dire lièvre en anglais.

rapatriées dans le tipi « familial ». Notre lune de miel était donc vraiment terminée. M'étant vite habituée à l'intimité de cette nouvelle tente, je vais avoir du mal à supporter a nouveau la promiscuité.

Comme je m'y attendais, Martha fut la première à me rendre visite après notre retour. J'étais encore à me lamenter sur ma triste découverte quand elle arriva. Mais toute pleine d'énergie, de questions, elle m'apportait de nombreuses nouvelles.

« Dieu merci, te voilà de retour saine et sauve ! » lança-t-elle, essoufflée. Horse Boy apparut alors et, comme son nom le veut, emporta mon cheval. C'est un brave petit garçon, brun et souple comme un elfe. Je lui passai gentiment une main dans les cheveux et il m'offrit son adorable sourire. « J'ai tant à te dire, poursuivait Martha. Mais je veux d'abord que tu me parles de ta lune de miel. Comment cela s'est-il passé ? Où es-tu partie ? Êtes-vous vraiment amoureux ?

— Eh bien..., répondis-je, nous avons pris une diligence en première classe pour la première grande ville où nous avons choisi la suite des jeunes mariés dans le plus bel hôtel... on nous a monté tous nos repas... et nous avons fait l'amour sans arrêt sur un vrai lit de plumes...

— Oh, arrête de te moquer de moi, May ! coupa Martha en pouffant malgré elle. Dis-moi vraiment où tu es partie ?

— Nous nous sommes simplement promenés à cheval dans la prairie, répondis-je. Nous avons campé plusieurs jours près d'un petit bois de peupliers, au bord d'une rivière. Et nous nous sommes baignés dans des sources chaudes... où nous faisions l'amour comme deux tourtereaux...

— Vraiment ? m'interrompit Martha. Est-ce bien vrai ? Je ne sais jamais si je dois te prendre au sérieux, May.

— Donne-moi des nouvelles du camp. À qui appartiennent ces loges de l'autre côté de la rivière ?

— Aux Cheyennes du Sud, répondit Martha. Des "parents" à nous, venus du territoire de l'Oklahoma pour nous rendre visite.

— Ah, voilà qui pourrait expliquer la présence de l'infâme Jules Seminole. » Je narrai à Martha cette déplaisante rencontre.

« Depuis qu'ils sont là, nos hommes se pavanent comme des coqs, dit-elle. Ils vont bientôt partir faire la guerre à leurs ennemis les Crows. Et ils ont enrôlé Helen Flight pour qu'elle leur dessine des oiseaux sur le corps, même sur leurs chevaux, en guise de préparation au combat. Elle est devenue très « grande médecine », maintenant, une vraie artiste résidente.

— C'est donc ce dont voulait parler le révérend. »

Nous décidâmes de nous rendre chez Helen que nous trouvâmes devant sa loge, assise au soleil sur un tabouret, affairée à peindre un martin-pêcheur sur la poitrine d'un jeune guerrier. L'oiseau était superbement représenté en train de plonger dans l'eau. Près de Helen, assis par terre les jambes croisées à la regarder, se trouvait un vieil homme aux longues nattes blanches et à la peau sombre, tellement ridée, creusée, qu'elle ressemblait au cuir d'une vieille selle crevassée.

Toute rayonnante de nous voir arriver, Helen s'interrompit dans sa tâche et s'exclama en retirant sa pipe de sa bouche : « Heureuse de te retrouver, May ! Tu nous as manqué. Quel plaisir de vous recevoir toutes les deux ! Mais asseyez-vous. Vous me tiendrez compagnie pendant que je travaille... J'y ai déjà passé la moitié de la journée. Les sauvages se sont aperçus de mes talents, semble-t-il !

J'arrive à peine à répondre à la demande. Ah, mais excusez-moi, je ne vous ai pas encore présentées. Mes amies, avez-vous déjà eu l'honneur de rencontrer le très estimé homme-médecine Dr White Bull[1] ?

— Je crains que non. Mais je vous en prie, monsieur, restez assis », plaisantai-je. Impassible, et pour ne pas dire maussade, le vieil homme paraissait insensible à toute forme d'humour. Le jeune guerrier lui-même, affichant comme lui un sérieux mortel, daigna à peine nous regarder.

Helen remit sa pipe en pierre, élégamment sculptée, dans sa bouche, et reprit son pinceau. Avec beaucoup d'astuce, elle s'est confectionné une palette à partir d'un bouclier de cuir vert desséché et dur comme du bois. Elle y mélange ses teintes, tout un assortiment de poudres et d'émulsions obtenues à partir de pierres, d'argiles, d'herbes, de baies et d'os d'animaux pour former différentes couleurs, selon les méthodes ancestrales des Indiens pour lesquelles Miss Flight éprouve un enthousiasme sans limite : elle a la gamme presque entière à sa disposition.

« La ressemblance est frappante », lui dis-je avec admiration. Monsieur Audubon lui-même aurait été vert de jalousie tant ce martin-pêcheur était une œuvre d'art. Les couleurs chatoyantes dont il était paré le faisaient ressortir comme un oiseau vivant sur la peau mate du jeune Indien.

« Merci beaucoup, répondit Helen, les dents serrées sur sa pipe. La nuit dernière, le jeune Walking Whirlwind[2], ici présent, a fait un rêve. Il était au combat et on lui tirait dessus. Mais sa peau a ferme-

1. Taureau blanc.
2. Tourbillon en marche.

ment enveloppé les balles, et il en est sorti indemne. Comme il n'est encore jamais parti à la guerre, il est naturellement inquiet à cette idée. C'est pourquoi la première chose qu'il a faite ce matin fut d'aller voir le docteur White Bull, pour lui parler de son rêve, leur interprétation étant l'un des talents fondamentaux des hommes-médecine. » Nous regardâmes de nouveau, Martha et moi, le vieil homme qui observait attentivement, et d'un œil assez critique, la manière dont Helen apposait ses couleurs.

« Le Dr White Bull, poursuivit-elle, a appris à ce jeune homme que son rêve était censé lui révéler que le martin-pêcheur était son animal "médecine". Parce qu'au moment où il plonge, l'eau se referme sur lui. Comme la peau du guerrier dans son rêve, puisque ses blessures ont guéri, à peine les balles lui ont percé la peau. Drôlement malin, comme idée, non ? Donc le dessin dont j'orne la poitrine de Monsieur est supposé le protéger. Bien sûr... » Les sourcils levés entre la surprise et l'ironie, Helen s'interrompit, le pinceau dans une main et sa pipe dans l'autre, avant de déclarer : « ... je ne garantis rien des vertus magiques de mon œuvre.

— J'espère que non ! dis-je. Enfin, c'est de la superstition pure et simple, Helen. Parfaitement inefficace contre de vraies balles.

— Je suis bien d'accord, May. Mais je ne suis qu'une artiste qui fait ce qu'on lui demande. La magie reste strictement l'affaire du Dr White Bull, ici présent. »

Comme pour nous donner la réplique, le vieil homme-médecine choisit cet instant pour entamer une scansion à voix basse et rythmée.

« Voilà ! fit Helen, ravie. J'ai bien fait d'en parler, puisque mon collaborateur est en train de conférer à mon martin-pêcheur une bonne dose de pouvoirs magiques. »

Des dizaines de dépouilles d'oiseaux étaient suspendues à la tente de Miss Flight, un grand nombre provenant de sa propre collection constituée en route, et les autres apportées par les sauvages pour qu'elle en fasse un portrait ressemblant sur leurs corps ou sur leurs chevaux de guerre. Sur le sol autour de sa loge étaient entassés les présents qu'ils lui ont offerts en échange de ses bons services : vêtements finement brodés, peaux d'animaux, toute une variété de pipes « médicales », bijoux, rênes de cuir torsadé, selles...

« N'hésitez vraiment pas à piocher là-dedans ce qui vous intéresse. Je ne sais pas où je trouverais la place de ranger tout ça. On m'a aussi donné une demi-douzaine de chevaux que j'ai dû confier à M. Hog, mon mari. Me voilà soudain cousue d'or. C'est quand même une terrible ironie du sort, je trouve, d'avoir attendu de me trouver ici au milieu de nulle part pour rencontrer la réussite et me faire correctement payer mes peintures. Ah, mais voici ma prochaine commande », dit Helen en apercevant le jeune homme qui approchait avec un cheval couvert de peaux. « Ce sera encore une grue, je parie, un oiseau qui a depuis toujours la faveur des sauvages. Ce qui n'est pas dépourvu d'un certain intérêt, que je sache, puisque de nombreuses cultures à travers l'Histoire — tant en Orient qu'en Occident, chez les primitifs et les peuples civilisés — ont attribué de grandes qualités à cette noble grue. Ici, c'est son courage que l'on admire le plus. Car, même si elle est blessée, que ses ailes ne la portent plus, la grue tient bon et continue de lutter héroïquement. Et donc les guerriers pensent qu'en portant son image sur le torse, ils seront doués des mêmes qualités.

— Mais tu n'as pas peur, Helen, demandai-je,

que, même en laissant le côté magique de la chose aux hommes-médecine, on ne te tienne pour responsable le jour où tes œuvres se révéleront inutiles, ce qui arrivera forcément ?

— L'art n'est jamais inutile, May, répondit-elle gaiement. La magie et la "médecine" ont certainement leurs limites, mais pas l'art. De plus, dit-elle, songeuse, en tirant une longue bouffée de sa pipe, ce n'est pas parce qu'un guerrier croit aux vertus de sa médecine que cela devient une réalité. L'idée est pourtant fascinante, non ? Et c'est le fondement de bien des religions païennes.

— Peut-être même de la nôtre, remarquai-je, car c'est de foi que tu parles, là.

— Mais parfaitement ! approuva Helen, toujours allègre. De foi dans les pouvoirs de Dieu, de l'art, dans ceux des hommes-médecine et des animaux-médecine — tout cela revient au même, non, May ?

— Tes peintures sont époustouflantes, Helen. Mais si je devais parier sur quelque chose, je miserais plutôt sur les pouvoirs des balles.

— Ah, mécréante ! fit-elle d'un ton enjoué.

— Le révérend en dit autant de toi.

— Je sais. Il m'accuse d'encourager l'adoration d'idoles usurpées. J'ai dû lui expliquer que je n'étais rien de plus qu'une pauvre illustratrice qui doit gagner sa vie.

— Et stimuler la sensibilité artistique des barbares...

— Parfaitement ! L'art est une des pierres angulaires de la civilisation. Et je ne vois pas ce qu'un martin-pêcheur peut avoir d'usurpé. Voilà », dit-elle au jeune homme en se rasseyant pour inspecter son œuvre. Elle lui fit signe qu'elle avait fini. « Terminé. Bien, sois un bon garçon et rentre à la maison. Ça fera un vrai guerrier, ça, ajouta-t-elle avec satisfaction.

— Voici que notre artiste croit maintenant à ses pouvoirs ! » la taquinai-je.

Sa pipe à la bouche, Helen sourit puis baissa les yeux vers l'homme-médecine, White Bull, qui semblait assoupi au soleil. « Réveille-toi, vieux charlatan. Nous avons un nouveau patient qui arrive. »


1<sup>er</sup> juin 1875

Suite à l'arrivée de nos visiteurs du Sud, le camp est depuis quelques jours en pleine effervescence. Il grouille d'activité et respire l'atmosphère festive des grandes réunions de familles ou des foires cantonales.

J'ai occupé diversement mon temps à rendre visite à mes amies et à observer les différents concours d'adresse organisés partout entre les bandes et les sociétés de guerriers : épreuves d'équitation, de tir à l'arc, au fusil, à la lance, courses, etc. Presque tout le monde au camp s'y retrouve en tant que spectateur ou participant.

Comme Bourke m'en avait avertie, les indiens sont des joueurs acharnés et les paris vont bon train à tout moment. Avant de rejoindre le campement, nos cousins du Sud sont passés au comptoir des ventes de la région d'où ils ont ramené toutes sortes d'articles du monde civilisé — couvertures, ustensiles, couteaux, perles et bibelots — qui leur servent de mise aux jeux de hasard et lors de leurs innombrables concours.

Je ne m'étonnai pas de retrouver ces fripouilles de jumelles Kelly au beau milieu, pour ainsi dire, de la mêlée. Leur esprit d'à-propos force l'admiration, mais ce sont vraiment deux petites canailles ! Les sauvages les appellent *hestahkha'e* — Twin

234

Woman[1] comme si les deux ne faisaient qu'une, puisqu'il est si difficile de les distinguer (Martha m'a appris que selon une rumeur scandaleuse elles auraient échangé leurs maris pendant leur nuit de noces).

Il semblerait qu'elles se soient improvisées bookmakers professionnelles et qu'elles aient déjà amassé une petite fortune en marchandises et en chevaux, en organisant différents jeux et en prenant elles-mêmes part aux paris. Hier, par exemple, elles ont opposé Phemie à plusieurs Cheyennes du Sud dans une course à pieds. Notre sculpturale négresse a ébahi tout le monde, caucasiens et Indiens, en arrivant à la ligne de départ sans autre forme de vêtement qu'un pagne.

« Bon Dieu, Phemie ! m'exclamai-je en l'apercevant. Mais tu es pratiquement nue ! » C'était vraiment quelque chose de la voir ainsi, avec ses longues jambes luisantes et musclées de poulain, et de petits seins durs qu'on aurait cru appartenir à une adolescente.

Phemie rit de bon cœur. « Hello, May ! » lança-t-elle sur un ton chaleureux en me retrouvant. Nous ne nous étions pas vues depuis mon retour. « Quand j'étais petite fille, je faisais toujours la course toute nue contre les autres. J'étais la plus rapide des enfants de la plantation. Ma mère m'a dit que c'est ainsi que notre peuple courait, et se battait, chez nous en Afrique. À quoi bon porter des vêtements qui ne peuvent que nous ralentir ?

— Bien vrai, Phemie, lui dit Meggie Kelly. En Irlande, on raconte que les gars du temps jadis se battaient toujours nus pour la même raison.

— Ouais, mais aussi parce qu'en les voyant,

1. Femme jumelle (*au singulier*).

leurs ennemis étaient terrorisés ! ajouta Susie. Alors, mes valeureux p'tits gars, qui veut prendre cette pauvre jeune fille à la course ? »

Plusieurs guerriers s'étaient déjà placés sur la ligne de départ. Un certain nombre de ceux du Sud parlent un anglais passable, cette branche de la famille ayant eu des contacts plus fréquemment avec les Blancs. Ils servaient de traducteurs aux sœurs Kelly qui chipotaient sur les enchères des autres joueurs : le pari à la cote est une nouveauté chez les sauvages.

« Hé, mais vous voyez bien que c'est une pauvre fille, expliquait Meggie à son interprète. Ça ne serait pas vraiment juste, enfin, de miser autant sur elle que sur ces grands costauds ? Avec son handicap, ceux qui parient sur Phemie peuvent mettre moitié moins que sur les autres gars. C'est vraiment un cadeau qu'on vous fait, en plus.

— Moi aussi je vais m'y mettre, tiens, mes canailles ! lança Daisy Lovelace de sa voix traînante. Qu'est-ce que ça peut bien me faire que ce soit une fille ou pas ? *Daddy* disait toujours que les nègres vont plus vite que tout le monde. Qu'ils avaient de grandes jambes, parce qu'ils avaient eu besoin de courir dans la jungle pour échapper aux lions et aux autres créatures. Je mise tout sur ma bonne amie Euphemia Washington. »

On donna le signal et les coureurs partirent : une seule foulée de Phemie en valait deux de chacun de ses concurrents. Courant avec la rapidité et la grâce d'une antilope, elle remporta l'épreuve haut la main, ce qui provoqua une nouvelle vague de défis et autant de paris animés. Phemie gagna la seconde fois aussi, ridiculisant les autres coureurs tout honteux devant leur famille et leurs amis.

J'ai remarqué avec intérêt que les femmes

cheyennes se montrèrent aussi fières que nous de la victoire de Phemie. La voyant passer la première la ligne d'arrivée, elles émirent aussitôt leurs drôles de trilles haut perchés. Si, c'est vrai, des tensions et des jalousies sont apparues entre elles et nous depuis notre arrivée, et la victoire de Phemie a contribué, semble-t-il, à nous rapprocher un instant au sein d'une communauté nouvelle de femmes. Ce ne peut être qu'une bonne chose.

## 3 juin 1875

Les festivités qui marquent l'arrivée de ceux du Sud et le début de la saison de la chasse se poursuivent... J'ai assisté hier après-midi à une scène bien étrange qui m'a valu — moi une « incroyante » s'il en fût — de reconsidérer les propos échangés avec Helen Flight en matière de magie.

Les sœurs Kelly étaient en train de prendre des paris pour le tir à l'arc et à la carabine, lorsqu'une petite fille se fraya un chemin dans le cercle des participants. Elle menait un vieil homme par la main. Celui-ci, l'œil laiteux, semblait parfaitement aveugle ; voûté, ratatiné par l'âge, il portait de fines tresses de minces cheveux blancs. La petite chuchota timidement quelques mots à des Cheyennes du Sud qui traduisirent ses paroles à Meggie.

« Oh, doux Jésus ! dit celle-ci à sa sœur. Cette mignonne raconte que son grand-père veut défier Black Coyote au tir. » Black Coyote est un jeune guerrier impétueux qui a épousé l'une des nouvelles amies de Phemie, Calf Road Woman [1], membre

1. Celle qui, enfant, a trouvé la piste des jeunes bisons et en a tué un.

elle-même de la société des femmes guerrières. Réputé le meilleur tireur du camp, il a jusque-là battu tous les challengeurs.

« C'est insensé, Meggie, répondit Susie en riant. Qui parierait sur ce pauvre diable ? Enfin, regarde-le, il ne voit pas mieux qu'une chauve-souris.

— La petite dit que son grand-père a une très bonne médecine, Susie. Et que sa famille est prête à miser deux chevaux sur le vieux nigaud. C'est-y pas incroyable ? »

Susan s'approcha de l'enfant et lui posa une main sous le menton. « Dis-moi, petite, tu es bien sûre de ce que tu nous demandes ? Ton grand-père ne verra même pas où se trouve la cible.

— Susie Kelly ! l'interrompit sa sœur. Tu ne vas quand même pas nous mener à la ruine ? Si la famille du vieux monsieur veut parier sur lui, ce n'est pas moi qui l'en empêcherai. Moi je place mes gains sur Black Coyote. On s'est monté une jolie écurie à ce petit jeu, non ?

— Je sais bien, Meggie. Mais c'est quand même un peu facile, là, tu ne trouves pas ? Je n'ai pas envie de voler une petite fille qui fait un peu trop confiance à son grand-père.

— Bon, alors pour soulager ta conscience, répondit Meggie, on arrange ça à six contre deux. Six chevaux contre les leurs, qu'est-ce que tu en penses ? Tu as moins de scrupules, maintenant ? »

On dessina une cible en détachant l'écorce d'un peuplier, on noircit au milieu un petit cercle avec du charbon de bois et on mesura pas à pas la distance souhaitée. Sûr de lui, suffisant, Black Coyote tira le premier avec le fusil à cartouches qu'un Cheyenne du Sud, perdant, avait dû lui céder plus tôt dans un autre concours. Visant avec nonchalance, il pressa presque aussitôt la détente et la balle partit se loger sur le bord intérieur du cercle noir. « Hou ! » firent tous les spectateurs, admiratifs.

Le vieil homme vint alors sa placer devant la marque. Il leva sa main fermée et, l'ouvrant, montra qu'elle contenait une aiguille de notre couturière Jeannette Parker. D'autres « hou », cette fois surpris, se firent entendre.

« Mais qu'est-ce qu'il nous fait, ce vieux fou ? demanda Susie. Où est son fusil, d'abord ? »

Le vieil homme porta sa main ouverte devant sa bouche, l'orienta vers la cible, plissa les lèvres et lâcha un ridicule souffle d'air — à peine de quoi faire frémir une feuille. Mais l'aiguille avait quitté la paume de sa main et sa petite-fille indiqua la cible. Tous s'en approchèrent pour l'examiner attentivement : l'aiguille était fichée exactement au centre du cercle noir — en plein dans le mille !

« Pas possible, Meggie, dit Susan. Comment il a fait ça, le vieux gredin ? »

De fait, aucune d'entre nous n'avait jamais rien vu de pareil !

« Ah, là, il y a une astuce, répondit Meggie. Ça, c'est sûr. Ça sent la combine, son histoire. »

Les jumelles envoyèrent un garçon chercher les chevaux qu'elles devaient remettre aux parieurs et, le temps qu'il revienne, chuchotèrent seule à seule. Rusées comme à leur habitude, elles organisèrent la revanche de Black Coyote contre le vieil homme dont l'interprète nous révéla qu'il s'appelait Stares at Sun [1]. On confectionna une nouvelle cible sur un autre peuplier, plus éloigné que le premier, et tout le monde se mit à examiner l'arbre à la recherche d'un éventuel stratagème. Un grand nombre de sauvages,

1. Fixe le soleil.

qui sont comme on le sait très superstitieux, avaient perdu à cause des dons du vieil aveugle et les paris s'en retrouvèrent d'autant plus animés. L'enjeu étant maintenant égal, les jumelles doublèrent leur mise et encaissèrent celles des autres. Comme elles voulaient ramasser gros, elles ne prirent aucun risque. Et pour bien s'assurer que Stares at Sun ne leur jouerait pas une deuxième fois le même tour, elles stipulèrent juste avant le début de l'épreuve qu'il devait utiliser autre chose qu'une aiguille. Pas folles, ces deux guêpes.

Visant plus soigneusement qu'auparavant, Black Coyote tira à nouveau le premier et sa balle atteignit la cible à moins de trois centimètres du centre.

Le vieil homme se pencha et murmura quelque chose à sa petite-fille. L'enfant détacha alors un piquant de porc-épic de sa robe — les Indiens en ornent leurs vêtements — qu'elle posa délicatement dans la paume ouverte du grand-père, sous le regard vigilant des jumelles déjà prêtes à dénoncer quelque tour de passe-passe.

L'homme porta de nouveau sa main aux lèvres et, guidé par l'enfant, l'orienta vers l'arbre. Il plissa légèrement ses lèvres et l'on entendit à peine un vague « *pfft* ». Comme auparavant, la petite montra la cible et tous partirent l'inspecter, les sœurs Kelly en tête pour être bien sûres que cette fois « on ne la leur faisait pas ». Incroyable ! Le piquant était encore fiché en plein centre du cercle noir.

« Nom de Dieu, Susie ! lâcha Meggie. Le vieux charlatan nous a encore plumées ! On a été roulées ! »

Me rappelant alors les mots de Helen Flight, je me demandai si la foi que la petite avait placée en son grand-père n'avait pas en quelque sorte forcé le charme à opérer...

Quoi qu'il en soit, nous avons beaucoup ri de la déveine des sœurs Kelly et personne ne s'est ému de les voir perdre pour une fois leurs paris !

## 4 juin 1875

Inquiétante rencontre aujourd'hui... Nos jumelles irlandaises ont trouvé une alliée précieuse — une vraie mine d'or — en la personne de Gretchen Fathauer, qui défie tout le monde au bras de fer. Elle est forte comme un cheval et personne n'est encore arrivé à la battre !

Alors que nous étions ce matin, Martha et moi, dans le cercle des spectateurs qui regardaient Gretchen triompher une fois de plus de quelque malheureux, j'entendis soudain une voix désagréablement familière dans mon dos. « *Je t'ai prévenue, salope,* murmurait Jules Seminole à mon oreille. *Je vais t'enculer à sec !* [1] » Son haleine était une véritable puanteur. L'ignoble individu m'a fait si peur et j'ai ressenti un tel dégoût que je me suis retournée, furieuse, pour lui assener : « Je ne suis pas seule ici, essayez seulement de me toucher et mon mari Little Wolf vous envoie *ad patres.*

— Bon Dieu, May ! intervint Martha, effrayée par ma réaction autant que par l'intrus. Qui est-ce ? »

Révélant ses chicots noirs, Seminole se mit à rire. Il portait une chemise sale de l'armée américaine et un chapeau de la cavalerie qu'il ôta pour découvrir ses cheveux emmêlés qui tombèrent en boucles graisseuses sur son torse et derrière ses épaules.

---

1. En français dans le texte.

« Jules Seminole, dit-il en s'inclinant devant Martha. *Enchanté*[1] !

— Va chercher mon mari, Martha, lui ai-je dit. Tout de suite. » Puis, à Seminole : « Si je répète à Little Wolf les horreurs que vous proférez, il vous tuera.

— *Non, non, ma chère*[2], fit-il en hochant la tête pour feindre le regret. Tu ne comprends pas ce qui se passe. Un Cheyenne n'a pas le droit de tuer un membre de sa tribu. C'est ici le plus grand péché que puisse commettre un homme. Même s'il le voulait, Little Wolf ne pourrait rien me faire, car ma mère était une Cheyenne et j'ai de plus épousé la nièce du chef. Quoi que je décide de te faire, Little Wolf ne peut rien contre moi. C'est la loi du Peuple.

— Alors il vous fouettera à coups de cravache, répondis-je, rouge de colère. Et bas les pattes, maintenant ! Je lui répéterai toutes vos insanités.

— Tu as encore beaucoup à apprendre de ton nouveau peuple, ma douce *salope*[3], reprit Seminole. Il n'est pas de guerrier plus téméraire que ton mari chez les Cheyennes, mais Little Wolf est le Grand Homme-Médecine et le Chef. Il doit toujours placer les intérêts de son peuple avant les siens. Et la loi tribale lui interdit de lever la main sur moi, car ce serait un acte d'égoïsme. Pourquoi penses-tu qu'il ne m'a pas frappé l'autre jour au bord de la rivière ? Tu crois peut-être qu'il ne sait pas ce que je veux faire avec toi ? Qu'il n'a pas vu mon *vetoo-tse* — avec lequel je vais te fourrer bientôt comme la hache entrouvre les branches des arbres tendres ? »

Il s'adressa subitement aux sœurs Kelly. « *Oui*[4],

1. En français dans le texte.
2. *Idem.*
3. *Idem.*
4. *Idem.*

moi Jules Seminole, je prends la grosse Allemande au bras de fer ! Et je laisse une barrique de whiskey si je perds.

— Du whiskey, vous dites ? s'exclama Meggie. Et que demandez-vous si vous gagnez, mon bon monsieur ?

— J'emmène la grosse vache dans mon tipi. » Seminole parla alors rapidement en cheyenne au mari de Gretchen, présent parmi les spectateurs — un individu assez grotesque qui porte le nom de *Vonestseahe,* ce qui veut dire No Brains [1]. Le sang-mêlé sortit un petit flacon d'une poche de sa chemise, le déboucha puis le tendit à No Brains qui s'octroya une bonne rasade et fit la grimace. Mais il sourit, hocha la tête et répondit à Seminole.

« *Les jeux sont faits* [2], dit ce dernier. *Vonestseahe* parie sa femme contre une barrique de whiskey que je l'emporte sur elle au bras de fer.

— Vous n'avez pas le droit ! lançai-je. Il ne faut pas accepter, Gretchen ! On ne peut pas parier sa femme ! Susie, Meggie, empêchez-les ! Que l'une de vous deux aille chercher le révérend tout de suite.

— *Bais* quel *chenre* d'homme est-ce que *ch'ai ébousé ?* » s'exclama Gretchen, les mains sur ses hanches larges, en avançant vers son mari. No Brains paraissait déjà ivre. « *Debuis* quand un mari mise-t-il sa femme dans un tournoi au bras de fer ? » Gretchen lui saisit le nez entre le majeur et l'index et le lui tordit jusqu'à ce qu'il en pleure et l'implore à genoux d'arrêter. Tout le monde se mit à rire autour d'eux.

« *Ya*, OK, dit-elle finalement en le lâchant. Si

1. Pas de cervelle.
2. En français dans le texte.

c'est tout ce que tu benses de moi, alors d'accord ! *Fiens* ici, le *Frenchie.* » Puis, retroussant la manche de sa robe : « Allez, que *che* te fasse ton affaire.

— Non, refuse, Gretchen, l'implorai-je. Je connais cet individu. C'est un affreux personnage. Il ne cherchera qu'à te faire mal.

— Il faudrait d'abord qu'il gagne, répondit-elle. Ne t'inquiète bas. Tu m'as *déchà fue* perdre ? Quand *ch'étais betite* fille, mes *brüderchen fenaient* me chercher quand les *faches* s'enlisaient dans la boue, *barce* que *ch'étais* la plus forte de toute la famille. Et *che* les battais tous au bras de fer. *Touchours.* Ne t'en fais *bas,* May. Allez, *fiens* ici, Frenchie. *Che fais* te *montrer* comment on fait chez nous en Suisse. Susie et Meggie en seront *chuches, ja,* OK ? *Che* te bats, tu me donnes ta barrique de *visky.* Tu me bats, et *che m'allonche afec* toi sur les *beaux* de bison. » Gretchen leva son épais index. « Une fois, c'est tout. *Che* ne suis *bas* ta femme, et *che* ne *t'abbartiens bas.* Compris ? Rien qu'une fois.

— OK, fit Jules Seminole en affichant un horrible rictus égrillard. *Une fois.* Je ne pourrai pas faire plus avec une grosse vache allemande dans ton genre.

— Suisse, le reprit Gretchen. *Che* suis une Suissesse. Et tu n'es *bas fraiment* le *chenre* d'individu dont *rêfent* les *cheunes* filles. Tu *bues* comme un cochon infect. »

Je suppliai encore Gretchen de ne pas relever le défi mais elle ne m'écouta pas. Seminole et elle s'assirent sur le sol, prirent position et emboîtèrent leurs mains. Les enchères autour d'eux étaient passionnées. « Ce n'est *bas* un combat équitable, dit Gretchen, parce que *che* risque de *m'éfanouir* à cause de l'haleine *putride* de ce Frenchie avant même de commencer. »

Susie Kelly donna le signal et l'épreuve débuta. Gretchen se concentrait visiblement, prête à se défendre chèrement. Son bras robuste semblait aussi immuable et solide qu'un poteau. Toutes les femmes, les blanches comme les cheyennes avec leurs trilles haut perchés, l'encouragèrent. Nous l'aimions toutes ici, autant que nous étions terrifiées par l'immonde Seminole. Aucune ne souhaiterait voir pareille épreuve imposée à sa pire ennemie.

Mais Seminole est un homme vigoureux, aux bras noirs, courts et épais comme des pattes d'ours. Et graduellement, lentement, inexorablement, il fit céder Gretchen dont le visage se gonflait de sang à mesure qu'elle redoublait d'efforts pour résister. Les veines de son bras et de son cou saillaient comme des cordes. Le revers de sa main ne se trouvait presque plus qu'à quelques centimètres du sol. Bon Dieu, voilà qu'elle allait perdre...

« Alors tu dis que je pue de la gueule, grosse vache ? lança Seminole. Eh bien attends un peu de me fourrer ta grosse langue de Teutonne dans le cul... »

Brusquement jaillit de la gorge de Gretchen un beuglement sonore, digne d'un grand bison à l'article de la mort, qui mêlait indistinctement l'angoisse et la fureur. Comme animé soudain d'une puissance surhumaine, son bras commença alors à se relever, centimètre après centimètre. La sueur gouttait du faciès simiesque de Seminole tandis qu'il perdait l'avantage, et bientôt leurs bras retrouvèrent leur position initiale. À l'évidence, ils étaient l'un et l'autre à bout de forces, et c'était maintenant que l'issue de l'épreuve allait se décider. Gretchen prit la parole, le visage boursouflé comme du boudin noir, et ses mots ne furent guère plus qu'un chuchotement au souffle comprimé. « Suisse, siffla-

t-elle, *che* t'ai dit, cochon de Français, que *ch'étais*
Suisse, moi ! » Et, rugissant encore, mais cette fois
de triomphe, elle écrasa par terre le bras du misérable. Leurs mains toujours serrées frappèrent le sol
avec un bruit sourd et une volée de poussière
s'éleva dans l'air. Tout le monde s'exclama joyeusement alors que Gretchen se redressait et essuyait
sa robe du revers de la main. Repoussant ses admirateurs, elle se fraya un chemin vers son mari. « *Ya,*
fiche le camp, maintenant, lui dit-elle. *Fa* chercher
ton *visky,* monsieur mon mari. Mais tu ne remets
*blus* les pieds dans ma *loche.* » Alors notre pauvre
et courageuse Gretchen, son grand cœur brisé,
regarda la foule amassée autour d'elle et ajouta :
« Que quelqu'un traduise à cet homme ce que *che
fiens* de lui dire. Je ne *feux blus chamais* le *foir* chez
moi. »


5 juin 1875


Ce soir marque le dernier jour des jeux, des activités et des danses destinés à célébrer l'arrivée de
ceux du Sud. Il est vrai que les sauvages n'aiment
rien tant qu'organiser des fêtes au moindre prétexte.
Cependant, malgré tous nos efforts, un détachement
guerrier doit partir demain livrer bataille aux Crows
que de nombreux hommes sont déjà partis traquer.
   Nous avons voulu, Martha et moi, tenir une
conférence dans la loge du révérend Hare, en présence de nos maris Little Wolf et Tangle Hair, ce
dernier étant le chef de la société guerrière des
Crazy Dogs[1]. Cette réunion avait pour but, avec
l'assistance du révérend qui nous servit à la fois

1. Les Chiens fous.

d'interprète et de conseiller spirituel, d'essayer une dernière fois de dissuader les hommes d'aller guerroyer contre leurs voisins.

Refusant de nous laisser pénétrer au fond de sa loge, Dog Woman, le *he'emnane'e,* nous cantonna près de l'entrée. En plus d'être efféminé, il est aussi vraiment maniaque. Avant même que nous commencions, il a insisté pour allumer une pipe qu'il fit passer parmi les hommes. Les femmes étaient tenues de prendre place derrière eux, assis en cercle — une coutume que je trouve d'autant plus choquante que c'est nous qui avons eu l'idée de ce *pow-wow.* Je crains que les choses, malheureusement, ne soient pas si différentes dans notre propre monde. Bien sûr, nous n'avons pas eu droit non plus au calumet.

J'ai d'abord exprimé, avec l'aide du révérend, notre inquiétude de voir nos maris partir à la guerre. En écoutant notre interprète, Little Wolf et Tangle Hair parurent tous deux très amusés. Ils s'esclaffèrent même l'un et l'autre.

« Ma chère épouse, le vol des chevaux de nos ennemis, répondit Little Wolf, toujours par la bouche du prêtre, est l'affaire des jeunes hommes. Ce ne sont plus les vieux chefs comme nous qui organisent ces raids.

— Alors tu dois leur conseiller d'y renoncer, dis-je.

— C'est impossible, commenta Little Wolf.

— Mais tu es le chef, poursuivis-je. Tu as le droit de leur offrir tes conseils, de les guider.

— Le raid auprès des Crows est l'initiative de la société des Kit Foxes [1], expliqua-t-il. Je suis le chef de la société des Wapitis, et Tangle Hair est celui

1. Les Hommes-Renards.

des Crazy Dogs. Nous n'avons pas le droit de nous immiscer dans leurs affaires. C'est la loi tribale.

— Kit Foxes, Elks, Crazy Dogs ! m'exclamai-je, exaspérée. On dirait des clans de gamins.

— Je ne pourrai pas traduire ceci.

— Et pourquoi ?

— Parce que cela reviendrait à insulter nos hôtes, dit le révérend.

— Comme vous l'avez vous-même fait remarquer, lui répondis-je, nous sommes ici pour encourager les sauvages à s'installer dans leur réserve. Déclarer la guerre à leurs voisins ne sert en rien cet objectif.

— Madame, la position officielle du gouvernement est d'empêcher les Indiens, autant que possible, à faire la guerre contre les Blancs. Alors que les discordes entre les différentes tribus sont susceptibles d'encourager ceux parmi eux qui ne nous sont pas hostiles à s'engager comme éclaireurs pour nous aider à combattre leurs ennemis.

— Je vois, dis-je. "Diviser pour régner". » Je commençais à comprendre qu'en plus de la nature belliqueuse des Indiens il nous faudrait aussi compter avec l'hypocrisie de nos propres représentants. « Mais parlez-vous ici au nom de l'État ou au nom de l'Église, révérend ?

— En l'occurrence, les deux partagent la même ambition, répondit-il.

— Dans ce cas, permettez-moi de m'adresser à mon mari en tant qu'épouse et non comme missionnaire de l'État ou de l'Église.

— Fort bien. Que souhaitez-vous donc lui dire ? fit le Grand Lapin Blanc de son ton paternaliste.

— Je souhaite lui dire que ses Kit Foxes, Elks et autres Crazy Dogs ont pour moi tout l'air de réunions de gamins. »

Il sourit d'un air indulgent : « Vous êtes une jeune femme bien impétueuse, Miss Dodd. Et fréquemment agaçante, je dois l'admettre.

— Ne devriez-vous pas plutôt m'appeler Mme Little Wolf, à présent ? lui rappelai-je. Et nous servir d'interprète plus que de censeur ?

— C'est à ma discrétion, Mme Little Wolf. Vous devez comprendre que nous avons certains intérêts à défendre dans le cadre de cette mission. Et qu'il y a un protocole à respecter dès que l'on traite avec ces gens. Croyez-moi, je dispose d'une grande expérience dans ce domaine. Il faut être diplomate : on n'ordonne pas, on suggère seulement. Et on n'insulte pas son interlocuteur : on le flatte et on le cajole.

— Seigneur Dieu, révérend, vous prenez de plus en plus l'allure d'un homme politique. Pas celle d'un homme de foi.

— Prenez garde d'émettre de semblables blasphèmes.

— Dans ce cas, laissez-moi reformuler ce que j'avais à dire en termes, disons, plus politiques. Voudrez-vous traduire ceci à l'attention de mon mari : Nous avons été envoyées ici par le Grand Père Blanc — non, je préfère recommencer, je déteste ce nom ridicule... Nous avons été envoyées gracieusement ici par le gouvernement américain. Vous avez vous-même souhaité notre présence et demandé que nous vous montrions comment survivre, une fois que le bison sera éteint. Nous essayons d'apprendre votre mode de vie et nous nous efforçons de vous enseigner le nôtre. Il est donc temps maintenant que vous prêtiez attention à ces choses. C'est la raison pour laquelle j'ai choisi de devenir votre épouse. En tant que chef, il est de votre devoir d'expliquer aux jeunes qu'il leur faut arrêter de faire la guerre aux voisins. »

Le révérend traduisit, du moins je dois le croire. Impassible, le chef écouta attentivement. Puis il tira une longue bouffée de sa pipe en méditant, semblait-il, mes propos. Finalement il parla.

Hare afficha une fois de plus son sourire énervant : « Le chef voudrait savoir si les Blancs ne font pas eux-mêmes la guerre à leurs ennemis ?

— Mais si, bien sûr que si, répondis-je, irritée, car je voyais bien la tournure que prenaient les choses.

— Il voudrait comprendre en quoi les guerres des hommes blancs contre leurs ennemis diffèrent de celles des Cheyennes contre les leurs ?

— Comment puis-je m'assurer que vous traduisez vraiment ce que je dis ? m'emportai-je contre l'épiscopalien ventru.

— Mme Little Wolf, je vous en prie, répondit-il en levant une main pâlotte et grassouillette qui coupait court à mes emportements. Ne tirez pas sur l'estafette.

— Ne pouvez-vous pas tout simplement dire à mon mari que Dieu ne veut pas voir les Cheyennes partir en guerre contre les Crows ? demandai-je. Ne serait-ce pas là une interprétation fidèle de la position de Dieu sur le sujet ? »

Le prêtre me regarda. Sous ses tempes chauves, le sang qui affluait dans son visage rosâtre lui donnait soudain un teint vaguement marbré. Il parla d'une voix grave. « Madame, puis-je vous rappeler qu'il n'appartient pas à votre jugement de décider ce que Dieu recommande ou pas à ces gens ?

— Oh, ben voyons, sûrement, enchéris-je en hochant la tête. Cela n'incombe qu'à l'Église et à l'armée américaine, n'est-ce pas ?

— Prenez garde, jeune femme, répondit-il en levant à mon intention un index rondelet et tremblant. Je vous mets en garde une bonne fois pour toutes de ne pas attirer les foudres de Dieu, car la fureur divine, lorsqu'elle s'abat sur vous, est une épreuve terrible.

— Martha, dis-je en me retournant vers mon amie pour qu'elle me vienne en aide. Je t'en prie, ne sois pas si timide. Dis à ton mari qu'il faut dissuader les jeunes de partir à la guerre.

— Vous pouvez répéter à mon mari le sentiment de Mme Little Wolf sur la question, lança-t-elle au révérend. C'est exactement le mien. »

Hare traduisit à l'attention de Tangle Hair qui répondit poliment.

« Votre mari pense que nous devrions soumettre votre opinion aux chefs de la société des Foxes, expliqua le prêtre. J'ai peur, ceci étant, que ce soit son dernier mot. Et le mien. »

Voici à quoi nous nous heurtons... Je crains, moi, que John Bourke n'ait eu raison à bien des égards... que toute cette entreprise, franchement malavisée, ne soit vouée à l'échec... et que nous soyons toutes des pions impuissants dans les mains de forces supérieures... enfin, se disant supérieures...

Je griffonne ces dernières notes à la veille d'une nouvelle, et j'espère, dernière grande fête. Je suis heureuse d'indiquer que nous ne dînons pas ce soir « à la maison »... Puisque nous sommes invités à nous rendre à la loge d'un chef important du Sud, un certain Alights on the Cloud [1], suite à quoi nous nous devrons de nous joindre à la danse... Ces « soirées mondaines » me font penser aux incessantes réceptions estivales de la bonne société de Chicago... Dîner ce soir en la résidence des Alights on the Cloud, en lieu et place des McCormick... Je

1. Atterrit sur le nuage.

parlerai demain en détail de ces nouvelles festivités...

## 7 juin 1875

Dieu tout-puissant! La désinvolture de ces derniers mots, il y a deux jours, ne laissait en rien présager la terreur qui allait s'emparer du camp à la nuit... une traversée de l'enfer... quelque foi que nous ayons eue dans notre mission, elle a été ébranlée jusqu'à ses fondations, s'il s'en trouve... notre groupe est en proie à la plus profonde détresse, beaucoup veulent tout de suite retrouver la sécurité de la civilisation — mais, pour l'instant du moins, elle nous reste interdite.

Laissez-moi relater, aussi simplement que possible, les événements qui nous ont plongées dans ce terrible abattement. Mon mari et moi nous sommes rendus à la fête prévue dans la loge de Alights on the Cloud. Je fus consternée de remarquer, dès notre arrivée, que parmi la demi-douzaine d'autres invités présents figurait l'innommable sang-mêlé Jules Seminole, accompagné de sa propre épouse, une fille apparemment terrorisée et maltraitée répondant au nom de Howling Woman [1]... faut-il s'en étonner? Cette pauvre femme est certainement torturée jusqu'au sang par son ignoble mari.

Mon sang se figea à peine je posai les yeux sur lui. Il me reluquait avec cette expression écœurante d'équivoque familiarité — comme si nous étions intimes. Cet individu me donne vraiment la chair de poule. Mon mari a semblé à peine le remarquer, ou du moins il n'en a rien montré. J'ai eu le temps de

1. Celle qui hurle.

252

vérifier ce que Seminole avait dit de la neutralité altruiste du rôle dévolu à Little Wolf.

J'ai voulu échapper dès que possible au regard du méprisable sang-mêlé. Aussitôt le repas fini, j'appris à mon mari que je ne pouvais l'accompagner aux danses et qu'il me fallait rentrer. On ne me permit pas de partir tout de suite, puisque personne n'a le droit d'entrer ou de sortir d'un tipi tant que les hommes n'ont pas terminé leur satané calumet. Une autre de ces innombrables règles de l'«étiquette» indienne.

Tandis qu'ils fumaient — comme d'habitude en prenant largement leur temps — Seminole produisit une bouteille de whiskey. En plus de celui perdu au bras de fer avec Gretchen, il prétendait posséder plusieurs autres tonneaux, tous pleins, achetés en route aux comptoirs. Faisant passer un gobelet en étain, il en offrit à tous les hommes. Je vis, dégoûtée, mon mari accepter d'en boire à son tour. Et, tandis que Little Wolf portait le gobelet à ses lèvres, j'entendis Jules Seminole murmurer en me regardant : « C'est pour ce soir, ma beauté. »

Ils voulurent tous boire un autre verre mais le sang-mêlé leur rit à la figure en déclarant que, si les premières gorgées étaient offertes, il fallait maintenant payer.

Jamais je n'ai vu des hommes passer aussi rapidement d'un état à un autre. Le capitaine Bourke, une fois de plus, avait raison — non seulement les sauvages sont esclaves du whiskey, mais en plus ils le supportent terriblement mal. Beaucoup, déjà ivres semblait-il dès la première « tournée », se montrèrent vite agressifs, belliqueux. Je dis à mon mari que je rentrais à notre loge ; peu m'importait que les hommes aient terminé leur calumet ou pas, et je commençai à me glisser vers la sortie. Ils proférèrent leurs *hou* habituels devant mon « indécence », et Little Wolf, agissant soudainement avec une brutalité inconnue, me saisit par la cheville et me tira près de lui. Très amusés par ce petit jeu, les autres rirent de bon cœur — c'est tout juste s'ils ne se tenaient pas les côtes.

Mais mon mari me regardait d'un air que je ne lui avais jamais vu — avec un tel mépris que j'en eus la moelle des os glacée. Je ne connaissais brusquement plus cet homme. Me détachant de son emprise, je m'extirpai de la tente aussi vite que je pus et partis en courant vers notre tipi.

Si la musique des danses se fit bientôt entendre, elle revêtait cette fois des accords aussi discordants qu'inquiétants. De l'intérieur de notre tente, j'entendais avec les autres femmes fuser au-dehors des cris violents et des jurons. Notre vieille loutre, Crooked Nose[1], me regarda en hochant la tête et lâcha : « *Ve'ho'emahpe* ». Puis elle fit avec son pouce le geste qui veut dire « boire ».

Inquiète pour mes camarades blanches, je décidai de repartir. Me voyant sur le point de sortir, Crooked Nose me barra la voie avec son gourdin. « Je vous en prie », dis-je en faisant les signes qui signifient « amies » et « chercher ». « Laissez-moi passer, s'il vous plaît. » Elle sembla comprendre et, grommelant d'un air réprobateur, releva son arme.

Je contournai la zone la plus proche des danses et découvris rapidement en chemin que Seminole avait improvisé un genre de « saloon » autour d'une barrique de whiskey. Une queue s'était formée à cet endroit. Toutes sortes de récipients à la main, hommes et femmes avaient également apporté des biens ou des marchandises pour payer leur boisson :

1. Nez crochu.

arcs et flèches, carabines, peaux, couvertures, ustensiles, perles, vêtements et j'en passe... À la fin de la nuit, le misérable allait détenir tout le camp !

Même de loin je me rendis compte que les uns et les autres étaient déjà quasiment saouls. Le *he'emmane'e* avait perdu tout contrôle de la situation et les danses, généralement bien ordonnées, avaient dégénéré en mouvements circulaires sans rime ni raison. Ceux qui avaient eu la prudence de ne pas s'imbiber s'en retournaient vite dans leurs loges, et les parents se hâtaient de libérer les jeunes filles que l'on attache deux à deux, lors des festivités, avec une simple corde. Cette coutume sauvage, aussi singulière qu'efficace, a pour but de les empêcher de se laisser entraîner par les danseurs aux ardeurs vite exacerbées par la musique. Ou cette nuit, en l'occurrence, par ce démon de whiskey.

Je décidai d'aller retrouver Martha aussi rapidement que possible, puis le plus grand nombre de nos camarades blanches, afin d'aller nous réfugier dans la loge du révérend Hare — comme l'on cherche asile dans une église. Le camp étant très étendu, plusieurs sarabandes allaient bon train çà et là, et je me rendis compte en avançant qu'elles étaient toutes profondément enivrées.

J'atteignis la loge de Martha où je la trouvai, je m'y attendais, seule au bord de la panique.

« Bon Dieu, mais que se passe-t-il dehors, May ? C'est une véritable folie ! »

Nous nous frayâmes un chemin vers la loge du révérend. La situation semblait empirer d'instant en instant et personne ne maîtrisait plus rien. Des feux de joie essaimaient partout. On tirait des coups de feu, des bagarres éclataient, les danses prenaient une allure dépravée sur une musique hystérique qu'on aurait cru sortie des entrailles de l'enfer.

Révoltées, nous vîmes des hommes traîner leurs épouses ou leurs filles, qui suivaient en hurlant, afin de les échanger contre une ration de whiskey. Nous n'osâmes pas intervenir de peur de mettre nos vies en péril.

Arrivées à la loge du révérend, nous nous aperçûmes que bon nombre de femmes s'y trouvaient déjà. Terrorisées, certaines pleuraient blotties les unes contre les autres. Au fond de la tente, Dog Woman, le *he'emmane'e,* s'efforçait de réconforter Hare qui semblait lui aussi effondré. En proie à une vive agitation, il frissonnait sous ses peaux de bisons comme un énorme bébé au sortir d'un cauchemar. Les yeux écarquillés, couvert de sueur, il se balançait sans cesse d'un côté à l'autre.

« Que se passe-t-il ? demandai-je à l'hermaphrodite. Le révérend est malade ?

— Il a perdu sa médecine, dit tristement l'homme-femme.

— Comment ?

— Sa médecine, elle est partie », répéta Dog Woman. Visiblement apitoyé, il passait une branchette de sauge enflammée sous le nez du prêtre, sans doute pour l'aider à retrouver sa « médecine » ou, ce qui me paraissait plus plausible, son courage.

Je m'agenouillai auprès de l'énorme révérend parcouru de tremblements. « Vous ne vous sentez pas bien, mon père ? soufflai-je. Mais enfin, qu'est-ce qui vous arrive ? » Je saisis son bras charnu et le secouai sans ménagement. « Je vous en prie, ces femmes ont besoin de vous.

— Je suis navré, Miss Dodd », dit-il en s'essuyant le front. Il tenta de reprendre ses esprits. « Mais la situation est désespérée. J'ai déjà vu les sauvages sous l'emprise de la boisson. C'est l'arme avec laquelle Satan s'empare de leurs âmes. Ça les rend fous. Vous n'imaginez pas les atrocités dont ils sont capables dans cet état. Ils n'ont plus de limites. Le seul espoir, la seule défense possible, consiste à se faire totalement invisible à leurs yeux.

— Bon Dieu, mon gars, répondis-je. Ce n'est pas le moment de perdre foi. Reprenez-vous. Ne voyez-vous donc pas que ces femmes ont besoin que vous vous montriez fort ? »

Mais il répéta : « Restez cachées ! » en se couvrant le front de ses peaux de bison. « C'est votre seule chance ! »

Bien qu'il fût visiblement incapable de les protéger, les femmes déjà réunies choisirent de rester dans sa loge. Puis d'autres nous rejoignirent et la tente fut bientôt bondée. Toutes avaient bien trop peur pour s'aventurer à nouveau dans le chaos et la folie qui s'étaient emparés du camp.

Jeannette Parker était parmi nous, comme la petite Française Marie-Blanche et la singulière Ada Ware, toujours en noir de pied en cap. Sa lugubre vision du monde semblait devenue réalité. « Une chance que l'Église ait envoyé ce bon révérend veiller sur nous, pas vrai ? disait-elle. Je me sens quand même mieux de le savoir ici. »

Échevelée et livrée à une sorte de soliloque hystérique, Narcissa White fit alors irruption dans la tente. Elle murmurait : « Vous voyez bien, je leur avais dit... Car nous avons échoué... Satan s'est fait maître de la nuit, je leur avais bien répété...

— Répété quoi, Narcissa ? demandai-je.

— D'exorciser le diable hors de leurs cœurs... De ne pas copuler avec les barbares avant que l'Église ne fasse son œuvre et que Dieu ne prenne possession de leurs âmes misérables. » Elle me regarda comme si elle me voyait pour la première fois. « Je leur avais dit, n'est-ce pas ? Vous le savez bien que je l'avais dit ! Alors, regarde, regarde ce que tu as fait, espèce de putain mécréante. Tu as pris fait et cause pour Satan et... voilà le résultat ! » Elle remonta sa robe et je vis le filet de sang qui coulait à l'intérieur de sa cuisse. Sans doute sous l'influence de l'alcool, le mari de Narcissa avait certainement décidé d'exercer enfin ses droits maritaux.

« Je suis désolée, Narcissa, lui dis-je. Sincèrement. Mais je ne vois pas comment tu peux en rejeter la faute sur moi ou sur quiconque. As-tu vu nos autres amies ? Phemie ? Daisy Lovelace ? Les sœurs Kelly ? Gretchen ? Et la petite Sara, sais-tu où elle est ?

— Pécheresses, toutes autant qu'elles sont, lança-t-elle en hochant la tête. Vous brûlerez toutes en enfer.

— Ouvre les yeux, coupa Ada Ware. On y est déjà. »

Inquiète autant pour nos amies que pour ma nouvelle famille, je pris la décision de retourner à ma loge. Trop effrayée pour me laisser disparaître, Martha m'accompagna. Nous marchâmes aussi vite que nous pûmes, en contournant systématiquement les cortèges des danseurs et sans jamais regarder quiconque dans les yeux, bref, nous fîmes notre possible pour rester invisibles.

Nous trouvâmes mes proches à la tente, pelotonnées sous leurs peaux de bêtes. Comme je m'en doutais, Little Wolf n'était pas rentré. Sa fille, Pretty Walker, douce, jolie et à peine âgée de quelques années de moins que moi, avait elle aussi assisté aux danses, attachée à une autre jeune femme Dieu merci, on l'avait libérée et elle était maintenant blottie contre sa mère, à pleurer en silence. La seconde épouse du chef, mon amie Feather on Head, serrait anxieusement son bébé contre sa poitrine. M'agenouillant près d'elle, j'essayai de la réconforter. Notre vieille loutre, Crooked Nose, accroupie par terre à sa place attitrée de l'entrée, gardait sur ses genoux son gourdin prêt à servir. J'étais pour une fois bien heureuse de la voir tenir la garde.

Un hurlement inhumain, suivi de gémissements, s'éleva soudain quelque part. Puis il y eut des coups de feu, de violents éclats de voix, les cris déchirants de femmes et d'enfants. Je m'inquiétai de plus belle pour nos amies.

« Il faut au moins que je trouve Sara, dis-je. Juste pour m'assurer qu'elle n'a rien. Reste ici, Martha. Tu es en sécurité. »

Quand je voulus sortir, Crooked Nose brandit à nouveau son gourdin pour me barrer la voie, et cette fois elle fut implacable. Je la suppliai de me laisser passer, mais je perdis patience et lui dis en anglais : « Comme tu voudras, vieille sorcière, vas-y, assomme-moi si tu l'oses. Moi j'ai besoin d'aller voir où en sont mes amies. »

Je repoussai son arme et ouvris le rabat. Mon sang ne fit qu'un tour quand je mis le pied dehors. Debout devant la tente se dressait Jules Seminole. J'entendis Martha crier dans mon dos tandis que le sang-mêlé, m'attrapant brutalement par le bras, me tirait tout entière à l'extérieur... jusqu'à ce que nos deux visages se trouvent l'un en face de l'autre... alors... il se mit à me lécher comme un chien... il fourra sa langue dans une de mes narines... comme un ver de terre prêt à ramper en moi... j'étais sûre que j'allais vomir d'un instant à l'autre.

« Allez, donne-moi ta langue, maintenant, *petite salope*[1], disait-il. Donne-la moi.

1. En français dans le texte.

— Non, non, geignais-je. Mon Dieu, je vous en prie, non ! »

Soudain Crooked Nose gratifia le misérable d'un puissant coup de gourdin sur le crâne. On aurait cru entendre une calebasse se fendre en deux... Seminole s'affala par terre comme mort. Un filet de sang s'échappait de son oreille.

« Mon Dieu, vous l'avez tué », dis-je à notre gardienne — mais je m'en réjouissais.

Paralysée par la terreur, Martha se contenta de nous regarder tandis que Crooked Nose et moi empoignions chacune une jambe du misérable pour le traîner, au prix de grands efforts, à une distance suffisante de la tente. Nous l'avons laissé inerte. Dieu me pardonne si j'ai souhaité sa mort... Me penchant au-dessus de son corps, je vis cependant qu'il respirait encore — son oreille commençait à enfler comme un champignon.

Une fois revenues au tipi, je pris Crooked Nose par le bras. Il me parut dur et noueux comme une vieille racine. « Merci. Vous m'avez sauvé la vie. » Les yeux plissés, elle m'offrit son sourire édenté. Puis elle hocha la tête, me fit le signe « d'attendre » et partit fouiller dans un parflèche à la tête de son lit d'où elle sortit un autre gourdin, plus petit, avec une crosse elle aussi en pierre. Il faut croire qu'elle prend son travail très au sérieux et qu'elle dispose d'un vrai arsenal. Elle brandit le second gourdin, me dit quelque chose en cheyenne puis me le confia. Je saisis parfaitement le message : si quelqu'un a encore la mauvaise idée de t'importuner, *tape-lui dessus avec ça*. Je lui répondis : « *Hou* » pour signifier que j'avais compris.

« S'il te plaît, ne repars pas, May, implorait Martha. Reste ici avec nous.

— Je reviens. Il faut que je trouve la petite. »

Si l'enfer est sur terre, j'ai bien cru cette nuit parcourir ses labyrinthes en m'enfonçant une nouvelle fois dans le camp. Quelques danseurs titubaient encore à la lumière vacillante des feux presque éteints. D'autres, effondrés à côté, formaient un enchevêtrement de corps ; certains tentaient difficilement de se relever. Leurs compagnons gémissaient péniblement. Des hordes de sauvages ivres morts me bousculaient tandis que j'essayais de me frayer un chemin entre eux. Des couples nus forniquaient tels des animaux à même le sol. Je dus les enjamber, repousser ceux qui se levaient vers moi en les menaçant au besoin de mon arme. Comme si le monde entier venait, au sens religieux du terme, de perdre la grâce, comme si l'on nous avait abandonnées ici pour assister à son avilissement final. Jamais encore je n'avais ressenti aussi âprement la précarité de notre situation. Et jamais je n'ai eu aussi peur de ma vie. Je repensais à John Bourke, à chacun de ses propos, à tous ses solennels avertissements. Si seulement j'en avais tenu compte. Et je souhaitais vivement que, dans ses bras, il me ramène à la civilisation, loin de toute cette horreur.

Je tombai alors sur le plus horrible spectacle du monde. Cernée par un groupe d'hommes, Daisy Lovelace était étendue sur le ventre, couverte de sang, la robe retroussée au-dessus de la taille. Les sauvages semblaient la violer chacun à son tour. Je fendis le groupe d'hommes en poussant un hurlement, alors qu'un nouveau barbare se couchait sur elle. Je brandis mon gourdin et l'abattis de toutes mes forces sur son crâne. Il grogna et s'affala, raide, sur Daisy. Mais avant que je ne puisse le pousser, un autre m'empoigna par derrière et m'arracha l'arme des mains. C'est alors moi qu'ils maîtrisèrent, chacun par un bras ou une jambe. Je luttai avec la dernière énergie, à coups de pieds et de dents. Je les griffai et leur crachai dessus. Ils déchirèrent ma robe et je hurlai de plus belle. J'entendis brusquement un fouet claquer une fois, puis une autre, et l'un des sauvages qui s'était accroupi sur moi mit les mains sur sa gorge en produisant un curieux gargarisme. Il céda rapidement à la force qui le tirait en arrière.

Une voix familière retentit que je ne reconnus pas tout de suite, puisqu'elle parlait en cheyenne. Le doute s'effaça lorsqu'elle s'exprima ensuite en anglais.

« Lâchez-la, bande de chiens puants ! » C'était Jimmy, ma vieille amie muletière — Dirty Gertie, mon sauveur.

Deux autres femmes nous vinrent en aide à cet instant. Un deuxième Indien lâcha prise et j'entendis la voix de Gretchen. « *Che fais* te tuer, cochon *d'ifrogne !* disait-elle. C'est fini, tu n'es plus mon mari et *che* te *chure* que *che fais* te tuer ! » Elle se mit à rouer de coups de pied son homme qui, trop saoul pour marcher, était obligé d'avancer à quatre pattes, sinon de ramper. Mais Gretchen le poursuivait sans merci, le frappant à coups mesurés pour qu'il retombe régulièrement par terre. « *Esbèce* de *salobard* d'arsouille, fils de pute ! *Che fais* te tuer, *che te* dis ! »

Phemie, arrivée avec elle, venait d'arracher mon gourdin des mains du sauvage qui me l'avait enlevé. D'un revers du bras, elle prolongea son geste pour décrire un parfait arc de cercle, de sorte que l'arme vint s'abattre sur le nez du barbare. Le coup lui fendit la joue en libérant des torrents de sang. Le fouet claqua encore et les quelques hommes encore présents fuirent comme ils purent ; nous étions déchaînées, furieuses. Trébuchant, à cloche-pied ou s'affalant les uns contre les autres, ils rampaient comme des bêtes dans leur fuite éthylique.

« Tu n'as rien, May ? » me demanda Phemie d'une voix si posée qu'elle semblait provenir d'un autre monde. Elle m'aida à me relever.

« Non, ça va. Mais Daisy ? » Je l'avais perdue dans la confusion générale.

Elle était encore étendue face contre terre dans la position où je l'avais découverte. Nous nous agenouillâmes près d'elle. Daisy murmura quelque chose à notre attention, mais nous fûmes incapables d'en saisir un mot.

« Il faut la ramener à sa loge », dit Phemie.

Comme un enfant le ferait d'une poupée de chiffon, Gretchen était en train de tirer son mari par les cheveux. Le pauvre ivrogne essayait sans succès de se relever. « *Che* suis tellement *nafrée,* May, *che* suis *nafrée* pour ce qui nous est *arrifé* », répétait-elle en pleurant à grosses larmes de chagrin et de rage. « *Che* suis désolée pour tout le monde. *Che fais* ramener ce sale cochon d'alcoolique à la maison, maintenant. On se *foit* demain, hein ? *Ya ? Fraiment che* suis si triste... »

« Ça, c'est le genre de poulette à qui je ne me frotterais pas, commenta Gertie avec un brin d'admiration. J'ai comme l'impression que ce gars-là réfléchira à deux fois, maintenant, quand il trouvera une bouteille de whiskey devant lui.

— Dieu te bénisse, Jimmy, dis-je, reconnaissante. Tu ne pouvais arriver mieux.

— Oh, tu peux bien m'appeler Gertie, maintenant. Ils ont découvert le pot aux roses, l'autre jour à Camp Robinson. À cause d'un gars qui m'a trouvée en train de pisser. Rien de tel pour se trahir, mais comment veux-tu que je me débrouille autrement ?

— Que fais-tu ici, Gertie ? demandai-je.

— C'est le 'pitaine qui m'envoie, ma jolie. Avec un message pour toi. Mais d'abord occupons-nous de cette pauvre fille. Je vais te filer un coup de main et on parlera ensuite. On dirait qu'ils ont commencé à se calmer un peu. De Dieu ! Ils étaient tous tellement pochetronnés quand je suis arrivée là que j'ai traversé tout le camp sans qu'on me remarque. Ils ont-y pas une sacrée veine que je sois pas un Indien crow venu chauffer leurs poneys ? Vous vous seriez retrouvés à pied jusqu'à la fin de l'été ! »

Gertie avait raison. Le village reprenait peu à peu son aspect habituel. La plupart des danseurs et des excités, quand ils n'étaient pas ivres morts, étaient rentrés dans leurs tentes ou partaient cuver en rampant vers les saules de la rivière. Gertie, Phemie et moi avons ramené Daisy dans sa loge. Elle avait repris conscience et parvenait au moins à mettre un pied devant l'autre. « Vous ne direz rien à *Daddy* sur ce qui est arrivé, bafouillait-elle. Ce M. Chestnut n'a vraiment rien d'un gentleman. Profiter ainsi d'une jeune femme un peu éméchée, c'est honteux. Vous ne direz rien, hein, s'il vous plaît... »

La « gardienne » de son tipi nous ouvrit. Tout doucement, nous avons installé Daisy à l'intérieur sur ses peaux de bison. La vieille Indienne nettoya délicatement le sang resté sur son visage à l'aide d'un chiffon mouillé. Elle faisait claquer sa langue en même temps. Agité, le petit caniche Fern Louise jappait en courant autour de sa maîtresse.

Bloody Foot, le mari de Daisy arriva à la loge quelques instants après nous. Le petit chien semblait s'en être fait un ami et l'accueillit avec enthousiasme. L'homme qui, c'est méritoire, n'avait pas bu lui-même apprit en cheyenne à Gertie qu'il avait passé la nuit à fouiller le camp à la recherche de sa femme. Plutôt bien de sa personne malgré son nom ingrat, Bloody Foot se faisait à l'évidence un sang d'encre pour elle. Nous ne lui dîmes rien de ce qui s'était passé; il était certainement assez grand pour s'en rendre compte tout seul.

L'aube pointait lorsque Gertie, Phemie et moi avons finalement pris congé. Phemie repartit chez elle en promettant que nous nous reverrions vite, et Gertie et moi sommes retournées à la loge de Little Wolf.

Un étrange silence avait recouvert le camp. L'air était frais, le vent brillait par son absence et la fumée qui se dégageait des feux mourants dans les puits des tipis s'élevait en minces lignes droites au-dessus de ceux-ci. Les contours imprécis des courtes falaises dominant la rivière se dessinaient peu à peu contre l'horizon maintenant clair, tandis que les oiseaux entamaient leurs chants du matin, timidement d'abord puis à pleins gosiers. L'aube, comme toujours, jetait une lueur fraîche sur le monde; un espoir incertain prenait forme. Tout semblait à nouveau calme, paisible, comme si la terre ne devait être qu'un vaisseau sur l'eau, parvenant à retrouver son équilibre après une nuit de tempête.

Nous avons contourné, Gertie et moi, les demi-cercles des loges familiales où, çà et là, des hommes épuisés dormaient à même le sol, raides comme des cadavres. Craignant le pire, je m'arrêtai devant la tente de Sara où j'avais voulu me rendre bien des heures auparavant. Je grattai doucement sur la toile et l'appelai. À mon grand soulagement, elle vint ouvrir, le visage gonflé de sommeil, et sourit en me voyant. « Je m'inquiétais pour toi, lui dis-je. J'ai essayé toute la nuit de venir te trouver. Je voulais m'assurer que rien ne t'était arrivé. »

Elle posa son pouce droit au milieu de sa poitrine, geste qui signifie « moi », puis ouvrit la main gauche, paume vers le haut devant le torse, pour y placer verticalement l'index droit, ce qui symbolise « la sécurité ». « Tout va bien », voulait-elle me dire.

Je jetai un coup d'œil rapide derrière elle vers le fond obscur de la tente et aperçus son jeune mari Yellow Wolf profondément endormi. La petite me sourit à nouveau tandis que sa main droite, paume vers le bas cette fois, décrivait un geste rapide depuis sa poitrine vers l'extérieur, le signe de la « bonté ». Elle avait un bon mari, expliquait-elle.

« J'en suis heureuse pour toi, ma chérie. Je ne m'inquiète plus, maintenant. Retourne dormir. On se verra plus tard. »

Gertie et moi poursuivîmes notre chemin.

« Comment se fait-il que tu parles cheyenne ? lui demandai-je.

— Comment ? Je ne t'ai jamais dit que j'ai vécu un moment chez eux quand j'étais môme ? Pas cette bande-ci, mais je te parie que je connais quelques-uns des tiens. J'ai même eu un petit copain cheyenne. Oui, m'dame, un beau gars, jeune et tout, qui s'appelait *He'heeno,* Blackbird[1]... J'aurais sûrement fini par l'épouser, mais il s'est fait descendre par l'armée de Chivington à Sand Creek, au Colorado, en soixante-quatre. Il n'y était pour rien... Il campait là-bas, c'est tout. »

On commençait ici et là à se réveiller dans les tentes. Quelques épouses, de vieilles femmes aussi, sortaient de leurs loges pour vérifier l'état, sinon l'identité, de ceux qu'elles trouvaient par terre devant leur tipi. Certaines des plus âgées leur don-

1. Merle noir.

naient des coups de pied en piaillant comme de grosses poules furieuses pour qu'ils rentrent chez eux s'ils n'avaient rien à faire là. D'autres leur versaient l'eau de la veille sur la figure et les morts se réveillaient en crachant et grognant.

« Va y avoir quelques bonnes gueules de bois, làdedans, commenta Gertie. J'te le dis, moi, le whiskey va les mener à leur perte, les Indiens, je t'assure. D'où est-ce qu'ils l'ont ramené, d'ailleurs ?

— Un cadeau des Cheyennes du Sud. C'est un sang-mêlé du nom de Jules Seminole qui le leur fournit. »

Gertie hocha la tête d'un air sinistre. « Je le connais, celui-là. C'est un sale type, un horrible bonhomme. Le genre d'individu qu'il faut éviter à tout prix, tu peux me croire. »

Bien qu'il n'y eût pas de quoi rire, je m'esclaffai. « Oui, je m'en suis aperçu.

— Il ne s'en est pas pris à toi au moins, ma belle ? fit Gertie en s'arrêtant pour me regarder.

— Non. Pas vraiment. » Mais je sentais les larmes me gonfler les yeux, comme si l'horreur de la nuit passée se révélait maintenant tout entière à moi. « Oh, Gertie », dis-je et je me mis à sangloter sans pouvoir m'arrêter. C'était la première fois que cela m'arrivait depuis le tout début de cette ordalie et rien n'y faisait, c'était irrésistible, au point que je dus m'agenouiller et cacher mon visage dans le creux de mes mains.

« Te fais pas de bile, ma poule, dit Gertie, posant elle aussi un genou à terre et plaçant un bras sur mon épaule. Vas-y, pleure un bon coup, ça ira mieux après. Y'a que moi pour te voir, et Dirty Gertie n'en dira rien à personne.

— Donne-moi des nouvelles du capitaine, demandai-je entre deux sanglots.

— Bien sûr, ma grande. » Je sentis cependant une résistance dans sa voix. « Attends qu'on soit rentrées. Je te dirai tout alors.

— Il a épousé la petite Bradley ? insistai-je en m'efforçant de retrouver une contenance. Dis-moi, s'il te plaît, Gertie.

— C'est que tu as de la suite dans les idées, toi, hein ? C'est ça qui me plaît chez toi. Ben, alors je vais te le dire. Le mariage est prévu pour le mois prochain.

— Bien, répondis-je, relevant la tête et essuyant mes larmes. C'est parfait. Elle fera une épouse modèle.

— Ma petite, je ne sais pas exactement ce qui s'est passé entre vous deux, mais j'ai comme une petite idée. C'est pas parce que le 'pitaine est déjà fiancé, et toi aussi, que ces choses-là n'arrivent jamais. J'en connais un bout sur la question. Tu as l'impression que le monde est en train de s'effondrer, et toi la première parce que tu es à l'endroit qu'il faut pas, et tout d'un coup il y a un beau gars comme lui qui se pointe, un type comme il faut bien solide, et ce jour-là comme par hasard on tient à la vie plus qu'à tout. Et c'est pas parce qu'il va épouser l'autre pomme qu'on l'a pas vu se mourir d'amour depuis que tu es partie.

— Pourquoi t'a-t-il envoyée ici, Gertie ? demandai-je en me relevant. Sûrement pas pour me conter ce genre d'histoire ? »

Nous reprîmes notre chemin.

« Il voulait que je te prévienne. Et il ne pouvait pas t'envoyer quelqu'un de l'armée, parce qu'un message comme ça, ça peut lui causer des montagnes d'ennuis. Alors il m'a choisie moi puisque je te connais, que je parle cheyenne, et que j'ai des amitiés ici.

— Me prévenir de quoi ?

— Tu as sûrement entendu la rumeur, avant que tu arrives, comme quoi il y aurait de l'or dans les Black Hills ? Et tu sais que le gouvernement a donné ces terres aux Sioux et aux Cheyennes en 1868 par le traité de Fort Laramie, c'est noir sur blanc sur le papier. Légal et tout. Tant que les Peaux-Rouges viennent pas inquiéter les Blancs qui passent dans le coin, tout le pays des Black Hills reste à eux jusqu'à Yellowstone : c'est ce qu'y a écrit. Qu'ils peuvent s'y déplacer et chasser tant qu'ils veulent : pour toujours. Mais maintenant on dit qu'il y a de l'or dans les Black Hills. Pas plus tard que la semaine dernière, l'armée a envoyé le général Custer en expédition, avec des savants et des géologues, pour vérifier que c'est bien vrai. Un de mes vieux potes s'occupe de leurs mules — je serais moi-même avec eux s'ils avaient pas découvert que je suis une bonne femme.

« Alors on raconte partout, poursuivit Gertie, que si Custer rentre à la fin de l'été avec plein d'or dans ses sacoches, ça va être la ruée et que c'est rien de le dire. Ça a déjà commencé, alors que pour l'instant c'est seulement une rumeur. Mais là, tous les prospecteurs, les colons, les boutiquiers, les filles de joie et le saint-frusquin qui se met en branle à chaque fois qu'on parle d'or, vont demander à l'armée de les protéger des Indiens. Parce qu'ils croient que la terre leur appartient toujours, tu comprends ? D'ailleurs, je ne vois pas pourquoi ils penseraient autrement ? Puisqu'on leur a donnée, réglo et tout. C'est le plein centre du pays de la Grande Médecine et nos copains ne vont pas apprécier de voir des Blancs se mettre à courir dans tous les sens, tirer des coups de feu partout et effrayer les bisons et le gibier. Ensuite, d'après ce que le 'pitaine a pigé, à Washington ils ont décidé d'en finir avec cette histoire de femmes pour les Indiens. Pour deux raisons, au moins. D'abord, parce que le jour où ça va péter méchant, ils veulent pas trouver en plus des tas de gonzesses de leur bord au bout de leurs fusils. Parce qu'ils vont s'en servir, t'inquiète pas pour ça. Et ils veulent sûrement pas non plus que les Indiens se servent de vous comme d'otages, parce qu'alors les journaux comprendraient toute l'histoire. Et il aurait l'air de quoi, notre bon président Ulysses Grant? Donc jusqu'à nouvel ordre tes copines et toi vous êtes les premières et les dernières à avoir trempé dans leur truc "FBI". Mais pour l'instant, tout ça, ça reste confidentiel, tu me suis? À part que le capitaine il est au courant, puisque c'est l'aide de camp de Crook. Alors bien sûr il a pas trop les coudées franches. Maintenant, si les Indiens apprennent que le Grand Père à Washington a l'intention, primo, d'arrêter le programme des femmes blanches, et, deuxio, de leur reprendre les Black Hills, alors c'est une sacrée merde qui va tomber du ciel. Et le capitaine veut pas que tu restes au milieu de tout ça. Il demande que tu rentres avec moi à Camp Robinson. Illico presto. Le temps de faire un petit somme, et on peut se mettre en route dans la journée.

— Nous toutes? Maintenant?

— Ma jolie, si toutes les filles devaient fiche le camp maintenant, me répondit Gertie, il ne faudrait pas plus de cinq minutes à nos potes indiens pour vous retrouver et vous ramener. Et je crois que ça les mettrait pas de bon poil. Tu vois, leur idée, c'est que vous êtes à eux, maintenant. Et pour un Indien, donner, c'est donner et c'est pas autrement. Non, ça sera rien que toi et moi, ma belle. On leur fausse compagnie en douce et on a une bonne chance de s'en tirer. Surtout dans l'état où ils sont aujourd'hui. Je connais bien le pays et, en plus, Little Wolf serait capable de passer l'éponge sur toi. Parce qu'il aurait l'air de quoi, le grand chef, à ton avis, s'il devait se lancer à ta recherche comme un amoureux éconduit, si tu vois ce que je veux dire...

— Mais Gertie, tu sais très bien qu'il est hors de question que je laisse mes amies ici. Surtout après ce qu'il vient de se passer.

— J'étais certaine que tu répondrais ça et c'est exactement ce que je lui ai dit, au 'pitaine. Mais il veut que tu saches que le gouvernement va chercher un moyen pour récupérer les autres filles. C'est juste une question de semaines, et pendant ce temps-là au moins tu seras à l'abri.

— Oh, le gouvernement, pour ce qu'on peut lui faire confiance ! m'exclamai-je. John Bourke me prend pour une idiote s'il suppose que je vais le croire. Ou pour une lâche s'il s'attend à ce que j'abandonne mes amies.

— Ni l'un ni l'autre, ma grande, tu le sais bien. Il a pensé que ça valait le coup d'essayer, c'est tout. Et, si tu dis que cette nuit, c'était pas le paradis, eh bien tu peux me croire que ça va être l'enfer encore un moment avant que ça s'arrange, tout ça. Le whis-key, c'est pas grand-chose et ils s'en remettront. Mais dès qu'ils vont comprendre ce qu'il se passe, et ça ne va pas traîner avec tous ces colons qui se ramènent, je te garantis qu'une jolie fille comme toi pensera qu'elle n'est plus à sa place. Tu ne seras plus en sécurité ici. »

Je m'esclaffai. « C'est déjà le cas, il me semble. Dis au capitaine Bourke de venir avec un détache-ment de l'armée et de nous escorter en lieu sûr. Comme un vrai gentleman.

— Je t'ai expliqué qu'il ne pouvait pas, poulette.

C'est un soldat. Il risque déjà la cour martiale si un de ses supérieurs apprend qu'il m'a envoyée ici.

— Alors quelle est notre position... officiellement parlant, si l'on peut dire ? Ne sommes-nous rien de plus qu'une bande d'agneaux offerts en sacrifice ? Le corps d'une expérience politique intéressante autant qu'inutile ? Des missionnaires laissées pour compte au champ d'honneur ? Ou peut-être, plus facile à faire passer, une bande de dévoyées, parties frayer de leur plein gré avec les sauvages ?

— Ouaip, un peu tout ça à la fois, admit Gertie. Choisis ce que tu préfères. Comme je te disais, ils vont chercher le moyen de vous rapatrier. Seulement, avant que Custer revienne faire son rapport sur l'or, personne ne bougera. Et, comme tu le sais, ma chérie, ne pas bouger, c'est ce que le gouvernement fait le mieux.

— Honte à eux ! Ils n'ont vraiment aucun scrupule ?

— Ah, ça, c'est ce qu'ils font de mieux ensuite, répondit-elle avec un sourire tordu. Éviter d'avoir des scrupules. »

Nous étions arrivées à notre loge, le tipi de Little Wolf... chez moi. « Tu dois être épuisée, Gertie. Et morte de faim. Pourquoi tu ne restes pas un instant, le temps de manger un morceau et de dormir un peu ?

— Ah, je ne dirais pas non, ma belle. Mais il faut que j'aille chercher ma mule. Je l'ai laissée attachée aux abords du camp.

— Je vais envoyer Horse Boy s'en occuper. C'est son rôle et il fait ça très bien.

— *Waa-hou !* lança Gertie. Mais c'est qu'on est une vraie maîtresse de maison ! Avec les domestiques qui font tout le boulot ! »

Les femmes étaient encore dans leurs lits, à l'exception de Crooked Nose qui, semble-t-il, ne dort jamais. Elle prit mon bras — dans ces serres d'aigle qui lui servent de mains — et m'offrit son sourire édenté pour exprimer, je suppose, sa sincère satisfaction de me voir rentrer saine et sauve. Gertie se présenta et elles murmurèrent quelques mots en cheyenne. Je ne fus pas étonnée de voir que Little Wolf n'était pas rentré. Le grand homme s'était probablement effondré quelque part en même temps que ses distingués acolytes soiffards.

J'allai trouver Horse Boy et m'agenouillai près de lui. La lumière matinale filtrait à peine dans le tipi, mais je vis que l'enfant avait déjà les yeux ouverts. Les braises du feu se reflétaient dans ses belles pupilles couleur bronze. Je lui caressai le front et il me sourit doucement. Je plaçai mes mains au-dessus de mes oreilles et me mis à les agiter, ce qui veut dire « mule » dans le langage des signes. Pensant que je cherchais à le faire rire, le petit pouffa de mes singeries Gertie nous rejoignit et s'assit près de nous. « Dis-lui où tu as laissé ta mule, lui conseillai-je. Il va aller s'occuper d'elle et la chercher. »

Ce qu'elle fit et Horse Boy se leva aussitôt, parfaitement éveillé et, comme d'habitude, impatient de s'exécuter. Si je commençais à comprendre quelques mots de cheyenne, je me sentais encore trop timide pour m'essayer à le parler. « Dieu que je t'envie, Gertie. J'ai vraiment du mal à me faire à cette langue.

— Tu sais, moi je l'ai apprise quand j'étais petite, c'est tellement plus facile à cet âge-là. Mais tu y arriveras bien. Rappelle-toi simplement qu'ils disent tout à l'envers. Si tu dois expliquer, par exemple, que tu veux aller à la rivière pour nager, en cheyenne ça donne : "nager, rivière, aller, moi". Tu vois, c'est la même chose, mais dans l'autre sens. »

Sans dire un mot, Quiet One s'était levée pour réveiller le feu avec un morceau de bois et y avait mis à cuire une petite marmite de viande. Elle quitta ensuite le tipi pour aller remplir la panse à eau. Les sauvages ont cette curieuse habitude de se débarrasser au matin de l'eau qui n'a pas servi la veille — qu'ils appellent « eau morte » — et de descendre à la rivière en rapporter de la fraîche, « vivante » celle-là.

Vite revenue, elle versa de l'eau dans une petite casserole d'étain achetée aux comptoirs blancs, y ajouta une poignée de grains de café et mit le tout sur le feu. Le café étant une denrée précieuse chez les sauvages, elle en préparait à l'évidence en l'honneur de notre visiteuse, sans même savoir ou demander qui c'était. La générosité est un principe universel chez ces gens. Comme quoi, malgré les épreuves de la nuit passée, la vie continuait...

Le camp est exceptionnellement bien approvisionné en ce moment. En plus du whiskey de Seminole, les Cheyennes du Sud ont apporté trois denrées extrêmement prisées ici : du tabac de l'homme blanc, du sucre et du café provenant des comptoirs où nos cousins étaient passés afin de nous en faire présent. Hélas, toutes ces richesses furent sans doute dilapidées dans le courant de la nuit pour « acheter » de l'alcool...

Après avoir installé pour Gertie un lit de peaux de bisons près du mien, je lui servis un bol de viande et une tasse de café agrémentée d'une généreuse dose de sucre.

« Ce n'est pas si mal chez toi, ma chérie, dis donc ? admit-elle en se calant confortablement sur le dossier de son lit. J'ai toujours aimé dormir dans une loge indienne. C'est confortable, quand même ? On se sent en sécurité.

— C'est ce que je pensais jusqu'à cette nuit, répondis-je. J'ai séjourné dans un asile de fous, Gertie, pourtant je n'avais jamais vu la folie d'aussi près.

— C'est à cause du whiskey, c'est tout. Faut pas chercher plus loin. C'est vraiment un poison. Ça les rend complètement mabouls.

— Combien de temps as-tu vécu chez eux ?

— Oh, je ne sais plus, attends... huit ans, je crois, tout compris. Ils m'ont enlevée à un convoi de chariots quand j'étais petite fille, et je suis restée jusqu'à Sand Creek, ou un peu après. Je te raconterai toute l'histoire... un jour que je serai moins vannée. Mais pour sûr, ça me plaisait vraiment de vivre comme ça. Ça m'a brisé le cœur de les quitter. Ouais, ma grande, on peut très bien se faire à cette vie, ça je peux te l'affirmer. Mais toi, si on ne parle pas de cette nuit, comment tu t'en sors ?

— Je ne suis pas ici depuis assez longtemps pour pouvoir te répondre, avouai-je. Et je n'ai pas eu le temps non plus d'y penser beaucoup, puisqu'il y a toujours quelque chose à faire, quelque chose à apprendre, qu'il faut sans cesse s'adapter, ou essayer de leur montrer ce qu'on sait de notre côté. Maintenant que tu en parles, je me rends compte que ces dernières semaines je me suis demandé presque chaque jour si j'étais vraiment heureuse ici... Je m'étais auparavant résignée à mon sort, pour ainsi dire... Mais les événements de cette nuit remettent drôlement les choses en question...

— Non, il ne faut rien remettre en question, chérie, lâcha-t-elle en levant la main pour couper court à mes propos. Je te l'ai dit, cette nuit, c'est le whiskey qui avait la parole, c'est tout. Ils s'en remettront. Et toi aussi. Je savais foutrement bien que tu ne voudrais pas rentrer avec moi. J'avais dit au 'pitaine que tu étais pas une lâcheuse. Et c'est une bonne tribu avec qui tu es ici. Certains des gars du sud ont une sale influence, c'est sûr. C'est qu'ils ont passé trop de temps avec les Blancs. Mais, en fin de compte, si on leur avait fichu la paix, tout irait bien. Si les Blancs les laissaient tranquilles, arrêtaient de leur mentir, de leur donner du whiskey, tout se passerait comme il faut.

— Du whiskey et des femmes blanches... ajou-tai-je.

— Ouais, faut toujours qu'on aille mettre le nez là où on n'a rien à faire, admit Gertie. Et c'est ça qui est bien, d'ailleurs, chez les Indiens, je parle de la façon dont ils vivent, ici tu passes pas ton temps à te demander si tu es heureux ou pas. D'ailleurs, à mon avis, cette histoire de bonheur est une inven-tion ridicule des Blancs à laquelle on attache trop d'importance. C'est exactement comme l'alcool. Pourquoi faudrait-il se poser la question plus qu'un bébé ours, une antilope, un coyote ou n'importe quelle espèce d'oiseau ? Tu as un toit pour te proté-ger ? Tu n'as pas froid ? Tu as assez à manger ? Suf-fisamment d'eau quand tu as soif ? Tu as un bon mari ? Des amis ? Et quelque chose à faire pour ne pas rester les bras ballants ? »

J'acquiesçai silencieusement à chaque fois.

« Ils t'ont donné un nom, ma belle ? demanda-t-elle soudain. Je n'y avais pas encore pensé. Moi, on m'appelait *Ame'ha'e* — Flying Woman [1] —, parce qu'un jour je me suis fait éjecter d'un cheval emballé et que j'ai atterri dans un arbre. Ils ont cru

1. Celle qui vole.

que je savais voler. Ça m'a toujours plu qu'ils m'appellent comme ça.

— Moi, ils m'ont surnommée *Mesoke*.

— Hirondelle. C'est drôlement joli, dis donc. Je dirais, moi, que tu as tout ce qu'il faut pour vivre bien. De quoi a-t-on vraiment besoin d'autre, hein ? »

Je réfléchis pendant un moment avant de répondre : « D'être protégée... en sécurité... aimée peut-être... »

Elle s'esclaffa : « Ah, ben tiens... Si c'était aussi important pour toi de te sentir en sécurité, tu ne serais pas ici. Tu serais encore dans cette espèce d'asile dont tu parles. Quant à l'amour... C'est le plus facile, en fait ! Tu vois la petite vieille accroupie près du feu ? fit Gertie en me montrant Quiet One. Tu crois qu'elle passe son temps à se demander si elle est heureuse ? Tu penses qu'elle a peut-être manqué d'amour dans sa vie — entre sa famille, son mari, ses enfants ? Je vais te dire un truc. Tu sais à quel moment tu sauras si tu as été heureuse ici ou pas ? Tu le sauras quand tu ne seras plus là, le jour où tu auras assez de temps à perdre pour te poser la question.

— Mes enfants me manquent, Gertie. C'est ça, le plus dur. Sais-tu que j'ai deux petits enfants ? C'est pour eux en réalité que j'ai pris part à ce projet, pour retrouver un jour ma liberté et avoir peut-être la chance de les retrouver. Je pense à eux tous les jours, j'essaie d'imaginer à quoi ressemble leur vie, ce qu'ils sont devenus. Ça me donne du courage pour continuer. Je me demande ce qu'ils diraient s'ils devaient me rejoindre ici, comment ils accepteraient de grandir parmi les sauvages.

— Mais ils adoreraient ça ! Si tu oublies cette horreur de whiskey, cette vie est un paradis pour les petits. C'est vrai, j'ai cru que j'allais mourir le jour où on m'a enlevée, mais en peu de temps j'ai quasiment oublié qui étaient mes vrais parents. C'était comme si je vivais dans un conte de fées. Une fois de plus, le problème c'est quand tu en sors pour retrouver les Blancs. C'est ce qui t'est arrivé hier soir. Moi, c'était à Sand Creek.

— Si je te donnais une lettre pour mes enfants, tu pourrais la poster au fort quand tu seras rentrée ? On nous a empêchées de prendre contact avec nos familles avant notre départ, mais toi, tu pourrais peut-être faire ça pour moi ?

— J'essayerai, dit-elle. Je te le promets. » Elle se mit à rire. « Mais ne t'attends pas à recevoir la réponse au camp la semaine prochaine...

— Si tu aimais tant cette vie, pourquoi es-tu revenue chez les Blancs, Gertie ? Parce que Blackbird a été tué à Sand Creek ? »

Elle resta silencieuse un moment et j'étais sur le point de penser qu'elle s'était assoupie lorsqu'elle répondit finalement : « C'est une des raisons. Mais c'est aussi parce que je suis blanche moi-même, et que ça, personne ne peut rien y changer. Personne. »

L'épuisement de cette longue nuit s'abattit lourdement sur nous et nous ne dîmes plus rien. Je me pelotonnai dans ma couche près de Gertie. Je me donnais l'impression d'être une petite fille qui avait invité une amie à dormir chez elle et j'étais particulièrement reconnaissante que ce soit Gertie. C'est une rude bonne femme, et elle devrait prendre un bain de temps en temps, mais elle a un cœur immense. Peut-on dire mieux de quelqu'un ?

Le soleil s'était levé, le camp avait repris ses activités, mais les bruits du dehors nous parvenaient étouffés dans la rassurante quiétude de notre tipi. Les peaux de bisons filtraient doucement la lumière du matin ; repoussant la fraîcheur d'un jour neuf, le feu nous gardait bien au chaud. La tente conservait en plus des nôtres les odeurs puissantes et mêlées du tabac, du café et de la viande, mais aussi celles des peaux et de la terre. Je n'y reconnaissais plus les effluves agressifs qui m'avaient gênée au début, mais plutôt un climat curieusement serein, confortable — l'odeur d'une vraie maison.

Gertie ne tarda pas à ronfler, bruyamment et en rythme, d'un bon ronflement de Jimmy-le-Muletier qui ne me dérangeait pas... je me laissai vite gagner à mon tour par le sommeil.

## 15 juin 1875

Plus d'une semaine a passé depuis cette nuit d'horreur. J'ai laissé mon crayon et repris avec les autres la vie quotidienne, en m'efforçant d'aider à réparer les terribles dégâts, à redonner à nos esprits un peu de la confiance perdue.

Gertie est repartie ce matin, seule, vers Camp Robinson. Elle emportait la lettre que je lui ai confiée pour mes enfants, et un mot secret pour le capitaine Bourke par lequel je le remerciais de l'attention portée à ma sécurité — bien que je refusasse son offre. Je lui présentais également tous mes vœux de bonheur dans sa vie de jeune époux. En lui expliquant que j'étais pleinement satisfaite de la mienne...

Je n'ai rien dit à mes amies des nouvelles qu'apportait Gertie. C'est peut-être une attitude inconsidérée et sans doute vaudrait-il mieux les laisser décider elles-mêmes quel parti prendre, mais je ne vois pas de raison d'effrayer tout le monde en rapportant des événements sur lesquels nous n'avons aucune prise. Semer la panique au moment précis où nous sommes plus fragiles, plus vulnérables que jamais ne peut nous conduire qu'à la tragédie et à un désespoir certain. Si nous nous sommes lancées volontairement dans cette aventure, la tournure que prennent maintenant les événements montre que nous en sommes en fait prisonnières.

Comme je le craignais, un groupe de nos femmes menées par Narcissa White — elle a semble-t-il renoncé à sa mission après cette nuit de débauches éthyliques au cours de laquelle elle avait été violée par son mari — a essayé de quitter le camp le lendemain. Comme Gertie l'avait prédit, leurs époux les ont retrouvées sans mal et reconduites dans leurs loges au bout de quelques heures de recherches. Elles ne seraient de toutes façons pas allées bien loin et risquaient même de périr au milieu de nulle part, voire de tomber dans les mains d'une tribu adverse. « Qu'elles se fassent capturer par les Crows ou les Blackfeet, avait lancé Gertie, et elles comprendront leur douleur. À côté, on se la coulerait plutôt douce chez les Cheyennes. »

Mon mari Little Wolf n'est pas revenu à la loge de trois jours et trois nuits, sans qu'on ne le voie ailleurs au camp. Il est resté entièrement seul dans la prairie, sans abri, sans manger et sans boire, à dormir sur le sol, en guise, je pense, de pénitence pour ses péchés. Peut-être cherchait-il quelque conseil auprès de ses divinités.

Quand il réapparut enfin, il était suivi par un coyote souffreteux. Tout le monde au village y alla de ses commentaires. Nous seules, femmes blanches, avons semblé trouver ce spectacle particulièrement bizarre. Nous commençons seulement à comprendre que le monde des sauvages est doté d'une matérialité à part, tout à fait inaccessible et étrangère à nos propres critères.

Le coyote, décharné et pelé par endroits, rôda autour de notre loge trois jours, sans jamais trop nous approcher. L'animal m'effrayait — quand je lui intimais de filer, il détalait de côté à la manière d'un crabe en émettant d'étranges sifflements. Chaque fois que Little Wolf quittait la loge, le coyote le suivit en maintenant toujours une certaine distance. Pour des raisons qui doivent leur être propres, les chiens du camp ne sont jamais allés lui chercher noise — peut-être se rendaient-ils compte qu'il était malade — et ils s'en sont systématiquement détournés.

Little Wolf lui-même, qui ne parlait jamais à l'animal, fit mine de ne pas remarquer sa présence. Il restait silencieux à ruminer, en proie apparemment à quelque âpre lutte intérieure. Il refusa de communiquer par gestes avec moi et, lorsque je tentai de lui parler en anglais comme je l'avais fait lors de notre « lune de miel », il m'ignora tout simplement. Dans le camp, les spéculations allaient bon train quant à son attitude.

White Bull, l'homme-médecine, apprit à Helen Flight que le coyote était l'animal-médecine du chef, que sa maladie symbolisait celle de son maître et celle du Peuple livré au whiskey, et que, s'il venait à mourir au camp, ce serait un fort mauvais présage pour tous. Mais au bout de trois jours le coyote disparut. Un matin, on ne le revit pas et il ne se montra plus. Alors, peu à peu, le chef retrouva son état normal.

Autres répercussions de cette funeste nuit : Runs from Crow[1], qui a épousé notre petite Française Marie-Blanche, a été tué par un dénommé Whistling Elk[2], d'une balle en plein cœur. Cette

1. Celui qui fuit les Crows.
2. Le wapiti qui siffle.

pauvre Marie est sévèrement éprouvée — elle avait déjà perdu ses parents à Chicago. Elle aimait bien son époux et elle est dans tous ses états. Le frère cadet de Runs from Crow, One Bear[1], lui a proposé de l'épouser comme le veut la tradition cheyenne, ce qui est plutôt civilisé, de mon point de vue. Selon mon peu d'expérience, les Français ont par nature un esprit pratique, et Marie-Blanche, toujours affligée par le deuil, y réfléchit. Elle aura certainement besoin de quelqu'un pour veiller sur elle et sur son enfant.

Malheureusement, Whistling Elk, le meurtrier, est l'époux d'Ada Ware. Comme si cette pauvre fille n'avait pas déjà assez souffert de la mélancolie dans sa courte existence. L'événement en soi est également un choc pour les Cheyennes, chez qui assassiner un membre de la tribu est le plus grand des crimes. La chose est d'ailleurs rarement arrivée chez eux. Condamné à l'exil, le meurtrier — et les personnes de sa famille qui choisiront de le suivre — devra vivre dans la solitude hors du périmètre du village. Il restera toujours un paria et jamais la tribu n'acceptera de le reprendre. Le Peuple cessera de lui adresser la parole, et même de remarquer sa seule présence, et l'exilé sera exclu de toute activité tribale. Il devient invisible.

On a, si l'on peut dire, « débaptisé » le mari d'Ada pour lui conférer un autre nom, Stinking Flesh[2], car les Cheyennes pensent que celui qui a tué un de ses frères pourrit dès lors de l'intérieur. Selon la loi tribale, Ada est autorisée à quitter son homme sans aucune procédure formelle de divorce, mais elle a choisi pour l'instant de le suivre dans l'exil. N'étant elle-même coupable de rien, elle

1. Un ours.
2. Chair puante.

garde la liberté d'aller et venir parmi nous. Mais, comme la femme d'un meurtrier est supposée souillée par son contact, il lui est interdit de toucher quiconque, ainsi qu'aucun objet ne lui appartenant pas. Les récipients ou les couverts qu'elle utilise lorsqu'elle vient manger dans d'autres loges que la sienne doivent être brisés ou mis au rebut. Inutile de dire que ces dispositions ne font d'Ada une invitée de choix chez personne.

« Quand les médecins de l'hôpital m'ont posé des questions au sujet de ma maladie, nous a appris notre infortunée compagne lors d'une de nos réunions, je leur ai dit que je ne supportais pas d'avoir un époux adultère, surtout pendant les longs hivers grisâtres de Chicago. C'était surtout à ce moment-là de l'année que je sentais le poids de cet énorme cafard noir sur ma poitrine, qui m'étouffait. C'est pour cela que je me suis retrouvée enfermée l'hiver toute seule dans une chambre à l'asile de fous, avec la mélancolie pour seule compagne. Mon mari a profité de ma maladie et de mon absence prolongée — alors que c'était moi, en fait, qui payais pour ses péchés — pour obtenir le divorce et épouser sa maîtresse. Et les docteurs ont continué de me poser les mêmes questions sans arrêt : pourquoi est-ce que j'étais si triste ? Pourquoi m'habillais-je toujours en noir ? Pourquoi étais-je mélancolique ?

« Aujourd'hui je me retrouve l'épouse d'un assassin qu'ils appellent maintenant Stinking Flesh — ah ça, pour sûr, je veux bien croire qu'il pourrit de l'intérieur... Et une fois de plus, me voilà exilée à cause du crime de mon mari. Vous vous demandez peut-être pourquoi je m'habille encore en noir ? Mais est-ce qu'un jour les femmes pourront échapper à la souffrance dans ce bas monde ? » Jamais elle ne nous avait autant parlé, ni révélé cette partie de son histoire.

« Il faut regarder l'autre côté des choses, Ada, lui dit Meggie Kelly. Tu as peut-être épousé un assassin, mais maintenant qu'il est condamné à l'exil, au moins tu n'as plus à craindre qu'il te trompe, puisque personne n'a le droit de le toucher ! »

Nous avons toutes ri ; même Ada s'est mise à sourire. Si son sourire est lui aussi teinté de noir, elle n'est pas dépourvue d'un certain humour.

« Meggie a raison, a renchéri sa sœur Susie. Je reconnais d'ailleurs, ma chérie, que moi aussi je me sentais plutôt mélancolique l'hiver à Chicago, mais faut avouer qu'on a quand même plus de soleil dans la prairie ici en plein été que pendant ces hivers gris là-bas. Je te fiche mon billet qu'il va faire bien trop chaud pour que ton gros cafard vienne te retrouver, va. Tu ne vas pas en voir la queue d'un, à mon avis... »

Il faut bien que nous essayions les unes les autres de nous remonter le moral.

Une autre triste réalité que j'ai grand-peine à rapporter : quantité de femmes, tant indigènes que de notre groupe, ont été littéralement anéanties par les sauvages enivrés au cours de cette nuit maudite, violées, comme Narcissa White, parfois par leurs propres maris. Daisy Lovelace, notamment, se mure dans son silence depuis cette terrible épreuve, et nous sommes toutes pleines d'inquiétude à son sujet. Son époux, au moins, est un homme prévenant et patient qui semble prendre le meilleur soin d'elle.

Ce qui est sans doute moins heureux, c'est que le misérable responsable de toute cette furie, Jules Seminole, est encore parmi nous, impuni et parfaitement impénitent dirait-on. S'il garde une oreille enflée, il semble s'être bien rétabli du coup violent que lui a asséné Crooked Nose. Il est même déjà revenu plusieurs fois à notre tente me gratifier de ses œillades égrillardes et de ses propos innommables... Je m'efforce de masquer l'appréhension qu'il suscite en moi, mais cet homme me terrifie vraiment. Autant que possible, je ne sors jamais seule dans le camp.

Little Wolf a bien conscience des allées et venues de Séminole, de l'intérêt malsain qu'il me porte. Jusqu'ici il a pris garde de maîtriser ses humeurs lorsqu'il aperçoit le dégénéré. Mon mari, le Grand Homme-Médecine des Cheyennes, n'a d'autre pouvoir que sa parole contre cet individu à qui il reproche, devant le conseil tribal, de pervertir le Peuple avec son whiskey. Excepté les écarts de conduite où l'ont mené l'usage de la boisson, Little Wolf respecte le rôle qui lui est dévolu avec une ferveur monastique... il est presque christique dans son abnégation.

## 17 juin 1875

Helen Flight est venue ce matin me rendre visite pour me convier ce soir à une danse dont elle est l'invitée d'honneur. Les guerriers Kit Foxes sont rentrés hier de leur raid chez les Crows. S'abstenant sagement de s'imbiber d'alcool lors de notre nuit d'enfer, ils ont tenu leurs propres danses de guerre à l'écart, près de la rivière, et sont partis le lendemain comme prévu. Tous étaient couverts des fantastiques dessins d'oiseaux que Helen avait peints sur leurs corps. Les talents picturaux des Indiens se limitant à de simples personnages tracés à gros traits, ils n'en avaient jamais vu de pareils.

Leur raid fut un succès et les guerriers Kit Foxes sont rentrés hier en fanfare dans le camp, poussant comme à leur habitude de grands cris de joie et ramenant avec eux un vaste troupeau de poneys crows. Ils ont réussi à en capturer un grand nombre sans perdre un seul de leurs hommes.

« J'ai peur, *Mesoke,* me dit Helen ce matin, qu'ils m'attribuent tout le succès de leur aventure. Les voilà qui m'ont surnommée *Ve'kesohma'heonevest-see,* Medicine Bird Woman[1] — difficile à dire la bouche pleine, pas vrai ? Continue de m'appeler par mon diminutif Bird, OK ?

— Bien sûr, *Ve'ese,* lui ai-je répondu (nous sommes plusieurs à faire des efforts pour parler le cheyenne entre nous, à commencer par les noms des uns et des autres, ce qui est somme toute le plus facile).

— L'un de ces gars est déjà venu m'offrir trois chevaux et me raconter ses exploits pendant le raid. Enfin, me raconter — il faudrait plutôt dire danser et chanter. Je suis sûre que tu auras droit au même spectacle ce soir, si tu as la gentillesse de m'accompagner à leur réunion. J'avais dessiné une bécassine sur le torse du guerrier et il m'a mimé de quelle façon il a réussi avec son cheval à filer entre les balles et les flèches que lui décochaient ses ennemis, de la même manière que les bécassines zigzaguent en volant. Il m'a raconté tout ça en dansant et en chantant, les bras tendus pour figurer les ailes et en imitant le bruit caractéristique des bécassines lorsqu'elles marquent leur territoire. C'était tout à fait extraordinaire, je dois dire. Envoûtant, même... je n'avais jamais vu ça. Il faisait exactement le même bruit que l'oiseau, comme s'il en était devenu un.

— Il va peut-être falloir que je revienne sur mon

1. Femme-oiseau-médecine.

opinion en ce qui concerne tes pouvoirs magiques, Helen. Je vais finir par y croire religieusement. »

À ce propos, la renversante apostasie du révérend Hare lors de la terrible nuit — la perte lamentable de sa propre « médecine » — a eu pour effet de grandement diminuer son influence tant parmi nos amies que parmi les sauvages. Il n'est rien qu'ils méprisent plus que la lâcheté — et si ouvertement affichée, encore. Pour eux, si le révérend se montre aussi faible et débile devant son ennemi juré — l'immonde Satan —, ils se demandent quels pouvoirs peuvent alors bien être ceux du Grand Esprit Blanc ? Aussi puérils qu'ils puissent paraître à la base, les raisonnements théologiques des sauvages ne sont pas dépourvus d'une certaine logique. L'influence des dieux n'excédant pas celle de leurs représentants terrestres, la magie de Helen Flight jouit en ce moment d'une bien plus grande popularité chez les uns et les autres...

Le mot circule dans le camp que nous partons demain pour les chasses de l'été. Je ne sais où nous irons, ni pour combien de temps... Je ne sais pas non plus si John Bourke, Gertie ou l'armée elle-même seront en mesure de surveiller nos mouvements. Ce départ imminent pour la vie de nomade me fait l'effet d'une nouvelle séparation, d'une avancée plus profonde dans cette nature sauvage. Voilà qui, loin de nous rapprocher de notre retour final, semble au contraire nous éloigner encore...

N'ayant pas eu mes règles ce mois-ci, je suis plus que jamais certaine d'être enceinte. La perspective d'être mère à nouveau me remplit à la fois de joie et d'inquiétude. Nous sommes maintenant deux à avoir besoin de protection...

# CINQUIÈME CARNET

## Une vie de nomade

*« Et nous revoilà en marche... Nos chevaux en trottant partent retrouver la plaine, où le Peuple suit le bison, lequel suit l'herbe verte qui, elle, naît de la Terre. »*

(Extrait des journaux de May Dodd.)

## 7 juillet 1875

Cela fait plusieurs semaines que nous voyageons.
Dieu merci, j'avais apporté un calendrier et je peux
marquer les journées écoulées, faute de quoi j'aurais
certainement perdu toute notion du temps puisque
les sauvages, évidemment, ne connaissent ni mois
ni semaines. Le temps lui-même semble prendre un
cours différent parmi eux — c'est impossible à
expliquer... comme s'il n'existait pas, finalement...

Nous avons cheminé pour l'essentiel vers l'ouest,
parfois vers le nord — cela au moins j'en suis sûre
— en nous déplaçant constamment pour suivre les
troupeaux de bisons.

Assise en ce moment sur mon cheval Soldier, je
domine les vertes plaines du haut d'une petite col-
line. Notre adorable Horse Boy, léger comme une
plume, est en selle avec moi. Il a la peau brune et
chaude comme un biscuit sorti du four. Je m'attache
chaque jour un peu plus à lui. C'est mon petit
homme, mon protecteur, et je lui rends ses faveurs
autant que je le peux.

Nous sommes généralement plusieurs femmes à
avancer ensemble ; aujourd'hui Martha, Phemie,

Helen, Feather on Head et moi. Ce voyage nous fournit l'occasion idéale, la seule à ce jour, de rester constamment en contact les unes avec les autres. Nous avons toujours trop à faire au camp.

Je vais tenter de mieux tenir à jour ce pauvre carnet tant que nous sommes mobiles. Je l'ai accroché à une bandoulière qui me permet de le garder sur le dos et de griffonner rapidement quelques notes dès que j'ai un moment. Je l'ai posé à l'instant contre les épaules de mon petit bonhomme.

Nous regardons toute la bande, un total sans doute de deux cents loges avec nos cousins du Sud, qui se déploie dans la prairie, avec chiens, chevaux et travois, certains en selle, d'autres à pied, et les gardes guerriers qui disparaissent et reviennent aux horizons lointains comme des navires dans les hautes vagues : un sacré spectacle ! Combien de Blancs, je me le demande, peuvent affirmer avoir assisté à un exode de ce genre ? Ou y avoir participé ?

Les Cheyennes sont un peuple riche. Nous possédons beaucoup de chevaux, notamment depuis le dernier raid chez les Crows. Certaines des femmes et les plus âgés des enfants marchent aux côtés des bêtes de somme, ou de celles qui traînent les travois. Elles font parfois claquer leurs fouets pour les faire avancer. Les autres enfants sont juchés sur les ballots, à deux ou trois petites filles sur le même cheval, qui jouent ensemble et piaillent comme des poussins au nid. Les plus jeunes voyagent sur le dos des énormes chiens du camp, d'autres sur des poneys. Les enfants cheyennes apprennent à monter à cheval dès qu'ils savent marcher, et leurs petits poneys de la prairie, très différents des nôtres avec leur tête en forme de marteau et leur humeur merveilleusement égale, sont très dociles et bien dressés. Quelques-unes des personnes âgées — malades et infirmes surtout — et les plus jeunes enfants qui ont encore besoin d'être surveillés par les adultes sont installés sur les travois. Les nourrissons restent sur des porte-bébés attachés au dos des mères, voire calés sur les selles des chevaux ou les bras des travois. On voit les petits se balancer doucement au pas des animaux, pour leur plus grand plaisir d'ailleurs puisqu'ils sourient et roucoulent. Quand ils ne dorment pas, ils observent le reste du convoi d'un œil vif d'intérêt. Ils s'habituent dès cet âge à leur future vie de nomades aussi simplement qu'ils ressentent la lumière du soleil. Les enfants indiens pleurent rarement. Ce sont de superbes et parfaits petits êtres — comme tous les enfants, n'est-ce pas ? Je pense constamment à ceux que nous allons avoir ; beaucoup de nos amies ont déjà annoncé qu'elles étaient enceintes. Le gouvernement a peut-être perdu foi en notre mission, mais comment empêcher une future mère d'être pleine d'espoir ?

Je me sens aujourd'hui d'humeur lumineuse. Malgré les lourdes tâches, parfois épuisantes, qu'ils impliquent, les déplacements constants de ces dernières semaines offrent un mode de vie qui me convient. J'ai repensé au capitaine Bourke qui me demandait un jour avec emphase lors d'une conversation : « Où est le Shakespeare des sauvages ? » et je tiens peut-être la réponse. Si les Indiens ont peu contribué à la littérature et aux arts de ce monde, c'est sans doute qu'ils sont trop occupés à vivre — à voyager, chasser, travailler — pour trouver le temps nécessaire à en faire le récit ou, comme Gertie le suggérait, à méditer sur eux-mêmes. Je me dis parfois que c'est après tout une condition enviable... même s'il me faut toujours voler quelques instants, à chaque fois que possible, pour rapporter fidèlement les événements.

J'en profite pour nous étudier un moment toutes les quatre en vraies représentantes de notre contingent, s'il en est. Quel groupe hétéroclite nous formons ! Nous sommes presque devenues de vraies indigènes, on peine à nous distinguer de nos sœurs cheyennes et nous aurons bientôt la même couleur de peau (sauf Phemie, bien sûr, qui sera toujours la plus noire !). Bien que je doive encore faire attention à m'enduire très souvent de graisse, ma pâleur naturelle a disparu sous un teint de châtaigne.

Quand le temps le permet, Phemie ne porte guère plus qu'un pagne d'homme. La nudité scandaleuse de sa poitrine nue est depuis longtemps tolérée.

La température étant chaque jour plus élevée, Helen a troqué ses épaisses culottes bouffantes contre un chemisier à franges et des pantalons que Jeannette Parker, notre couturière, lui a confectionnés. C'est un costume plutôt excentrique pour une femme, mais il lui va à merveille ; avec cette pipe qu'elle serre continuellement entre ses dents, elle a tout d'un trappeur.

Comme moi-même et ma co-épouse Feather on Head, Martha a adopté l'ample robe de peau d'antilope, toute simple, qui a la préférence des natives.

Et nous revoilà en marche... Nos chevaux partent en trottant retrouver la plaine, où le Peuple suit le bison, lequel suit l'herbe verte qui, elle, naît de la Terre.

14 juillet 1875

Nos déambulations peuvent paraître erratiques, mais elles suivent une logique bien établie. Le camp s'organise et se déplace avec une efficacité remarquable qui me rappelle les histoires que Mère me racontait à propos des bohémiens d'Europe. Je comprends maintenant pourquoi ma loge de nouvelle mariée a été démontée car je serais difficilement arrivée à m'en charger toute seule. Nous vivons une vie communautaire dans le sens plein du terme. Comme dans une ruche ou au sein d'une colonie de fourmis, tous participent au bon fonctionnement de la société dans son ensemble.

Ce sont les femmes qui s'occupent de remplir les parflèches, d'empaqueter les tentes, d'attacher et de charger chevaux et travois puis, au terme d'une journée passée à voyager, de remonter le camp parfaitement à l'identique. Dans notre tente, c'est la vieille loutre Crooked Nose qui dirige les opérations. Elle criaille comme une pie et, à la moindre erreur, brandit la baguette de saule qu'elle conserve dans son arsenal. Le jour de notre départ, elle m'a donné un coup par derrière sur les jambes pour le motif, sans doute, que mes bagages n'étaient pas faits correctement.

J'ai bondi en hurlant ; elle m'avait fouettée assez fort pour que j'en garde la trace. Furieuse, je me suis retournée en affichant une telle colère que la vieille femme a reculé aussitôt. Je me suis approchée d'elle, l'index levé agitant l'air ; et j'ai posé le creux de ma main sur ma gorge avant de tendre de nouveau un doigt vers elle. « C'est peut-être toi qui as la charge de vérifier que tout soit en ordre, vieille taupe, mais recommence seulement une fois et je te tords le cou ! » lui ai-je dit en anglais. J'ai employé le langage universel des femmes et elle m'a parfaitement comprise. Elle n'a pas osé depuis utiliser sa baguette contre moi.

Les hommes se consacrent à la chasse, tandis que les différentes sociétés guerrières se chargent de garder le camp et de nous protéger la journée pendant que nous voyageons. Nous n'avons pas jusque-là rencontré d'ennemis, ni aperçu de traces à l'exception de quelques campements abandonnés. On nous a appris que nous venions de pénétrer dans des territoires crow et shoshone, et nous avons toutes remarqué une vigilance accrue de la part des sociétés guerrières.

En définitive, ayant plus ou moins accepté ma condition d'Indienne, j'admettrai volontiers que la division du travail est assez équitable chez les indigènes. Loin d'être une forme quelconque de loisir comme c'était le cas pour Père et ses amis, la chasse est ici — dans tous les sens du terme — une affaire de vie ou de mort. C'est un véritable travail : extrêmement difficile et fréquemment dangereux. Cet été déjà, un de nos hommes est mort piétiné après être tombé de son poney en pleine attaque. Un autre, encorné, a tout de même survécu (il porte maintenant le nom de Buffalo Not Kill Him[1]), et un troisième s'est grièvement blessé en tombant de cheval. Mettant le pied en plein galop dans un terrier de blaireau, sa monture s'est brisé une jambe sur le coup. L'homme est depuis surnommé Horse Breaks Leg[2]. Il n'empêche, cela ne m'a pas échappé, que les hommes partent chasser avec plus d'empressement et d'intérêt que les femmes n'en montrent pour les activités du camp et nos déménagements quotidiens. Mais nous nous y attelons généralement avec bonne humeur et un esprit de franche camaraderie.

C'est tout à son honneur, mais à celui des sauvages aussi, que notre négresse Phemie, dite *Mo'ohtaeve'ho'a'e* — dont la traduction Black

1. Le bison ne l'a pas tué.
2. Cheval patte cassée.

White Woman[1] ne manque pas de sel — ait le droit d'accompagner les hommes à la chasse. Les femmes ne sont pas acceptées comme membres du conseil, mais les Cheyennes se montrent curieusement égalitaires dans la mesure où l'on démontre quelque talent particulier, et Phemie a prouvé son habileté en ce domaine.

En même temps, les femmes de la tribu exercent une influence non négligeable sur le déroulement des activités quotidiennes, et on les consulte constamment sur tous les sujets qui ont trait au bien-être du Peuple. Mon bien cher Little Wolf, par exemple, place au-dessus des conseils de tous les autres hommes-médecine ceux d'une très réputée femme-médecine elle-même, Woman who Moves Against the Wind. Et, s'il est loin de partager mes opinions sur nombre de questions, il les écoute toujours très respectueusement. La société blanche aurait sans doute bien des choses à apprendre des sauvages sur le plan des relations entre les sexes.

Les éclaireurs ont jusque-là régulièrement localisé des troupeaux assez importants dans pratiquement chacun des territoires que nous avons traversés. La chasse s'est révélée fructueuse et notre « garde-manger » est plein, non seulement de viande de bison, mais aussi de wapiti, de daim, d'antilope, de différents petits gibiers, et de truites ! Les rivières et ruisseaux abondent de poissons et, à condition d'être assez rapide, on arrive à les pécher à la main — une autre tâche réservée aux femmes et aux enfants. Nous disposons déjà d'une vaste quantité de peaux, qui assureront le confort de la tribu ou serviront plus tard de monnaie d'échange dans les

1. Femme blanche noire.

comptoirs où nous nous approvisionnerons en café, sucre, tabac, tissus, poudre à canon, bijoux, ustensiles de cuisine et autres produits de notre culture qui ont la faveur des Indiens.

J'en viens, certaines journées, à espérer que les chasseurs ne trouveront pas de proies, car leur abondance même accroît le travail de chacun. Aux dépens de mes mains qui vieillissent prématurément, j'ai appris l'art de dépouiller, dépecer, racler et tanner les peaux, sécher la viande et cuire sur le feu — bien qu'à ce propos tous les membres de la famille n'aient pas toujours entièrement apprécié mes talents culinaires. Quiet One se renfrogne chaque fois que j'insiste pour la remplacer devant le feu : elle y voit à l'évidence quelque intention de ma part de lui voler sa place de première épouse et de cuisinière en chef. Franchement, elle ferait mieux de se montrer reconnaissante que je la décharge ainsi de ses corvées.

S'il m'arrive de me plaindre de nos labeurs quotidiens, d'autres pour leur part se soustraient entièrement à ceux-ci. Depuis sa tentative d'évasion ratée, Narcissa White a bien fait comprendre à nos hôtes (ses « ravisseurs ») qu'étant ici contre son gré elle refuse de participer à quoi que ce soit. La grandeur de sa vision missionnaire s'en retrouve d'autant diminuée. Après avoir renoncé à sauver les âmes des barbares, jugeant ceux-ci trop incultes et primitifs pour être proprement convertis, elle se propose maintenant de leur apprendre à devenir d'obéissants domestiques au service de futurs maîtres blancs.

« D'abord elle veut en faire des esclaves, a observé Phemie. Ensuite, tout comme les Blancs ont fait avec les miens, elle leur donnera son dieu pour leur salut. C'est toujours ainsi que les conquérants se constituent une main-d'œuvre. »

298

Narcissa White a pris deux petites Cheyennes sous son aile. Elle s'efforce de les habituer à certaines tâches domestiques « civilisées » : faire la révérence, lui porter ses bagages, dire « oui, madame », « non, madame » et autres choses qui paraissent comiques, voire vaguement insensées, au milieu de la prairie.

Beaucoup au sein du Peuple utilisent des ustensiles de cuisine — poêles et casseroles, assiettes en étain, même quelques couverts de seconde qualité trouvés dans les comptoirs. Certains ici mangent cependant encore avec leurs mains.

« Quand ils seront installés dans leur réserve, explique Narcissa, l'instruction que je leur donne leur sera bien utile. Parce qu'ils pourront toujours trouver un emploi aux forts, dans les quartiers des officiers, dans les villes et les avant-postes qui pousseront partout le jour où la Frontière sera débarrassée une bonne fois des barbares, et que la civilisation pourra étendre ses nobles frontières sans craindre constamment leurs innommables déprédations. » Je précise au passage que Narcissa n'a jamais pardonné à son mari d'avoir « involontairement » consommé leur mariage : elle ne l'accepte plus dans sa loge et refuse de révéler si elle est enceinte ou non.

Je n'ai aucune idée des raisons pour lesquelles ses « servantes » acceptent un tel traitement. Peut-être est-ce simplement par curiosité, ou par pure politesse, les sauvages étant naturellement aussi curieux que polis. Cependant je prédis qu'ils feront de piètres domestiques.

Nous avons atteint notre étape de fin d'après-midi, choisie par le groupe d'éclaireurs qui protègent la procession. Le vieux crieur de la tribu vient de parcourir le convoi entier, long de plusieurs kilomètres à la fin de la journée, pour l'annoncer à tous.

Sans se préoccuper de savoir si nous devrons rester là une nuit ou plusieurs, les femmes montent à chaque fois un camp qui constitue l'exacte réplique du précédent — chaque famille, chaque tente, retrouvant la même place. Le cercle tribal est toujours ouvert à l'est, comme chacun des cercles familiaux et l'entrée de chaque loge. C'est à la fois une coutume religieuse et une pratique intelligente : on se réveille à la chaleur du soleil levant, puis on ouvre le rabat de la tente toute la matinée pour que l'astre du jour en éclaire l'intérieur, le réchauffe et l'aère. Cette symétrie, cet ordre, ont quelque chose de séduisant — c'est une forme d'art.

Bien avant la tombée de la nuit, le village tout entier est parfaitement installé, comme s'il était resté au même endroit pendant des semaines ou des mois. Les feux sont allumés, le dîner cuit, les enfants jouent, les hommes fument et tiennent leurs conseils, et, pour ne pas changer, les femmes travaillent...

## 1er août 1875

Nous campons depuis six jours sur une rive du fleuve Tongue — nous ne sommes encore restés nulle part aussi longtemps depuis le début du voyage. C'est un endroit charmant situé dans une cuvette naturelle au pied des montagnes, bien à l'abri du vent et des éléments. L'étroite vallée verte est luxuriante, avec de l'herbe en abondance pour les chevaux. Bordé d'immenses peupliers dont le feuillage bruit doucement à la moindre brise, le fleuve sinue entre de courtes collines et quelques rangs de falaises.

Dès les premières lueurs, je descends chaque matin chercher de l'eau à l'endroit où il forme un petit étang. Le camp n'est pas encore tout à fait réveillé, et c'est l'instant que je préfère dans la journée. Les troglodytes ont à peine entamé leur puissante chanson, les fauvettes brillent dans les branches vertes des saules comme de vives flammes jaunes. Parfois les canards, les oies et les grues s'élèvent brusquement au-dessus des eaux à mon approche. Une biche avec son faon s'éloignent en bondissant, la queue frétillant dans les sous-bois. Au bord du fleuve, les hirondelles fondent depuis les falaises sableuses où sont juchés leurs nids pour enlever les insectes qui volent à la surface, au-dessus des truites qui impriment sur l'eau des cercles successifs. Je plonge mon outre dans le courant froid et vif qui la tire avec force, et j'ai l'impression d'appartenir à ce monde qui me gorge de vie, comme l'outre elle-même se remplit d'eau.

C'est le meilleur moment pour jeter des notes dans mon journal. Quelques minutes volées au tout début du jour avant que le mouvement et l'agitation ne s'emparent du village. Assise sur un roc qui domine l'étang et le fleuve, j'observe l'air frais et immobile, les falaises encore embrumées, le soleil qu'elles me cachent encore, et les vents incessants de la prairie qui attendent eux aussi leur réveil...

Helen Flight me rejoint parfois à l'aube sur mon rocher pour faire quelques esquisses. Quand nous restons vraiment silencieuses, les grues blanches et les grues canadiennes reviennent se poser dans l'étang, avec les hérons bleus et les bihoreaux, et les nombreuses variétés d'oies et de canards. La pipe serrée entre les dents, les sourcils comme toujours levés dans un ravissement anticipé — comme si quelque chose de purement extraordinaire s'offrait à nos yeux — elle tient son carnet de croquis ouvert sur ses genoux. Lorsque parfois je m'arrête entre deux lignes, elle saisit délicatement mon propre cahier pour y déposer le dessin rapide d'un oiseau sur un coin de page — une hirondelle en train de fondre sur l'eau, un martin-pêcheur perché sur une branche un poisson au bec. Puis, me rendant mon cahier : « *Mesoke,* peut-être devrions-nous penser à travailler ensemble. Nous appellerions notre collaboration *La Vie d'une femme chez les sauvages des prairies de l'Ouest* — textes de Madame May "Swallow" Dodd Little Wolf, illustrations de Madame Helen Elizabeth "Medicine Bird Woman" Flight Hog...

— Quelle idée géniale, Helen ! Cela ferait sans aucun doute un classique littéraire de la Frontière !

— Malheureusement l'anatomie humaine n'a jamais été mon fort, dit-elle. Je me suis toujours sentie plus à l'aise en reproduisant des animaux, des oiseaux surtout. J'ai voulu une fois me lancer dans un portrait grandeur nature de mon amie Miss Ann Hall de Sunderland. La première fois qu'elle l'a vu, elle s'est exclamée : "mais enfin, Helen, j'ai exactement l'air d'une spatule rose" ! »

Si je reste assez longtemps sur mon promontoire, je profite parfois également de la compagnie de Gretchen, Sara, Martha, Daisy ou Phemie. Nous nous retrouvons souvent ici, pour former un genre de club des filles du matin dont je serais la présidente autoproclamée.

Par bonheur, Daisy s'est largement remise de sa nuit de terreur aux mains des sauvages enivrés. Elle a aussi beaucoup perdu de sa rigidité. Et, curieusement (mais, vu les circonstances, que reste-t-il encore de vraiment curieux ?), elle est devenue très proche de Phemie depuis cet « accident ».

« À propos de ma chère amie Euphemia Washington, vous connaissez toutes la nouvelle, je pense ? nous a-t-elle demandé ce matin, son petit caniche sur les genoux. La société des Crazy Dogs vient de lui proposer de devenir membre — un fait absolument sans précédent chez les sauvages. Et pas pour lui demander de passer les plats, si vous voyez ce que je veux dire. Non, comme guerrière à part entière. C'est la toute première fois dans toute l'histoire de la tribu qu'une femme reçoit un tel honneur — une femme blanche, par-dessus le marché. Il n'y a pas de quoi se sentir fière ? Fern Louise et moi sommes folles de joie, pas vrai, *daaarling* ? fait-elle de sa voix traînante. Je crois que c'est un honneur pour nous toutes, et que c'est bien naturel, vu la façon dont elle s'y prend tant pour courir que pour chasser ces gros bisons. »

Rayonnante, la petite Sara bavarde joyeusement en cheyenne avec Pretty Walker, la fille de Quiet One et de Little Wolf, qui vient souvent avec moi le matin chercher de l'eau. Les Indiens ont surnommé Sara Little White Girl who Speaks Cheyenne [1], puisqu'elle est la première d'entre nous à parler couramment leur langue ; ils ne sont pas insensibles à ce que, ironie du sort, elle ait été auparavant muette ! Elle s'est épanouie comme une rose sauvage sous le ciel de la prairie, pour se retrouver plus heureuse et mieux portante que je ne l'ai connue. J'ai peine à croire en la voyant qu'elle fut ce frêle enfant effrayé qui s'accrochait désespérément à moi pendant notre long voyage vers l'Ouest. Inséparables, elle et Yellow Wolf, son mince et jeune

1. Petite Blanche qui parle cheyenne.

mari, s'entendent à merveille : le soleil n'a jamais vu deux amoureux aussi joyeux.

Quant à elle, notre chère Gretchen que les Cheyennes appellent *Moma'xehahtahe* ou Big Foot[1], s'est réconciliée avec No Brains, son nigaud de mari. Elle l'a même parfaitement dressé et le mène à la baguette — ou plutôt par le bout du nez, depuis ce jour au début de l'été où il abusa du whiskey...

C'est un fainéant vaniteux dont tout le monde dit qu'il s'occupe mal de sa famille. Il arrive que Gretchen le pousse hors de la tente avec de strictes instructions du genre « *Fa* nous chercher de quoi dîner, gros cossard de *saufache* ! » À chaque fois que No Brains — c'est-à-dire bien souvent — est revenu de la chasse avec sa gibecière vide, nous avons eu droit à un spectacle étrange quoique assez amusant. Gretchen d'abord, puis la mère du malheureux, suivies d'un contingent de membres furieux de la famille et escortés en chemin par les enfants de la tribu qui n'ont rien de mieux à faire, pourchassent l'imprévoyant d'un bout à l'autre du camp un bâton à la main. « *Ya !* Espèce de grand imbécile ! » beugle Gretchen dans son dos, rouge d'une colère tout helvétique, à lui gratifier le train et les épaules de coups de pied ou de bâton, tandis que les petits lui fouettent les jambes. « *Chamais* tu n'arriveras à nourrir ta famille ! *Chamais* tu ne ramènes rien à *mancher* à la maison ! S'il n'y avait pas ton *brüderchen* pour s'occuper de nous, on serait déjà en train de mourir de faim et de froid. *Che* ne suis pas *fenue* ici pour *fifre* de la charité ! Moi *ch'ai touchours trafaillé* dur pour gagner ma *fie* et ce n'est pas

---

1. Gros pied — mais « *Big Foot* » est un genre d'abominable homme des neiges américain.

*auchourd'hui* que *che fais* commencer à *fifre* sur le dos des autres ! Espèce de grand crétin des Alpes ! Abruti des hauts plateaux ! Mais regarde-toi, *afec* tes beaux habits et tes breloques, même pas capable de ramener à la *loche* un *charret* de bison, quand tu en *afais* cinquante morts à tes pieds ! Espèce de gros coucou imbécile ! »

Et ce pauvre No Brains de claudiquer d'un bout à l'autre du camp en essayant d'échapper à Gretchen, d'esquiver les coups que lui infligent famille et enfants jusqu'à ce que, inévitablement, il trébuche et s'affale par terre. Alors les plus petits le bastonnent de leurs courtes cannes et l'affublent de noms d'oiseaux en riant gaiement de la situation. Qu'on n'aille pas dire que le chasseur des prairies mène une existence facile...

Pourtant, au calme, lorsque je la retrouve comme maintenant, perchée avec moi sur mon bout de rocher à regarder le fleuve dans le matin paisible, Gretchen, placide comme une vache laitière, parle de sa tendresse pour son bouffon de mari. Je pense qu'elle est heureuse d'avoir enfin trouvé un homme et qu'elle le pousse à faire quelque chose de sa vie.

« *Ch'admets* que ce n'est pas le gars le plus *intel-lichent* de la terre, d'accord, dit-elle pour sa défense. Mais *afant d'afoir* des enfants je *fais* lui apprendre, à ce grand nigaud, à nourrir sa famille et à faire un bon mari. *Che* sais bien que *che* ne suis pas très *cholie,* mais *ch'ai touchours trafaillé* dur et *che* sais tenir une maison, chez les Blancs comme chez les Indiens — cela n'a pas d'importance pour moi. *Che* suis une femme ordonnée, sérieuse, et *che* serai une bonne mère pour mes petits, et une bonne épouse aussi. Parce que ma propre mère m'a appris tout ça. Et puis *che fais fous* dire, les filles, mon bonhomme, c'est peut-être le plus gros imbécile de toute la tribu, mais c'est quand même mon gars... et *che* sais qu'il m'aime bien... *ya*! » Gretchen porte la main à sa bouche et se met à pouffer. « Et comment qu'il m'aime bien! dit-elle en posant une main sur son impressionnante poitrine. Il aime mes gros nénés, ça, c'est sûr! Il *feut* tout le temps rouler *afec* moi dans les grandes peaux de bison! » Nous rions en chœur avec elle. Que Dieu bénisse son bon cœur.

Le camp commence maintenant à s'agiter, et les femmes arrivent au bord du fleuve pour y remplir leurs outres d'eau, suivies des hommes, « les honorables membres du Club Nautique et Viril des Indigènes », qui rejoignent la rive pour leurs nages matinales et nous les entendons s'ébrouer en amont, ou en aval... Les oiseaux s'envolent les uns après les autres, chassés de ce monde qui leur appartient par les retrouvailles des hommes... Et c'est alors le bruissement de milliers d'ailes neuves et lourdes par-dessus le fleuve... la cacophonie des oiseaux dans le ciel... gazouillant, jacassant, criaillant, hurlant... un grand orchestre de dissonances naturelles... qui se fond dans le lointain pour être bientôt remplacé par des voix de femmes, d'enfants et d'hommes. Plus bas, le crieur du camp entame sa ronde... jetant ses instructions autour de lui de sa voix haut perchée... et c'est la fin de la tranquillité, du meilleur moment de cette journée qui commence...

Je demande parfois à Pretty Walker de ramener notre outre d'eau pour rester encore un instant à écrire ou à parler avec mes amies. Elle est si délicieuse — les garçons ne la quittent pas des yeux. Mince, avec de longues jambes comme son père, elle se déplace avec une grâce de danseuse. Elle n'a pas hérité en revanche de la solennité et de l'esprit soupçonneux de sa mère. Non, c'est une enfant ardente, ouverte, aux yeux vifs et intelligents. Elle apprécie la compagnie des femmes blanches, nous lui avons appris quelques mots d'anglais et elle nous aide en retour à comprendre le cheyenne. Nous sommes, pour la plupart, moins intimidées maintenant lorsqu'il s'agit de le parler et nous savons nous exprimer de façon assez rudimentaire — ce qui est bien suffisant, nos hôtes ne prisant guère les discours philosophiques complexes. Pretty Walker nous a été fort utile à cet égard et si notre amitié naissante, je le crains, ne reçoit pas l'entière approbation de sa mère, nous nous amusons beaucoup ensemble.

J'ai jusque-là évité d'aborder le sujet suivant pour des raisons de bienséance, mais je dois quand même me résoudre à l'évoquer, puisqu'il s'agit d'un point sur lequel nous avons eu toutes les difficultés à nous adapter. Je veux parler des toilettes. Par chance notre tribu est très propre — ce n'est pas le cas de toutes les autres. On imagine facilement la puanteur qui s'accumulerait dans un camp de deux cents personnes si tout le monde partait se soulager n'importe où dans les buissons. Nous sommes parfois tombées, au cours de ce voyage, sur des lieux de campement abandonnés par d'autres tribus — annoncés à des kilomètres par leur odeur infecte.

Même si elle n'offre pas vraiment l'intimité souhaitable, les Cheyennes ont trouvé une solution relativement hygiénique à ce problème. À chaque nouveau camp on établit un endroit, situé sous le vent par rapport au village, où l'on est censé faire ses besoins. Les jeunes garçons sont chargés de surveiller les latrines communes et de s'assurer que les matières soient immédiatement enterrées. C'est leur premier devoir avant celui, passé un certain âge, de s'occuper des chevaux. Cette double tâche s'explique bien sûr du point du vue sanitaire, mais aussi parce que le camp compte de nombreux chiens et que, s'ils en ont l'occasion, eh bien... j'espère qu'on me pardonnera de le mentionner... les chiens aiment se rouler dans la fange, voire la manger.

Les femmes blanches que nous sommes ont apporté certaines améliorations au système des latrines. La petite Marie-Blanche, notre camarade française (qui a finalement « épousé » le frère de son défunt mari), était épouvantée par la chose. N'ayant pas l'habitude de se baigner trop souvent, les Français ont mis au point toutes sortes de substituts intelligents, et Marie-Blanche a insisté pour que des vasques à eau, en quelque sorte des « bidets », soient installées et gardées propres par nos « pipi-boys », comme nous les avons surnommés. Nous avons donc, peut-être, appris aux sauvages quelque chose d'utile en ce domaine, limité certes, mais essentiel d'un point de vue féminin. J'en ai certainement assez dit sur ce sujet qui ne requiert pas d'explications supplémentaires...

Si j'en suis venue à accepter mon lot, parfois même à m'en réjouir, j'ai depuis peu certains pressentiments désagréables, un genre de pessimisme indéfinissable embusqué derrière une bonne humeur quasiment constante. Je me demande, mes yeux peinant à distinguer ce que j'écris dans la demi-lumière de l'aube argentée, qui justement lira jamais ces lignes au cas où je serais empêchée de retourner un jour à la civilisation ? Que deviendront mes chers enfants Hortense et William si je me trouve dans l'impossibilité de revenir vers eux ? Je prie pour que la lettre que j'ai confiée à Gertie finisse par leur arriver, mais comment être sûre que Père et Mère leur permettront de la lire lorsqu'ils seront en âge de le faire ? Ces pensées me mettent mal à l'aise. Quoi qu'il advienne de moi, je me sentirais bien mieux si j'étais sûre qu'ils puissent un jour savoir quelque chose de ma vie auprès des sauvages, qu'ils soient en mesure de comprendre que leur mère, aussi têtue, imprudente ou excentrique qu'elle fût, n'était aucunement folle pour autant...

## 7 août 1875

Mes récentes prémonitions se sont réalisées, mais chargées d'une horreur que je n'aurais pu imaginer. La pire des catastrophes nous est arrivée. En ce jour noir, le plus noir de tous ceux passés ici, je me retrouve avec plusieurs de mes compatriotes dans une situation désespérée.

La journée commençait aussi paisiblement que n'importe quelle autre, sans le moindre incident. Partie à l'aube m'asseoir sur mon rocher en surplomb du fleuve Tongue, j'étais sur le point de défaire la bandoulière qui maintient mon carnet dans mon dos. Installée près de moi, Helen Flight attendait une lumière plus favorable pour se mettre à dessiner ; Martha, Sara et la petite Pretty Walker étaient assises de l'autre côté. Les sœurs Kelly, venues nous rejoindre, étaient accroupies au bord du fleuve, en train d'ajuster un hameçon au bout d'une ligne afin de pêcher des truites pour le petit déjeuner. Gretchen venait d'arriver à grands pas et remplissait son outre à eau.

Je crois que nous avons toutes senti exactement au même instant que quelque chose n'allait pas. Les oiseaux qui avaient entamé leurs chants du matin s'étaient brusquement tus, puis le silence fut brisé par l'envol de plusieurs dizaines d'oies et de canards légèrement plus bas sur le fleuve. Nous eûmes à peine le temps de lever les yeux les unes et les autres, qu'on nous tomba dessus. Des mains répugnantes nous bâillonnèrent et nous nous retrouvâmes toutes un couteau sous la gorge, immobilisées par des bras puissants. Il n'y eut plus qu'un bruit au-dessus du battement de milliers d'ailes, celui du tomahawk qui s'abattit lourdement sur le crâne de Gretchen. Elle s'effondra sur le rivage en gémissant.

Notre enlèvement était si bien orchestré qu'avec le recul je pense que nos assaillants nous avaient sans doute observées, plusieurs jours de suite peut-être — pour bien prendre note de nos allées et venues, estimer combien il leur faudrait être pour nous kidnapper. Cependant Gretchen, grande et visiblement dotée d'une certaine force, a dû leur paraître impossible à maîtriser par un ou même deux hommes, c'est pourquoi ils l'ont assommée.

Ils s'emparèrent de nous si vite et si parfaitement qu'il ne pouvait être question de résister. Nous savions que, si nous osions seulement nous débattre ou nous mettre à crier, ils nous trancheraient aussitôt la gorge. Impuissantes et paralysées par la terreur, nous avons été à moitié portées, à moitié traînées, en aval du fleuve où nos ravisseurs s'étaient probablement tapis. L'un d'eux, aussi corpulent que patibulaire, hissa Gretchen sur ses épaules et la cala comme un sac de pommes de terre. Je ne savais pas encore à quelle tribu ils appartenaient mais, dans l'ensemble plus grands que les Cheyennes, ils avaient également la peau plus claire. Certains étaient vêtus de chemises de flanelle du monde civilisé, et plusieurs arboraient des chapeaux noirs de l'armée dont le fond avait été découpé et les flancs ornés de plumes et d'étoffes de différentes couleurs.

Nous atteignîmes un gué plus bas où ils nous

firent traverser le fleuve. Un groupe de garçons plus jeunes attendait avec des chevaux sur l'autre rive dans un sous-bois de peupliers. Je reconnus parmi les bêtes un certain nombre de nos montures cheyennes. On nous attacha mains et pieds avec des lanières de cuir brut et l'on nous bâillonna avec du tissu avant de nous jeter brutalement sur les selles comme des carcasses de cerfs. Puis nos ravisseurs prirent place derrière nous.

Je ne sais exactement combien de temps nous avons cheminé ainsi — quelques heures au moins, qui ont semblé interminables tant nous étions meurtries dans cette position. Gretchen restant inconsciente, j'étais certaine qu'ils l'avaient tuée. Malgré mes mouvements limités, je réussis à tourner la tête suffisamment pour l'apercevoir. Elle paraissait inanimée. C'est seulement au bout d'une bonne heure qu'à mon grand soulagement je l'entendis pousser un nouveau gémissement.

Au bout de cette pénible course — notre impuissance étant totale — nous arrivâmes enfin à un petit campement d'une demi-douzaine environ d'abris sommaires — à peine un genre d'appentis garnis de toiles. Il s'agissait visiblement de l'installation provisoire d'un groupe de chasseurs ou de guerriers, car on n'y voyait aucune femme. D'autres hommes jeunes vinrent à la rencontre de nos ravisseurs. Toujours avec la plus extrême brutalité, on nous fit quitter les chevaux pour nous envoyer rouler par terre, ce qui ne manqua pas d'exciter ces barbares, qui se mirent à rire en se moquant semble-t-il de nous dans leur langue inconnue.

Ils se décidèrent enfin à nous délier mains et pieds, et à retirer nos bâillons. Ils avaient tant serré le mien que ma bouche, fendue, saignait aux commissures. Pratiquement à quatre pattes, je partis aussitôt libérée vérifier l'état de Pretty Walker, la plus jeune et la plus terrifiée d'entre nous. Les petits Cheyennes grandissent en écoutant les nombreux récits qui leur apprennent comment d'autres enfants ont été capturés par des tribus ennemies — à l'instar du Père Fouettard de notre culture — et à l'évidence le pire de ses cauchemars était en train de se réaliser. Pretty Walker marmonnait en geignant : « *Ooetaneo'o, ooetaneo'o.* »

L'angoisse rendait ses propos indistincts et Sara se décida au bout d'un instant à traduire : « Des Crows, elle dit que ces hommes sont des Crows. » Je devais me rendre compte bien plus tard que ce fut la première et la dernière fois que j'entendis Sara s'exprimer en anglais.

Nous savions déjà toutes que les Crows sont les ennemis ancestraux des Cheyennes. Et cette bande de lourdauds, avec leurs vêtements empruntés aux Blancs et leur chapeaux grotesques, se pavanait devant nous en se réjouissant ouvertement de notre désarroi. Cette pauvre Martha, paralysée de terreur et à l'évidence en état de choc, se mit à répéter : « Ils vont nous tuer... Ils vont nous tuer... Ils vont nous tuer toutes... »

Meggie Kelly finit par la couper sèchement : « La ferme, Martha ! S'ils avaient eu l'intention de nous tuer, ce serait déjà fait. Et ils ne se seraient pas donnés la peine de nous amener ici.

— Ouais, tu as raison, dit sa sœur à voix basse. Ils ne vont pas nous tuer tout de suite. Ils vont d'abord nous passer dessus. Regarde-moi celui-là un peu, le bois qu'il se tient. »

De fait, l'un des hommes était déjà en érection sous son pagne. S'en apercevant, les autres autour de lui se mirent à rire et l'encouragèrent.

Alors le misérable, saisissant Sara par les cheveux, commença à la tirer vers l'une de leurs huttes sommaires. Non qu'il ait semblé spécialement « choisir » la petite — c'est elle qui, simplement, se trouvait le plus près de lui. Je hurlai : « Non ! Pas elle ! Je vous en supplie. » J'attrapai le barbare par la jambe. « Prenez-moi à sa place.

— Ou moi, salopard ! lâcha Susie Kelly en se jetant sur son autre jambe. Fiche la paix à la petite, espèce d'ordure ! »

Nos pathétiques efforts ne semblèrent réussir qu'à plonger leur vile cohorte dans une hilarité plus vive. L'homme n'eut pas grand mal à se débarrasser de Susie, puis il me gratifia d'un bon coup de pied en pleine mâchoire. À l'exception de Martha, trop effrayée pour faire un geste, et de Gretchen qui, encore à moitié assommée, gémissait par terre, les autres volèrent à notre secours. Mais les Crows nous maîtrisèrent toutes.

Lâchant alors les cheveux de Sara, le monstre lui tomba littéralement dessus et voulut la forcer à écarter les jambes. Elle se débattit en pleurant. Jamais de ma vie je ne pourrai oublier l'intensité silencieuse qui se lisait sur son jeune visage, ni les pleurs de rage qui coulaient le long de ses joues. Je compris à cet instant que le même innommable sort lui avait déjà été réservé tandis qu'elle grandissait dans notre asile infâme et que son mutisme avait été sa dernière force, son ultime témoignage de la cruauté de ce monde. Maintenue au sol par un autre de ces hommes, réduite à l'impuissance, je me mis à pleurer aussi, à plaider, prier, supplier le Seigneur...

Je ne sais d'où le couteau est sorti. Certaines ont dit plus tard que c'était celui du Crow, que Sara l'avait retiré de la ceinture du violeur, d'autres qu'elle le gardait depuis le départ caché sous sa robe. Je vis seulement la lame briller dans la main de la petite, puis s'enfoncer dans la gorge de l'homme qui se couchait sur elle. Il émit un gargouillis de stupeur, se débattit pour saisir la poignée de l'arme et parvint finalement à la déloger de son cou d'où le sang coulait en cascade. Mais avant de retomber mort sur la jeune femme, il réussit dans un dernier souffle à l'égorger à son tour et toute vie s'évanouit des yeux de Sara. Terrible instant.

La nuit tombe maintenant et nous restons pelotonnées les unes contre les autres, par terre sous l'un de leurs rudimentaires auvents, à essayer de nous réconforter entre pleurs et murmures. Assis devant notre abri, quelques-uns des jeunes Crows montent la garde. Nous sommes tellement à bout de forces qu'ils n'ont pas pris la peine de nous ligoter à nouveau. Après le meurtre de Sara, ces ignobles brutes nous ont violées chacune à notre tour... nous n'avons pu qu'endurer silencieusement leurs immondes violences... J'ai quand même réussi à soustraire Pretty Walker à ce lot peu enviable en m'offrant moi-même à son assaillant... Je dus en subir un deuxième pour elle... J'ai gardé toute la journée mon cahier en bandoulière et je l'ai ouvert sur mes genoux pour noter ce qui sera sans doute mes dernières lignes...

« Pourquoi écris-tu encore ton journal, May ? m'a demandé Martha un instant plus tôt, d'une petite voix désespérée. À quoi cela peut-il bien servir maintenant ?

— Je ne sais pas, Martha, ai-je répondu. J'écris peut-être pour rester en vie, pour nous aider à survivre toutes ensemble. »

Helen Flight poussa un rire sinistre. « Oui. Je comprends ça très bien, May. Ton crayon, c'est ta médecine à toi, et tant que tu t'en serviras tu seras en prise avec la vie, quelque part ailleurs, pour rester vivante. Car, malgré tout, nous avons survécu... je veux dire, à part notre Sara bien-aimée. »

Nous regardâmes toutes le corps inanimé, froid et roide, que nous avions tiré au fond de la hutte.

« Je ne veux plus vivre, moi, dit Martha. Sara a peut-être eu de la chance, après tout. La mort en fait serait un soulagement après ce qui nous est arrivé... et ce à quoi il faut nous attendre maintenant.

— Oh, arrête tes jérémiades, lança Meggie Kelly. Susie et moi, on va avoir nos petits, et on a bien l'intention d'être là quand ils arriveront. Pas vrai, frangine ?

— Pour sûr, renchérit Susie. Un peu mon neveu, qu'on va devenir mamans. Et les gars vont venir nous chercher, je le sais, moi.

— J'en suis sûre moi aussi, approuva Helen. Du cran, Martha. Ils ont abusé de nous, abominablement, c'est sûr, mais nos maris ne vont pas laisser les Crows s'en sortir comme ça. Ton homme est après tout le chef des guerriers Crazy Dogs, et Little Wolf, le mari de May, dirige la société des Elks, secondé d'ailleurs par mon propre époux Hog — qui est aussi un sacré gaillard, si je puis me permettre d'en parler ainsi. Je suis sûre que nos gars sont déjà partis à notre recherche. Ils vont arriver d'une minute à l'autre et réclamer vengeance à ces criminels. »

Gretchen n'avait pas encore tout à fait retrouvé ses esprits après ce vilain coup de tomahawk. Par bonheur pour elle, les barbares l'avaient laissée de côté dans leur frénésie lubrique. Mais, levant courageusement la tête, elle déclara, encore faible : « *Ja*, et n'oubliez pas No Brains, mon mari à moi, non plus. *Che* sais qu'il *fiendra* me chercher aussi. Il ne m'abandonnera pas. »

Nous étions privées de feu et, l'air de la nuit étant

frais, nous restions blotties les unes contre les autres pour nous réchauffer et tenter de nous réconforter mutuellement...

## 8 août 1875

Oui, Dieu soit loué ! Helen avait raison ! Sauvées, nous avons retrouvé la sécurité parmi les nôtres ! Nos voleurs — kidnappeurs, assassins, violeurs, vicieux, pervers — sont morts. Nos guerriers ont même tué certains des jeunes hommes de la bande... cela me désole un peu, car ceux-là étaient à peine des adolescents... mais je crois que quelques-uns ont réussi à s'échapper de la mêlée...

Les Cheyennes ont attaqué à l'aube après ce qui fut les plus horribles vingt-quatre heures de nos vies. Les gardes crows ont dû tout d'abord être silencieusement mis hors d'état de nuire, puisque nos ravisseurs dormaient encore dans leurs huttes lorsque nos courageux guerriers ont pris le camp d'assaut. Les Crows avaient à peine quitté leurs abris qu'ils étaient déjà abattus, massacrés dans le tumulte de leurs cris de surprise et les hurlements meurtriers des nôtres. Menant lui-même la charge, mon mari Little Wolf n'avait plus rien d'un homme : incarnation du dieu de la vengeance, c'était un animal, un ours sans peur et sans pitié. Mû par une fureur divine, armé d'un bouclier et d'une lance, il fondit à cheval sur l'ennemi. Il était vraiment, à cet instant, mon chevalier en armes.

Blotties dans notre hutte, nous avons observé le carnage par l'ouverture. Seulement vêtue de son pagne sur sa monture blanche, Phemie avançait de front avec les hommes. Les Crows ont dû être figés de terreur au spectacle de la guerrière noire qui, fonçant sur eux, levait son arc comme une déesse mythique. Elle décocha une première flèche qui se planta dans le cœur d'un des ravisseurs puis, poussant un cri à glacer le sang, en envoya un deuxième mordre la poussière d'un coup de tomahawk. Dieu tout puissant, quelle vision...

Exactement comme l'avait prédit Helen, nos maris étaient tous là, même No Brains qui avait revêtu pour l'occasion une chemise de guerre sophistiquée. Je suis pourtant certaine qu'il a attendu la fin de l'assaut initial pour venir assouvir sa vengeance sur un ennemi déjà abattu.

Le jeune Yellow Wolf, qui fut le premier à mettre le pied dans notre hutte, poussa en voyant le corps inanimé de sa bien-aimée un hurlement de chagrin que je n'aurais jamais cru possible d'aucun homme. S'approchant d'elle, il la prit dans ses bras et la serra, toute froide, contre sa poitrine. Nous ne pûmes de nouveau retenir nos larmes devant notre amie et la folle souffrance de son jeune mari.

Le laissant à l'intimité du deuil, nous avons quitté la hutte à la recherche de nos époux dans ce chaos de mort et d'agonie. Les scalps des ennemis à terre avaient déjà été pris... quand d'autres subissaient de nouvelles mutilations... La scène avait quelque chose d'irréel, de cauchemardesque, comme si nous étions là sans y être... Mais nous sommes à notre tour devenues sauvages, dans les deux sens du terme... ointes toutes ensembles par le sanglant sacrement de la vengeance... plus jamais nous ne serons les mêmes... nous avons entendu la bête dans nos propres cœurs... avons exulté dans le sang et la revanche... dansé sur les scalps de nos ennemis... oui, c'est bien ce que nous avons fait, et que Dieu nous pardonne...

Si les Cheyennes ne sont guère démonstratifs du

point de vue sentimental, les sœurs Kelly en revanche, retrouvant leurs jumeaux de maris, se sont ruées vers eux en poussant des cris de joie. Bondissant sur leurs poneys comme deux farfadettes, elles ont enveloppé leurs hommes de leurs jambes et de leurs bras, et les ont couverts de baisers. « Dieu vous bénisse, les petits potes. Dieu vous garde. On savait bien que vous viendriez nous chercher. Que vous n'abandonneriez pas vos bonnes femmes. »

Gretchen se trouvait maintenant mieux, mais se mouvait encore lentement, prudemment. Elle partit à la rencontre de son bouffon de mari et le vit qui marchait en tenant les rênes de son cheval. Il se pavanait comme un paon en exhibant à tous un scalp encore sanglant.

Mon mari Little Wolf, comme toujours calme et silencieux, était assis sur sa monture à surveiller la scène d'un œil vigilant — un vrai loup à la tête de sa meute. Quand il m'aperçut avec sa fille Pretty Walker, il vint tout de suite à notre rencontre et descendit de cheval.

La petite s'est aussitôt mise à pleurer en se jetant dans les bras de son père.

« *Neve'ea'xaeme, nahtona,* dit Little Wolf en la serrant contre lui. *Neve'ea'xaeme, nahtona.* Ne pleure pas, mon enfant. »

Puis, me regardant par-dessus l'épaule de Pretty Walker : « *Ena'so'eehovo, Mesoke*? Swallow, est-ce qu'ils l'ont violée ? »

Je répondis non d'un signe de tête. Lorsqu'il me posa ensuite la même question, je baissai les yeux et pleurai à mon tour. « *Nasaatone'oetohe,* je n'ai rien pu faire pour les arrêter. *Nasaatone'oetohe,* mon mari. »

Little Wolf me sourit avec gentillesse et hocha la

tête. Puis il parla de nouveau, dans l'espoir, je pense, de nous réconforter l'une et l'autre. « *Eesepeheva'e,* dit-il. *Eesepeheva'e.* C'est fini, maintenant. »

En revenant au camp dans l'après-midi, nous avons été accueillies par les trilles joyeux des femmes qui coururent toutes à notre rencontre. Jusqu'à ce que la famille de Yellow Wolf découvre celui-ci au bout de notre cortège, tirant le cheval qui portait le cadavre de *Ve'ho'a'o'ke.* Alors un long cri déchirant est né de plusieurs bouches avant de s'étendre à tout le camp.

## 9 août 1875

Nous avons ce matin enterré Sara et son enfant qui ne verra jamais le jour. Vêtu de sa robe de mariée cheyenne et enveloppé d'une grande peau de bison blanche, son corps couvert de pierres repose dans une tombe peu profonde au milieu de la prairie.

Il y eut moult discussions parmi les personnes concernées quant à savoir s'il fallait procéder à des obsèques chrétiennes ou respecter la tradition cheyenne. Le révérend Hare et Narcissa White ont évidemment plaidé pour les premières. Mais d'autres parmi nous ont pensé que Sara n'avait connu de vrai bonheur sur cette terre qu'au sein de son nouveau peuple. Et nous avons souhaité que son âme parte vers cet endroit que les Cheyennes appellent *Seano* — le lieu des morts — que l'on trouve tout au bout de la Hanging Road in the Sky[1], la Voie lactée. Les Cheyennes pensent que

1. La route suspendue dans le ciel.

tous les membres du Peuple un jour disparus y vivent auprès de leur créateur *He'amaveho'e*. Les villages de *Seano* sont la réplique de ceux qu'ils ont connus sur terre : les défunts y chassent, travaillent, mangent, jouent, aiment et font la guerre comme ici. Tous, en outre, se rendent au lieu des morts, qu'ils aient ou non été bons sur terre, vertueux ou mauvais, courageux ou lâches — tout le monde donc. C'est aussi à *Seano* que chacun retrouve les âmes de ceux qu'il a aimés.

« C'est le paradis, ai-je dit au révérend Hare. *Seano* est exactement comme notre paradis. Quelle différence y a-t-il, mon Père ?

— Une différence substantielle, Miss Dodd, répondit celui-ci. Puisque ce n'est pas le paradis chrétien et que toutes les âmes sont censées y accéder sans avoir été baptisées, sans être récompensées pour leurs vertus ni punies de leurs péchés. Cet endroit n'existe pas et ne peut exister, puisque de toute façon il ne peut y avoir de paradis sans enfer.

— La terre que nous habitons, révérend, est à la fois un paradis et un enfer. Personne ne le savait mieux que notre Sara. Je pense qu'elle mérite un enterrement très simple à la manière des sauvages, comme le demande son mari. »

Mais la « robe blanche », je m'en doutais, est restée intraitable sur ce sujet. « Cet enfant a été baptisée dans la seule vraie Église, dit-il, et sa dépouille doit maintenant recevoir les saints sacrements qui permettront à son âme de rejoindre le royaume du Seigneur. »

C'est pourquoi, finalement, on procéda aux deux cérémonies, la première sous l'égide du révérend Hare, et la seconde dirigée par Yellow Wolf et sa famille. Ceux-ci conduisirent Sara à sa dernière résidence, où ils amenèrent aussi son cheval. À notre plus grande stupeur, Yellow Wolf égorgea l'animal devant la tombe — c'est-à-dire qu'il le tua de la même façon que Sara avait été assassinée. La bête tomba sur ses genoux tandis qu'un horrible dernier souffle s'échappait de sa trachée. « *Ve'ho'a'o'ke* a besoin de son cheval, expliqua Yellow Wolf tandis que celui-ci s'effondrait pour de bon et que ses yeux se figeaient, pour suivre la Route du Ciel vers *Seano*. »

L'âme de Sara put alors conduire sa monture où bon lui semblait — le paradis qui lui convenait — et les deux parties s'estimèrent satisfaites.

## 11 août 1875

La procession funéraire a laissé Yellow Wolf accroupi devant la tombe de sa bien-aimée. Deux jours et deux nuits de suite, nous avons entendu les pleurs du jeune homme que le vent nous portait.

Il va sans dire que c'est un moment difficile pour nous tous... La mort de Sara et l'avilissement auquel nous ont réduites les actes de ces Crows sont lourds de conséquences pour chacune. Des conséquences que, pour l'instant, nous ne mesurons qu'à peine.

Excepté quelques platitudes convenues, le révérend a peu à nous offrir en matière de réconfort et nous n'avons, comme d'habitude, que les unes et les autres pour nous épauler... Dieu en soit tout de même remercié.

C'est pourquoi nous avons formellement décidé, d'un commun accord, de ne jamais parler de cette journée ni de la nuit qui a suivi, ni entre nous ni en présence de quiconque. Nous ne changerons rien à ce qui est arrivé et nous devons apprendre à vivre en l'oubliant.

Sans une once de reproche — ce dernier semble n'émaner ici que de certaines femmes blanches — nos familles cheyennes nous ont reprises dans leurs vies, généreusement, avec sollicitude et gentillesse. Évidemment Narcissa White insinue déjà que nous aurions nous-mêmes poussé les Crows à nous enlever, que les humiliations subies entre leurs mains ne sont qu'une juste punition pour nos péchés — et la confirmation de sa propre vertu.

J'ai rarement laissé mon mari quitter mon regard depuis cette rude épreuve. Little Wolf, mon vrai sauveur, ultime défenseur, est un homme bon et courageux. Je me sens plus que jamais attachée à lui, même si cette affection paraît plus volontiers filiale que conjugale. J'ai pris depuis quelques nuits l'habitude de me glisser avec lui sous les peaux de bison une fois que tout le monde s'est endormi dans la tente, non pour rechercher quelque intimité sexuelle, mais simplement pour le sentir contre moi, me blottir contre sa peau douce, me rassurer à son contact, profiter de son odeur naturelle, forte et agréable. La première épouse Quiet One est extrêmement prévenante envers moi ; elle s'est aperçue, je le sais, de ces rendez-vous nocturnes, mais ne m'en tient pas rigueur. Je pense qu'elle a eu vent de la façon dont je me suis efforcée de protéger sa fille, Pretty Walker. Celle-ci s'est remise à dormir avec sa mère. Nous avons, elle et moi, vu en chair et en os les « Pères Fouettards » de la légende, et nos peurs sont devenues réalité.

## 20 août 1875

Selon mes estimations, je suis bientôt au terme de mon troisième mois de grossesse. Je ne pense pas que mon bébé ait souffert des événements et je m'en réjouis. Martha et les sœurs Kelly paraissent également indemnes de ce point de vue. Comme Gretchen. Grâce à Dieu...

Parmi mes amies les plus proches, seules Phemie et Helen Flight ne sont pas enceintes. Helen m'avait confié, il est vrai, avoir menti à ce sujet au cours de l'examen médical pour être malgré tout acceptée avec les autres.

« M. Hog est un garçon tout à fait aimable, confesse-t-elle. Même s'il semble, depuis notre mariage, possédé par cette présomption masculine qu'un homme incapable de féconder sa compagne n'en est pas vraiment un. Il fut un temps où il me posait la question chaque jour, en posant la main sur son ventre d'un air plein d'appréhension... Me voyant lui répondre par la négative, eh bien il voulait remettre ça ! Je dois reconnaître que cela finissait par devenir lassant. Cependant, depuis que nous sommes revenues saines et sauves de notre enlèvement, il a mis fin à ses avances. Je peux donc me consacrer entièrement à perfectionner ma "médecine". »

Phemie, pour sa part, porte toujours son cordon de chasteté et se contente de pouffer lorsqu'on aborde le sujet. « Je suis comme toi, Helen, j'ai à faire, explique-t-elle. Je fais partie des chasseurs, et maintenant des guerriers, ce qui n'est pas une activité décente pour une future mère. En outre, depuis mon plus jeune âge, j'ai dû subir les assauts des hommes à chaque fois que l'envie les en prenait. J'aime beaucoup mon mari *Mo'ohtaeve'ho'e,* et je porterai son enfant un jour peut-être. Mais c'est à moi de décider quand je serai prête. »

Quant à nous, nous nous réjouissons d'être enceintes en même temps. Nous pouvons ainsi en parler entre nous, nous épauler et penser ensemble à l'avenir. Nos enfants devraient naître en février. La perspective d'arriver à terme pendant les mois d'hiver est certes préoccupante, mais nous avons bon espoir de profiter alors d'un camp relativement fixe. Peut-être même aurons-nous à ce moment-là rejoint une des agences gouvernementales, avec un hôpital et un médecin à proximité. Certains des hommes du conseil ont récemment évoqué la possibilité de nous y rendre cette année.

23 août 1875

Il s'est passé aujourd'hui quelque chose d'infiniment malsain dont les répercussions n'ont pas fini de se faire sentir. Nous avons d'abord entendu le révérend Hare pousser des cris de détresse, puis un concert de hurlements furieux de la part des sauvages, c'est pourquoi nous fûmes plusieurs à nous rendre à sa loge. Nous y avons trouvé un spectacle des plus choquants.

Cravache en main, un Cheyenne du nom de *Hataveseve'hame,* Bad Horse[1], était en train d'expulser le révérend, celui-ci dans le plus simple appareil, de la loge qu'il partage avec Dog Woman. Immense, rose et imberbe des pieds à la tête, le prêtre sanglotait en essayant d'esquiver les coups de fouet mais son corps portait déjà partout de sévères marques rouges. Un groupe s'était rassemblé autour de plusieurs membres de la famille de Bad Horse. Son épouse, une petite femme trapue dénommée *Kohenaa'e'e,* Bear Sings Woman[2], sortit alors de

---

1. Mauvais cheval.
2. Celle qui chante comme l'ourse.

la tente du révérend en portant leur jeune fils dans ses bras — il était également nu. La nudité est ici relativement courante parmi les enfants, toutefois la scène ne prêtait pas à l'équivoque, même si le révérend bredouillait confusément tour à tour en cheyenne et en anglais qu'il avait seulement voulu enseigner le catéchisme au jeune garçon. Ses explications ne calmèrent aucunement le père de l'enfant. Furieux, il continuait à le rosser durement avec sa cravache.

M'approchant de Susie Kelly qui, avec sa sœur, avait rejoint le groupe de spectateurs, je lui demandai : « Ne devrait-on pas nous porter à son secours ? » Malgré l'antipathie que je ressens pour l'intéressé, je trouvais tout de même ce spectacle affligeant.

« C'est une affaire de famille, May, répondit-elle. Ce vieil hypocrite a été pris en train de sodomiser le gamin. Les catholiques font ça tout le temps, c'est bien connu. Quand on était à l'orphelinat, Meggie et moi, les vieux curés s'en prenaient aux petits gars et leur trouaient la rondelle jusqu'au sang, pas vrai Meggie ?

— Oh oui, Susie, et c'est d'autant plus triste, admit la jumelle, que les petits gars à qui on fait ça deviennent mauvais en grandissant, j'ai pu le constater. Et je n'ai pas l'impression que les Indiens aient jamais vu ça. Même les vieilles tantes comme le copain du révérend ne s'attaquent pas aux gamins. On m'a expliqué que les *he'emane'e* vivaient chastement.

— Âme perdue, âme damnée, dis-je du pathétique révérend. Il ne mérite peut-être pas la pitié, mais il en a bien besoin.

— On ne peut rien faire pour lui, May, trancha Susie. De toute façon, ils ne vont pas le tuer, ce vieux pédéraste. Ils vont juste lui donner une bonne leçon. »

Justement, leur fureur bientôt apaisée, les parents ramenèrent leur enfant à la maison et la petite foule se dispersa. Puis les jumelles et moi sommes allées trouver notre conseiller moral, recroquevillé par terre, réduit à une masse tremblante de chair rougeâtre et châtiée. Nous l'avons aidé à retourner à sa loge où Dog Woman, claquant la langue comme le font les Indiens lorsqu'ils sont inquiets, soigna ses blessures.

J'ai peur que la disgrâce du révérend auprès des Cheyennes soit irrévocable. Je dois avouer qu'en dehors des grossesses que nous leur avons promises — promesse tenue — nos efforts entrepris dans le but d'enseigner aux sauvages les bénéfices de notre civilisation ne semblent guère couronnés de succès...

## 28 août 1875

Nous voilà repartis. Mais cette fois — la première depuis notre arrivée — nous nous sommes divisés en plusieurs groupes qui vont suivre chacun une direction différente. Les troupeaux étant maintenant dispersés, le Peuple doit en faire autant, car il est plus facile de nourrir des bandes réduites que la tribu rassemblée.

Cette séparation cause de vives angoisses à certaines de mes camarades. Du fait qu'elle appartient avec M. Tangle Hair à un autre groupe que ma famille, Martha est morte d'inquiétude. Nous n'allons donc plus nous voir, pendant quelques semaines sans doute, mais peut-être plus longtemps...

326

« Je ne peux pas te quitter, May, m'a-t-elle dit ce matin juste avant notre départ. Mon Dieu, mais que vais-je faire sans toi ? »

Je tentai de la réconforter : « Mais tout se passera bien, Martha. Tu as d'autres amies de chez nous avec toi.

— Combien de temps allons-nous être séparées ? Je ne peux me faire à cette idée. Qu'allons-nous devenir ?

— Arrête de te ronger les sangs. Tu te rends malade pour un rien et après, tout se passe quand même normalement, non ? »

Elle s'esclaffa : « Ma bonne amie, si tu appelles "normaux" les événements de ces derniers mois, surtout de ces dernières semaines, c'est que tu vois les choses avec une sérénité dont je serai toujours dépourvue. Je n'arriverai pas à survivre si tu n'es pas là pour me donner du courage.

— Ne dis pas de bêtises. Bien sûr que tu y arriveras. On se reverra bientôt, de toute façon.

— Qu'en sais-tu, May ? demanda-t-elle. Qu'en savons-nous, l'une comme l'autre ?

— Te revoilà encore à te faire un sang d'encre, répondis-je en m'efforçant de paraître enjouée. Tu vas bientôt être maman, et moi j'ai toujours cru en ce vieux proverbe qui dit qu'une maman inquiète met au monde des bébés inquiets.

— Tu as raison, je sais, May. Mais je ne peux m'en empêcher. Je suis angoissée par nature. Je n'aurais jamais dû venir dans ce monde sauvage... Je suis une vraie petite souris, tout me fait peur...

— Après ce que tu as enduré, Martha, tu as toutes les raisons d'avoir peur.

— Oui, mais toi, cela ne t'arrive jamais. Je donnerais n'importe quoi pour devenir comme toi, intrépide, téméraire même. Je sais que nous ne devons plus parler de cette terrible journée, mais je dois te confesser ceci... J'ai besoin de te dire à quel point j'ai été fière de toi... et je regrette, je regrette tellement de ne pas avoir apporté mon aide quand ils ont massacré la petite Sara... » Martha commençait à pleurer. « J'étais tellement épouvantée, May. Je voulais lui porter secours avec toi, mais j'en étais incapable, je ne pouvais plus faire un geste. Peut-être que si je n'avais pas été paralysée comme ça, cet abominable Indien ne l'aurait pas tuée...

— Tu n'as pas le droit de penser cela, la coupai-je sèchement. Et tu dois respecter ta promesse de ne plus parler de ces choses. Aucune d'entre nous n'aurait rien pu faire pour les arrêter.

— Oui, mais toi tu es arrivée à ce qu'ils épargnent Pretty Walker. Je n'aurais jamais eu le courage dont tu as fait preuve, May.

— Balivernes, tranchai-je. Assez d'absurdités, Martha. »

Elle me prit alors dans ses bras et me serra de toutes ses forces. « Dis-moi quelque chose qui me donne du courage.

— Ma douce amie, il y a une seule chose que je peux te dire. Après nous n'en parlerons plus jamais. Promets-le moi.

— Je te le promets.

— J'étais moi-même terrorisée, autant que toi et les autres. Je le suis depuis le début de toute cette aventure. Mais j'ai appris à cacher ma peur. J'ai fait vœu, pour moi seule et dès le premier jour, que dans les situations où j'aurai le plus peur pour ma vie, je penserai à mes enfants Hortense et Willie, et que je trouverai la paix à l'idée qu'ils sont tous deux à l'abri. Que je trouverai le réconfort en les imaginant ensemble, avec leurs petits cœurs qui battent doucement. Voilà ce à quoi j'ai pensé quand ces barbares se sont servis de moi ce jour-là. J'ai compris que la pire chose qui pourrait m'arriver n'était pas de mourir, mais que l'enfant que je porte en moi ne vive pas, lui. Alors je me suis soumise. J'ai enduré. Comme toi et les autres l'avez fait. Parce que nous sommes des femmes, que certaines ont déjà eu des enfants, que nous allons en avoir d'autres. Il en est, comme Helen Flight, qui ont une force peu commune. Te rappelles-tu ce qu'elle a dit un jour à propos des guerriers et de leurs médecines ? Que, s'ils croyaient assez fort en leur propre pouvoir, celui-ci finissait peut-être par les protéger ?

— Oui, je m'en souviens, fit Martha. Tu lui as dit que c'était inepte. Une pure superstition !

— En effet, j'ai dit cela. » Je me mis à rire. « Et, à la vérité, je n'ai pas changé d'avis. Mais tu dois te rappeler, Martha, que tu as survécu toi-même à cette épreuve, tu t'es soumise et tu as subi, et c'est grâce à cela que tu as sauvé ton enfant. C'est ton pouvoir de femme, de mère, ou, comme ils disent, ta médecine, qui t'a sauvée. C'est là qu'il faut puiser ton courage. Tu ne dois pas avoir peur de notre séparation. Pense qu'elle est seulement temporaire, que ton mari, ta famille et les amis qui t'accompagnent seront là pour te protéger et que nous nous retrouverons le moment venu. »

## 6 septembre 1875

Notre bande a pris la direction du sud. J'ai appris que nous revenions à Fort Laramie chercher assez de provisions aux comptoirs pour passer l'hiver. Little Wolf souhaite également parler avec le commandant du fort des autres épouses promises par le Grand Père Blanc à ses jeunes guerriers, puisqu'elles ne sont toujours pas arrivées. Je n'ai pas essayé de lui ôter ses illusions et n'ai rien dit de ce que Gertie m'a révélé à ce sujet. Certaines rumeurs alarmantes circulent déjà parmi les Cheyennes, selon lesquelles une fois de plus les Blancs sont revenus sur leurs engagements, car, évidemment, il n'y a pas eu de nouveau convoi et, bien sûr, il n'y en aura pas.

Ce seront mes premières retrouvailles avec la civilisation depuis qu'on nous a remises au Peuple en mai... il y a seulement cinq mois. Après tout ce que nous avons enduré, je ressens une curieuse inquiétude à l'idée de revoir le fort. Je ne peux m'empêcher de me demander si le capitaine Bourke y sera toujours en poste — avec son épouse. Je n'ai plus entendu parler de lui depuis la visite de Gertie au début de l'été. Après, nous avons presque toujours été en déplacement.

Nous avons réuni une quantité considérable de peaux et cuirs de bison, de wapiti, de cerf, d'antilope, au point que presque tous nos chevaux en sont chargés et que nous sommes de plus en plus nombreux à avancer à pied. Les jeunes hommes parlent d'organiser un autre raid chez les Crows pour nous approvisionner en chevaux. D'autres suggèrent d'en voler dans les campements blancs que nous trouverons sur la route du fort. Pensant que nous sommes en paix avec les Blancs, mon mari et les autres « vieux chefs » s'y opposent.

Je dois moi-même marcher le plus souvent, mon propre cheval Soldier ayant été réquisitionné pour convoyer nos parflèches — nos bagages. Je préfère alléger sa charge et cela ne me dérange pas. Je m'en trouve mieux, à certains points de vue. Quoi que l'on puisse dire sur les privations induites par une vie de nomade, nous sommes toutes en parfaite condition physique. Je m'étais à peine rendu compte à quel point mon long internement à l'asile m'avait ramollie ; on finit par trouver normal le manque d'activité et l'on oublie les plaisirs et les bienfaits de l'exercice au grand air. Si j'étais courbaturée jusqu'au bout des ongles pendant les premières semaines passées auprès des sauvages, me voilà maintenant en pleine forme. La même remarque vaut pour les autres femmes blanches, dont certaines sont méconnaissables. Presque toutes ont perdu du poids, leur peau a foncé et leur teint est superbe. J'en tire la leçon que les caucasiennes en général gagneraient à découvrir les bénéfices de l'activité physique et du bon air.

Je suis heureuse de savoir que Helen Flight et son mari font partie de notre petite bande, comme Phemie et les sœurs Kelly. Mes proches amies Gretchen, Martha et Daisy Lovelace sont, elles, parties dans d'autres directions. Fidèle, la pauvre Ada Ware continue de vivre auprès de son meurtrier de mari, à la périphérie de la bande de Dull Knife, partie elle-même Dieu sait où. Autant essayer de suivre la trace de plusieurs vols d'oies migratrices ! Sans vouloir alarmer Martha sur ce sujet, je n'ai aucune idée de la façon ni du moment où nous serons de nouveau réunies.

L'infortuné révérend Hare et Narcissa White ont choisi de se joindre à la bande de Little Wolf, sans doute parce que nous nous rendons au fort. Depuis sa disgrâce, l'épiscopalien nous suit à quelque distance sur sa mule blanche, à la manière d'un pénitent ou d'un hors-la-loi. Si je ne l'ai jamais beaucoup aimé, il me fait maintenant pitié. Je ne serais pas surprise qu'une fois arrivés au fort nous n'entendions plus parler de lui. Quant à Narcissa, après l'éclatant échec de sa propre mission, je m'attends aussi à une défection imminente de sa part.

La plupart des Cheyennes du Sud sont repartis vers leurs territoires. Quelques-uns nous accompagnent tout de même jusqu'à Fort Laramie et reprendront ensuite la route du Sud. Je suis très affligée de noter qu'après une absence fort bienvenue de presque deux mois, l'insupportable Jules Seminole est de nouveau parmi nous. J'espère que nous ne le verrons plus après Fort Laramie, puisqu'il repartira sûrement chez les siens. Après ma mauvaise aventure avec les Crows, j'arrive moins que jamais à tolérer sa présence.

« *Exoxohenetamo'ane.* » C'est ce que j'ai fini par révéler à mon mari : « Cet homme me dit des cochonneries. »

Little Wolf a noirci de rage. Mais c'en est resté là.

Devenu plus restreint, notre groupe se déplace plus promptement. Nous replions le camp chaque matin et avançons le plus possible avant que la nuit ne tombe. Je ne sais pas combien de *miles* nous parcourons ainsi la journée. Le paysage est fort joli — prairie herbeuse et ondoyante, entrecoupée ici et là par des fleuves et des rivières. Leurs eaux sont basses en ce moment après la sécheresse de l'été. L'herbe verticillée prend déjà les teintes ocre de l'automne. Un vent frais du nord vient nous rappeler la venue prochaine de l'hiver.

Longeant les Bighorn Mountains à l'ouest, nous progressons en gros vers le sud-ouest. Nous avons traversé le fleuve Tongue à l'endroit où le Hanging Woman Creek — c'est un ruisseau — se jette dans celui-ci, pour arriver bientôt au confluent de la Clear River et de la Powder. Nous avons suivi cette dernière jusqu'à Crazy Woman Fork et continuons maintenant à l'est et au sud vers Belle Fourche. Ce sont du moins les cours d'eau que je retrouve sur ma carte militaire — leurs noms indiens et anglais ne correspondent pas toujours. Passé Belle Fourche, les prairies fréquentées par les bisons débouchent peu à peu sur des séries de collines plates, arides et désolées, sur des cañons rocheux et des ruisseaux asséchés dans leurs gorges. Nous devons nous dépêcher de traverser ce désert hostile où l'on ne trouve qu'une eau alcaline, saumâtre, non potable.

Nous avons vaguement distingué un jour les contours imprécis des Black Hills se dresser à l'est par-dessus l'horizon, et nous étions assez proches le lendemain pour apercevoir leurs pentes de conifères. Les laissant sur notre gauche, nous avons poursuivi au sud à l'extrême limite de la prairie.


## 10 septembre 1875


Une bande guerrière de Sioux Oglala a fondu depuis les Black Hills sur notre camp. Ce sont par chance de proches alliés des Cheyennes et certains d'entre eux ont des parents parmi nous. S'ils nous avaient reconnus comme leurs amis, leur apparition fut toutefois spectaculaire, et clairement destinée à nous impressionner. De ce point de vue, c'était réussi ! Leurs visages peints les faisaient ressembler à des diables, leurs vêtements étaient finement décorés de perles et d'autres accessoires, et ils hurlaient sur leurs chevaux — jamais je n'avais vu un groupe guerrier d'allure aussi féroce.

J'ai eu tout le loisir d'observer que les sauvages ont un sens du spectacle peu ordinaire. Ils consacrent beaucoup de temps à leurs toilettes et à leur apparence, plus encore s'ils se préparent pour la guerre. Le vieil homme-médecine White Bull a expliqué à Helen Flight que, dans l'éventualité où il périrait, un guerrier doit s'efforcer d'avoir la meilleure allure possible lorsqu'il part au combat, car il serait terriblement gêné de se présenter à son créateur, la Grande Médecine, en tenue négligée. « Tu vois, May, m'a dit Helen parfaitement réjouie, c'est pour un artiste comme moi le plus beau des rêves qui se réalise. Parce que, non seulement c'est à moi qu'il revient d'embellir les hommes pour les protéger sur le champ de bataille, mais en plus ils me demandent d'impressionner favorablement la Grande Médecine. Je ne vois pas ce que je peux souhaiter de plus, puisque ainsi mes travaux ont Dieu pour spectateur et le paradis pour galerie ? » Il va sans dire que Helen, qui se prétend tout de même anglicane, est presque aussi irrévérencieuse que moi.

Si les mariages sont fréquents entre les Sioux et les Cheyennes, Little Wolf ne parle pas leur langue et ne les considère pas spécialement comme ses amis. Il trouve leurs femmes peu vertueuses. Attaché à sa propre tribu et à son indépendance, il a tenu à préserver son autonomie et celle de sa famille vis-à-vis de nos alliés sioux, de la même façon ou presque qu'il l'a fait à l'égard des Blancs.

Ceci étant, quand les guerriers — au nombre d'une trentaine peut-être — eurent terminé leur parade équestre et abandonné leurs postures menaçantes, Little Wolf quitta notre tente d'un pas décidé pour parler le langage des signes avec le chef de la troupe sioux — un colosse répondant, à ce que j'ai compris, au nom de Hump[1].

Évidemment, avant d'aborder les questions

1. Le Bossu.

importantes, il a fallu inviter toute la bande à manger et à fumer. S'y soustraire aurait été considéré comme grossier. Plusieurs familles ouvrirent donc leurs loges aux guerriers, après quoi on tint conseil dans la loge-médecine. Une fois toutes les formalités accomplies et le calumet des grandes occasions fumé, les Sioux, enfin, firent part de leur intention de procéder à une série de raids contre les chercheurs d'or et les colons blancs qui envahissent les Black Hills.

S'adressant à Little Wolf grâce à un interprète, le chef sioux demanda ensuite à Little Wolf si les Cheyennes voulaient s'unir à eux pour faire la guerre. Hump expliqua que les Black Hills appartenaient autant aux Sioux qu'aux Cheyennes, le territoire leur ayant été confié « pour toujours » par les derniers grands traités.

Little Wolf écouta poliment, répondit qu'il connaissait fort bien les clauses des traités mais que, comme les Sioux pouvaient s'en rendre compte, nous n'étions qu'une bande réduite comportant plus de femmes et d'enfants que de guerriers, et que nous étions pour l'instant en route vers les comptoirs afin de troquer nos marchandises, pas pour déclencher les hostilités avec les colons.

« Si les Cheyennes ne veulent pas se battre contre les Blancs, c'est peut-être parce que leurs soldats vous ont donné ces femmes au visage pâle, dit Hump en nous désignant d'un geste du bras. Et que les Blanches ont fait de vous des peureux. » À cette dernière remarque, certains guerriers sioux émirent de petits ricanements.

Le front de mon mari s'assombrit et je le vis serrer les mâchoires — signe que sa redoutée colère sourdait. « Les Sioux savent que les Cheyennes maîtrisent l'art de la guerre, dit-il. Nous affirmons même être les plus grands guerriers des plaines. Il est ridicule de la part des Sioux de prétendre que nous avons peur. Nous ne suivons pas le chemin de la guerre, mais celui des comptoirs. Little Wolf a parlé. Je n'ai rien d'autre à déclarer à ce sujet. »

Ayant ainsi parlé le chef se leva pour quitter la loge-médecine. Je le suivis jusqu'à la nôtre. Le lendemain les Sioux étaient partis.


## 14 septembre 1875

Nous avons hier atteint Fort Laramie. Je n'aurais pas imaginé retour plus déprimant à la civilisation... Nous en sommes toutes maintenant à nous demander quel monde nous habitons vraiment... Sans doute aucun des deux.

Nous avons installé le camp aussi loin que possible des Indiens qui traînent autour du fort, dont l'allure et le comportement nous ont paru bien plus choquants encore après ces quelques mois passés au sein de la nation cheyenne. Le contact de la civilisation blanche n'a réellement apporté à ces pauvres âmes que la ruine et le désespoir. Un certain nombre d'entre eux, maigres et en haillons, sont venus nous demander la charité.

Une fois le camp installé, Little Wolf a pris la tête d'un petit convoi chargé de peaux de bêtes et autres monnaies d'échange, pour faire du troc au fort. Si quelques-unes ont décidé d'accompagner leurs maris, la plupart — brusquement intimidées par ce face-à-face avec la civilisation après des mois de vie sauvage — y ont renoncé.

Avec maintenant vingt-quatre heures de recul, je me rends compte de ce que ma détermination à escorter mon mari au fort avait de présomptueux et d'impulsif. J'étais si impatiente de retrouver une image du monde civilisé que je ne m'étais presque pas souciée de celle que j'allais moi-même lui offrir. Je pense qu'au fond de moi-même j'espérais apercevoir John Bourke, ou au moins prendre de ses nouvelles.

Avec la même spontanéité ou le même manque de réflexion, Phemie, Helen et les sœurs Kelly — mais celles-ci restent indémontables quelles que soient les circonstances — ont elles aussi choisi de se rendre au fort. Je dois ajouter que les jumelles et Helen Flight sont devenues assez aisées, eu égard au niveau de vie cheyenne — les Kelly grâce à leurs activités de bookmakers, Helen par ses talents artistiques. Cette dernière souhaitait échanger ses marchandises contre de la poudre, des munitions, mais aussi du matériel de peinture et différents « produits de luxe ».

« Et j'ai bien l'intention de poster une lettre pour ma très chère amie Miss Hall ! » affirmait-elle, tout excitée.

J'ai beau être certaine que les soldats nous empêcheront encore d'envoyer du courrier, j'ai quand même rédigé aussi une lettre pour ma famille.

*Pehpe'e,* notre vieux crieur, nous a annoncés aux gardes. Quelques instants passèrent, puis les portes s'ouvrirent et une compagnie de soldats nègres vint au galop à notre rencontre. Avec une précision toute militaire, ils formèrent deux rangs bien alignés de chaque côté de notre petit convoi avant de nous mener à l'intérieur. Négligeant sans doute la discipline martiale, ces tuniques « noires » avaient grand mal à détacher leurs yeux de notre Euphemia. *Nexana'hane',* Kills Twice Woman[1] comme on

1. Celle qui tue deux fois.

l'appelle depuis le raid contre nos ravisseurs crows, chevauchait sa monture blanche aux côtés de Black Man sur son poney tacheté. Il faisait assez beau et Phemie, torse nu comme elle l'est tout l'été, ne portait que son pagne sur ses longues jambes, brunies au soleil, musclées et ornées aux chevilles de plusieurs bracelets de cuivre frappé. Elle avait aux oreilles des boucles en forme d'anneau, un collier de perles « importées » au cou, et son allure était comme d'habitude parfaitement royale : une reine sauvage chez les sauvages eux-mêmes.

Violant sans doute le règlement militaire, l'un des soldats les plus proches de Phemie ne put s'empêcher de lui demander à voix basse : « Qu'est-ce que deux nègres comme vous peuvent bien faire avec ces gens ? Vous êtes leurs prisonniers ? »

Phemie s'esclaffa. « Nous vivons avec eux, négro, voilà ce qu'on fait. C'est notre peuple. Mon mari est cheyenne et il ne parle pas anglais.

— Cheyenne ! » s'exclama un autre soldat derrière le premier. Puis il siffla : « Cette négresse est cinglée ! »

En entrant dans le fort, nous nous sommes aperçus qu'une petite troupe de curieux, civils et militaires, s'était assemblée pour assister à notre arrivée. Little Wolf avançait à notre tête, suivi par une demi-douzaine de ses guerriers en rangs serrés, puis par les nombreux chevaux chargés de marchandises que convoyaient les femmes et quelques jeunes garçons. Enfin un groupe d'autres guerriers fermait le cortège. Je menais Soldier et deux de nos bêtes de somme, en marchant de conserve avec Helen qui tirait quatre chevaux. J'étais vêtue comme à l'accoutumée de ma robe d'antilope, de jambières et de mocassins. Je garde la plupart du temps mes cheveux tressés à l'indienne — c'est plus pratique. Ma co-épouse Feather on Head sait faire des nattes parfaites. De son côté, Helen, la carabine en bandoulière et la pipe bien calée entre les dents, portait son chapeau de chasse anglais, une veste et une culotte en peau de daim. Enfin, les sœurs Kelly, toujours crânes, avançaient tranquillement derrière nous, tirant elles aussi plusieurs chevaux chargés.

C'est incroyable à dire, mais je ne me rends compte que maintenant de l'aspect terriblement insolite du spectacle que nous avons offert à la foule assemblée. Je rougis encore d'embarras en me remémorant la scène.

Quel accueil avions-nous attendu — je ne le sais. Mon orgueil imbécile devait m'aveugler entièrement. Car, loin d'arriver comme d'héroïques explorateurs revenant triomphalement à la civilisation, nous avons dû leur paraître risibles, même parfaitement grotesques.

Un certain nombre de femmes de soldats étaient présentes dans la troupe des curieux. Murmurant d'abord leur surprise, elles se mirent bientôt à bavarder à haute voix, tout excitées, en nous désignant du doigt à mesure que nous avancions : « Regarde, regarde, c'est les deux rousses, là, tu les reconnais ? Mais regarde comme elles sont devenues sales ! On les prendrait vraiment pour des sauvages !

— Mon Dieu, mais cette négresse est à moitié nue !

— Et regarde-moi l'Anglaise, là, tu sais, celle qui peint les oiseaux, on dirait qu'elle chasse le bison, maintenant !

— Et cette fille à la peau claire, là, qui s'est mise à porter des nattes, n'est-ce pas celle-là qui faisait la cour à John Bourke au printemps dernier ? Et quand je dis faire la cour, tu me comprends... Elle est devenue folle ou quoi ?

— Ah, il me tarde que le capitaine la voie ! »

Ces dernières remarques me trouèrent le cœur comme des flèches ; je compris aussitôt que je ne voudrais pas voir Bourke... je priai pour ne pas le rencontrer... Comment avons-nous pu nous laisser aller à tant d'orgueil, de stupidité ? Mes joues s'empourprèrent, ma honte me brûlait, je baissai les yeux.

« C'est de la cervelle de moineau, May, tout ça », dit soudain Helen Flight sur un ton enjoué — elle avait à l'évidence perçu mon embarras. « Ces gens-là n'ont pas de manières, pas de tenue. Je ne vois d'ailleurs pas pourquoi il faudrait leur prêter attention. De toutes petites têtes de linottes, minuscules. Ne les écoutons surtout pas, ma douce. Enfin, toi la plus jolie et la plus intelligente de nos dames ! Il ne faudrait pas l'oublier ! Garde la tête haute, voyons ! Une *artiste* ne doit jamais frayer avec les esprits inférieurs. Voici la leçon que mon excellente amie Ann Hall m'a apprise il y a bien longtemps. Ne jamais s'abaisser à leur niveau ! » Après quoi Helen — Dieu la bénisse —, les sourcils levés sur son air de perpétuel ravissement, retira son chapeau qu'elle brandit joyeusement à l'attention de nos spectateurs parfaitement ébahis.

Ses paroles me redonnèrent du courage et je relevai la tête. Mais je continuai de prier quand même pour que le capitaine ne soit pas là pour assister à mon humiliation, voir que j'étais devenue « folle ».

Alors, pour une raison inconnue, la foule changea de ton, comme si les commentaires, acerbes et à haute voix, dont elle nous avait gratifiées ne condamnaient pas suffisamment notre transgression de la décence et de la morale chrétienne. Nous étions presque arrivées au comptoir lorsque quelqu'un lança : « Traînées ! »

Puis un autre : « Sales putains !

— Qu'est-ce que vous venez faire ici chez les honnêtes gens ? Remportez vos saletés chez vous ! » conclut un troisième.

Sans doute parce qu'elle a été confrontée toute sa vie au préjudice et à l'intolérance, Phemie sait réagir à ce genre de situation ; elle entonna soudain un de ses « chants de liberté », comme elle les appelle. Sa voix riche et mélodieuse s'éleva par-dessus les tristes épithètes, couvrit les voix et les fit taire :

*« J'ai été rossée et bafouée,*
*J'ai été rossée et bafouée, mes petits,*
*J'ai été rossée et bafouée,*
*Aussi sûr que vous êtes nés. »*

Plusieurs des soldats noirs qui nous avaient escortés dans le fort — je suis sûre maintenant qu'ils ont ensuite été punis — se joignirent à elle au deuxième couplet. Partageant avec Phemie la mémoire d'une communauté asservie, ceux-là connaissaient bien la chanson. Et ils s'unirent à elle comme pour nous protéger toutes de leur présence :

*« Le monde n'a pas fini de lutter*
*Le monde n'a pas fini de lutter, mes petits,*
*Le monde n'a pas fini de lutter*
*Partout pour la liberté. »*

Nous retrouvions ardeur et force. Les hommes répondaient harmonieusement au contralto de Phemie qui s'élevait au-dessus de leurs voix graves comme celle d'un ange — un ange noir. Connaissant toutes le troisième couplet pour avoir entendu Phemie l'entonner mille fois dans sa loge, nous avons repris avec elle :

« *Je n'abandonnerai pas mon Dieu,*
*Je n'abandonnerai pas mon Dieu, mes petits,*
*Je n'abandonnerai pas mon Dieu,*
*Non, je ne renoncerai pas à mon Dieu.* »

Nous étions maintenant arrivées devant les magasins du fort où nous nous arrêtâmes. Suivi d'un interprète sang-mêlé, le marchand sortit converser avec Little Wolf. Tandis que nous attendions, je pris pour la première fois la liberté de me retourner vers la foule et d'observer ici et là ceux des individus qui nous avaient accueillis avec tant de méchanceté. Tous silencieux, ils nous regardaient d'un air sévère empreint de soupçon... et de haine.

J'avais à peine commencé à scruter leurs visages que mes yeux croisèrent ceux du capitaine John G. Bourke...

# SIXIÈME CARNET

## Le creuset épineux de la civilisation

*« Quelle curieuse impression de songer qu'il y a six mois nous quittions Fort Laramie, angoissées à l'idée de rejoindre cette vie sauvage et inconnue ; nous avons aujourd'hui quitté le même endroit, sans doute aussi anxieuses, pourtant nous sommes maintenant des squaws qui rentrent chez elles. Plus nettement que jamais, j'ai pris conscience ce matin dans le vent entêtant que mon propre engagement était pour toujours scellé par le petit cœur qui bat dans mon ventre ; qu'il m'aurait été inconcevable de rester au fort, quand bien même j'en aurais eu envie. »*

(Extrait des journaux de May Dodd.)

14 septembre 1875
Fort Laramie (suite)

Ce n'est pas l'endroit rêvé pour commencer un nouveau carnet... En revanche, c'est à cet endroit-là, à cette minute même, quand j'ai posé les yeux sur John Bourke, que j'ai compris que nous étions sans l'ombre d'un doute... perdus l'un pour l'autre. Qu'irrévocablement j'avais franchi le pas, que j'avais maintenant élu résidence dans « cet autre monde caché dans les plis du premier » — selon le terme cheyenne qui désigne l'univers enfoui sous le nôtre.

Le capitaine n'a pas su déguiser l'horreur qu'il a ressentie quand nos regards se sont croisés, ni masquer le tressaillement de dégoût qui parcourut son corps. Nous sommes restés un long moment à nous observer avant qu'il ne détourne finalement les yeux comme pour soulager sa souffrance. Comme s'il avait décidé de s'être trompé, comme si je ne pouvais être la personne qu'il avait connue naguère.

Dans le tumulte d'émotions qui m'emportait, je ne sus ce qui était le plus douloureux : son dégoût ou son refus de moi.

Essayant d'apaiser les battements de mon cœur, je concentrai mon attention sur la raison de notre présence ici : nous commençâmes à déballer les peaux chargées sur nos bêtes de somme, laissant les différents ballots tomber à terre. Ils produisirent l'un après l'autre un son mat, sourd et sec, tandis que de petits nuages de poussière s'élevaient devant les sabots des chevaux.

Le propriétaire du comptoir était un petit homme, un Canadien français aux jambes arquées, du nom de Louis Baptiste. Il avança de tas en tas, examinant la marchandise, comptant les peaux, notant différents chiffres dans les colonnes de son registre. Ce Baptiste a un grand nez courbe et de petits yeux rapprochés. Les Indiens l'appellent *Pe'ee'se Makeeta* — Big Nose Little Man [1].

Lorsqu'il arriva à la hauteur de Helen Flight, elle lui dit : « Monsieur, je n'autorise pas les gentlemen de la tribu à négocier mes prix. En revanche, Susan et Margaret Kelly peuvent me représenter si besoin est.

— Ah, je ne traite qu'avec ces braves, répondit-il. *Jamais avec les squaws* [2].

— Et pour quelle raison, monsieur ? » demanda-t-elle d'un ton badin.

Les paupières plissées sur ses petits yeux méchants, Baptiste l'examina de pied en cap. Puis il fit la grimace. « *Mais peut-être cachez-vous une future squaw sous vos peaux de bisons, chère madame ?* [3] »

Helen continuait d'afficher son imperturbable sourire. « Voilà mes marchandises », dit-elle au

---

1. Petit homme au grand nez.
2. En français dans le texte.
3. *Idem.*

Canadien d'une voix égale. Puis, désignant les sœurs Kelly : « Et c'est mon bon plaisir de laisser ces jeunes femmes en arranger le prix — en vous remerciant, monsieur. »

Susie et Meggie venaient de les rejoindre : « Ouais, le Frenchie, c'est avec nous, moi et ma sœur, qu'il faut causer. »

Louis Baptiste leva ses deux mains, paumes ouvertes, comme si la chose ne dépendait pas de lui. « *Je vous l'ai dit, mesdames, je ne négocie qu'avec les braves. Jamais avec les squaws*[1].

— Bien sûr, ça doit être plus facile de les rouler que les femmes », observa sèchement Helen.

Je pris la parole à mon tour : « Nous représentons le gouvernement américain. Le président Grant nous a envoyées officiellement ici pour apprendre aux Cheyennes les us et coutumes du monde civilisé. Il me semble que l'occasion se prête parfaitement à une petite leçon d'économie, monsieur le Canadien. »

Une main sur une narine, Baptiste souffla dans l'autre pour se débarrasser d'un résidu de tabac à priser. Sans tomber tout de suite par terre, la chose se maintint un instant au bout de son nez : on aurait dit de l'eau souillée gouttant d'un robinet. Il renifla puis s'essuya du revers de la main, étudiant ensuite celle-ci comme si la chose revêtait une exceptionnelle importance. « *Oui, je sais qui vous êtes, mesdames,* fit Big Nose en reniflant encore. *Vous êtes les squaws blanches de ces sauvages, n'est-ce pas ?*[2] » Il hocha la tête avec une expression mêlée d'étonnement et de regret. « Moi aussi, j'ai une squaw indienne — arapaho. Elles sont moins

1. En français dans le texte.
2. *Idem.*

pénibles que les Blanches, je dois dire. » Il haussa les épaules. « *Bon, d'accord*[1]. Après tout, pourquoi pas ? Vous pouvez venir à l'intérieur, mais c'est le grand chef qui décide pour tout le monde. » Et Baptiste continua d'inspecter les peaux amassées par terre, en inscrivant quelque décompte sur son carnet.

« Absolument antipathique, ce petit homme, commenta Helen Flight. Et insolent par-dessus le marché. En ce qui me concerne, qu'ils soient Canadiens ou pas, je n'ai jamais trop apprécié les Français.

— Moi non plus, renchérit Meggie Kelly. Mais qu'il n'aille pas s'imaginer qu'il va filouter deux bonnes Irlandaises comme nous, pas vrai Susie ? »

Plusieurs officiers, dont le capitaine Bourke, s'étaient rassemblés dans le magasin. Ils se tenaient debout derrière Baptiste, assis lui à une grande table, son registre ouvert devant lui. Little Wolf avait pris place devant le Canadien, flanqué de deux de ses jeunes guerriers elk. Légèrement en retrait, ils restaient debout comme les officiers blancs. Peu habitué aux meubles, le chef se tenait raide au bout de son siège. Helen, les sœurs Kelly et moi observions la scène devant la porte. Je me rendis compte avec surprise que me trouver à l'intérieur d'un bâtiment au bout de nombreux mois au-dehors me remplissait d'un curieux sentiment de claustrophobie.

John Bourke ne me regardait pas. De fait, j'eus l'impression très nette qu'il s'efforçait de m'ignorer. Il me fit mal au cœur... Je ne pouvais m'empêcher de penser à ces derniers moments passés ensemble...

Big Nose tapota sur son registre du bout de son

<hr />

1. En français dans le texte.

crayon et dit : « OK, je peux vous donner quatre sacs de farine, deux sacs de sucre, un sac de bicarbonate, un sac de café, six carottes de tabac, un sac de poison à loups.. »

Avant que Little Bat[1], l'interprète, un de ces sang-mêlé qui traînent autour du fort, ne finisse de traduire pour Little Wolf, je m'exclamai : « Jamais de la vie ! Ces peaux et les autres marchandises représentent un été entier de travail. Ce que vous nous offrez en échange ne permettrait même pas à une douzaine d'entre nous de passer l'hiver. »

Levant la tête derrière la table, le capitaine Bourke parut à la fois surpris et embarrassé par ma déclaration furieuse ; il s'empourpra et baissa les yeux.

« L'offre et la demande, *madame,* répondit Big Nose avec un sourire carnassier. Le grand chef le sait bien. On a eu trop de peaux de bisons cette année. C'est tout ce que je peux vous proposer. À prendre ou à laisser.

— Tu parles, Charles ! lança Susie Kelly. Tu nous prends pour des cloches, ou quoi ? Trop de peaux de bisons, mon œil ! Voilà autre chose, tiens ! Les bisons sont encore moins nombreux cette année que l'année dernière, tu le sais aussi bien que nous.

— Je suis navré, *mesdames,* dit Baptiste en levant les mains. Mais c'est ma dernière offre. Si cela ne vous semble pas équitable, vous pouvez reprendre vos peaux et essayer du côté de Camp Robinson. *Mais mon très cher ami* Jules Escoffey ne vous en donnera sûrement pas autant. À côté de lui, moi je suis le père Noël.

— Parlons de munitions et de poudre à fusil, demanda Helen Flight. Nous en aurons besoin pour la chasse.

1. Petite chauve-souris.

— *Non, non, non, madame,* répondit le négociant en hochant la tête. *Je suis désolé,* mais par ordre du général George Crook, il n'est plus possible de fournir aux sauvages de la poudre et des munitions. *N'est-ce pas, capitaine ?* fit-il à l'adresse de Bourke derrière lui.

— C'est en effet exact, approuva celui-ci avant de se tourner vers moi et de me gratifier d'un salut purement militaire. Veuillez expliquer à votre mari, madame, que le Grand Père à Washington a décidé que la poudre et les munitions ne seraient plus fournis aux Cheyennes. Le Grand Père en revanche peut leur céder des outils de ferme au prix de gros. »

Je dus retenir un ricanement surpris : « Des outils de ferme ? Au prix de gros ? Fantastique ! Mais bien sûr, voilà qui nous sera formidablement utile. Évidemment, pourquoi aurions-nous besoin de poudre et de munitions, si vos outils de ferme remplacent la chasse et le gibier !

— Non mais si c'est pas un scandale ! jeta Meggie Kelly. Ils croient qu'on va planter des patates, ces gredins, juste avant les premières gelées, peut-être ?

— Pour continuer sur le sujet du soin paternaliste que le Grand Père voue à ses enfants cheyennes, repris-je d'une voix plus forte, je suppose que, si nous ne pouvons plus échanger nos peaux contre des munitions, par contre si nous souhaitions, oh je dis ça par hasard, une barrique ou deux d'un infâme tord-boyaux qui empoisonnerait toute la tribu, ça on voudrait bien nous le donner ? »

Big Nose retrouva son sourire carnassier sous son vilain nez crochu. « *Oh, mais bien sûr, madame,* je peux ajouter un fût de mon meilleur whiskey, si le chef le désire. »

D'un bout à l'autre de la conversation, Little

Wolf, impassible, s'était contenté d'écouter les traductions de l'interprète. Du coup, surprise par une élocution sûre et soudaine, je lui parlai moi-même en cheyenne. « Les *vehos* essaient de nous rouler, lui dis-je, nos marchandises valent dix fois ce que Big Nose nous propose. »

Little Wolf hocha simplement la tête : « *Pe'ee'ese Makeeta* essaie toujours de nous voler, répondit-il. Mais le Peuple s'est habitué au café et au sucre maintenant ; il est essentiel que nous en obtenions, donc il faut conclure le meilleur marché possible.

— Mais as-tu bien compris que, par ordre du Grand Père à Washington, le Peuple n'a plus droit aux munitions et à la poudre ? Ils veulent nous donner des outils de ferme à la place. »

Little Wolf parut alors sincèrement surpris. Comme je m'en doutais, Little Bat, l'interprète, n'avait pas traduit cet aspect-là des choses.

« Des outils de ferme ? demanda Little Wolf. Mais qu'est-ce qu'on peut bien en faire ?

— Rien, lui dis-je. Du moins jusqu'à ce que le Peuple rejoigne les réserves et se mette à cultiver la terre. »

Avec le naturel d'un homme qui chasse une mouche importune, Little Wolf repoussa cette éventualité d'un revers de la main... « Nous sommes des chasseurs, dit-il, pas des cultivateurs. Dis aux soldats que nous n'avons que faire de leurs outils de ferme, mais qu'il nous faut des fusils et des munitions. » Il déclara alors à Big Nose : « C'est désormais mon épouse, *Mesoke,* et les autres femmes qui conduisent les négociations. » Ceci dit, le chef se leva et quitta la pièce d'un pas comme toujours digne et assuré, ses guerriers à sa suite.

Aussitôt les sœurs Kelly traversèrent la pièce pour plaider leur cause directement avec Big Nose.

« Tu n'as plus le choix maintenant, espèce de sale voleur de poules. Tu es obligé de faire affaire avec les squaws, Frenchie. »

J'en profitai pour m'approcher de John Bourke, ostensiblement affairé à rassembler des papiers sur la table dans le but évident d'éviter tout contact avec moi.

Je le privai de ce luxe. « Pourquoi l'armée accepte-t-elle de prendre part à cette mascarade ? lui dis-je. Quel intérêt a-t-elle à escroquer ces gens ? »

Le capitaine fit poliment la révérence. « Madame Little Wolf, fit-il comme s'il parlait à une inconnue. J'ai peur de ne pas être autorisé à discuter de ce genre de chose avec vous. Bonne journée. » Mettant un doigt sur le bord de son chapeau, il fit mine de s'éloigner.

Sans lui en laisser le temps, je le retins par le bras. C'était, je le sais, un geste déplacé de ma part, mais je ne pus m'en empêcher. « John, murmurai-je au bord des larmes après tant d'émotions. Pour l'amour du ciel, c'est moi, May. Vous pouvez quand même me parler ! Me regarder ! »

Il se figea et ses yeux vinrent trouver les miens. Il donnait l'impression de me voir pour la première fois. « Bon Dieu, May, souffla-t-il.

— Mais qu'est-ce que vous croyiez, capitaine ? Que je porterais ma robe du dimanche ? Dois-je vous rappeler que nous vivons en pleine nature avec les sauvages ? Je suis navrée que mon allure vous choque à ce point.

— Non, May, répondit-il. Pardonnez-moi. Votre allure ne me gêne pas. Vous êtes seulement... très différente... du souvenir que je gardais de vous. » Il ajouta ensuite, le front barré, comme livré aux angoisses d'un profond conflit intérieur : « Veuillez m'excuser, madame, mais je dois prendre congé.

Nous aurons peut-être l'occasion de parler ultérieurement. »

Je le vis quitter le magasin à grands pas.

Plus tard le même jour, ma vieille amie Gertie est arrivée au campement sur sa mule. Prévenue par les cris des enfants attroupés et les aboiements des chiens, je sortis l'accueillir devant notre loge. Grossièrement vêtue de pantalons de laine et d'un manteau d'homme trop grand de plusieurs tailles, elle portait un foulard autour du cou, et un vieux chapeau de la cavalerie qui, ayant depuis longtemps oublié ses formes militaires, était orné d'élégantes plumes d'aigle.

« Diantre, ma belle, m'annonça Gertie en quittant sa monture. Une chance que j'aie encore une lanière en cuir sous le menton pour garder ce vieux galure sur le crâne. Sinon ils me l'auraient pris depuis longtemps. J'sais pas pourquoi, mais ces sacrés Peaux-Rouges n'aiment rien tant que les chapeaux. »

Elle enfonça une main dans une poche de son manteau et en ressortit une poignée de sucres d'orge pour les distribuer aux enfants qui piaillaient gaiement autour d'elle. « Allez, filez maintenant. Du vent ! C'est que j'ai besoin de parler tranquillement avec la dame, moi. Et non, je t'ai déjà dit que je ne te donnerai pas mon bibi ! » Elle le retira, le fit claquer sur son genou et il s'en dégagea un nuage de poussière. Gertie avait les cheveux mouillés par la sueur. Grasses, collées sur le haut du crâne, ses boucles aplaties ressemblaient aux herbes foulées d'une litière de cerfs dans la prairie. Son visage était parcouru de traînées de crasse. Ce n'était pas la première fois que je remarquais son peu de disposition pour la propreté ; Gertie se distingue même par une odeur bien personnelle qui n'a rien à envier à celle du plus sale des sauvages. Mais j'étais si heureuse de la voir que je la serrai vivement dans mes bras.

« Fichtre, mais ce qu'il peut y avoir comme poussière dans ce sacré pays, hein ? Et c'est moche comme trois coyotes, en plus, par ici ! J'aime drôlement mieux les grandes prairies pleines d'herbe où je vous ai suivies tout l'été avec mon copain sang-mêlé Big Bat Pourrier[1]. Pour un sang-mêlé, c'était pas le mauvais cheval pour une fois, celui-là. Avec du flair et pas l'œil dans sa poche. Et il n'a pas essayé une fois de regarder là où il faut pas chez moi, si tu vois ce que je veux dire.... »

J'étais moins étonnée par ce dernier commentaire que par l'information qui le précédait. « Qu'est-ce que cela veut dire, Gertie ? Pourquoi nous as-tu suivis tout l'été ?

— Le capitaine m'avait demandé de garder un œil sur toi, ma poule. Il se faisait même un sacré mouron, si tu veux savoir. Surtout après le message que tu m'as donné pour lui après votre petite sauterie au whiskey. J'y ai dit que tu t'en sortais très bien. Je m'étais doutée, d'façon, qu'ils auraient bu tout ce qu'ils avaient ce soir-là. Un truc qu'est sûr, sur les Indiens, c'est que, s'ils tombent sur de la gnôle, ils avalent tout sans prendre le temps de dire ouf. Mais une fois qu'il n'y en a plus, c'est fini et on n'y pense plus. Et j'avais raison. »

J'acquiesçai. « Et vous avez cessé de nous suivre quand on a monté le camp au bord du fleuve Tongue, c'est ça ?

— Ouais. Je me suis dit que tout avait l'air de se passer très bien. Alors je m'en suis retournée faire mon rapport au 'pitaine.

— Puisque tu m'as l'air de travailler régulière-

1. Grande chauve-souris Pourrier.

ment pour lui, dois-je conclure que tu m'apportes à nouveau de ses nouvelles ?

— Ouais, c'est exactement ça, admit-elle. Il voudrait te voir. Il veut que tu le retrouves sur la rive sud de la rivière Platte, sous le pont, après le souper. Il veut aussi que tu portes tes frusques de madame blanche, pour ne pas trop attirer l'attention si on vous voit ensemble. »

Je m'esclaffai. « Oui, je suppose que cela nuirait à sa réputation si on le trouvait en train de fraterniser avec une squaw. Surtout celle du grand chef. Seulement, c'est malheureux, mais je n'ai plus d'habits civilisés, Gertie. Je les ai tous donnés. Ils me semblaient... disons... peu appropriés.

— Ben ouais, pour sûr, je te comprends, ma chérie. » Elle observa sa propre mise. « Peut-être que je peux te prêter ce que je porte, alors. J'aime pas trop les robes, que ça soit de la dentelle ou de l'antilope, mais je veux bien troquer avec toi.

— C'est très gentil de ta part, Gertie, mais cela ne sera pas nécessaire. » Déjà forcée de renoncer à de nombreux principes d'une hygiène civilisée, je n'allais pas, en plus, revêtir les délicats arômes personnels de mon amie Gertie. « Le capitaine devra se contenter de mes habits d'Indienne. Dis-lui, si tu veux bien, que je le retrouverai sous le pont à l'heure dite.

— OK, ma chérie », dit-elle. Puis elle gratta le sol de la pointe de sa botte. « Mais, euh, tu ne m'invites pas une minute chez toi ? Je pensais qu'on aurait des choses à se dire depuis le temps qu'on ne s'est pas vues toutes les deux ? »

Lui souriant tendrement, je me rendis compte qu'absorbée par l'idée de revoir John Bourke en tête à tête, je venais de manquer de délicatesse vis-à-vis d'une amie que je traitais malgré moi comme une estafette. « Mais bien sûr, répondis-je. Je ne voulais pas être impolie, Gertie. Entre tout de suite, les filles seront contentes de te revoir.

— Ma poulette, dit-elle, j'ai comme une idée qu'il y a une petite question que tu meurs d'envie de me poser. Ça serait mieux de s'en occuper avant de rejoindre les autres à l'intérieur.

— Une question ? Tu veux dire, à propos de John Bourke ? »

Elle hocha la tête. « Il a rompu ses fiançailles avec la fille Bradley, si tu veux savoir. Elle est repartie à New York chez sa mère. »

Aucun des éventuels promeneurs, ou des quelques passagers des rares chariots qui empruntaient la route, ne prêta attention à cette squaw parmi d'autres, modestement enveloppée d'une couverture de la Hudson Bay Co., qui traversait le pont branlant de la Platte River. Je regardai rapidement à l'autre bout pour être sûre que l'on ne m'observait pas, puis descendis l'étroit sentier bordé de saules qui menait à la rive.

Bourke m'y attendait déjà. Il ne m'avait pas encore vue et je m'arrêtai pour l'étudier un instant en essayant de calmer les battements de mon cœur. Debout, les mains jointes derrière le dos, apparemment perdu dans une rêverie, il faisait face au fleuve engourdi. Comme je ne voulais pas voir dans ses yeux sa déception de ne pas retrouver la jeune femme blanche correctement vêtue avec laquelle il s'était autrefois adonné à la lecture de Shakespeare —, je parlai la première.

« Ne vous retournez pas, capitaine.

— Pourquoi me demandez-vous cela ? » répondit-il en sursautant. Il suivit malgré tout mon conseil.

« Parce que je suis telle que nous nous sommes

vus tout à l'heure. J'ai gardé mes vêtements de sauvage et je n'ai pas l'intention de lire à nouveau le dégoût dans vos yeux. »

Il se retourna alors, l'air profondément angoissé et les yeux empreints de coupables regrets. « Je vous prie de bien vouloir me pardonner, madame. Je me suis comporté envers vous d'une manière intolérable. J'étais bouleversé de vous revoir après ces longs mois. »

J'émis un petit rire. « Ah oui ? Bouleversé ? Sans doute. Mais surtout de me voir habillée comme une ennemie. J'imagine à quel point cela doit être difficile pour vous !

— Vous avez toutes les raisons d'être fâchée contre moi, madame. Je ne sais pourquoi, de mon côté, je m'attendais à vous voir vêtue autrement. J'espère cependant que vous accepterez de me croire : ce n'était pas du dégoût que vous auriez dû déceler dans mon regard.

— Ah non ? demandai-je en m'approchant de lui. Mais avec quoi, capitaine, ai-je pu confondre ? »

Il marcha vers moi et prit ma main dans la sienne. Ses doigts me parurent forts et rêches, mais son toucher avait gardé la même délicatesse. Ses yeux s'adoucirent lorsqu'il me regarda en face et je reconnus également cette expression-là. « Le dépit, madame, dit-il.

— Le dépit ? répétai-je en sentant mes joues s'empourprer. J'ai peur de ne pas bien vous suivre, capitaine. Serait-ce ma conversion au paganisme qui vous dépite ?

— Non, de vous voir appartenir à un autre. À un autre peuple, même. L'espace d'un bref instant, voici quelques mois, vous étiez à moi. Et je vous ai laissée m'échapper. Ce que vous avez vu dans mes yeux est l'expression d'un homme taraudé par l'échec, d'un homme qui se méprise pour ses propres faiblesses. »

Je fis un pas vers ses bras ouverts, ou peut-être est-ce lui qui vint m'en envelopper, je ne sais... Je pense que, de lui et de moi, aucun ne l'avait voulu — surtout pas le capitaine dont la rigueur morale lui interdisait d'étreindre une femme mariée. Mais comme deux aimants, nous restâmes ainsi collés l'un à l'autre sans bouger... ni sans parler non plus... faute de mots utiles.

Je fermai les paupières pour refouler mes larmes qui s'échappèrent tout de même et coulèrent dans son cou. Je sentis mes joues soudain ruisseler. « John, murmurai-je, John chéri. Comment aurions-nous pu savoir que...

— Vous étiez à moi, coupa-t-il, et je vous ai laissée partir. Jamais je ne me le pardonnerai.

— J'ai dû vous quitter, John. Il n'y avait pas d'autre solution. Et il n'y en a toujours pas. »

La couverture dont je m'étais munie était tombée à mes pieds. Blottie dans les bras du capitaine, je n'avais plus pour protéger ma peau que ma robe, souple et douce, d'antilope. Nos corps soudés, si sensibles l'un à l'autre, venaient de retrouver leur contact familier... nous ne formions presque à nouveau qu'un seul être...

Soudain nous avons relâché notre étreinte en même temps. J'avais au fond de moi la terrible sensation de tomber d'une falaise, de subir tout entière la gravitation.

Ce fut le capitaine qui reprit la parole. Sa voix devenue rauque était empreinte d'une férocité voilée. « Non, May. Il ne faut pas. Vous êtes mariée à un autre homme.

— Bien sûr qu'il ne faut pas, répondis-je, le cœur prêt a exploser. D'autant que je suis enceinte de lui. »

Il sourit et revint plus près de moi, comme si cette révélation devait nous soustraire un moment à notre désir. Les doigts écartés, il posa sa grande main sur mon ventre avec autant de douceur que s'il caressait l'enfant lui-même. « Je suis très heureux pour vous, May. Soyez-en sûre. »

Je plaçai ma propre main sur la sienne. « Je dois en être au quatrième mois, John. La vie nous fait suivre de curieux chemins, n'est-ce pas ? »

Il cita : « "Au destin l'homme doit vouer tout son respect, au risque d'être emporté par les vents, les marées". » Puis : « Mon Dieu, vous m'avez manqué, May. Je n'ai cessé de penser à vous.

— Moi aussi, John. Mais votre fiancée, Lydia Bradley ? Gertie m'a appris que vous l'aviez renvoyée à l'est.

— L'honneur voulait qu'en toute bonne foi je ne puisse plus l'épouser. J'étais tombé amoureux de vous. Nous avions fauté ensemble.

— Oh, John, vous vous torturez avec cet impossible sens de l'honneur. Votre inflexible doctrine catholique. C'était une agréable jeune femme et elle aurait fait une parfaite épouse. Et vous un bon mari aussi.

— Toujours à voir l'aspect pratique des choses, n'est-ce pas ? » Bourke me gratifiait d'un de ces sourires dont il a le secret, ironique et chaleureux à la fois. Ses yeux enfoncés pétillaient. « Agréable, c'est beaucoup dire. Elle était de toute façon beaucoup trop sensible pour supporter un vieux soudard de mon genre.

— Elle aurait été la femme la plus heureuse du monde.

— Et vous, May ? demanda-t-il. La chance est-elle avec vous ? Êtes-vous amoureuse de votre mari ? Satisfaite de cette union « arrangée » ?

— Ce sont trois questions bien distinctes, capitaine. Je répondrai à la première que la chance est parfois au rendez-vous, mais pas toujours. Oui, j'aime et je respecte mon mari Little Wolf. C'est un homme bon, généreux envers sa famille. Mais ce n'est pas ce que nous appelons amoureux, vous et moi. Je ne l'aime pas comme je vous ai aimé... c'est impossible... Enfin, pour ce qui est du bonheur, je répéterai ce qu'en pense Gertie, qu'il s'agit d'une invention ridicule des Blancs à laquelle on attache trop d'importance. »

Bourke se mit à rire, de ce rire franc et chaleureux qui me brisa le cœur une fois de plus. « Voilà qui est digne de Shakespeare, je dirais. C'est un sacré personnage, cette Gertie, hein ?

— Oui, et c'est une amie sincère.

— Mais la vie auprès des sauvages ? reprit-il sur un ton plus grave. Comment vous en sortez-vous ? Vous savez à quel point je me suis inquiété.

— Au point que vous avez envoyé Gertie pour vérifier que tout se passait normalement. Je l'ai appris, John, et je vous remercie d'avoir veillé sur moi. Elle est arrivée la première fois exactement au bon moment... même si elle est partie la fois suivante un petit peu trop tôt... »

Le visage du capitaine s'assombrit de nouveau. « Que voulez-vous dire ? Gertie m'a rapporté que vous étiez en bonne santé, que vous vous adaptiez bien. Quelque chose s'est-il passé ?

— Elle a dit la vérité », lui répondis-je, évitant de relater l'épisode de notre enlèvement par les Crows, qui l'aurait inutilement affligé. « Tout simplement, et comme vous nous en aviez prévenues, c'est une vie étrange et parfois terrifiante que nous menons auprès de ces gens. Une de nos camarades, ma jeune amie Sara, a trouvé la mort dans un accident. »

John me caressa tendrement la joue. « J'en suis navré, May. Je sais que vous faisiez très attention à elle.

— À part ce malheureux accident, nous avons toutes, ou la plupart, fait notre chemin.

— Vous en êtes la preuve vivante, May. Il suffit de vous voir. Vous êtes en pleine forme physique. Hâlée comme une Indienne. Plus belle encore qu'à mon souvenir, je dois avouer. La vie au grand air vous va à ravir.

— J'admets qu'elle a ses avantages et ses inconvénients. J'ai surtout l'impression de vivre dans un rêve, John, comme si la vie réelle s'était évaporée. Mais de revenir ici et de vous revoir... m'a donné l'impression d'un réveil brutal.

— Ce rêve n'est pas tout à fait fini », dit-il alors plein de gravité. Me tournant le dos, il se mit à regarder le fleuve au loin. « Vous vous doutez que, si je vous ai demandé de venir, ce n'est pas pour le seul plaisir de vous revoir.

— Certainement, John. Gertie m'a appris que le gouvernement a l'intention de nous abandonner.

— Vous abandonner, non, répondit-il en se retournant aussitôt vers moi. Cela n'aura pas lieu tant que le général Crook aura son mot à dire dans cette affaire.

— Mais a-t-il vraiment quelque chose à dire, justement ?

— On vient de mettre l'armée dans une position plus qu'ingrate. Les choses ont drôlement évolué depuis le jour où je vous ai envoyé Gertie cet été. Les géologues qui accompagnaient Custer sont revenus enthousiastes de leur expédition dans les Black Hills, qui regorgent d'or. De nombreux prospecteurs avides d'une fortune vite faite sont déjà en route pour la région. Et on a confié à l'armée la tâche impossible de les arrêter, puisqu'il faut respecter les termes du traité de Fort Laramie. Évidemment cette situation est intenable et elle ne durera pas. L'opinion publique, enflammée par des journaux sans scrupules, exige que l'on assure la sécurité des colons dans les Black Hills et que les Indiens quittent leurs terres.

— Qu'ils quittent leurs terres ? Mais ils pensent que les Black Hills leur appartiennent, et, d'ailleurs, elles sont à eux. Les Sioux sont déjà venus nous voir, John. Ils s'organisent en bandes guerrières contre ces prospecteurs envahissants. Il ne faudra pas longtemps avant que certains des nôtres les rejoignent.

— Oui. C'est pour cette raison, et sous la recommandation de l'inspecteur Watkins du Bureau des affaires indiennes, que le ministère de la Guerre nous a ordonnés d'amener les sauvages encore libres, qu'ils soient sioux ou cheyennes, dans les réserves déjà attribuées. Pour qu'ils y restent. Nous sommes censés exécuter les ordres immédiatement.

— Je commence à comprendre pourquoi l'armée assiste ce minable petit Canadien préposé aux comptoirs. Vous l'encouragez à escroquer les sauvages pour qu'ils soient obligés, comme de petits gamins obéissants, de se jeter dans les bras du très magnanime Grand Père Blanc.

— Exactement, répondit Bourke. Mais c'est une mesure de paix. Et vous pouvez jouer un rôle précieux. Vous faciliterez grandement les choses si vous encouragez vos amis à se rendre le plus vite possible dans les réserves avec leurs familles.

— Et je suppose, bien sûr, qu'on leur interdit de faire provision d'armes et de munitions au cas où nos efforts se révéleraient vains ? »

Le capitaine me regarda droit dans les yeux. Plus

sombre que jamais, il hocha la tête. « Ils sont en train de mettre sur pied une vraie campagne militaire sous la direction du général Crook, afin de dominer toutes les populations hostiles qui ne se seraient pas encore soumises à la date du 1er février 1876. Vous êtes l'épouse de Little Wolf, May, c'est pourquoi vous êtes la mieux placée pour faire avancer les choses, et certainement sauver nombre de vies humaines, si vous le décidez.

— Comme quoi ils finissent par croire que le « projet FBI » a quelque utilité finalement...

— En ce qui me concerne, je n'ai pas changé d'avis. Je pense depuis le début que c'est un programme immoral et méprisable, au nom duquel vous et vos amies courez des risques insensés. Mais il a été mis en œuvre et maintenant que vous êtes dans la place, oui, vous pouvez vous montrer utiles.

— Mon mari continue de penser, lui, que tant que les Cheyennes occupent les terres qui leur ont été données « pour toujours » selon les termes du traité, il ne commet rien de mal.

— Le président vient, il y a peu, d'envoyer une commission chargée de négocier l'achat des Black Hills et des terres environnantes auprès des Cheyennes et des Sioux.

— Et s'ils refusent de vendre ?

— Comme vous le savez sans doute, maintenant que vous vivez avec eux, les sauvages ne sont pas très unis entre eux, même la tribu avec laquelle vous voyagez comporte plusieurs factions et de nombreux chefs. Je peux vous affirmer que la commission présidentielle trouvera bien quelqu'un chez les Sioux ou chez les Cheyennes qui acceptera de négocier. Après quoi, tous ceux qui resteront sur place seront considérés comme des intrus.

— Dieu, c'est parfaitement ignoble, honteux.

— Mais nécessaire, j'en ai peur, dit Bourke. On n'arrête pas le cours de l'Histoire.

— Et si nous ne parvenons pas à convaincre les Cheyennes de rejoindre les réserves au moment voulu, John? Que se passera-t-il? Allez-vous nous chasser? Serons-nous vos ennemis?

— Les choses ne doivent pas en arriver là, May, répondit-il fermement. C'est pour cette raison que je voulais vous parler, pour qu'une telle situation ne voie jamais le jour. Votre mari Little Wolf a déjà demandé audience auprès du général Crook. Vous pouvez, je le crois, exercer une influence bénéfique sur votre chef.

— Mon mari a l'intention d'aborder la question des femmes blanches qui n'ont pas encore été envoyées par le Grand Père Blanc, alors qu'il les leur a promises. Les Cheyennes sont peut-être des barbares, capitaine, mais ils savent compter, et au moins jusqu'à mille. Ils ne sont certainement pas dupes.

— Vous devez dire à Little Wolf que les épouses promises leur seront délivrées dès qu'ils auront rejoint les réserves.

— Vous me demandez maintenant de mentir au nom de l'État, John?» Je sentais la colère qui commençait à sourdre. « De mentir à mon mari pour couvrir vos sordides manœuvres?

— Je n'y suis pour rien, May, dit prestement Bourke. Pas plus que le général Crook, d'ailleurs. Vous savez parfaitement qu'on ne nous a pas demandé notre avis à propos du projet FBI, et que nous ne l'aurions jamais approuvé si l'on nous avait consultés. Je ne cherche pas à m'excuser, ni à minimiser notre participation. Mais nous avons été chargés de protéger les femmes qui se sont engagées et qui risquent gros parmi les Cheyennes. Je ferai en sorte que Little Wolf rencontre le général. Crook est un homme d'honneur qui s'est toujours montré honnête envers les sauvages. Il ne promettra rien en ce qui concerne les autres femmes blanches, mais il n'est pas impossible qu'il se serve du sujet comme d'une carotte devant un âne. C'est à vous qu'il incombe de convaincre votre mari de livrer son peuple à l'Agence indienne avant l'hiver prochain. Ils recevront tout ce dont ils ont besoin dans les réserves : de quoi manger, un toit, et leurs enfants — *vos* enfants — seront instruits par des chrétiens. On leur apprendra à lire et à écrire, à cultiver, à labourer et récolter le fruit de leur travail, à se soumettre à la terre comme la Bible nous l'enseigne. Quels que soient les changements de politique dont nous sommes les témoins, et qui que vous soyez devenue maintenant, May, n'oubliez pas que c'est la mission que vous aviez acceptée au départ. Qu'il s'agissait avant tout d'intégrer les sauvages ; de les mener au sein de la civilisation chrétienne.

— Vous êtes peut-être au courant de la façon dont notre corpulent épiscopalien amenait justement les enfants dans son sein ?

— Oui », dit Bourke qui rougit légèrement. Je sentais sa propre colère frémir comme de l'eau sur un feu constant. « Le révérend Hare a été révoqué par l'évêque Whipple. Et celui-ci promet qu'une enquête détaillée sera conduite.

— C'est parfaitement inutile, répondis-je. Tout le monde sait bien ce qui s'est passé. En revanche, saviez-vous que de tels actes sont étrangers à la culture cheyenne ? Je ne dis même pas que cela soit rare, mais que cela n'était jamais arrivé. Je pensais qu'un ethnologue amateur comme vous serait intéressé par ce genre de chose. Nous avons beaucoup à apprendre aux barbares, n'est-ce pas ?

— La Société missionnaire de l'Église est à la recherche d'un prêtre catholique qui accepte de vous accompagner chez les Cheyennes et d'assurer dignement le rôle de conseiller moral. » Bourke ajouta avec un sourire ironique : « Votre mari, qui n'est pas dénué de bon sens, a cette fois demandé spécifiquement une "robe noire" ».

— Formidable ! ajoutai-je, sarcastique. Comme ça, nos petits garçons n'auront plus rien à craindre.

— May, pour l'amour de Dieu ! » Le capitaine hochait la tête. Mais il céda finalement à la plaisanterie. « Vous êtes bien la personne la plus effrontée que j'ai jamais connue ! » Et il partit cette fois dans un rire franc et sonore. Je fis de même.

Nous nous sommes étreints rapidement avant de nous quitter. Pas question de céder. Un geste de plus, de trop, et nos deux personnes...


## 18 septembre 1875

Little Wolf a obtenu son entrevue avec le général Crook. Un contingent de journalistes était récemment arrivé au fort, avec parmi eux un certain Robert E. Strahorn des *Rocky Mountains News* à Denver. Aucune des épouses blanches n'a pu participer à l'audience, ni même quitter le camp. Les autorités ont jugé indésirable que la presse se rende compte — sinon rende compte tout court — de notre présence, qu'elle établisse un lien quelconque entre nous et l'armée ou le gouvernement. De toute manière, vu la façon dont nous avons été reçues initialement au fort, la plupart d'entre nous a évité ensuite de reprendre contact avec les Blancs. Par ailleurs, même si l'on n'en parle que très rarement — la presse elle-même évite le sujet comme la peste —, il se trouve d'autres femmes blanches, dans l'ensemble alcooliques, qui ont rejoint les rangs de ces lamentables Indiens qui traînent toujours autour du fort. Celles-là ont été affublées du qualificatif de « catins déchues ». C'est dire pour qui on nous prend — puisqu'on nous assimile à elles.

Tout ce que je sais de cette réunion avec le général Crook m'a été rapporté par Little Wolf lui-même et par Gertie qui, à l'extérieur, écoutait près de la fenêtre. Comme Bourke l'avait prévu, Crook n'a aucunement garanti l'envoi d'autres épouses blanches. Il s'est contenté de dire que, si les Cheyennes acceptaient de se livrer à l'Agence indienne avant l'hiver, la question serait de nouveau portée à l'ordre du jour des autorités compétentes. Exactement le genre de circonvolutions d'homme blanc qui déroutent et irritent Little Wolf, la chose étant en l'occurrence déjà entendue, et l'accord conclu.

Le général promit également que, toujours à condition que les Cheyennes rejoignent leur réserve, le Grand Père, généreux, prendrait amplement soin d'eux.

« Oui, répondit Little Wolf. J'ai visité l'agence Red Cloud et j'ai vu de quelle façon le Grand Père se montre généreux. Il n'y a plus de gibier sur ces terres et, comme pour les épouses promises aux Cheyennes, seule une petite partie des provisions qu'on devait livrer aux Sioux l'a été. Nos frères ont été obligés de massacrer leurs chevaux pour survivre. Nous, nous avons passé l'été en totale liberté sur les terres qui nous appartiennent, et nous avons maintenant une bonne quantité de viande pour nous permettre de passer l'hiver. Pourquoi nous rendrions-nous à l'Agence, quand nous disposons de tout ce dont avons besoin, et que nous sommes un peuple libre sur une terre libre ? »

La logique de Little Wolf, pour simple et enfantine qu'elle soit, reste malgré tout incontestable. Pourtant bien habitué à négocier avec les sauvages, le général Crook lui-même s'est retrouvé finalement incapable d'expliquer pour quelles raisons les Cheyennes auraient avantage à rejoindre leur réserve avant l'hiver. La réunion fut donc ajournée dans l'insatisfaction générale.

En ce qui concerne l'échange des marchandises — et ici le résultat est plus concluant —, Big Nose Little Man a trouvé à qui parler avec Meggie et Susie Kelly. Le petit homme a fait preuve d'une cupidité telle qu'il a fini par perdre le soutien déjà faible des militaires, ce qui nous a permis d'arriver à un arrangement somme toute favorable. De plus, toutes sortes de commerces illicites fleurissent autour du fort, aux bons soins d'une quantité non négligeable de négociants peu scrupuleux. Grâce à eux Little Wolf a pu réunir les carabines, la poudre et les autres munitions dont nous avions besoin.

Mon mari n'étant pas un imbécile, il a fort bien compris que la décision du Grand Père Blanc visant à interdire aux Cheyennes l'usage des armes à feu a pour but de nous priver de moyens de défense. Little Wolf, à l'évidence, se doute bien que cela cache quelque chose, l'exemple des épouses promises étant là pour confirmer nos soupçons. Ce n'est donc peut-être pas un hasard si, en plus des munitions obtenues illégalement, notre bande s'est également procuré une pleine caisse de carabines neuves.

# 19 septembre 1875

Plusieurs de nos grands hommes-médecine sont partis hier au fort relever un défi lancé — je me suis sentie honteuse en l'apprenant — par le capitaine John G. Bourke et certains de ses collègues. Les Indiens ont surnommé Bourke « Paper Medicine Man [1] », puisque, étant l'aide de camp de Crook, ils le voient sans cesse griffonner sur ses registres.

Si nous n'avions pas persisté à éviter le fort, mes amies blanches et moi-même aurions eu vent plus tôt de cette lamentable affaire, et nous y aurions mis un terme sans délai. Je n'en sus d'ailleurs rien jusqu'à ce qu'un garçon coure à la loge de Little Wolf pour lui demander de relever le défi de l'homme blanc et de sa « boîte-à-médecine », faute de quoi le Peuple allait perdre la face puisque aucun des hommes-médecine ne s'était jusque-là montré à la hauteur.

N'ayant aucune idée de ce dont parlait le petit, j'ai décidé d'accompagner mon mari au fort pour m'en rendre compte par moi-même. Nous arrivâmes à temps pour constater la défaite du dernier de nos prétendants devant la « boîte-à-médecine ». Ce n'était rien de plus qu'un vieil accumulateur que des soldats oisifs avaient relié à un grossier interrupteur à main, ce qui permettait de faire subir une bonne décharge électrique au premier naïf qui poserait les mains sur les pôles. À côté de l'accumulateur, les soldats décidément imaginatifs avaient installé un seau d'eau au fond duquel ils avaient placé un dollar. Ils s'amusaient donc beaucoup en défiant qui le voulait de plonger la main dans le seau pour en retirer la pièce d'argent tout en posant, bien entendu, l'autre main sur l'un des pôles de l'accu.

1. L'Homme à la médecine de papier.

Nos hommes-médecine, les uns après les autres, ont chanté leurs hymnes sacrés et ont plongé la main dans l'eau pour récupérer le dollar. De leur côté les soldats y sont allés de leur propre chanson-médecine — tout simplement « Pat Malloy », une vieille scie irlandaise — pendant que l'un d'eux, John Bourke en personne, actionnait à chaque fois l'interrupteur de leur damnée machine. Au moment voulu, il envoyait une bonne décharge aux pauvres sauvages qu'il soumettait ainsi. Et nos hommes-médecine de se retrouver humiliés devant les spectateurs. Certains ont tenté leur chance courageusement une deuxième fois pour reconnaître, bien sûr, leur impuissance.

John Bourke ne s'aperçut pas tout de suite de ma présence dans la foule, et j'essayai de convaincre mon mari de ne pas tomber dans le piège. « Ne fais pas ça, lui dis-je. Ce n'est pas une "médecine", c'est encore un stratagème des Blancs. Tu vas te blesser et perdre la face devant ton peuple. »

Mais les autres hommes de la tribu poussaient Little Wolf à démontrer le pouvoir de la Douce Médecine, et le chef se sentit obligé de s'exécuter.

Bourke ne m'avait toujours pas vue. Quand mon mari s'approcha de l'appareil, le capitaine s'exclama : « Ah, le grand chef Little Wolf en personne veut-il se mesurer à notre boîte-médecine ? » Je détectai dans son ton réjoui une méchanceté sous-jacente qui me déçut profondément.

Ne pouvant résister plus longtemps, je vins rejoindre mon mari : « Est-ce une distraction digne d'un gentleman, capitaine ? Cela vous amuse-t-il vraiment de profiter de la naïveté de ces gens ? Je suppose que vous torturez les petits chiens aussi ? »

Quelques-uns des soldats se mirent à rire, mais d'une manière plutôt embarrassée — de vrais

gamins pris en faute. L'un d'eux ricanait sous cape :
« On va se mettre à les bouffer, les chiens, tiens,
comme ces cochons de sauvages.

— On prend juste un petit peu de bon temps, dit
un autre. D'ailleurs c'est les Indiens eux-mêmes qui
veulent comparer nos médecines. On ne veut nuire à
personne, ce n'est qu'un jeu. »

Le capitaine Bourke avait blêmi, plus sans doute
de me trouver ici que de m'entendre le réprimander.
Lorsqu'il répondit à son tour, loin de chercher à
s'excuser, il prit le ton arrogant de la défiance.

« Nous montrons simplement aux sauvages, et de
manière plutôt inoffensive, que leurs superstitions
sont impuissantes devant les pouvoirs de l'homme
blanc. Et je peux vous assurer, madame, que la
leçon est moins cuisante ici qu'ailleurs.

— Je vois cela, capitaine. Je vois aussi que vous
vous apprêtez à en faire profiter mon mari Little
Wolf, le chef le plus estimé des Cheyennes et leur
plus brave guerrier. Pour que le Peuple soit bien
conscient de la supériorité de l'homme blanc.

— Il revient au chef et à lui seul de décider s'il
veut confronter sa médecine à la nôtre, madame »,
répondit Bourke en braquant sur moi ses yeux profonds.

Little Wolf posa une main sur un pôle de
l'accumulateur et les soldats entonnèrent une fois de
plus leur « Pat Malloy ». Je soutins le regard de
Bourke tandis qu'il commençait à manipuler l'interrupteur en chantant lui aussi. Contrairement à ses
hommes, Little Wolf ne chantait pas. Il posa seulement une main sur la poche-médecine, un genre de
talisman qu'il porte sur la poitrine, tandis qu'il
plongeait l'autre dans le seau. Le capitaine continuait de me regarder, sans arrêter de chanter, pourtant à l'instant donné il lâcha le commutateur et

mon mari put retirer sans mal la pièce d'un dollar.
Les guerriers assemblés autour de nous s'excla-
mèrent de plaisir, et les femmes, avec moi, produisirent nos joyeux trilles aigus.

Bourke quitta son siège derrière sa triste machine,
me salua rapidement et s'éloigna à grands pas.


## 20 septembre 1875

Le temps est en train de changer et nous nous
préparons au départ. La température douce de
l'automne naissant dont nous avons profité ces dernières semaines a brusquement chuté. Allongée
sous la tente, j'ai entendu cette nuit le vent du Nord
qui se levait en produisant un bruit terrible. On
aurait cru un train de marchandises. Et j'avais beau
être au chaud sous mes peaux de bison, je sentais
distinctement la froideur de l'hiver au fond de moi.

Mon amie Gertie est venue ce matin me rendre
une dernière visite. « Tu connais la nouvelle, à propos de votre collègue Narcissa ?

— Non, ai-je répondu. Mais je m'attends à tout...

— Elle est à l'hôpital du fort. Ils prétendent
qu'elle a fait une fausse couche, mais je connais
bien une des infirmières, et elle dit au contraire que
le toubib a fait sauter le môme.

— Sauter ? Tu veux dire qu'il l'a avortée ?

— À ce qu'il paraît.

— Je m'étais trompée, alors, Gertie. Et ça me
surprend beaucoup. On ne savait même pas qu'elle
était enceinte.

— L'infirmière dit que Narcissa a supplié le docteur de le faire parce qu'elle aurait été violée par
son mari. Qu'elle ne supportait pas l'idée de donner
naissance à un petit sauvage.

— Et je suppose qu'elle va rester au fort en convalescence. Plutôt que de partir au Nord avec nous.

— Tout juste, admit Gertie en hochant la tête. Congé médical, qu'ils disent. Elle affirme qu'elle sera plus utile ici, puisqu'il faut préparer l'arrivée des Indiens à la réserve. Tu vois ce que je veux dire ?

— Parfaitement, oui. Les rats quittent le navire. Cela en revanche ne m'étonne pas. On a toutes compris depuis longtemps que cette fille est un vrai faux jeton. Mais je ne pensais pas qu'elle irait jusque-là.

— J'ai d'autres nouvelles qui t'intéresseront peut-être, ma jolie. Elle raconte autour d'elle que toi et quelques autres avez pris le sentier de la guerre, que vous êtes devenues maboules, que vous avez scalpé une bande de Crows, même que vous leur auriez coupé autre chose, si tu me suis bien...

— Tiens donc. Et à qui elle raconte ces histoires ?

— À tous ceux qui veulent l'écouter là-bas. Tu as une autre version, je suppose ?

— Non. Je n'ai rien à dire, Gertie. Sinon que, cet été, tandis qu'on campait près du fleuve Tongue, une bande de Crows a profité de ce qu'on était plusieurs filles à l'écart, un matin, pour nous tomber dessus et nous enlever. Tu ne devais pas être partie depuis très longtemps. Je ne voulais pas t'en parler, puisque tu t'en serais voulu de ne pas avoir été là pour nous protéger. C'est eux qui ont tué la petite Sara, avant que nos maris viennent nous sauver. C'est tout ce que j'ai à révéler. »

Gertie opinait du chef. « Oui, je comprends, ma belle. Je ne poserai pas d'autres questions. Je pensais qu'il valait mieux que tu saches ce qu'elle raconte, l'autre pisseuse. Moi, ça m'est complètement égal. J'ai vécu chez les sauvages, et je sais très bien comment ça se passe.

— Merci, Gertie », lui dis-je, reconnaissante qu'elle ne cherche pas à en savoir plus.

— En fait, je suis surtout venue te dire au revoir. On s'en va, nous aussi. Je ne sais pas où, et de toute façon on nous le dit jamais avant. Mais je crois que ça va être une sacrée expédition, parce que je retrouve ma casquette de muletière et que, s'ils n'hésitent pas à prendre des filles pour conduire les bestioles, ça veut dire aussi qu'ils vont réquisitionner tout ce qui marche à quatre pattes ou roule sur quatre roues dans la région entière. On est censés être prêts à partir de demain matin. J'ai bien l'impression que Crook est en train de déplacer ses troupes un peu plus vers le Nord, à cause des problèmes dans les Black Hills. Il paraît que les Sioux, leurs deux chefs Crazy Horse et Sitting Bull ont uni leurs forces, et passent leur temps à attaquer les mineurs et les colons, là-bas. Je ne sais pas dans quel coin vous allez, vous, mais si j'étais à votre place, j'éviterais vraiment les Black Hills. Tu vois, l'armée est incapable de distinguer les Indiens entre eux, pour eux c'est tout du pareil au même. Même les éclaireurs indiens qu'ils emploient n'y arrivent pas la moitié du temps. Du moins de loin. Seulement une fois que tu les as sur les dos, c'est toujours trop tard. Et l'armée se contente de penser que tous les Indiens qu'elle voit dans un territoire agité sont par définition coupables.

— Le capitaine ne t'a rien dit de particulier, Gertie ?

— Je ne l'ai pas vu, ma jolie. Et puis il risquerait trop gros, s'il devait me raconter des choses sur les mouvements de troupes. C'est du secret militaire, tout ça. Ça rentre pas dans les oreilles d'une vieille meneuse de mules, tu vois ? Par contre, j'ai entendu parler de leur petit jeu avec l'accumulateur. Je trouve quand même qu'il a eu du cran, le 'pitaine, de pas lui coller une décharge, à Little Wolf. Il a perdu la face devant ses hommes en se dégonflant.

— Il ne s'est pas dégonflé, Gertie. Il a juste renoncé à actionner l'interrupteur.

— Pour les soldats, c'est la même chose. Ils avaient envie de donner au bonne leçon à monsieur le Grand Chef et Bourke leur file entre les doigts ! Tu parles d'une médecine !

— C'était une pile, Gertie, un accumulateur ! Une batterie ! Rien d'autre qu'une machine.

— Je sais, je sais, ma grande. Mais tu connais les hommes : « gnagna, ma pile est plus grosse que la tienne » et toute cette sorte de chose. C'est pour toi qu'il a fait ça. Tu as bien compris, quand même ?

— Évidemment que c'est pour moi. C'était la seule chose décente à faire. Si tu le vois, Gertie, tu peux d'ailleurs le remercier pour moi. » Je pouffai. « Et s'il a besoin d'être rassuré de ce côté-là, tu peux lui dire que sa pile a la même taille, au centimètre près, que celle de Little Wolf. »

Elle sourit. « Ah, ça, ça les rassure, une fois qu'on a dit ça... »


## 22 septembre 1875

Les autorités n'ont pas réussi, en si peu de temps, à trouver un prêtre prêt à prendre la place du disgracié révérend Lapin, mais elles nous ont tout de même déniché un moine bénédictin. Nous ignorons d'où sort ce curieux bonhomme et ne savons rien de lui, sinon qu'il est arrivé sur son âne hier soir au camp et qu'il s'est présenté sous le nom d'Anthony. Il l'aurait adopté en hommage à saint Antoine du Désert, un ermite égyptien du IV$^e$ siècle. Comme lui, il cherche un lieu éloigné de la civilisation où fonder son propre monastère, et, « si nous n'y voyons pas d'inconvénient », il sera ravi de nous accompagner.

« Bon Dieu, soufflai-je à Helen Flight près de moi, d'abord ils nous envoient un énorme épiscopalien pédéraste avec une mule, et maintenant on a droit à un anachorète bénédictin maigrelet sur un âne. Je vois en quelle estime les autorités tiennent nos besoins spirituels.

— Ah, si vous cherchez à vous éloigner de tout, lui dit Meggie Kelly qui vint elle aussi l'accueillir, vous êtes bien tombé, frère Anthony. Moi et Susie on est des bonnes catholiques, en plus. Et on est bien contentes de vous voir arriver — pas vrai, frangine ?

— Ah, ça, pour sûr, fit sa jumelle.

— Mais oui, renchérit Helen. On vous appellera frère Anthony de la Prairie. Vous ferez une excellente recrue dans notre petit groupe. »

J'écris aux premières lueurs de l'aube. Nous allons démonter le camp dans la matinée. Je reste pour l'instant blottie dans mes peaux et mes couvertures pendant que Quiet One réveille les braises pour le feu du matin.. « *Eho'eeto* », murmure-t-elle en me voyant l'observer. « Il neige. »

Je remonte mes couvertures jusqu'au menton. J'ai terriblement envie d'aller faire mes besoins, mais je n'arrive pas à me décider à quitter la chaleur du lit et je vais tenter de ne pas y penser le temps de remplir quelques pages.

Comme Gertie l'avait annoncé, nous avons vu hier deux importantes compagnies de cavalerie quitter le fort, dotée chacune d'un train de chariots à mules bien approvisionné. L'une partait au nord-est en direction de Camp Robinson, l'autre à Fort Fetterman au nord-ouest. Ce sont les troupes du général Crook, et John Bourke se trouvait certainement parmi elles. J'imagine que Crook a fait ainsi étalage de ses forces alors que nous étions encore à proximité, pour que nous puissions rapporter aux autres que les Blancs sont maintenant très nombreux.

Je trouve un maigre réconfort dans le fait que nous avons encore l'automne et au moins une partie de l'hiver devant nous avant de nous en remettre à l'agence ; cela fut exposé clairement tant par le général que par le capitaine Bourke. J'ai décidé, dès que nous retrouverons les différentes bandes, de parler à mes camarades afin d'essayer de faire valoir ensemble à nos maris, et, plus important encore, aux autres femmes de la tribu, qu'il serait plus sage de nous rendre. Je crains cependant qu'après un été dans l'ensemble paisible, alors que la tribu traverse une période de prospérité, il soit plus difficile de faire comprendre au Peuple pourquoi il lui faudrait renoncer à sa liberté et quitter une terre « pour toujours » la sienne — un terme dont la signification, à l'évidence, est moins ambiguë dans leur culture que dans la nôtre.

Je commence à m'inquiéter un peu pour mes camarades et pour moi, du fait, surtout, des enfants que nous attendons. Nous avons eu la chance de profiter tout l'été de températures clémentes — si l'on excepte le relatif inconfort des vents constants de la prairie, cause fréquente d'irritation et d'anxiété, ou de violents rhumes des foins dans le cas de Martha. Mais les « jeunes épouses » que nous sommes ne savent pour l'instant rien des rigueurs d'une saison froide à la mode indienne.

Aujourd'hui que nous viennent de l'Arctique ces premières et soudaines rafales, je redoute le confinement probable des mois à venir. Sans aucun doute, la perspective de disposer grâce à l'agence d'abris plus stables — peut-être même d'une vraie maison — me semble plus attractive qu'un long hiver dans un tipi. Je reconnais malgré tout que les tentes indiennes sont merveilleusement bien conçues — elles restent remarquablement fraîches dans la chaleur de l'été, et jusqu'ici parfaitement confortables alors qu'apparaissent les premiers froids véritables. Elles se réchauffent en outre très vite avec le feu du matin.

Feather on Head et son adorable garçonnet — je l'ai surnommé Willie, comme mon propre fils William — viennent de me rejoindre sous les peaux de bisons. Je leur ai appris une sorte de jeu : parfois, aux heures fraîches de l'aube, ils viennent se faufiler dans mon lit et je me blottis contre le petit — il a l'odeur des prunes sauvages des prairies. Alors nous nous mettons à pouffer comme des gamins et il nous arrive avec Feather de nous rendormir dans les bras l'une de l'autre, comme des sœurs, Willie bien au chaud entre nous. Sa mère Quiet One ne s'opposant pas à cette intimité somme toute fraternelle, Pretty Walker nous rejoint parfois. Depuis l'arrivée du froid, la première épouse a repris sa place attitrée dans le lit de son mari. Ayant eu quant à moi le temps de surmonter les terreurs dont j'étais victime les nuits de cet été, je n'y vois pas d'inconvénient. Nous avons tout d'une meute de jeunes chiens qui cherchent le réconfort dans la chaleur de nos corps respectifs. Parfois Horse Boy vient aussi nous retrouver sous les couvertures. J'ai tout de même fini par penser, il y a peu, qu'il était maintenant trop grand pour se nicher « innocemment » entre nous !

Je l'ai senti l'autre jour qui pressait son petit oiseau excité contre ma jambe ! J'ai repoussé son ardeur — dure comme un crayon — d'une chiquenaude. Il a poussé un court cri aigu et s'est aussitôt calmé...

Nous en sommes à chuchoter et glousser joyeusement, à échanger des mots anglais contre des bribes de cheyenne. Le bébé gazouille entre nous. Je n'ai jamais connu d'enfant aussi heureux — il ne pleure que rarement et, si cela doit lui arriver, Feather on Head lui pince le nez et il s'arrête presque instantanément. Les mères cheyennes apprennent aux petits à se tenir parfaitement silencieux comme des animaux.

Il fait chaud et bon sous les couvertures, nous sommes tous ensemble à l'abri et aucun de nous trois n'est prêt à affronter la rigueur du matin ni la neige fraîche et crissante au-dehors. Nous n'avons aucune envie de plier bagages et de partir dans le froid et le gel. Mais comme nous entendons la voix du vieux crieur du camp, nous devons prêter attention et écouter les nouvelles du jour : « Le Peuple se prépare au départ, dit-il. Nous allons rejoindre notre campement d'hiver au nord. Nous rentrons aujourd'hui. Tout le monde range ses affaires, démonte son tipi, le Peuple se met en train ce matin. »

Mais nous ne nous levons pas et restons blottis les uns contre les autres... jusqu'à ce que notre vieille gardienne se mette à rouspéter et pousse ses cris aigus... « Allez, debout là-dedans ! Il est temps de se remuer ! » Que l'un d'entre nous fasse mine d'hésiter, et sa petite canne en saule nous fera changer d'avis. La voilà déjà qui fouette nos peaux de bison — tous les prétextes lui sont bons pour sortir son arsenal. Feather on Head finit par se glisser hors des couvertures et commence avec sérieux sa journée de travail. Les grasses matinées n'ont pas leur place ici. Elle me laissera ce matin son bébé — elle sait que je prendrai soin de l'adorable Willie et qu'ainsi elle pourra vaquer librement aux premières corvées. Quelques précieux instants encore, je le garde dans le creux de mon épaule, et il continue de gazouiller, de roucouler même comme une vraie colombe. Mais je ne peux attendre plus longtemps de me soulager, et les piaillements de *Vohkeesa'e* me sont insupportables, c'est pourquoi il me faut aussi, bien à contrecœur, ranger mon carnet et renoncer à la chaleur de ma couche pour m'atteler au travaux du jour. J'installe Willie dans le porte-bébé calé contre le dossier de Feather on Head. Il ne crie ni ne proteste, pourtant je le vois qui me regarde avec regret, comme pour dire : « Non, tatie, ne me laisse pas là tout seul... »

J'aperçois au sortir de la loge le soleil qui vient seulement de couronner l'horizon à l'est. Il ne dégage cependant aucune chaleur. Il doit faire bien en dessous de zéro ce matin. La neige, étincelante, cristalline, est encore immaculée, à l'exception d'une série d'empreintes de pas bien distinctes en direction de la rivière. Ce sont celles de Little Wolf, parti avant tout le monde faire ses brasses. Comme le « Club Nautique et Viril des indigènes » tout entier, il continue de nager le matin quel que soit le temps. Je suis ses pas, m'arrête sous les saules pour faire enfin mes besoins. Mon filet jaune déchire la neige, révélant la terre rouge et mouillée par-dessous. Puis direction la rivière où je quitte d'abord mes mocassins et mes jambières, puis la douce chaleur de mon lourd manteau de bison, et enfin ma robe. Sans hésiter, pour ne pas me laisser le temps de songer à l'implacable température de l'eau, je m'enfonce dans celle-ci aussi vite que je peux. Mon souffle se bloque dans ma gorge et je plonge avant de revenir à la surface en hoquetant, m'efforçant de recueillir un peu d'air dans mes poumons — du moins suffisamment pour pousser un cri de stupeur gelée ! Mon Dieu, qu'elle est froide !

Je me hâte de ressortir pour m'envelopper de mon manteau de peau qui a conservé un peu de la chaleur du tipi. Puis je ramasse robe, jambières et mocassins et, pieds nus dans la neige, je repars en courant à la loge. Mes orteils seront gourds lorsque j'y arriverai. J'entre en tempête et me mets à rire en émettant toute sorte de « brrr ! », pour le plus grand plaisir de la petite famille. Sur son porte-bébé, Willie me regarde avec de grands yeux et repart dans ses gazouillis ravis. « *Yes, etoneto !* » dis-je en cheyenne, avant de traduire aussitôt en anglais : « *Coooold !* » Alors les filles, Pretty Walker et Feather on Head, portent une main à leurs bouches et pouffent silencieusement. Leur rire timide et étouffé ressemble aux rides de l'eau de la rivière. Et le bébé piaille, tout content. Notre vieille loutre râle vaguement, cependant ni elle ni la fort peu démonstrative Quiet One ne peuvent s'empêcher maintenant de rire de mes singeries...

Notre journée commence ainsi. Je ne pense plus qu'à ce que j'ai à faire. Nous partons ce matin. Je suis une squaw.


23 septembre 1875


Le démontage du camp a pris hier plus de temps que d'habitude à cause du froid, et il a fallu attendre le milieu de la matinée pour enfin nous mettre en route. Le vent du nord s'est levé au même moment et nous avons dû avancer tout le jour contre lui.

Ceux qui souhaitaient un cheval pour le voyage du retour en reçurent un, puisque nous n'avions plus à transporter les quelques centaines de peaux laissées au fort et que les marchandises obtenues en échange prenaient moins de place.

J'ai cheminé l'essentiel de la journée en compagnie de Helen Flight. Notre étrange et nouveau conseiller spirituel, frère Anthony, nous suivait à quelque distance sur son petit âne, avec ses longues jambes ballantes qui touchaient presque le sol. La pauvre bête devait de temps à autre se lancer dans un trot mal assuré pour éviter de trop creuser l'écart qui nous séparait.

Grâce aux talents d'intermédiaires des sœurs Kelly, Helen a finalement réussi à se procurer du matériel de peinture auprès de « la vilaine petite grenouille[1] » — le surnom qu'elle prête à Big Nose. Comme il leur faut rester au fort tandis que leurs soldats de maris s'absentent sans cesse au-dehors, certaines épouses, semble-t-il, meublent leurs longues journées solitaires en s'essayant à quelque forme d'art, c'est pourquoi le Canadien garde en réserve ce genre de fournitures. Helen a donc de nouveau tout un stock de fusains et de papier à dessin, en sus d'un précieux rouleau de toile. Ma douce amie m'a également offert deux carnets vierges. Je lui en suis terriblement reconnaissante, car je remplis mes pages à une vitesse alarmante. Je vais peut-être même devoir bientôt arrêter, car mes journaux commencent à devenir encombrants.

Malgré le vent glacé, Helen garda la journée

---

1. On le saura, les Anglo-Saxons surnomment « frogs » les français (et par extension ceux qui parlent français), du fait de leur réputation de mangeurs de grenouilles.

entière sa pipe vissée entre les lèvres. Elle dépassait de son écharpe, mais je doute qu'elle réussît à la garder constamment allumée. Nous étions toutes deux bien couvertes. Munie d'une seconde paire de mocassins et de jambières doublées de fourrure, j'avais également enfilé un genre de moufles de castor. Portant comme moi des jambières fourrées, Helen avait trouvé des gants neufs et des bottes d'homme au comptoir. Nous disposons l'une et l'autre des épais manteaux de bison que Jeannette Parker, nous ne la remercierons jamais assez, a confectionnés pour nous cet été. Nous avions pour compléter le tout des écharpes de laine sous nos douillettes chapkas indiennes, en castor elles aussi, et enfoncées jusqu'aux oreilles. Converser engoncées dans de tels accoutrements aurait déjà été difficile, mais avec le vent qui soufflait droit sur nous, c'était littéralement impossible. Les mots repartaient au fond de nos gorges avant qu'ils n'aient le temps de quitter nos bouches. Nous avons bien tenté de hurler par moments, pour finalement nous regarder l'une et l'autre d'un air impuissant en nous demandant si nous nous étions comprises. Après quelques haussements d'épaules, nous avons choisi de chevaucher en silence, sans autre compagnie que celle de nos pensées ni d'autre préoccupation que nous faire aussi petites que possible recroquevillées sur nos montures, pour que le vent nous oublie.

Quelle curieuse impression de songer qu'il y a six mois nous quittions Fort Laramie, angoissées à l'idée de rejoindre cette vie sauvage et inconnue ; nous avons aujourd'hui quitté le même endroit, sans doute aussi anxieuses, pourtant nous sommes maintenant des squaws qui rentrent chez elles. Plus nettement que jamais, j'ai pris conscience ce matin dans le vent persistant que mon engagement personnel était pour toujours scellé par le petit cœur qui battait maintenant dans mon ventre; qu'il m'aurait été inconcevable de rester au fort, quand bien même j'en aurais eu envie.

Je ne veux plus accorder autant d'importance à John Bourke dans mon cœur ou dans ces pages. Je le chasse de mon esprit. Ce n'est pas facile d'oublier; je ne peux le reléguer aisément dans une période quelconque de mon histoire, c'est un acte de volonté — une opération, je dirais, chirurgicale, qui va à l'encontre de mon âme... la plus douloureuse des mutilations. De l'avoir revu, de m'être retrouvée brièvement dans ses bras et d'avoir senti sa main tendre et forte sur mon ventre rendent cette séparation plus amère encore...

Le camp est monté et j'écris ces lignes à la nuit venue. C'est la première que nous passons loin de Fort Laramie. Je n'ai pas l'impression que nous ayons beaucoup avancé aujourd'hui. Comme si le vent lui-même nous avait freinés. Malgré nos habits chauds, je me suis sentie gelée jusqu'à la moelle des os à la fin de la journée — le vent de la prairie, aussi tranchant qu'une lame de rasoir, viendrait à bout de n'importe quel vêtement. La chaleur de la loge, ce soir, me paraît un luxe extraordinaire.

Little Wolf a tué une antilope en route et nous dînerons d'un cuissot tout frais — c'est à mon sens la viande la plus délicieuse et le plus tendre des gibiers. J'ai invité Helen, son mari M. Hog et notre moine Anthony.

À peu près à l'heure dite, nos invités ont gratté du bout des doigts à l'entrée de la loge. Nous les avons installés à la place d'honneur près du feu. Après que Little Wolf eut béni la viande en levant un morceau vers les quatre points cardinaux, le ciel et la terre, puis déposé celui-ci dans un petit plat près des braises à l'intention de *He'amaveho'e,* la Grande Médecine elle-même (évidemment les chiens se chargent de tout dévorer avant notre divinité, ce que chacun fait mine de ne pas remarquer), nous avons commencé à manger avec un appétit de lion. Les sauvages ne prennent jamais leurs repas sans un certain sérieux — question de vie ou de mort, sans doute — et les conversations sont généralement rares parmi les convives.

Cependant Helen et moi faisons bien souvent fi de cette coutume (nous ne sommes pas les seules!) et nous nous mîmes à bavarder en essayant autant que possible de mettre notre dernier arrivé à l'aise dans ce contexte nouveau.

« Dites-nous, frère Anthony, demanda Helen, aimez-vous la nature?

— C'est toute ma vie, dit le jeune moine avec douceur et respect. Les créatures du divin sont pour moi une bénédiction.

— Magnifique! s'exclama Helen. C'est que, sans aimer la nature, il est presque impossible de garder une vie spirituelle dans ce pays sauvage. Mais je ne pense pas que vous soyez un fusil?

— Un fusil?

— Mais non, c'est évident, dit-elle. Je dis cela car je suis sensible à l'automne — même si, pour l'instant, j'ai plutôt l'impression d'être au creux de l'hiver — mais de toutes les saisons, celle que nous traversons réveille le fusil que je suis, le chasseur si vous préférez. J'aime parcourir les hautes terres, entendre battre les ailes du gibier, et l'odeur de la poudre! Nous vous inviterons d'ailleurs bientôt dans notre tente, M. Hog et moi, dès que nous aurons rempli notre garde-manger. Aimez-vous faire la cuisine, frère Anthony?

— Je suis boulanger », répondit gentiment celui-ci.

Je commençai à le trouver sympathique, à apprécier sa grande simplicité et l'attention tranquille qu'il porte aux personnes et aux choses. Je pense qu'il saura bien faire parmi nous, qu'il rappellera peut-être même utilement à tous que l'œuvre de Dieu sur terre ne s'appréhende pas sans une certaine humilité.

« Boulanger ! Formidable ! commentait Helen, les sourcils levés. Je veux dire qu'il n'est pour moi rien de plus beau que les mains d'un homme dans la farine. Ah oui, du pain frais, voilà qui agrémentera drôlement nos menus. » On ne pouvait plus l'arrêter. « Vous savez que les sauvages en font leur pain bénit — sans jeu de mots. Et nous nous sommes amplement approvisionnés en farine et en levain. Oui, je crois que nous aurons l'occasion de bien nous occuper devant nos fourneaux, si je puis dire, cet automne. N'est-ce pas, May ? »

Nous mangeâmes ainsi notre gigot d'antilope en bavardant gaiement et en écoutant le vent hurler au-dehors. Il faisait chaud dans la loge, autour du feu, tandis que la bourrasque glissait autour du tipi sans trouver par où s'engouffrer — un autre avantage de sa forme ronde.

Quand nous eûmes terminé, Little Wolf sortit sa pipe et sa poche à tabac. Jamais en reste d'anti-conformisme, Helen alluma elle aussi son brûle-gueule à l'aide d'une brindille enflammée à son bout. Chacun s'installa confortablement sur son dossier, à l'exception de Horse Boy et de la « patronne » de la tente qui partirent se lover sur leurs peaux.

Même Helen, pourtant généralement si sociable, se fit silencieuse et contemplative. On n'entendait plus que les craquements du bois dans les flammes, et le vent à l'extérieur. Je profitai de cet instant de parfaite sérénité pour étudier mes compagnons. Feather on Head, son bébé dans ses bras, et Quiet One qui, assise à côté de sa fille Pretty Walker ne s'occupait pour une fois ni du ménage ni de la vaisselle ni de rien, regardaient tranquillement le feu. Assis face à elles, Little Wolf tirait solennellement sur sa pipe qu'il passa ensuite poliment, non sans quelque cérémonie, à notre hôte Anthony, lequel la tendit ensuite à M. Hog, le mari de Helen.

Les regardant les uns après les autres, je me demandais à quoi ils pouvaient bien songer à cet instant. Helen, comme moi, avait probablement ressenti lors de ces quelques journées au fort l'appel de la civilisation, et je crois que nous nous demandions toutes deux comment nous réussirions à y retourner le moment venu.

Sans doute nos familles indiennes pensaient-elles à l'hiver proche et, dans le cas de Little Wolf, au futur incertain d'un Peuple dont il est pour toujours le guide et le protecteur. Ou peut-être ne se souciaient-ils que de la journée du lendemain, des amis et des autres parents que nous retrouverions bientôt.

Notre bénédictin priait très certainement son Dieu d'éclairer son chemin dans ce monde nouveau ; je lui souris en croisant son regard pour qu'il sache que nous serions ses amis.

Depuis son lit, Horse Boy fixait le feu. Ses yeux vifs et cuivrés reflétaient les flammes inconstantes. Peut-être pensait-il seulement aux chevaux qu'il devrait bientôt rejoindre dans la nuit automnale, armé d'une couverture, pour assurer la garde contre les loups et les voleurs avant qu'un autre jeune garçon ne vienne le relayer à l'aube. Quelle race courageuse et robuste ! Dieu protège ces gens...

Au bout d'un moment, Helen et M. Hog, lui-même un homme digne et paisible qui semble sincèrement épris de son excentrique épouse, se levèrent pour rejoindre leur loge. J'offris à frère Anthony de passer la nuit dans la nôtre, mais il refusa poliment en déclarant qu'il disposait d'une couverture et qu'il avait tout à fait l'habitude de dormir sur le sol. Que c'était l'une de ses dévotions journalières.

Je les ai accompagnés au-dehors afin de faire mes besoins avant de dormir. Avec l'hiver qui arrive, il est plus que temps de démontrer aux sauvages l'utilité du pot de chambre — cette ingénieuse invention de l'homme blanc devrait se révéler parfaitement adaptée au camping !

J'avais eu beau m'envelopper d'une couverture, je sentis en sortant la morsure du vent sur mes joues. Nous avons monté le camp au détour d'une mince rivière, bordée de hautes plaines nues. Un paysage désolé, sans intérêt ni rien pour stopper le vent dont les rafales fondent des crêtes lointaines pour assaillir notre petit groupe de tentes collées les unes aux autres, si fragiles et si vulnérables. Nous sommes bien minuscules, comparés à la puissance des éléments ! Il n'y a rien d'étonnant à ce que ces gens soient si superstitieux face à eux. Ni qu'ils s'efforcent de gagner les bonnes grâces des dieux des quatre points cardinaux, du ciel et de la terre, sans compter les esprits des animaux sauvages et du temps, car nous vivons à leur merci. Dans cette optique, les Blancs bâtissent leurs forts et leurs maisons, leurs entrepôts et leurs églises comme autant de remparts peu convaincants devant l'immensité d'une Terre qu'ils sont incapables d'aimer, d'un vide qu'ils tentent vainement de combler.

Je remonte ma robe jusqu'à la taille et je m'accroupis près d'un petit buisson d'armoise, seule et mince protection contre le vent. Le capitaine Bourke y voit un « végétal absolument sans intérêt » et, s'il a peut-être raison, je trouve son odeur forte pas si désagréable, au point que j'en ai parfois frotté ma peau quand l'hygiène le demandait : c'est, disons, un équivalent indien des parfums français...

Ce soir la lune est cachée, le vent a repoussé les nuages et la voûte céleste brille au-dessus de moi. Je regarde, accroupie, les milliards d'étoiles et de planètes et, curieusement, ma propre insignifiance ne me fait plus peur comme autrefois. Elle me paraît au contraire rassurante, puisque j'ai maintenant le sentiment d'être également un élément, si minuscule soit-il, de l'univers complet et parfait... Quand je mourrai, le vent soufflera toujours et les étoiles continueront de scintiller, car la place que j'occupe sur cette terre est aussi éphémère que mes eaux, absorbées par le sol sablonneux ou aussitôt évaporées par le vent constant de la prairie...

## 28 septembre 1875

Nous prenons notre temps pour rejoindre nos territoires de la Powder River. Notre itinéraire est plutôt sinueux. Les Indiens ont une façon bien à eux de voyager, qu'un Blanc jugerait facilement aléatoire ou fantaisiste. Les éclaireurs ouvrent la voie, et le Peuple suit — d'abord vers le nord, puis brusquement comme si l'on changeait totalement d'idée, vers l'est et les collines de conifères qui cernent Camp Robinson, où notre odyssée commença il y a de nombreux mois. Cette fois, cependant, nous évitons le camp et les quelques installations qui ont poussé autour. Il s'agit pour l'ensemble de simples baraques aux toits de tourbe et d'appentis rudimentaires, construits à la hâte, sans ordre apparent au milieu de rues boueuses. Elles n'ont rien de particulièrement attrayant et il est difficile de reconnaître, dans ces hameaux ingrats, la main prétendue raffinée de la civilisation. On peut même dire qu'elles ne changent en rien la brutalité du paysage.

Des bouviers circulent en ce moment autour de Camp Robinson. Un jour que nous étions à proximité, quelques-uns de nos jeunes hommes ont fait équipe pour la chasse et ont tué plusieurs bœufs d'élevage. J'ai tenté d'expliquer à mon mari que le bétail appartenait aux colons et que prendre leurs bêtes ne pouvait qu'attirer des ennuis au Peuple. Mais Little Wolf m'a répondu que les colons, précisément, avaient massacré les bisons, épuisé les réserves locales de gibier et que le Peuple avait besoin de manger en route. De toute façon, ajouta-t-il, il n'était pas en son pouvoir d'empêcher les jeunes hommes de trouver des bœufs à la place des bisons disparus lorsqu'ils partaient à la chasse. Comme c'est souvent le cas, j'ai eu du mal à réunir des arguments solides face à la logique simple et efficace de mon mari.

Cependant, lors des fêtes qui ont suivi la chasse, les convives manifestèrent leur déception par toutes sortes de grimaces et de grognements en goûtant la viande de bœuf. Je dois admettre qu'elle est moins savoureuse que celle des bisons sauvages, pour laquelle je confesse aujourd'hui une préférence.

Passé les collines qui cernent Camp Robinson, nous avons fait un crochet rapide par la Red Cloud Agency, toute proche, où Little Wolf a conversé avec certains chefs dakotas, dont Red Cloud lui-même. Ils ont abordé le sujet de la commission gouvernementale, arrivée il y a peu au campement militaire dans le but de négocier la cession des Black Hills, en présence notamment de l'évêque Whipple, le supérieur de notre ex-révérend. Little Wolf, comme nombre de Sioux, a préféré ne pas se rendre aux réunions pour la simple raison que ni lui ni les autres n'ont la moindre intention de vendre les Black Hills, même s'ils étaient habilités à le faire, ce que bien sûr ils ne sont pas.

En revanche et comme d'habitude, les Indiens sont très divisés sur la question. Sans doute parce qu'il a déjà rejoint l'Agence qui porte son nom, Red Cloud semble lui favorable à cette cession — bien que son peuple ait été si mal pourvu par le Grand Père Blanc que, comparé à nous, il semble presque sans ressources. Lors du conseil, Red Cloud apprit à Little Wolf que les prospecteurs avaient été si nombreux à prendre d'assaut les Black Hills qu'il n'était déjà plus possible d'endiguer le flot. De ce fait, selon lui, il valait peut-être mieux que les différentes tribus acceptent quelque chose en échange de leurs terres plutôt que rien du tout. De toute façon, on allait les leur prendre, puisque les Blancs raflent tout. Après de longues discussions, parfois très animées, et moult calumets, les chefs n'ont cependant pas réussi à se mettre d'accord. Ces divisions, cette incapacité à générer un front uni ou un consensus constituent bien, comme l'expliquait John Bourke, l'une des grandes faiblesses des Indiens lors de leurs tractations avec le gouvernement américain.

Lors de notre installation provisoire près de la Red Cloud Agency, nous avons reçu la visite d'un individu onctueux, obséquieux, du nom de Carter, qui se présenta à notre tente dans l'intention d'inscrire Little Wolf et les hommes de la bande sur les registres de l'Agence. Quand je m'adressai à lui en anglais, l'homme resta stupéfait. Bien sûr il n'avait vu en moi qu'une squaw « comme les autres ». À l'évidence, il ne savait rien du programme FBI, puisqu'il supposa tout d'abord que j'étais prisonnière des Cheyennes. Il alla même jusqu'à proposer de me faire libérer ! Il manifesta ensuite une agitation extrême lorsque je lui expliquai que j'étais l'épouse du chef, et que d'autres femmes blanches vivaient comme moi de leur plein gré dans notre tribu d'adoption. Si je me suis franchement amusée de le voir de plus en plus gêné, je n'ai pas souhaité lui parler plus longuement du programme qui nous a amenées ici.

« M'dame, comment faites-vous pour rester aussi jolie dans cette situation désespérée », dit-il avec sollicitude, présumant certainement que je faisais partie de la classe malheureuse de ces « catins déchues » qui, destituées de toute forme de prostitution décente, s'étaient en dernier recours tournées vers les sauvages. Il m'apprit alors qu'une femme de sa connaissance venait d'ouvrir une « auberge » respectable dans la petite ville de Crawford, nouvellement fondée près de Robinson. Cet établissement a pour clientèle des militaires du camp, des employés de la poste, des muletiers, des prospecteurs et toute la canaille qui traîne autour des avant-postes de la civilisation — soit, à entendre M. Carter, une population de loin plus plaisante que les sauvages qu'on nous a forcées à servir, lesquels, m'assura-t-il, se voient bien sûr refuser l'accès de l'établissement de Miss Mallory et de ce fait n'approchent pas ses filles.

Il serait peu dire que je me sois froissée; j'ai expliqué de nouveau à ce monsieur que nous étions des femmes mariées, et non des prostituées — mariées de plus aux yeux civils et religieux de l'État et de l'Église —, que nous étions ici de notre plein gré et qu'en outre une institution aussi dégradante que la prostitution n'existait pas chez les Cheyennes. Puis je lui fis comprendre que, s'il ne quittait pas notre loge sur-le-champ, je rapporterais *illico presto* ses insultes à mon mari, qu'il risquait d'être écorché vif puis sans doute rôti sur le feu en guise de dîner ! J'avoue, et j'en suis fort ravie, que je n'ai jamais vu personne détaler avec autant d'empressement !

## 3 octobre 1875

Nous avons quitté la Red Cloud Agency pour nous enfoncer au nord dans les Black Hills ; Little Wolf souhaitait se rendre compte par lui-même de l'afflux des colons dans la région. Mais il désirait aussi célébrer un rite à *Novavose* — la Loge-Médecine — avant l'arrivée de l'hiver. Cet endroit que les Blancs appellent Bear Butte est une montagne plate, parfaitement symétrique, située à l'extrémité nord des « Collines Noires » : ce sont les terres sacrées des Cheyennes. À mesure que je m'initie à leurs croyances, je comprends plus nettement pourquoi ils ont montré si peu d'enthousiasme à embrasser la chrétienté que leur offrait le bon révérend Dulapin, puisqu'ils disposent déjà d'une religion élaborée, parfaitement satisfaisante à leurs yeux, dotée d'un personnage messianique appelé *Motse'eoeve*. À la fois prophète et guide, il est la Douce Médecine lui-même. Loin d'être né dans quelque lieu distant et incompréhensible comme Nazareth, il a pour domaine cet endroit précis, *Novavose,* véritable cœur du pays cheyenne, dans tous les sens du terme. Qui s'étonnera maintenant qu'ils n'aient pas l'intention d'abandonner ces terres ?

Selon la légende, c'est là que la Douce Médecine est apparue au peuple il y a très, très longtemps, pour lui dire qu'un jour quelqu'un viendrait parmi eux, que cette personne serait « toute cousue » (c'est ainsi que les Indiens se réfèrent aux vêtements des Blancs) et qu'elle détruirait en arrivant ce dont le peuple avait besoin pour vivre, c'est-à-dire qu'elle leur prendrait tout, le gibier et la terre elle-même.

Si la religion indienne se base essentiellement sur des superstitions, la prophétie de la Douce Médecine gagne en crédibilité au vu des événements que nous traversons.

Pour rester dans le domaine spirituel, et comme je l'avais prédit, notre anachorète Anthony de la Prairie a su rapidement s'attirer les bonnes grâces de tous. Les Cheyennes ont tout de suite reconnu son statut « d'homme saint » — la simplicité et l'abnégation dont il fait preuve sont pour eux deux valeurs de premier ordre. La récitation quotidienne de son bréviaire lui vaut une grande admiration, les Cheyennes étant particulièrement attachés à tout ce qui ressemble à la liturgie religieuse et à ses chants.

J'attends avec impatience que nos camarades pour l'instant éloignées nous rejoignent et fassent sa connaissance, car j'admets pour ma part tirer une certaine force de sa présence. C'est un homme calme et pieux, doué cependant d'un humour espiègle. Je n'ai jamais été moi-même d'une nature particulièrement religieuse, pourtant j'ai le sentiment qu'il y a une bonne raison pour qu'il soit parmi nous, et qu'il se révélera un jour ou l'autre fort utile. Mon Dieu... me voilà peut-être enfin sur le chemin de la foi !

Je n'ai jamais rien vu de plus beau que ces Black Hills. Couvertes de pins, de sapins, de genévriers, elles foisonnent de toute sorte de gibier. Par bonheur, le temps s'est radouci et ces fort agréables températures automnales devraient nous offrir quelque répit avant les rigueurs de l'hiver. Leur clémence, ajoutée au spectacle de ce pays nouveau et beau, a grandement amélioré notre état d'esprit. Je pense que nous avons tous été assez affligés par notre visite à la Red Cloud Agency — ils avaient l'air si pauvres et abattus. Serait-ce donc l'inévitable issue de notre grandiose mission ? D'arracher notre nouveau peuple à sa liberté, sa richesse, pour le réduire à cet état abject d'oisiveté et de misère. Il ne s'agit pas d'intégration, mais de confinement pur et simple...

Depuis notre départ de Fort Laramie, j'ai eu avec mon mari plusieurs conversations sur la nécessité de livrer son peuple à l'une des agences. J'ai évoqué, à cet effet, le bien-être de l'enfant que je porte et celui des autres femmes enceintes. J'ai tenu à souligner qu'en naissant dans une réserve nos bébés jouiraient non seulement d'une plus grande sécurité, mais aussi qu'ils pourraient y fréquenter l'école, ce qui leur permettrait à terme d'enseigner au Peuple son nouveau mode de vie parmi les Blancs. « C'est ce que tu voulais, ai-je rappelé à Little Wolf. C'est pour cela que tu t'es rendu à Washington. »

Mais Little Wolf se contenta de répondre que le Peuple bénéficie actuellement d'une grande prospérité, qu'il a réussi à se tenir hors de portée des Blancs et qu'il ne souhaite pas pour l'instant renoncer à cette vie satisfaisante. Pour ce qui est de nos enfants, il pense que le jour viendra assez tôt où il leur faudra rejoindre la tribu des Blancs et qu'ils auront eu l'occasion, en attendant, d'apprendre le mode de vie de leurs pères dans le monde qui est encore le leur — ne serait-ce que pendant une seule et unique année au tout début de leur existence. Ils auront bien le temps ultérieurement de s'initier à leur nouvelle culture.

« Nous penserons à la vie que nous menons aujourd'hui, m'a-t-il dit doucement, et nous verrons que le Peuple n'a jamais été plus heureux, que nous n'avons jamais été aussi riches. Nos loges sont confortables, le gibier abonde, nous possédons de nombreux chevaux et quantité de biens. Je ne suis pas encore prêt à renoncer à tout cela pour m'intégrer au monde de l'homme blanc. Ce sera pour plus tard. Attendons l'automne, ou l'hiver, même l'été peut-être... Et on verra après. »

Les Cheyennes ont une conception du temps fort différente de la nôtre ; les calendriers, les délais, les ultimatums ne veulent pas dire grand-chose pour eux ; leur monde, de ce fait moins statique que le nôtre, ne se préoccupe guère d'une temporalité plus précise que le cycle des saisons.

« Mais l'armée ne te donnera pas ce temps. C'est ce que j'essaie de t'expliquer. Tu dois conduire ton peuple à l'Agence cet hiver », ai-je insisté.

Je me demande maintenant si Little Wolf n'a pas choisi intentionnellement de passer quelques jours à Red Cloud pour que nous prenions conscience, entre autres choses, de l'avenir débilitant qui attend nos enfants dans les réserves. Car, vraiment, si c'est à cela que nous devons nous préparer, la liberté dont nous jouissons maintenant, si éphémère soit-elle, semble plus précieuse que jamais.

## 5 octobre 1875

Malgré les efforts que nous déployons constamment pour éviter toute rencontre avec les prospecteurs, leur présence est flagrante dans les Black Hills. Nous avons croisé la piste de plusieurs grands convois en chemin et détecté quantité de nouveaux camps. Nos éclaireurs ont aussi rapporté des mouvements de troupes dans la région. Little Wolf a donné des ordres stricts afin que nos guerriers ne s'en prennent à personne et nous sommes nous-mêmes si discrets que je doute qu'à aucun moment les Blancs se soient rendu compte de notre passage. Phemie m'a cependant appris que plusieurs jeunes hommes, y compris son mari Black Man, ont filé rejoindre une bande guerrière de Sioux Oglala pour s'attaquer aux émigrants. Je sais quant à moi que cela n'augure rien de bon.

## 8 octobre 1875

Nous campons depuis plusieurs jours à proximité de la montagne appelée *Novavose*. Les sauvages s'adonnent ici à de nombreux rites religieux — fêtes, danses, transes, recherche de visions et hallucinations. Les tambours résonnent quasiment sans cesse. Un grand nombre de ces cérémonies sont trop élaborées, trop complexes pour être comprises, et *a fortiori* décrites pour le néophyte. Si le jeûne et les sacrifices sont courants, les hommes s'imposent d'autres épreuves. Les jeunes procèdent à différentes mutilations de leur corps, aussi révoltantes les unes que les autres. Ils se percent le torse, s'attachent eux-mêmes à un pieu, ou à un bouclier peint (les talents de Helen sont une fois de plus très courus !) avec lequel ils se joignent péniblement aux danses. Nous avons fourni des efforts considérables pour nous adapter à cette nouvelle vie, nous accommoder d'une autre religion, mais ces pratiques primitives ne peuvent qu'inspirer le dégoût et la répulsion à un être civilisé. Pourtant notre moine Anthony, apparemment très intéressé par celles-ci, consigne par écrit avec force détails ces différents rites et cérémonies. Il pense qu'ils pourraient s'appliquer de quelque façon à la confession chrétienne — ou qu'ils en seraient un avatar. C'est à mon sens prendre ses désirs pour des réalités, mais il ne fait après tout que son travail. Je dois quand même reconnaître à son actif qu'il témoigne auprès du Peuple de la parole de Jésus-Christ avec la plus grande douceur. Rien de comparable avec les imprécations soufrées du révérend Hare, ses menaces de damnation, ou l'évangélisme forcené de Narcissa White. Non, Anthony se rend simplement de loge en loge avec un tel esprit d'humilité, d'honnêteté et de générosité qu'on s'aperçoit à peine qu'il est en train de prêcher. Si tant est qu'ils cherchent le « salut », cet homme est pour les sauvages la meilleure voie qu'ils puissent trouver...

Woman who Moves Against the Wind, la principale conseillère de Little Wolf, est passée à notre tipi pour rapporter au chef la vision qu'elle venait d'avoir. C'est une très curieuse femme à l'extravagante chevelure noire et aux yeux animés d'une lueur qui rappelle le flamboiement du feu. Elle vit constamment seule et, du fait qu'elle est aussi un esprit saint, ce sont les membres de la tribu qui pourvoient à ses besoins. Les hommes lui apportent du gibier et les femmes s'occupent du reste. Woman who Moves Against the Wind détient le statut de prophétesse, c'est-à-dire qu'elle a un pied dans l'autre monde — « le monde réel derrière le nôtre ». Mon mari le chef tient ses conseils en haute estime.

Elle s'accroupit à ses côtés et se mit à chuchoter ; prenant place aussi près que possible derrière eux, je m'efforçai d'entendre ce qu'elle disait. « J'ai vu, dans ma vision, les loges du Peuple consumées par les flammes, commença-t-elle. J'ai vu tous nos biens empilés en grands tas par des soldats qui y mettaient le feu — tout était détruit, tout ce que nous avions s'embrasait. J'ai vu le peuple repoussé, nu, vers les collines où nous devions nous tapir comme des animaux. » Elle serra ses bras autour de son corps et se mit à se balancer d'avant en arrière comme si elle gelait littéralement. Je sentis ses mots me glacer l'échine. « Il fait terriblement froid, poursuivit-elle, et le Peuple est transi. Beaucoup sont en train de mourir, de nombreux bébés sont déjà bleus comme des congères dans les bras de leurs mères...

— Non ! ai-je brusquement crié malgré moi. Arrêtez de proférer ces absurdités ! Je ne crois pas à vos visions, cela n'est que pure superstition ! Je ne veux rien entendre de tout cela ! Que quelqu'un aille chercher frère Anthony à ma demande, il nous dira la vérité ! » Mais je me rendis compte que je leur parlais en anglais, que Little Wolf et Woman who Moves Against the Wind, braquant sur moi un regard impatient, attendaient simplement que je me calme. Ils se rapprochèrent ensuite l'un de l'autre et je n'entendis plus rien de leur conciliabule.

## 10 octobre 1875

Peu après le départ de la prophétesse, Little Wolf quitta également la loge sans rien dire à personne. J'appris plus tard qu'il avait grimpé au sommet de la butte à la recherche de sa propre vision. Le chef est un homme solitaire, à l'esprit à l'évidence soucieux, et je pense qu'il s'est isolé afin de réfléchir à ce que la femme-médecine venait de lui confier.

Revenant à la tente trois jours et trois nuits plus tard, il déclara seulement : « J'ai soumis mes offrandes à la Grande Médecine afin qu'elle veuille bien protéger le Peuple. Mais elle ne s'est pas manifestée en retour. »


## 14 octobre 1875

Nous avons quitté la loge-médecine, en direction du nord d'abord, et maintenant de l'ouest. Nous avançons en grand silence dans les plaines ondoyantes. Après ces quelques jours de rites religieux, il règne entre nous un calme insolite. Notre bande, soudain peu communicative, est épuisée par toutes ces cérémonies et — une fois constatée l'invasion constante des terres sacrées par les Blancs — inquiète pour son avenir. Tous sont maintenant au courant de la vision apocalyptique de Woman who Moves Against the Wind. Et tous savent également que, malgré ses offrandes à la Grande Médecine, Little Wolf n'a reçu aucune sorte de vision. Ce que l'on considère comme un mauvais présage.

Sans chercher à progresser trop vite après notre halte à la loge-médecine, nous continuons de serpenter tranquillement vers nos terres de la Powder River. Le temps agréable de l'automne se maintient. Les peupliers, les érables et les frênes se parent de jaune et de rouge au bord des rivières, et les plaines roulent devant nous une mer d'herbes ocre et or, aux ravins bordés de pruniers violet sombre. Le gibier foisonne. Les grands troupeaux de bisons ont déjà retrouvé leurs épaisses fourrures de l'hiver, elles touchent presque le sol sous leurs énormes ventres ; nous croisons des centaines d'antilopes, des cerfs, et l'on entend les wapitis en rut bramer, beugler à travers les plaines comme les trompettes du Seigneur. Les oies, les canards et les grues entament leurs migrations. D'immenses vols noircissent le ciel et emplissent l'air de leurs criaillements ou craquètements. C'est un spectacle extraordinaire. « Nous sommes bénis par le divin », commenta Anthony avec cette simplicité qui lui appartient, tandis que nous observions le ciel un jour. Et qui pourrait dire le contraire ?

De grands vols de tétras à longue queue s'élancent par-dessus nos têtes et se déploient vers l'horizon comme les feuilles d'automne emportées par le vent. Helen, parfaitement réjouie, étonne nos compagnons indiens par ses talents à la carabine. Elle a montré à quelques-uns comment s'en servir, mais aucun ne lui arrive encore à la cheville.

Ce furent des journées de voyage aisé sous une température idéale. Le Peuple jouit tranquillement des bienfaits de la terre. L'automne avant l'hiver, le calme qui précède la tempête — dont certains, depuis la loge-médecine, murmurent qu'elle ne saurait tarder.


18 octobre 1875


Ce fut un vrai retour au pays que de retrouver le campement d'hiver. Les autres bandes étaient déjà arrivées depuis plusieurs semaines — revenues de tous les horizons comme les rayons d'une roue se rejoignant au centre. Certaines sont même déjà reparties, préférant établir leurs camps ailleurs. Il en est aussi qui ont décidé de rejoindre les réserves pour passer l'hiver, car la rumeur circule parmi les éclaireurs, mais aussi chez les Sioux et certains Cheyennes, que le Grand Père aurait récemment lancé un ultimatum à l'adresse de tous les Indiens « libres », les enjoignant de se rendre dans l'une des agences avant le 1er février au plus tard — faute de quoi ils en paieraient les conséquences. « Three Stars [1] », comme les Indiens appellent le général Crook, a promis que les premiers à obtempérer recevraient les meilleures terres et de plus amples provisions que les autres. L'hiver à la réserve, où la nourriture et tous les besoins normaux seront pris en charge par le Grand Père Blanc, ne devrait consti- tuer qu'une formalité pour ceux qui acceptent la chose de leur plein gré.

Nous avons découvert qu'un certain nombre de nos camarades s'y sont rendues avec leurs maris. Comme pour nous toutes, la perspective de donner la vie en pleine nature, au creux de l'hiver en outre et sans l'assistance d'un médecin, leur a paru de plus en plus effrayante. Qui les condamnerait ?

À quelques mois de grossesse, je reste cependant assez sereine quant à mon propre accouchement. Mes précédentes maternités m'ont causé fort peu de difficultés et j'ai eu mes enfants chez moi avec l'aide seulement d'une sage-femme. Pourtant, et quoi que Little Wolf décide pour notre avenir immédiat, je suis contente que d'autres aient déjà choisi de partir à l'Agence. Cela ne peut être qu'une bonne chose, et celles d'entre nous qui y sont déjà installées serviront pour ainsi dire d'avant-garde

1. Trois étoiles.

aux suivantes — le consensus voulant, de toute façon, que tôt ou tard nous nous y rendions toutes. Je suis certaine qu'avant la fin de l'hiver nous aurons su convaincre nos maris de rejoindre « le cours de l'Histoire », selon la formule grandiloquente du capitaine Bourke.

Nous sommes donc arrivés hier après-midi au camp, en éveillant son attention par nos chants — la bande de Little Wolf a les siens propres ; le Peuple tout entier chantait, même les petits enfants, cette chanson joyeuse d'amitié et de retrouvailles. J'en avais appris les paroles et l'entonnais aussi en arrivant, tout comme Phemie, Helen et les sœurs Kelly. Nous devions faire une sacrée chorale !

Notre campement d'hiver est situé dans une ravissante vallée herbeuse au confluent de Willow Creek et de la partie supérieure de la Powder River. Il est bien protégé du vent et des autres éléments par des falaises rocheuses, garnies de pins, qui, d'un côté du fleuve, flanquent des collines boisées ; de l'autre, par un lacis de ravins et de fossés qui mènent en gradins vers les plateaux de la prairie, avec les contours incertains des Bighorn Mountains au loin à l'horizon. La vallée semble offrir tout ce dont nous pouvons avoir besoin pour l'instant — assez d'herbe pour les chevaux, de l'eau vive et une ample réserve de bois de peuplier pour le feu. Plusieurs importants troupeaux de bisons, ayant eux aussi domicilié leurs quartiers d'hiver dans le voisinage, paissent avec la placidité des vaches domestiques dans les riches pâtures automnales.

Nous serons donc installés ici un certain temps — nous en profiterons pour penser à l'avenir. Et pour prendre un repos bien mérité après les constants déplacements de ces derniers mois.

Martha était folle de joie de nous voir revenir. La

repérant de loin, je me rendis compte que sa grossesse était maintenant bien visible. Elle nous faisait de grands signes tandis que, sans arrêter de chanter, nous descendions dans la vallée depuis le plateau supérieur — et que nos chevaux faisaient bien attention à ne pas mettre leurs sabots n'importe où dans la pente. Martha bondissait en frappant dans ses mains comme un enfant. Je la vis alors faire quelque chose d'extraordinaire : elle glissa une bride au cou d'un des chevaux attachés près de sa loge, empoigna sa crinière et se glissa dessus comme un véritable Indien ! Elle le fit ensuite pivoter et vint en galopant à notre rencontre ! Mon Dieu, pensai-je, est-ce bien là mon amie Martha qui, en arrivant ici, trébuchait pour ainsi dire tous les deux pas ? Ha ! Celle qu'ils appelaient Falls Down Woman ?

Si elle haletait en nous rejoignant, j'avais moi aussi le souffle coupé de la découvrir ainsi. « May, oh May ! s'exclamait-elle. Je ne peux pas te dire à quel point je suis ravie de te voir rentrer ! Je commençais à m'inquiéter pour toi. Où étiez-vous passés ? Il faut que tu me parles de vos voyages. J'ai moi aussi tant à te raconter. Car il s'est passé beaucoup de choses depuis votre départ. Mais d'abord, il faut que je sache : es-tu allée jusqu'à Fort Laramie ? As-tu dîné avec les officiers ? As-tu vu ton capitaine ? »

Je ne pus m'empêcher de remarquer à quel point elle paraissait vigoureuse et en bonne santé. Les kilos supplémentaires de sa grossesse lui vont à ravir ; en fait, je ne l'avais jamais vue en aussi bonne forme. Lors de notre départ, il y a maintenant longtemps, Martha était encore timide comme une souris. Elle est de plus devenue plutôt jolie entretemps. La voilà aujourd'hui les joues bien roses, avec de bons bras forts et bronzés. Je ris de surprise et de plaisir. « Chaque chose en son temps, ma chère, dis-je. Nous nous verrons longuement dès que nous serons installés. Je suis moi aussi tellement heureuse de te revoir. Et, mon Dieu, mais regarde-toi, tu as l'air d'une vraie Indienne maintenant ! À chevaucher à cru en plus, comme une écuyère de cirque — ce n'est pas vraiment un sport de femme enceinte, pourtant...

— Je ne me suis jamais sentie aussi bien, May, je crois que la vie en plein air et la grossesse me vont à ravir... Tu avais raison, j'ai réussi à me débrouiller sans toi... Je crois que je suis vraiment devenue une sauvage ! »

Riant ensemble, nous entrâmes au camp en bavardant comme de jeunes écolières.

# SEPTIÈME CARNET

## L'Hiver

*« Une fois atteint le village, nous devions charger au grand galop entre les alignements de "tipis" en faisant feu sur tout ce qui bougeait. Toutefois en approchant du camp, nous sommes tombés sur un ravin de trois mètres de profondeur, sur quinze de large aux parties les plus évasées. Nous y sommes descendus de nous-mêmes et avons trouvé, derrière une souche, un garçon d'environ quinze ans qui s'occupait de ses poneys. Il n'était pas à trois mètres de distance. Le jeune gars ajusta sa couverture sur ses épaules et, droit comme une statue de bronze, attendit la balle mortelle. L'Indien américain sait mourir avec le même stoïcisme que l'Indien oriental. Je levai mon pistolet... »*

(Extrait des mémoires de John Bourke,
*La Frontière avec Crook*.)

## 1<sup>er</sup> novembre 1875

Nous sommes arrivés au camp au bon moment puisque la neige n'est apparue qu'avant-hier. Nous avons eu la chance de profiter auparavant d'une quinzaine de jours cléments, pendant lesquels les hommes ont pu chasser à loisir. Notre garde-manger est plein de toutes sortes de gibier — frais, séché ou fumé. Il semble que nous soyons exceptionnellement bien approvisionnés.

Le vent glacial du nord a soufflé une journée entière avant de se transformer en terrible blizzard. La neige s'est alors abattue sur les plaines à la manière d'une armée en marche. Voletant à l'horizontale, les flocons ont vite pris une densité telle qu'il devenait risqué de seulement sortir pour faire ses besoins. Il aurait été facile de se perdre complètement dans pareil tourbillon. Par bonheur le camp reste en partie protégé de la violence des rafales et des chutes de neige. Si la bourrasque s'est apaisée au bout du deuxième jour, la neige, elle, a continué de tomber, cette fois à la verticale dans l'air devenu immobile, à gros flocons constants de la taille d'un dollar en argent. Cela a duré encore deux jours et deux nuits. Puis le vent s'est relevé le temps de balayer le ciel, et il est brusquement retombé. Les températures ont baissé et les étoiles découvertes se sont mises à miroiter dans la neige fraîche. Celle-ci avait dressé çà et là d'immenses statues de glace dans les ondulations de la prairie : on aurait cru la terre elle-même changée, refaçonnée par le blizzard.

Nous sommes restés immobilisés « à la maison » pendant toute la tempête et, préférant demeurer autant que possible dans nos loges, nous ne nous sommes pas vues les unes les autres plusieurs journées de suite. Notre tipi a beau être chaud et confortable, le confinement a fini par devenir franchement pénible. Une fois le vent tombé, je me suis aventurée un matin au-dehors, en direction de la rivière. L'eau est terriblement froide, mais je n'ai pas l'intention de renoncer aux bains, d'autant que c'est une activité qui me permet, même brièvement, de quitter « mes quatre murs ».


## 5 novembre 1875

Le temps reste froid et clair, ce qui nous permet de circuler et de nous rendre quelques visites. Je dois mentionner qu'un décompte rapide, fait à notre retour de Fort Laramie, révèle que plus de la moitié de nos camarades blanches ont choisi de passer l'hiver à la réserve avec leurs maris et familles — elles ont bien choisi leur moment, puisqu'il leur serait aujourd'hui virtuellement impossible de se déplacer dans la neige. Gretchen et son lourdaud de mari, No Brains, sont encore parmi nous, ainsi que Daisy Lovelace et Bloody Foot, à qui elle semble chaque jour plus attachée. « Je n'aurais jamais cru qu'un jour je tomberais amoureuse d'un nègre indien, confie-t-elle avec son indécrottable accent du Sud. Mais j'ai peur que cela soit exactement ce qui m'arrive. Ça m'est bien égal qu'il soit noir comme la nuit, parce que je l'aime. Et je suis fière de porter son enfant. »

Depuis notre passage à Red Cloud, Phemie et moi sommes d'avis opposés en ce qui concerne notre repli à l'Agence. Nous avons eu plusieurs discussions animées sur la question. J'affirme pour ma part que cette décision est non seulement inévitable, mais qu'en plus elle servira au mieux les intérêts du Peuple — tandis que Phemie assimile carrément le système des réserves à l'esclavage.

« Mon mari *Mo'ohtaeve'ho'e* et moi en avons également parlé, m'a-t-elle dit. Il ne sait rien de l'esclavage puisqu'il a vécu libre l'essentiel de son existence. Mais nous avons décidé de ne pas nous rendre là-bas. Mes années d'asservissement sont terminées.

— Phemie, il n'y a pas d'esclaves dans les réserves. Le Peuple sera propriétaire de ses terres et nos hommes et nos femmes gagneront leur vie en liberté. »

Ce à quoi Phemie, toujours impérieuse, a répondu de sa voix mélodieuse. « Je vois. Dans ce cas, les Cheyennes vivront sur un pied d'égalité avec les Blancs, c'est cela que tu veux dire, May ?

— Mais oui, Phemie. » J'ai hésité toutefois — juste assez longtemps pour qu'elle décèle mon manque de conviction.

« Alors, si le Peuple est bien l'égal de la tribu des Blancs, pourquoi serait-il obligé de vivre dans une réserve ?

— On lui demande de s'y rendre momentanément, de son plein gré, avant de pouvoir s'intégrer entièrement à notre société. » J'étais tombée, je le savais bien, dans le piège tendu.

Et Phemie de repartir dans un de ses rires francs et enjoués. « Je vois, dit-elle encore. Et si, de "son plein gré" toujours, il refuse de s'y rendre ? Dois-je comprendre alors que les Cheyennes sont autorisés à rester sur cette terre qui leur appartient, où ils ont vécu de nombreux siècles et où certains, dont mon mari et moi, sont parfaitement heureux ?

— Non, Phemie, ai-je affirmé, maintenant décontenancée et assumant malgré moi le rôle du capitaine Bourke. Ils ne peuvent plus y vivre. Toi non plus. Rester ici après le terme du 1er février reviendrait à violer la loi, et tu seras punie si tu t'y entêtes.

— La loi des Blancs, dit-elle. Ceux-ci étant, bien sûr, la race supérieure, celle qui écrit les lois pour garder à leur place les autres, qu'ils croient inférieures. C'est la définition même de l'esclavage, May.

— Assez, Euphemia ! m'exclamai-je, exaspérée. Cela n'a rien à voir.

— Ah vraiment ? Explique-moi donc la différence, alors. »

Ce dont je fus évidemment incapable.

« Mon peuple a été déporté, obligé de quitter son pays, poursuivit-elle. Ma mère a été arrachée à sa famille alors qu'elle était à peine une enfant. Toute ma vie j'ai rêvé de retourner là-bas en son nom. Aujourd'hui que je vis avec ce peuple, j'ai trouvé un moyen de réaliser quelque chose qui ressemble à ce rêve, de me rapprocher le plus possible de ce qu'étaient ma famille, mon pays. Et je me suis fait la promesse, May, que d'une façon ou d'une autre, je serai désormais une femme libre. Si je dois mourir pour protéger cette liberté, je n'hésiterai pas. Mais jamais je n'irai dire à ce peuple qu'il lui faut se rendre et habiter les réserves, car cela reviendrait à le priver de sa liberté, à en faire un esclave d'un rang vaguement privilégié. C'est mon opinion, mon amie, et rien ne m'en fera changer.

— Mais Phemie, plaidai-je. Pourquoi alors t'es-tu portée volontaire dans cette mission ? Tu es une femme instruite ; tu as forcément compris que le processus d'intégration auquel nous participons voit inévitablement une population restreinte et indigène absorbée par une plus grande, celle des envahisseurs. C'est la marche de l'Histoire, cela a toujours été ainsi.

— Eh bien, voyons, May ! pouffa-t-elle à présent, comme amusée de mon désarroi. C'est *ta* version de l'Histoire, celle de l'homme blanc. Certainement pas la mienne, ni celle de notre tribu d'adoption. Mon histoire, celle que ma mère et moi avons vécue, est celle d'un peuple arraché à son pays d'origine pour être réduit à l'esclavage dans un territoire inconnu. De même, l'histoire des Cheyennes est celle d'un peuple exilé de ses terres, et massacré s'il refuse de se plier. Tu parles d'intégration ? D'assimilation ? Non, notre histoire commune a un autre visage : celui du meurtre, de l'expropriation, de l'esclavage.

— Tu as peut-être raison, Phemie. Mais c'est aussi la raison de notre présence ici. De faire en sorte que l'Histoire ne se répète pas, de prouver qu'il existe d'autres solutions, des moyens pacifiques qui permettront à chacune des races de s'enrichir au contact des autres, d'apprendre à vivre ensemble harmonieusement. Nos enfants seront la preuve ultime de notre engagement, ils sont porteurs d'espoir pour l'avenir. Suppose, par exemple, que mon fils épouse un jour ta fille. Penses-y, Phemie ! Leurs propres enfants seraient alors à la fois Blancs, Noirs et indiens. C'est pour cela que nous avons voulu, toi et moi, être les pionnières de ce noble dessein !

— Oh, May, dit-elle, la voix empreinte d'une tristesse bien sensible. Il y avait des tas de mulâtres dans les plantations — des sang-mêlé à la peau plus ou moins foncée. J'en suis une moi-même. Et mon père était le maître. Est-ce que cela m'a valu d'être libre ? D'être accueillie dans une culture "supérieure" ? Non, je restais une esclave. Et dans bien des cas, au contraire, notre existence n'en était que plus difficile, puisqu'on ne nous considérait ni comme des Noirs ni comme des Blancs, et que les Blancs et les Noirs de pure souche nous méprisaient. Ton capitaine avait raison. Tu as bien vu les sang-mêlé autour des forts. Ils t'ont parus intégrés ?

— Ils courent sans cesse d'une race à l'autre, répondis-je sans conviction. Mais ceux-là sont des enfants de femmes exploitées, asservies au nom d'une culture différente, c'est-à-dire celle des pères. Et ce sont eux les exploiteurs. Mais c'est réellement nous, les femmes et les mères, Phemie, qui gardons la clé. Nous nous sommes unies aux Cheyennes de notre plein gré et les enfants que nous allons mettre au monde sont un hommage que nous offrons à chacune des races.

— J'espère pour tes enfants que tu dis vrai, May. Tu m'as demandé à l'instant pourquoi je me suis engagée dans ce projet. Comme je te l'ai expliqué il y a des mois dans le train, j'ai signé dans le but de devenir une femme libre, pour ne plus servir aucun homme, ne plus être considérée comme inférieure. Il est hors de question que je renonce maintenant à ma liberté, et je ne déciderai d'avoir des enfants que le jour où je serai certaine qu'ils vivront libres, qu'ils soient hommes ou femmes. S'il faut d'abord me battre au nom de leur liberté, eh bien soit.

Parce que naître dans une réserve n'est pour moi synonyme d'aucune liberté ! »

Et nous continuons ainsi sans arrêt... Je me fais l'avocate d'une soumission paisible, dans l'intérêt d'un avenir harmonieux — et c'est sans doute une vision idéaliste que j'entretiens car elle est, il est vrai, sans précédent dans l'histoire de l'humanité. Phemie, de son côté, prend parti pour la résistance, l'intransigeance — elle milite auprès de son mari et de sa société guerrière contre le principe de la réserve, contre l'invasion de l'homme blanc, contre l'armée américaine.

Mais nous avons encore le temps — un long hiver à débattre de ces questions — d'atteindre un consensus. Comme toujours, le camp est divisé sur l'éventualité de se rendre. Certaines d'entre nous réussissent peu à peu à instiller l'idée que c'est la seule décision raisonnable. Connaissant l'influence des femmes au sein des familles cheyennes, j'ai concentré mes propres efforts sur mes compagnes de loge. Je leur décris les nombreuses et merveilleuses inventions du monde blanc — elles en connaissent déjà certaines —, le confort dont elles disposeront grâce à la civilisation, les avantages et certaines commodités auxquelles elles ne sont pas insensibles... Que l'on gagne le cœur des femmes, et le Peuple tout entier suivra.

## 10 novembre 1875

Nous avons aujourd'hui, Gretchen et moi, fait tomber une nouvelle barrière entre les sexes. Ne serait-ce que temporairement...

Nous aspirions toutes depuis un certain temps à profiter de ce que les hommes appellent la loge-à-suer. Il s'agit d'un tipi réservé à cette pratique — masculine par coutume —, l'équivalent en quelque sorte des bains de vapeur de notre propre culture. Sauf qu'en l'espèce la chose est ici empreinte d'une grande religiosité et que, comme dit Gretchen, elle est strictement *verboten* pour les femmes. L'aspect pratique est le suivant : on allume un grand feu au centre de la loge, on y pose des pierres jusqu'à ce qu'elles deviennent presque rouges, après quoi on les asperges d'eau pour produire de la vapeur — l'ensemble du cérémonial étant supervisé par un homme-médecine qui scande fréquemment un charabia de son cru et fait passer une pipe aux hommes ravis de tirer quelques bouffées. Les participants restent assis en cercle autour du feu jusqu'à ce que la chaleur devienne insupportable. Ils se ruent alors au-dehors pour se rouler dans la neige ou plonger dans un trou pratiqué à la surface gelée de la rivière. Puis ils retournent à la loge et recommencent. C'est à mes yeux une activité saine et hygiénique — tout particulièrement en hiver.

Alors que, l'autre jour, je rendais visite à Gretchen dans son tipi, elle mentionna à un moment — non sans quelque envie, me sembla-t-il — que son mari No Brains s'était justement rendu à la cérémonie de la loge-à-suer. Elle m'apprit également que, dans son pays d'origine, ses anciens compatriotes pratiquaient exactement le même rite au cours des longs mois d'hiver froids et sombres — sans connotation religieuse toutefois, et sans restriction de sexe. La famille de Gretchen avait d'ailleurs maintenu cette activité une fois arrivée en Amérique, et doté leur ferme de l'Illinois d'un sauna — ils s'en servaient toute l'année.

« May, *che* te garantis qu'il n'y a rien de plus agréable qu'un bon bain de *fapeur,* me confia-t-elle sur le ton du regret.

— Pour quelle raison ne pourrions-nous pas y prendre part ? répondis-je.

— Oh non, May, les hommes ne *feulent* pas *foir* de femmes dans la *loche-à-suer*. C'est ce que m'a dit mon mari.

— Mais pourquoi ?

— Parce que c'est seulement pour les hommes. C'est comme ça chez le Peuple.

— Gretchen, mais enfin cela n'a aucun sens ! Allons donc faire un tour là-bas pour prendre un bon bain de vapeur nous aussi !

— Oh non, May, *che* ne crois pas que ça soit une très bonne idée... »

J'insistai : « Mais bien sûr que si, c'est une excellente idée. C'est extrêmement tonifiant, tu sais bien ! Il est temps que nous apprenions à ces gens que ce qui est bon pour les hommes l'est autant pour les femmes. Il n'y a aucune raison qu'ils en profitent tout seuls !

— Bon, après tout, si tu le dis, May... Mais qu'est-ce que tu *fas* mettre pour rentrer là-dedans ?

— Une serviette, ma chère. Que veux-tu mettre d'autre ? »

Un grand nombre d'entre nous a emporté ici des serviettes en coton, une commodité que les Indiens n'ont pas tardé à adopter et que l'on trouve maintenant communément aux comptoirs de tous les forts. Je suis donc allée prendre la mienne dans mon tipi avant de retrouver Gretchen, pour que nous puissions de conserve porter l'assaut sur le mâle bastion de la loge-à-suer.

Vu la promiscuité dans laquelle nous vivons, nous avons depuis longtemps oublié toute excessive pudeur — personne ne se soucie d'ailleurs que nous nous promenions couvertes des pieds à la tête ou à moitié nues. Point n'est besoin de cacher des seins que tout le monde peut voir! Riant comme deux écolières prêtes à faire les cent coups, Gretchen et moi nous sommes donc débarrassées de nos robes, nous avons déroulé nos serviettes autour de nos énormes ventres, nous avons couru dans la neige en direction de la loge-à-suer. Nous avons gratté à l'entrée. « Dépêchez-vous, il fait un froid de canard, dehors! » ai-je hurlé avec mon meilleur accent cheyenne. Je crois maintenant que l'homme-médecine était si stupéfait d'entendre une voix féminine réclamant le droit d'entrer qu'il n'a ouvert le rabat que par pure curiosité. Qui avait donc l'audace de remettre en question cette institution masculine? Lorsqu'il ouvrit, nous n'hésitâmes pas un instant et nous ruâmes à l'intérieur merveilleusement chaud et humide, très contentes de nous et le sourire aux lèvres. Nous voyant faire irruption, les hommes assis autour du feu se levèrent en poussant des grognements alarmés. Le vieil homme-médecine White Bull, que je tiens pour un pénible crâne creux dépourvu de tout humour, fut loin d'être amusé par notre intrusion. Il se mit à nous gronder solennellement en brandissant un genre de crécelle que les Indiens utilisent pour repousser les mauvais esprits. « Les femmes doivent partir, dit-il. Tout de suite. C'est très grave, ce que vous faites!

— Mais non, cela n'a rien de grave, voyons, lançai-je. Au contraire, c'est terriblement agréable. Et on ne sortira pas d'ici avant d'avoir pris une bonne suée! » Cela dit, nous prîmes place, Gretchen et moi, aussi près que possible du feu.

Plusieurs hommes, rigoureux traditionalistes, quittèrent la tente en marmonnant, indignés. Le mari de Gretchen la gronda : « Que fais-tu ici, mon épouse? C'est la honte que tu m'apportes! Ce n'est pas un endroit pour les femmes. Rentre à la maison!

— Tais-toi, *fieux* crétin », lui dit-elle, le doigt levé (nous avons déjà toutes remarqué que Gretchen parle cheyenne également avec un fort accent suisse). Son énorme poitrine nue rosissait près du feu comme deux petits cochons roses ébouillantés. « Un homme ne parle pas comme ça à son épouse, monsieur ! Si tu n'es pas content de me *foir* ici, eh bien tant pis ! Tu n'as qu'à t'en aller toi-même ! » No Brains, intimidé par son épouse, se réfugia dans un profond silence, pour le plus grand plaisir, sembla-t-il, de plusieurs des participants. « *Hemo-moonamo !* » siffla l'un d'eux (pour une traduction approximative de : « Mais c'est qu'on se laisse mener par le bout du nez ! »). « *Hou !* » fit un second en hochant la tête. « *Hemomoonamo !* » reprirent les autres en ricanant doucement.

Ces railleries aidèrent les hommes à accepter la situation, et le reste de la cérémonie se poursuivit comme si nous n'étions pas là ou presque. Je pense qu'il leur fut d'ailleurs plus facile de simplement ignorer notre présence. Mais la chaleur finit par devenir insupportable et Gretchen et moi suions à grosses gouttes, c'est pourquoi nous nous diri-geâmes vers l'entrée. White Bull voulut bien rouvrir le rabat et nous courûmes à la rivière, nues comme des vers, en piaillant comme deux gamines affolées.

Une mince couche de glace nouvelle s'était for-mée à la surface dans l'ouverture pratiquée et nous nous y engouffrâmes en hoquetant, le souffle coupé, pour en ressortir aussitôt et revenir ventre à terre à la loge-à-suer. Ce n'est peut-être pas ce que l'on pourrait conseiller de mieux à deux femmes enceintes, mais admettons que les bébés indiens doivent apprendre assez tôt à résister aux éléments.

Cette fois, évidemment, White Bull refusa de nous entendre et garda l'entrée de la tente hermétiquement close. « Il gèle, dehors ! m'écriai-je. Allons, vieux trumeau, ouvre vite ! » Mais il ne voulut rien savoir, c'est pourquoi nous sommes revenues à la loge de Gretchen, de peur de succomber vraiment au froid. Le feu était là pour nous réchauffer et nous sécher.

« Tu sais ce qu'on va faire, Gretchen ? suggérai-je. Nous allons monter une loge-à-suer réservée aux femmes. L'hiver promet d'être long, nous avons quantité de peaux et tout le temps de les coudre. Et crois-moi bien que, dès que nous aurons fini, les hommes n'auront pas le droit d'entrer ! Notre loge-à-suer n'acceptera que les dames, et puis voilà.

— Quelle bonne idée, May ! dit-elle. Interdit aux messieurs. *Girls only...* »

Voici comment nous devrons passer l'hiver. À nous distraire de notre mieux, à comploter frasques, folies et autres loges-à-suer... Tout est bon pour rester actives. Car les jours, sans cesse plus avares d'une lumière chiche, paraissent interminables si l'on accepte de rester cloîtré dans les sombres tipis. Les corvées demeurent, bien sûr, qu'il s'agisse d'aller chercher l'eau « vivante » le matin, ou du petit bois — mais je les accepte de bon cœur, puisqu'elles me forcent à sortir de cette satanée tente... Et il faut toujours préparer la cuisine, cuire les aliments, nettoyer, coudre, et se livrer aux nombreuses autres activités d'une femme. Mais tout est bon pour éviter l'oisiveté.

Je constate une plus grande solidarité entre les épouses blanches restées au camp. Sans le travail quotidien imposé par nos précédents voyages — monter et démonter la loge, faire et défaire les bagages —, nous disposons d'un temps plus long pour nous retrouver régulièrement dans l'une ou l'autre tente, où nous confrontons nos progrès et nos échecs, eu égard à la nécessité de convaincre nos maris et nos familles de se rallier à l'Agence avant février.

Nous nous voyons quotidiennement et suivons l'état de nos grossesses, pensons aux naissances prochaines et nous offrons tout le soutien moral dont nous sommes capables. Nous cancanons, discutons, rions et pleurons, ou restons parfois assises simplement près du feu, les mains jointes, à observer les flammes et les braises, à méditer le mystère de nos existences et nous demander ce que l'avenir nous réserve... Et nous nous réjouissons de nos présences respectives, car l'hiver promet d'être long et solitaire...

Nous sommes toutes heureuses également de compter parmi nous frère Anthony de la Prairie à qui nous rendons fréquemment visite dans la loge qu'il a montée légèrement à l'écart en bordure du village. C'est une tente très simple, d'une propreté immaculée, telle qu'il sied à un moine. Nous venons souvent nous asseoir près du feu qu'il y entretient et récitons avec lui les prières du jour.

« C'est ici, au printemps, que j'établirai mon ermitage, nous a-t-il confié de sa voix douce. Ces collines au-dessus de la rivière sont une bénédiction, puisqu'elles offrent tout ce qui m'est nécessaire. Un homme a de toute façon besoin de peu pour communiquer avec Dieu, une modeste demeure et un cœur pur. Je commencerai bientôt à fonder de mes mains l'abbaye à laquelle je pense. Je souhaite, si Dieu le veut, que d'autres hommes dotés d'un esprit humble et d'un cœur simple m'y rejoignent plus tard. Nous pourrons prier ensemble, étudier et partager la parole du Seigneur avec ceux qui choisiront de s'unir à nous. »

L'image est ravissante. Assis en silence, nous nous laissons parfois aller à la contemplation et imaginons le futur édifice. Il me semble déjà voir l'abbaye de frère Anthony dans les collines, où nous-mêmes, nos enfants et les enfants de nos enfants viendront se recueillir dans la paix... c'est une pensée douce et rassurante.

Frère Anthony ne se contente pas de nous faire lecture de la Bible, de nous instruire et de prier avec nous : il nous apprend à toutes, femmes blanches et indiennes, à cuire le pain. C'est un merveilleux passe-temps hivernal et nos tentes s'imprègnent de délicieux arômes.

Il fait encore un froid mordant, mais le ciel est clair. Par bonheur le vent s'est apaisé et, lorsque le soleil s'élève par-dessus la prairie toute blanche, le spectacle est toujours superbe.


## 10 décembre 1875

Presque un mois a passé depuis mes dernières lignes. Pas par manque de temps, bien sûr ; ce sont plutôt la torpeur hivernale, l'absence d'événements dignes d'intérêt, qui m'ont poussée à ranger mon crayon, à garder pour moi le peu de chose que j'ai à rapporter. J'aimerais pouvoir hiberner comme les ours, tant ils me semblent sages à somnoler tout l'hiver pour ne se réveiller qu'au printemps !

Les Cheyennes, quant à eux, ne semblent pas souffrir de l'ennui. Je trouve qu'ils ont de la chance. Ils paraissent doués d'une infinie patience : s'il faut rester dans la tente des journées entières à cause d'un blizzard permanent, ils acceptent la chose sans se plaindre et attendent tout simplement, dans un calme qui n'appartient qu'aux animaux. Ils jouent entre eux à quelques jeux, parient à l'occasion, mais cela mis à part les distractions sont rares. Ils ont cependant l'art de conter des histoires, qui nous apprennent quantité de choses sur la leur.

J'ai déjà lu et relu avec mes camarades blanches les quelques volumes que nous avions emportés avec nous, ou que nous avons trouvés lors de notre dernière halte à Fort Laramie. Les œuvres bien-aimées de Shakespeare que m'a confiées le capitaine Bourke sont réduites en lambeaux tant je les ai parcourues. Je les ai de plus prêtées sans compter, malgré une propension bien naturelle à les garder pour moi... Après nos visites quotidiennes à la loge de frère Anthony, le Barde de Stratford nous offre un autre de nos rares loisirs. Nous nous retrouvons en petit comité dans la tente de l'une ou de l'autre pour le lire ensemble. Le volume passe de main en main et nous choisissons chacune un passage particulier. Mais la lumière est tous les jours plus faible dans nos tipis, puisque nous nous rapprochons du solstice.

Notre loge-à-suer, maintenant installée, fonctionne à plein ! C'est un vrai bonheur ! Nous y tenons nos conseils de femmes blanches. Nous avons encouragé les plus jeunes ou les plus hardies de nos amies cheyennes à venir nous y retrouver. Mes camarades de tente Pretty Walker et Feather on Head se sont au début montrées hésitantes, mais font preuve peu à peu d'un réel enthousiasme. Nous avons une petite fille qui entretient le feu et s'occupe de garder assez d'eau dans les seaux que nous versons sur les roches rougies. Tout le monde est bienvenu dans cette loge — sauf les hommes, bien sûr ! Nous nous y retrouvons, généralement dévêtues, et courons ensemble à la rivière. Helen Flight vient souvent fumer sa pipe qu'elle offre parfois aux autres, raillant malicieusement les sévères cérémonies masculines. Mais ces dames cheyennes, lorsqu'elles se joignent à nous, n'y voient qu'une odeur de scandale, sinon de sacrilège, et refusent de fumer, voire de seulement toucher son brûle-gueule.

## 12 décembre 1875

Ce que je suis énorme ! Une vraie maison ! Je crois que, de tout notre groupe, c'est moi qui ai le plus gros ventre ! Même Gretchen, pourtant déjà imposante, ne semble pas aussi épaisse. Mon petit sauvage de bébé doit être un genre de colosse ! Par bonheur, malgré ce poids supplémentaire, ma grossesse ne pose aucun problème, je ne suis presque jamais malade et n'éprouve pas réellement de gêne, sinon parfois pour me vêtir et me déplacer. Les Cheyennes ont toute une panoplie de médecines adaptées à cette situation : tisanes concoctées à partir de différentes racines, herbes, fleurs, feuilles et autres pousses, dont certaines sont plutôt agréables au goût. Et les autres femmes viennent nous dorloter, s'occuper de nous au point que nous oublierions presque nos grossesses !

Il reste beaucoup de gibier à proximité, et le temps beau et sec se prête bien à la chasse. Nous profitons donc toujours d'une abondance de viande. Les hommes comme les femmes ont ainsi de quoi s'occuper — il faut dépouiller, dépecer, tanner les prises, et nous n'avons guère le temps de paresser.

J'ai appris à décorer les peaux à l'aide de perles du commerce, et c'est une activité qui me plaît. Cela prend du temps, de longues heures que nous pouvons ainsi passer tranquillement à plusieurs. Assises près du feu, nous bavardons, potinons et nous distrayons ainsi. La plupart des épouses blanches se sont maintenant suffisamment familiarisées avec la langue indigène et nous avons atteint une certaine intimité avec nos coépouses cheyennes. Elles ont certes une vision du monde fort différente de la nôtre, mais les choses qui nous rapprochent sont presque aussi nombreuses que celles qui nous séparent du plus strict point de vue culturel ; nous apprenons chaque jour plus les unes des autres, ce qui renforce notre appréciation et notre respect mutuels. Il est vrai que nos tâches et nos soucis quotidiens sont les mêmes. Enfin, la grossesse elle-même nous unit — d'autres épouses indiennes étant aussi enceintes. Nous partageons déjà les joies et les responsabilités des naissances à venir.

Cette plus grande facilité de communication se pare d'un second lustre, aussi nouveau qu'appréciable : l'humour. Les femmes cheyennes ont d'abord jugé scandaleuse notre irrévérence envers les hommes. Alors que maintenant nos plaisanteries et nos douces railleries à l'égard de la gent masculine feraient plutôt leurs délices, elles semblent même nous fondre au sein d'une fraternité féminine jusqu'alors inconnue. Nous hochons la tête, « huons » de conserve et pouffons avec enthousiasme, tandis qu'avec un petit coup de pouce de notre part, nos amies cheyennes découvrent... non, le terme est impropre... je dirais plutôt « reconnaissent » la supériorité naturelle des femmes sur les hommes.

Malgré la grande discrétion qui la caractérise, j'arrive parfois à soutirer à Quiet One un minuscule sourire pincé. Comme beaucoup de personnes avares de leurs paroles, elle est cependant une remarquable observatrice de ce qui se passe autour d'elle. L'autre jour, par exemple, Little Wolf tenait conseil dans la loge en présence d'autres chefs de la tribu, parmi lesquels le vieux Dull Knife et un autre nommé *Masehaeke,* ou Crazy Mule[1] (il doit son patronyme à nos amis sioux depuis le jour où il est arrivé dans leur camp en chevauchant une mule ; l'un d'eux s'est écrié : « Tiens, revoilà ce fou de Cheyenne avec sa mule ! »). Crazy Mule est horriblement bavard, brouillon et je redoute toujours qu'il vienne participer aux conseils à cause de ses interminables adresses. Le seul avantage de le compter parmi nous est que sa voix monocorde produit l'effet d'un somnifère sur les enfants qui sombrent dans un sommeil profond dès qu'il prend la parole ! J'ai même parfois remarqué que Little Wolf et les autres se mettent à somnoler dès qu'il ouvre la bouche. Un jour, Crazy Mule, fidèle à lui-même, était en train de disserter lorsque je m'aperçus que Quiet One me regardait du coin de l'œil — jamais directement, comme à son habitude. Je lui souris et levai la main au-dessus du feu afin de projeter un genre d'ombre chinoise sur la toile de la loge, au-dessus de la tête de Crazy Mule. En écartant et resserrant l'index ou le pouce, je créai une silhouette qui pérorait au même rythme, si l'on peut dire, que lui... Le conseil tout entier se réveilla subitement ! Ceux qui aperçurent l'ombre chinoise étouffèrent leurs rires comme ils purent, et Quiet One afficha malgré elle un sourire si vif qu'elle se sentit obligée de couvrir sa bouche d'une main.

Selon l'opinion dont me fit part le capitaine Bourke lors de notre brève entrevue à Fort Laramie, le seul espoir de progrès qui reste aux sauvages serait qu'on leur apprenne à renoncer à la fidélité et

---

1. Mule folle.

à l'obéissance dont ils font preuve envers leur tribu, et de les pousser à s'occuper égoïstement de leur bien-être. C'est selon Bourke une nécessité s'ils ont réellement l'intention de survivre dans la « société individualiste » du monde caucasien. Voici un concept totalement étranger aux Cheyennes : les besoins du Peuple, de la tribu, et surtout de la famille sont toujours placés avant ceux de l'individu. De ce point de vue, ils mènent une existence assez comparable à celles des anciens clans écossais. L'altruisme de mon mari Little Wolf, notamment, me frappe par sa noblesse, qui, à mes yeux d'ailleurs, ne nécessiterait aucune sorte de « correction » dans le monde civilisé. Pour étayer sa thèse, le capitaine cite l'exemple malheureux de ces Indiens que l'armée a forcés à travailler comme éclaireurs à son service. En récompense de leurs efforts, ces hommes sont traités comme de bons citoyens respectueux des lois — on les paie, on les nourrit, on les habille, on s'occupe de la plupart de leurs besoins. Et la seule chose qu'on exige d'eux en échange de tout cela — et de leur fidélité au Grand Père Blanc — est qu'ils trahissent leur propre peuple et leurs propres familles... Je dois avouer que la noblesse de ce type d'entreprise « individuelle » m'échappe totalement...

## 18 décembre 1875

Un accident fort inquiétant vient de se produire. En l'honneur d'une belle miche de pain qu'elle avait fait cuire, Quiet One avait invité hier plusieurs personnes à dîner avec nous. Elle avait cependant confondu le sac de bicarbonate avec un autre de poudre d'arsenic. Les Cheyennes, qui achètent ce dernier aux comptoirs, s'en servent pour tuer les loups.

On imagine facilement les conséquences de son erreur. Par la grâce de Dieu ou celle, peut-être, de la Grande Médecine, personne n'est mort — excepté deux malheureux chiens à qui l'on a donné quelques miettes pour vérifier que le pain était réellement empoisonné. À ce moment-là, toutefois, plusieurs de nos invités étaient déjà malades. J'ai envoyé Horse Boy chercher Anthony et quelques-unes de nos camarades afin d'aider les victimes à vomir. Dieu merci, ni moi ni aucune des femmes enceintes présentes n'avions goûté à la miche, ce qui nous aurait sûrement valu de perdre nos bébés.

Si tous sont maintenant de nouveau sur pied, ils ont tout de même enduré une terrible épreuve. Little Wolf lui-même semblait à l'article de la mort. Horriblement inquiète, j'ai passé toute la nuit à son chevet. Bien sûr, Quiet One était complètement effondrée ; sa méprise avait failli tourner à la catastrophe. Je me suis efforcée de la réconforter de mon mieux.

Mais l'événement a en quelque sorte servi de catalyseur, puisqu'un conseil a rapidement été réuni afin de remettre en question l'utilisation de l'arsenic. C'est une pratique récente pour les Cheyennes, qui la tiennent de l'Agence des Affaires indiennes, selon laquelle le gibier serait plus nombreux, une fois les loups écartés par ce moyen. Depuis que les tribus y ont recours, cependant, elles ont toutes constaté qu'en sus de carcasses de loups, les prairies étaient jonchées de cadavres de coyotes, d'aigles, de faucons, de corbeaux, de ratons laveurs, de putois et même d'ours, qui ont également ingéré le poison en se repaissant de la chair de leurs proies.

Il se trouvait dans notre loge, bondée, un grand nombre de chefs influents, de dignitaires des différentes sociétés guerrières, d'estimés hommes-médecine, ainsi que notre ami frère Anthony. Les femmes blanches et cheyennes, également représentées, durent comme d'habitude prendre place en retrait du cercle rapproché des hommes.

Une fois qu'ils en eurent fini avec le cérémonial du calumet, le premier à prendre la parole fut le vieil homme-médecine *Vo'aa'ohmese'aestse,* dont le nom, à moins que mon cheyenne ne soit pire que je ne le crois, se traduit approximativement par Antelope Bowels Moving [1].

« Il est fort regrettable, commença le vieil homme, que l'épouse de Little Wolf ait confondu le poison à loups et le bicarbonate de soude. » Ce à quoi l'assemblée répondit avec force « hou ». « Le Peuple ne devrait pas manger du pain dans lequel on a mis du poison à loups, poursuivit-il très pompeusement. Toutefois, s'il est utilisé à bon escient, le poison est une bonne chose puisqu'il permet de tuer les loups et ainsi le gibier devient plus abondant pour le Peuple. » Apparemment très satisfait de son raisonnement, Antelope Bowels Moving hocha la tête d'un air suffisant, et l'assemblée reprit ses « hou » enthousiastes.

Au risque d'être inconvenante au point d'embarrasser mon mari, je ne pus m'empêcher de bondir littéralement pour déclarer à mon tour : « S'il est vrai que nous aurons plus de gibier une fois que nous aurons tué les loups, pourquoi nos parents domiciliés à l'Agence n'en ont-ils plus du tout chez eux, alors qu'ils utilisent eux aussi l'arsenic ? » — naturellement, la traduction que je propose en anglais est plus correcte que mon cheyenne approximatif.

1. Celui qui a vu l'antilope faire ses besoins.

Une vague sonore de grognements dans l'assistance suivit ma remarque — je ne saurais dire précisément si elle concernait cette dernière ou le simple fait qu'une femme ait osé prendre la parole en plein conseil.

« *Vehoae...,* dit Little Wolf en souriant à l'assemblée, *eohkesaahetseveoxohesaneheo'o.* » Ce qui veut dire à peu près : « Ces femmes blanches, on ne peut jamais les empêcher de dire tout ce qui leur passe par la tête. »

Black Coyote, le « petit chef », prit alors la parole. C'est un bel homme à la réputation de tête brûlée, et un belliciste bien connu pour sa haine des Blancs. « *Mesoke* a raison, expliqua-t-il. Au lieu d'utiliser l'arsenic pour empoisonner les loups, nous devrions nous en servir pour tuer les Blancs. Il n'y a qu'à confectionner de nombreuses miches de pain et les distribuer chez eux. Nous avons bien plus à craindre des Blancs que des loups. »

Je tentai de couvrir à la fois les « hou » d'approbation émis parmi les partisans de Black Coyote et les grognements défiants de ses opposants : « Ce n'est pas exactement ce que j'ai voulu dire ! »

Mais Black Coyote poursuivait : « Le Peuple a toujours vu des loups, et des "petits loups"[1] autour de lui. Il est vrai que nous les tuons parfois avec nos flèches ou nos balles, mais nous avons toujours eu suffisamment de gibier à nous partager. C'est seulement depuis l'arrivée de l'homme blanc que le bison et le gibier en général ont commencé à disparaître. Le loup n'est pas notre ennemi. C'est l'homme blanc qui est notre ennemi. »

Le jeune guerrier semblait conquérir son audience, puisqu'on entendait cette fois plus de « hou » que de grognements.

1. Note de May Dodd : des coyotes.

« J'aimerais savoir ce que *Maheo'neestseve'ho'e* a à dire sur le sujet », interrompit Little Wolf. C'est par ce terme que les Cheyennes désignent frère Anthony — il faut comprendre quelque chose comme « Holy-Speaking White Man[1] ».

Anthony, qui a appris ses rudiments de cheyenne en un temps record, répondit de sa voix douce : « Le Christ dans sa grande bonté nous a donné le pain afin que nous en mangions, pas pour tuer d'autres hommes », dit-il à Black Coyote. Puis à l'assemblée entière : « Dieu a doté la terre de tous les animaux pour servir ses propres desseins. Et il a créé l'abondance pour que tous puissent en profiter. »

Un long silence s'ensuivit tandis que nous méditions ces propos simples et éloquents.

Mon mari, enfin, leva la main et, songeur, s'exprima comme il en a l'habitude, sans fanfare ni fioritures, mais en faisant appel au bon sens et à la raison élémentaire. « *Mesoke, Mo'ohtaveo'kohome* et *Maheo'neestseve'ho'e* sont tous trois près de la vérité. Nous avons toujours eu des loups autour de nous, et il est exact que les soldats blancs ont tué bien plus de Cheyennes que les loups. » Quelques « hou » retentirent à ce point de son discours. « Les loups et les petits loups ont toujours suivi le Peuple en tout lieu ; ils mangent les abats et rognent les os que nous laissons après la chasse. Cela n'est pas en soi mauvais, puisque ainsi tout retourne à la terre et personne ne gaspille rien. Il est vrai que parfois les loups tuent les petits des bisons, des cerfs et des wapitis. Ils tuent aussi les plus vieux et les plus faibles d'entre eux. Mais les loups ont besoin de viande. Si la Grande Médecine avait décidé que seul le Peuple pouvait manger de la viande, pourquoi alors aurait-elle aussi mis des loups sur terre ?

1. Homme blanc à la parole sainte.

« Avec le poison des Blancs, nous avons tué non seulement des loups et des petits loups, mais aussi beaucoup d'animaux qui sont nos amis ou qui sont proches de nous. J'ai moi-même avalé du poison et j'ai failli mourir. Et je pense que la Grande Médecine a voulu cela pour que je comprenne que le poison est mauvais. C'est l'homme blanc qui cherche à tuer les animaux, qui les repousse tous de sa voie. Ce n'est pas la façon de faire du Peuple, qui a toujours vécu en présence des autres espèces, qui a toujours partagé avec elles. Et jusqu'à l'arrivée de l'homme blanc, il y a toujours eu assez pour tous. C'est pourquoi nous n'utiliserons plus jamais l'arsenic au camp. Voilà ma décision. »

## 25 décembre 1875

Noël ! C'est le matin de Noël ! Je me suis réveillée en pensant à mes enfants.. Mes souvenirs me happent... celui de tous les Noëls passés... lorsque j'étais enfant moi-même, que ce jour-là était synonyme d'innombrables promesses... que le père Noël passerait avec son traîneau et ses rennes au-dessus de notre maison... pour m'apporter une poupée et des sucres d'orge... Je n'ai vécu que deux Noëls en compagnie de ma chère petite Hortense, un seulement avec l'adorable Willie avant que l'on ne me les arrache...

En me réveillant ce matin, j'ai prié de nouveau pour que nous soyons un jour réunis, que je puisse leur raconter ma vie et mes aventures.

Comme il a recommencé à neiger, sous un vent fort, nous nous retrouvons confinés dans nos tipis. Mais, ne voulant pas rester enfermée le jour de Noël, je me suis levée en silence et, chaudement vêtue, j'ai quitté la tente avant que les autres n'aient encore ouvert l'œil. Nous dormons tous plus longtemps en raison du froid, de la neige et des journées plus courtes — notre façon d'hiverner, sans doute. Je pris mon carnet, le glissai dans mon dos avec sa bandoulière et partis rendre visite à Martha.

Je trouvai en chemin un vent féroce qui m'enveloppa d'un tourbillon de neige. Le souffle coupé, je ne vis soudain guère plus loin que le bout de mon nez. Je perdis même à un moment toute idée de direction et, prisonnière de la blancheur et du vent, je sentis la panique me gagner. Par bonheur, la neige se calma un instant et je finis par reconnaître la tente de Martha, chacune de nos loges étant ornée de motifs distincts.

Elle m'accueillit à l'entrée, surprise de me voir si tôt malgré la tempête. « Joyeux Noël ! » lançai-je tout fort, mais elle ne put m'entendre vraiment sous le vent qui hurlait.

« Joyeux Noël ! » répétai-je, essoufflée, une fois à l'intérieur. La loge était sombre, chaude, rassurante comme un cocon. Je dégageai la neige collée à mon manteau de bison et Martha m'aida à le retirer. L'une en face de l'autre, nous ressemblions à deux serre-livres assortis, dotés chacun d'un ventre proéminent sous une robe d'antilope.

« Noël ? dit-elle. Dieu du ciel, May, j'avais complètement oublié. Noël... Viens t'asseoir près du feu, je vais préparer du café. »

*Momehexaehe,* le mari de Martha, dormait encore dans sa couche près des braises. Comme Martha et moi nous voyons souvent, j'ai eu le temps de faire plus ample connaissance avec lui. Malgré sa chevelure ébouriffée et ses mèches effrayantes, c'est un charmant garçon à la compagnie agréable.

Couvertes de fourrures de bison, nous nous

calâmes, elle et moi, sur ces dossiers tout de même bien pratiques, vu notre état physique. Martha posa quelques sarments sur le feu et mit un pot de café à chauffer.

Je lui avais apporté un cadeau — une paire de mocassins de bébé que j'avais cousus moi-même dans la plus douce des peaux d'antilope. « J'ai un petit quelque chose pour ton Noël, ma bonne amie, dis-je en lui tendant les chaussons que j'avais emballés dans une sacoche de cerf brodée.

— Un cadeau? répéta Martha d'une voix presque brisée par l'émotion. Mais, May, je n'ai rien à t'offrir, moi. J'avais complètement oublié que c'était Noël !

— Cela n'a pas d'importance. Ce qui compte, c'est que nous soyons ensemble aujourd'hui, l'une et l'autre en sécurité, au chaud, et en bonne santé. »

Ma pauvre Martha commença alors à pleurer doucement — mais elle ne s'arrêtait plus et je me trouvai incapable de la consoler.

« Mais qu'as-tu ? Pourquoi pleures-tu comme ça ? »

Les yeux embués de larmes, elle ne réussit qu'à hocher la tête ; elle parvenait à peine à respirer entre deux émouvants sanglots. Mais elle finit par se reprendre, suffisamment pour déclarer d'une petite voix étouffée : « Je suis désolée, May, je ne sais pas ce qui m'arrive. De savoir que c'est aujourd'hui Noël me remplit brusquement de nostalgie. J'ai l'impression d'être si seule. Non que je sois malheureuse avec mon mari, bien au contraire, mais parfois mon vrai pays me manque. Tu n'as jamais envie de revenir chez toi, May ? Tu n'y penses pas ?

— Si, tous les jours, Martha. Je pense à mes enfants chaque jour de ma vie. Mais je n'ai plus de "chez moi", mon unique maison se trouve maintenant ici. Allez, ouvre ton cadeau, plutôt. »

Elle obéit et passa un doigt admiratif sur les chaussons, s'arrêtant sur chacune des perles. « May, ils sont absolument ravissants. Je n'en ai jamais vu d'aussi jolis. Merci. Ce que je suis navrée de n'avoir rien à te donner... » Et elle se remit à pleurer.

« Chut, suffit, dis-je. Je suis contente qu'ils te plaisent. Mais je t'en prie, ne pleure plus.

— Crois-tu que le père Noël va descendre dans la tente par l'ouverture au-dessus du feu ? demanda-t-elle en souriant, tandis qu'elle essuyait ses larmes du revers de la main.

— Mais bien évidemment ! Pourquoi ne viendrait-il pas ? On nous a toujours dit que le père Noël rendait visite à tous les enfants, où qu'ils vivent. L'année prochaine, il viendra voir les nôtres, tu sais. Penses-y ! Ce sera leur premier Noël !

— J'espère que nous serons ensemble dans la loge d'accouchement, May. Et que nous aurons nos bébés exactement en même temps. Mais, si je dois m'y rendre plus tôt que toi, me promets-tu de m'y rejoindre ?

— Oui, je te le promets. Si c'est moi qui pars la première, et à en juger par la taille de mon ventre, c'est sûrement ce qui arrivera, il faut que tu me promettes aussi de venir me voir.

— Promis, promis ! dit-elle. May, tu es et tu restes une amie merveilleuse. Je te souhaite un joyeux Noël !

— Merci, Martha, à toi aussi. Et si nous chantions un cantique ensemble ? »

Il nous en revint facilement un à l'esprit... tandis qu'au-dehors le blizzard faisait rage, que le vent gémissait et hurlait comme un être vivant, que la neige se précipitait puis glissait en tournoyant contre la loge, avant de se laisser porter au loin dans la prairie. Martha et moi restions bien au chaud près du feu ; reconnaissantes de tant de choses ce matin de Noël, nous chantâmes de bon cœur, pleines de courage et d'espoir envers l'avenir.

*« Venez, vous les fidèles*
*pleins de joie triomphante,*
*Venez, venez à Bethléem... »*

J'écris ces quelques notes devant les flammes tandis que Martha somnole, tranquille et heureuse, près de moi. M. Tangle Hair, et leur vigilante « gardienne de tipi » à l'entrée, dorment eux aussi. Tout est calme dans cet intérieur chaud et douillet... Nous sommes en sécurité... Et peut-être vais-je me reposer un peu moi-même...

## 23 janvier 1876

Je me suis laissée aller à un acte stupide. J'ai, par-dessus le marché, non seulement risqué ma propre vie, mais aussi celle de mon enfant — sans oublier ceux qui se sont aventurés à mon secours dans la neige. Un mois presque a passé depuis mon « accident » et je retrouve seulement aujourd'hui la force de m'asseoir et d'écrire dans mon lit. Mon Dieu, comment ai-je pu être aussi imprudente ?

Comme en témoignent mes dernières lignes, je m'étais assoupie chez Martha le matin de Noël, et les autres étaient encore endormis quand je me suis réveillée. Je n'avais aucune idée de l'heure, c'est pourquoi je revins à l'entrée de la tente pour jeter un coup d'œil à l'extérieur. La tempête restait violente, mais il faisait encore jour. Je décidai donc de rentrer à ma loge avant la tombée de la nuit. J'arrachai une page à mon carnet pour laisser un mot à Martha, puis m'enveloppai dans mon manteau de bison avant de me glisser dans le blizzard.

La tempête avait atteint son paroxysme. Pourtant je m'entêtais en pensant que mon tipi n'était pas vraiment loin et qu'en marchant simplement tout droit j'étais sûre de le retrouver. Après tout, j'étais bien arrivée à parcourir la même courte distance le matin même. Seulement, j'eus à peine le temps de faire quelques pas que je devins la proie d'un étrange et terrifiant phénomène : le vent et la neige me happèrent dans leur univers, leur maelström, leur chaos. Je perdis brusquement tout sens de l'orientation — l'est et l'ouest, le nord et le sud, la gauche ou la droite, même le ciel et la terre n'existaient plus. J'étais parfaitement désorientée. Autant faire marche arrière, me dis-je dans mon désespoir, je ne peux quand même pas être allée bien loin. Mais évidemment je ne savais plus non plus ce que cela voulait dire : où ça, « en arrière » ? Je ne pus résister, cette fois, à la panique ; je luttai de mon mieux, m'échinai à mettre encore un pied devant l'autre, mais chacun de mes mouvements devenait plus difficile tant le désordre régnait dans mon esprit. À la manière d'un fouet aux mille lanières de sel, la neige me brûlait les yeux et la peau du visage, me lacérait de toutes parts sous mon épais manteau, comme si je marchais nue. Je ressentis le besoin irrésistible de m'allonger, de me lover à la recherche d'une improbable chaleur jusqu'à ce que le vent tombe. Malgré mon état de confusion, je savais pourtant que céder à cette impulsion reviendrait certainement à mourir. Alors je continuai en titubant, les bras tendus comme une aveugle, dans l'espoir que mes mains trouvent une loge devant elles — n'importe laquelle. Je tentai de crier, mais j'entendais à peine ma voix sous les hurlements du vent. Réveillant les griffures de la neige, des larmes de terreur et de chagrin gelaient maintenant sur mes joues. Et je ne trouvai bientôt plus la force d'avancer, de respirer contre le vent, de résister à la torpeur. Impuissante, désespérée, je me laissai tomber par terre et m'agenouillai, les bras autour du corps, en me balançant d'avant en arrière. « Pardonne-moi, mon enfant, murmurai-je pour mon bébé, pardonne-moi. » Je chutai sur le côté, serrée en boule, alors qu'un sommeil létal menaçait de fondre sur moi. J'étais alors sûre de mourir sans délai... et brusquement une sensation de chaleur, de confort, m'envahit et je partis rejoindre le plus extraordinaire des rêves...

... Je marchais au milieu d'une superbe rivière au printemps. Les peupliers arboraient leurs feuilles nouvelles, le mélilot en fleur répandait son odeur sucrée, et l'herbe des prairies était aussi verte que celle des champs de l'Écosse. Je suivais une jeune femme qui marchait elle aussi, et je la reconnus bientôt — c'était ma douce Sara. La voyant, je me mis à pleurer des larmes de joie et me hâtai de la rejoindre. Elle se retourna, me fit un signe, et je m'aperçus qu'elle était également enceinte. Elle sourit et me parla en cheyenne : « Si tu savais comme *Seano* est beau, *Mesoke*. C'est là que je veux accoucher. Tu m'y rejoindras plus tard. Je viendrai te retrouver pour te montrer le chemin, là-haut, le long de la Hanging Road. Mais c'est trop tôt encore pour toi. Pour l'instant, il faut que tu rentres. » Alors elle se remit en marche et s'éloigna de moi.

Je criai : « Attends, Sara ! Attends-moi, je t'en prie, ma chérie... » Mais je ne pus la rattraper et elle disparut...

Je ne sais combien de temps j'ai dormi mais au

moins, en me réveillant, je me trouvai dans mon lit et reconnus ma loge. Mon petit homme, Horse Boy, était auprès de moi. Je sentis sa main douce, chaude comme un biscuit tout frais, sur ma joue. Je tendis le bras pour m'assurer que je ne rêvais plus et posai moi aussi une main sur sa joue. Je chuchotai pour lui : « *Mo'ehnoha hetaneka'eskone.* »

Voyant que j'avais ouvert les yeux, il me regarda d'un air grave.

Je répétai : « *Mo'ehnoha hetaneka'eskone.*

— *Mesoke* », dit-il.

Pleins d'appréhension, les autres se regroupèrent autour de moi et j'eus la surprise de reconnaître Gertie parmi eux.

« *Name'esevotame* ? demandai-je sans m'en rendre compte en cheyenne.

— Ton bébé n'a rien, répondit Gertie. Mais vous avez tous les deux une veine insensée. Qu'est-ce que tu pouvais bien faire à te balader toute seule dans le blizzard, voilà ce que je voudrais savoir ? Tu n'es pas complètement maboule ? »

Je souris comme je pus. « C'est ce qu'on a prétendu, parfois. Comment suis-je arrivée ici ?

— C'est ton petit copain qui t'a ramenée, dit Gertie en montrant Horse Boy. Il t'a trouvée à moitié recouverte de neige et t'a traînée ici tout seul. Gringalet comme il est, je ne vois pas comment il a fait. Surtout avec le petit paquet que tu as là-dedans. » Souriante, elle posa doucement une main sur mon ventre et la laissa le temps d'une caresse.

« Tu n'as jamais eu d'enfants, Gertie ? murmurai-je d'une voix faible. Tu ne m'en as jamais parlé.

— Non, ma jolie. Ça n'a jamais trop été mon truc, tu vois. » Moi, je voyais bien que ce n'était pas vrai. « Mais c'est un sacré petit gars, ton Horse Boy. Tu lui dois une fière chandelle, tu peux le dire.

— Oui. C'est mon petit homme. »

Je passai toutes les journées qui suivirent à me réveiller pour sombrer à nouveau dans l'inconscience. J'avais attrapé une pneumonie dans la neige et j'étais maintenant en proie au délire et à la fièvre. Je dormais, rouvrais les yeux et ainsi de suite, sans idée réelle du temps écoulé. Des hommes-médecine sont venus à mon chevet faire leurs incantations, brûler de la sauge, me présenter crécelles et divers objets totémiques. Anthony lut pour moi des passages de la Bible, mes amies et ma famille m'ont rendu maintes visites — et chaque visage se fondait dans le suivant. Martha resta souvent près de moi, comme Gertie, Feather on Head, Helen, Euphemia, les sœurs Kelly, Quiet One, Gretchen, Daisy, Pretty Walker — toutes sont venues. Et dans mes rêves je revoyais la petite Sara.

Parfois elles me berçaient de leurs chants. Feather on Head et Pretty Walker entonnaient leurs ballades cheyennes, et femmes blanches et Indiennes s'appreaient mutuellement leurs différents refrains, tant et si bien que mon chevet se transforma en joyeuse chorale — jusqu'à ce que notre vieille loutre, sa baguette de saule à la main, renvoie tout le monde.

Mais quand les autres étaient parties, c'est Little Wolf que je retrouvais près de moi, assis silencieusement, immobile comme une statue, de sorte que je ne fus jamais seule à aucun de mes réveils. Le voyant, je me sentais en sécurité et je savais que rien ne pouvait m'arriver, ni à moi ni à mon enfant, tant que mon mari serait là pour nous protéger. Lorsque j'avais froid et frissonnais de fièvre, il s'allongeait contre moi et me réchauffait dans ses bras.

Ne cessant de dormir, de me réveiller et de dormir encore, j'ai fini par penser que je n'arriverais jamais à garder les yeux ouverts plus de quelques minutes à la suite.

Mais la fièvre peu à peu a disparu et j'ai lentement repris des forces. Je sens aujourd'hui mon bébé bien vivant dans mon ventre et je pense que tout s'est arrangé.

Soutenue par mon dossier, je jette ces notes à la faible lumière du feu. Feather on Head, silencieuse, est à mes côtés... Je sens mes paupières s'alourdir encore...

## 26 janvier 1876

Mon Dieu, je n'arrive pas à croire à ce qui vient d'arriver, à la tournure des événements...

Je me suis endormie, il y a trois jours, mon carnet calé sur mon ventre énorme pour me réveiller en sursaut quelques heures plus tard, pressée, sans doute possible, par les premières douleurs. « Ce n'est pas possible, murmurai-je à moi-même. Il a plusieurs semaines d'avance. » J'étais sûre qu'il y aurait un problème. Little Wolf était là, Horse Boy également, lové contre moi. Je poussai gentiment l'épaule du petit garçon qui se réveilla instantanément, alerte comme les animaux de la prairie. « S'il te plaît, soufflai-je, va vite chercher Martha. » Puis, à mon mari : « Le bébé... »

Les femmes accoururent, levèrent mon lit et me conduisirent à la loge d'accouchement — tous les petits Cheyennes y voient le jour. Par chance, on l'avait déjà montée en prévision des naissances à venir.

Je notai, tandis qu'on m'y emmenait, que le ciel était dégagé. L'air nocturne était glacé. Je remarquai l'absence de vent. Allongée sur le dos, portée à bout de bras, je contemplais la voûte et ses astres par millions. Une étoile filante traversa le ciel à cet instant précis. J'y vis un bon présage et fis le vœu que mon bébé arrive fort et en bonne santé.

Un feu était déjà allumé, aux bons soins de Woman who Moves Against the Wind. Le tipi, rigoureusement propre, était joliment décoré de peaux tannées de frais et de couvertures aux broderies fines. Ses parois étaient ornées de différents symboles et de plusieurs motifs d'oiseaux, tous aussi ravissants, dus au talent de Helen Flight. « Comme ça, avait-elle dit en les peignant, vous pourrez chacune trouver l'oiseau-médecine qui conviendra à votre enfant ! » Pour ma part, ma préférence s'est portée sur un formidable roitelet — « wren [1] » ou *ve'keseheso,* petit oiseau en cheyenne — dont le chant est magnifique, l'activité intense et le courage remarquable.

Une fois qu'on m'eût délicatement posée sur la couche, la femme-médecine approcha pour m'examiner, presque à la façon de nos accoucheurs. « *Eanetano,* dit-elle aux autres femmes.

— Mais oui, je vais accoucher, lui dis-je. Comment se présente le bébé ?

— *Etonestoheese'hama ?* demanda-t-elle à Martha sans m'entendre.

— Mais c'est à moi qu'il faut poser la question ! Je sais très bien ce qui est en train de se passer. Et ce sera bientôt pareil pour vous toutes.

— *Enehestoheese'hama* », répondit Martha.

Je la corrigeai sèchement : « Non, Martha, c'est faux. Cela ne fait pas neuf mois. Il est prématuré.

— De pas beaucoup, ma chérie, dit-elle, parfaite-

---

1. Plus exactement : passereau troglodyte.

ment sérieuse. Tu nous as toujours donné l'exemple à toutes, et tu ne faillis pas à la règle. Même si c'est sans doute à cause de la fièvre que tu es en avance. »

Encore affaiblie par ma pneumonie, je craignais de ne pas trouver la force de supporter les douleurs de l'accouchement. Mais celles-ci se faisaient sentir, nettement, régulièrement. J'avais déjà le visage couvert de sueur. Et j'étais certaine que cela se passerait mal.

Sans arrêter de me passer des linges humides sur le front, les femmes m'encouragèrent en s'efforçant de leur mieux de me faciliter le travail. Quand enfin j'eus à jouer mon rôle, j'étais trop épuisée pour trouver le moyen de pousser ; prête à partir, à m'évanouir, je me sentais sur le point de rejoindre le même rêve merveilleux qui m'avait enveloppée dans le froid... Je ne pensais même plus qu'à cela, retrouver ce paysage vert et calme, et la petite Sara.

J'y étais — je vis le lit soyeux de la rivière à l'aube du printemps, les feuilles d'argent des peupliers, les mélilots en fleur, l'odeur sucrée de leurs pétales jaunes dans la prairie, et devant moi Sara qui me faisait signe. « Non, *Mesoke,* disait-elle pourtant, pas encore. Tu dois rester là-bas car ton enfant te demande. »

Venant de bien plus loin, j'entendis ensuite la voix de Woman who Moves Against the Wind. « *Ena'tseane* », disait-elle calmement — « elle est en train de mourir en couches ». Je me demandai de qui elle pouvait bien parler.

Devant moi Sara, souriante, répondait à mon salut. J'avais désespérément envie de la rejoindre.

« Non ! Non ! C'est impossible, elle ne peut pas mourir, criait Martha au loin. May, ton bébé vient, réveille-toi, il faut que tu l'aides ! »

Et Sara répétait : « C'est trop tôt, *Mesoke*. Je t'amènerai un jour à *Seano*. Pour l'instant ta petite fille te demande de naître. »

Revenant à moi en hoquetant, je compris que le bébé poussait entre mes jambes à la recherche de la lumière.

« Oh, mon Dieu, m'écriai-je en reprenant mon souffle. Mon Dieu, *name'esevotame, name'esevotame...*

— Oui, May ! Il vient, ce bébé ! Pousse, pousse ! »

Je sentis alors l'enfant se libérer de moi, sa tête lisse et mouillée glisser entre mes cuisses, l'épouvantable douleur — puis la délivrance, tandis que Woman who Moves Against the Wind la recueillait et la mettait au monde. Elle l'éleva, lui donna une légère claque sur les fesses, et ma petite Wren poussa un vagissement retentissant et indigné. Mon Dieu, merci...

J'avais beau lutter pour ne pas perdre conscience, j'étais prête à retomber dans un profond sommeil, trop faible pour lever la tête et regarder mon enfant.

« *Ve'ho'me'esevotse,* disait la femme-médecine d'une voix émerveillée. *Ve'ho'me'esevotse.*

— Que veut-elle dire, Martha ? chuchotai-je, à peine capable de parler. Gertie, qu'est-ce que cela veut dire ? Pourquoi dit-elle ça ? Le bébé n'a rien ?

— *Ve'ho'me'esevotse* », reprenait Woman who Moves Against the Wind qui essuyait et emmaillotait l'enfant. Les autres femmes cheyennes, curieuses, s'étaient regroupées pour le regarder. « *Hou,* faisaient-elles, étonnées. *Hou, ve'ho'me'esevotse, ve'ho'ka'kesoas !*

— Mais dites-moi ! hoquetai-je à bout de forces. Pourquoi répètent-elles toutes la même chose ? Qu'est-ce qu'il a, ce bébé ?

— Ne t'inquiète pas, ma jolie, il n'a rien du tout, répondit Gertie. C'est une belle petite fille en pleine santé. Mais la sage-femme a raison, ce n'est pas une Indienne, c'est une *ve'ho'me'esevotse,* comme elle dit, un petit bébé blanc, une *ve'ho'ka'kesoas,* une Blanche — ou je ne m'y connais pas.

— C'est la vérité toute nue, renchérit Susie Kelly. Elle a la peau claire et les joues roses des Irlandaises.

— Avec quelque chose d'écossais peut-être, ajouta d'un sourire sa sœur Meggie.

— Tout cela pour dire, conclut Helen en chuchotant, que ton bébé m'a bien l'air d'être caucasien.

— Oh, mon Dieu, murmurai-je en m'abandonnant finalement à un irrésistible sommeil — et pas mécontente de le trouver. Dieu du ciel, c'est l'enfant de John Bourke... »

Je dormis deux journées entières et ne me réveillais que pour donner le sein à la petite. Parfois j'ouvrais les yeux et elle tétait déjà, Woman who Moves Against the Wind ou l'une des autres femmes en ayant pris l'initiative. C'est un très beau bébé et je n'eus aucun doute en la regardant la première fois : elle a le nez de Bourke, les mêmes yeux vifs et enfoncés. Elle est incontestablement sa fille.

Les femmes ont continué comme avant la naissance à s'occuper de moi. On me donna du bouillon jusqu'à ce que je retrouve un peu de forces et je suis enfin capable aujourd'hui de m'asseoir dans mon lit et de relater les derniers événements.

Little Wolf est venu il y a seulement quelques minutes découvrir son enfant. Pour d'évidentes raisons, j'avais redouté ce moment. Mais il s'assit à mes côtés et resta un temps infini à contempler la petite dans mes bras. Accablée de remords, je croyais deviner ce qu'il pensait — j'avais été infidèle à cet homme bon et digne — même si je ne l'avais pas encore rencontré lors de mes indiscrétions avec John Bourke.

Little Wolf tendit finalement le bras et, du revers de la main, posa sur la joue de la petite une caresse d'une infinie tendresse. « *Nahtona* », dit-il et ce n'était pas une question, plutôt une simple affirmation.

« *Hou,* lui répondis-je, hésitante, d'une minuscule voix. Oui, mon mari, c'est ta fille.

— *Nahtona, emo'onahe,* reprit-il en lui souriant — le fier sourire d'un père.

— Oui, elle est très belle. Tu as une belle petite.

— *Epeheva'e* ». Visiblement heureux, il hochait la tête. « C'est une bonne chose que *He'amaveho'e* m'ait donné à moi, Chef de la Douce Médecine, un bébé blanc pour nous montrer notre nouveau chemin. C'est ce que m'a expliqué Woman who Moves Against the Wind et c'est ce que le moine, lui aussi, avait prédit. Ce bébé est *vo'estanevestomanehe*, Celle Qui Vient Nous Sauver. *Maheo* nous a envoyé un petit bébé Jésus blanc pour guider notre Peuple vers la Terre promise. »

Profondément touchée de ce que Little Wolf accepte naïvement que l'enfant soit le sien, je ne pus me retenir de sourire de ses imbroglios bibliques. Après avoir écouté mois après mois les sermons du révérend Hare, puis les explications somme toute plus paisibles de frère Anthony, le Peuple a fini par composer une religion hybride qui emprunte à la fois à leurs croyances et au christianisme. C'est peut-être aussi bien et ce n'est pas plus absurde qu'autre chose.

« Mon mari, dis-je doucement, le petit Jésus était un garçon, pas une fille. Ce n'est pas Celle Qui Vient Nous Sauver, mais tout simplement notre enfant. Notre fille à tous deux.

— *Hou,* convint-il. Je comprends. Cette fois, le sauveur est une fille. C'est une bonne chose également. »

Je ris et poursuivis en anglais : « Je ne suis pas exactement la Vierge Marie, mais si tu veux voir les choses ainsi, mon mari, je n'y vois pas d'inconvénient ! »

## 28 janvier 1876

Voici donc que mon bébé, la propre fille de John Bourke, est considéré comme un enfant sacré — *vo'estanevestomanehe,* Celle Qui Vient Nous Sauver — par le camp tout entier. *Maheo,* Dieu lui-même, a voulu offrir au Peuple cheyenne une petite Blanche qui ouvrira les portes d'un monde nouveau à la prochaine génération. Un flot constant de visiteurs est venu la voir, s'émerveiller avec force *hou* de sa peau blanche et laiteuse ; beaucoup ont apporté des cadeaux. L'ironie de la chose n'échapperait sûrement pas au capitaine Bourke !

Si je n'ai cherché en aucune façon à entretenir la supercherie, je n'ai pas non plus dépouillé mon mari de ses illusions. J'ai pris le temps de parler de tout cela à frère Anthony, et lui ai même tout confessé. Il pense comme les autres que dire la vérité à Little Wolf ne servirait à rien et que, de fait, le « grand événement » est de nature à encourager les derniers Cheyennes encore libres à se rendre à l'Agence. « Il n'y a pas de hasard dans le royaume de Dieu, affirme-t-il. Ton enfant, May, a peut-être été choisi pour poursuivre sa mission sur Terre, et répandre la bonne parole parmi les sauvages.

— Ne me dis pas que tu y crois toi-même, Anthony ? ai-je répondu en riant. Pourquoi ne serait-elle pas tout simplement ma fille ? C'est pour moi déjà bien suffisant. »

Évidemment, quelques-unes de mes amies blanches, notamment Gertie, comme toujours malicieuse, et Daisy Lovelace, me taquinent sans arrêt à propos de cet enfant devant lequel le camp entier est tombé en adoration. Toute incertitude quant à la nature de mes relations avec le capitaine est maintenant dissipée. Mais personne, dans la population concernée, ne s'est montré vraiment surpris, semble-t-il, ni prêt à me faire aucun reproche.

Daisy, elle-même enceinte jusqu'aux dents, est venue voir Wren. Les paupières plissées et un sourire espiègle aux lèvres, elle l'a regardée avant de lâcher de sa voix ronronnante : « Mais si c'est pas le petit Jésus soi-même, ça ! J'ai déjà beaucoup entendu parler de toi, *baby*. Tout le village n'a que ton nom à la bouche. » Puis, hochant la tête d'un air amusé : « May, tu es bien la seule fille que j'aie connue qui, je ne dirai pas après avoir commis l'adultère, mais du moins s'être laissée dévorer par les délices de la passion presque la veille de son mariage, se retrouve récompensée de ses péchés en donnant vie à un joli bâtard blanc que tout le monde prend pour le petit Jésus. Tu as quand même une veine pas commune, ma chérie. J'aimerais savoir comment tu t'y es prise ?

— Disons que j'ai de la chance, avouai-je en riant. Ni plus ni moins.

— As-tu l'intention de faire savoir à ce bon capitaine qu'il est papa ?

— S'il a jamais l'occasion de voir la petite, il comprendra tout de suite. Mais je suis mariée au grand chef Little Wolf et, en ce qui me concerne, cet enfant est officiellement le sien. Imagine d'ailleurs la situation... Notre bon capitaine catholique serait bien embarrassé devant ses amis militaires...

— Les hommes sont tous pareils, admit Daisy en émettant un rire cru. Cela ne leur viendrait jamais à l'esprit que c'est à cause d'eux qu'on tombe enceintes, n'est-ce pas ? Mon cher Wesley Chestnut lui-même n'a pas échappé à la règle, en son temps. Moi qui avais toujours cru qu'il allait m'épouser...

— Parce que tu étais tombée enceinte, Daisy ? Tu ne me l'avais jamais dit.

— Eh oui. J'ai été obligée de faire adopter la petite. Et j'ai regretté ma décision chaque jour de ma vie. Mais le bébé que j'attends aujourd'hui, mon gentil petit nègre, celui-là je le garderai contre vents et marées. »

29 janvier 1876

Trouvant enfin le temps de parler seule à seule avec Gertie depuis ma guérison, je lui ai posé la question qui s'est imposée à moi en la trouvant ici au lendemain de ma chute.

Je suis allée droit au but : « Tu viens rarement nous voir par pure courtoisie, Gertie. C'est de plus le cœur de l'hiver et tu as dû affronter les éléments pour arriver ici. Il y avait donc urgence. Dis-moi ce qui t'a amenée.

— J'attendais un peu que les choses se calment avant de t'en parler. Tu étais malade, ma belle, et sur le point d'accoucher par-dessus le marché... Enfin, ça t'est peut-être sorti de l'esprit, mais vous avez fini par dépasser le délai établi par l'armée.

— J'avais autre chose en tête, Gertie.

— Je sais bien, ma grande. C'est pour ça que je ne t'ai encore rien dit. J'ai un message du capitaine, il m'a donné une lettre pour toi. Mais avant que tu la lises, je ferais mieux de te mettre au parfum. Les troupes de Crook ont quitté Fort Fetterman, au début du mois, en direction des Black Hills. Le capitaine est avec eux, bien sûr. Avec le temps qu'il fait, je ne saurais pas dire où il se trouvent en ce moment. Ils ont sûrement été forcés de bivouaquer quelque part, mais ils sont tout au plus à une ou deux semaines d'ici. C'est un sacré détachement, ils n'ont pas l'air de vouloir rigoler. Soixante et un officiers, avec plus de quatre cents hommes sous leur commandement. Et ils ont de quoi tenir un siège : quatre cents mules de charge, soixante-cinq transporteurs, cent soixante-huit chariots, et sept ambulances. En plus de ça ils ont trois cent cinquante éclaireurs indiens avec eux — tu sais, ceux qu'on appelle les « loups » ici, quand ils passent de l'autre côté. Tu n'as pas idée de ce que ça représente, ma belle. Ils forment carrément une armée : des bandes entières de Shoshones, de Crows, de Pawnees, mais aussi des Sioux, des Arapahos, des Cheyennes. Ouaip, même des gens de ta tribu. Et devine qui est à la tête des loups cheyennes ?

— Jules Seminole, dis-je sans hésitation.

— Exactement. Il a avec lui des gars qui ont vécu ici, dans ce camp, qui y ont encore de la famille. Et d'autres que tu connais, qui se sont rendus à l'Agence à l'automne avec quelques filles blanches. Tu te souviens de cette Marie-Blanche qui est arrivée avec toi ? Eh bien, son mari fait partie des loups maintenant. Celui que vous avez banni aussi, qui est marié à cette fille qui porte toujours du noir.

— Ada Ware.

— C'est ça, et le type c'est Stinking Flesh, comme ils l'appellent. Ils n'auront aucun mal à trouver le campement. Ils savent très bien où vous êtes. Je te le répète, poupée, l'armée ne s'amuse pas à envoyer des centaines d'hommes dans la nature pour admirer le paysage. Il y a déjà un bon paquet de prospecteurs et de colons qui se sont fait descendre par les Indiens dans les Black Hills, et les autres hurlent comme des dingues pour qu'on les protège. Ils ont envoyé des pétitions au général Sheridan à Chicago, même au président Grant à Washington. Crook a reçu des ordres clairs : il est chargé d'éliminer tous les Indiens hostiles de la région. Et ceux qui ne se sont pas rendus à l'Agence au premier février sont par définition hostiles. Ce qui implique que tu l'es, toi aussi. »

Je ne fus pas insensible à l'ironie de la situation — envoyée ici au service de mon gouvernement, je faisais maintenant partie de ses ennemis.

« Mais avec le blizzard et les tempêtes, nous n'aurions jamais pu respecter le délai, tu le sais bien. D'autant plus que nous sommes beaucoup à être enceintes.

— Je sais, poupée, je sais bien. Tout ce que j'essaie de te dire, c'est que pendant ce temps les choses ont changé. Et écoute-moi bien : une fois que les militaires sont partis en campagne, rien ne peut les arrêter, ils sont incontrôlables.

— On ne peut pas s'en aller maintenant. Je viens juste d'accoucher. Les autres n'ont plus guère à attendre. Et nous n'avons fait aucun mal, nous sommes tous des gens innocents.

— Poupée, moi j'étais à Sand Creek en 64. Ils n'avaient rien de fait de mal non plus là-bas. Pas plus tard que l'année dernière, le capitaine Henely et les tueurs de bisons ont pris d'assaut les Cheyennes du Sud, sur les rives de la Sappa. Ils ont mis le feu au camp et tué tout le monde. Même les bébés, ils les ont brûlés vifs. L'armée fait exactement ce qu'elle veut. Tu prends un paquet de petits

gars, de jeunes recrues de préférence, tu les fais
geler en plein hiver en attendant de se battre contre
un ennemi auquel ils ne comprennent rien, et une
fois qu'ils font dans leur froc tellement ils ont la
trouille, ils sont capables de tout. Comme en plus,
ils ont des ordres...

— C'est de la démence, Gertie.

— Je sais, dit-elle à voix basse. Le capitaine
aussi le sait. Mais ça n'y change rien. C'est ce que
j'essaie de te faire comprendre. Les prospecteurs
qui se sont fait assassiner étaient également des
gens innocents. Et finalement on en revient toujours
au même problème, depuis le début, ce pays n'est
tout simplement pas assez grand pour que les
Blancs et les Indiens y vivent ensemble. Et tu peux
être sûre de deux choses : primo les Blancs fiche-
ront pas le camp. Deuxio, les Indiens ne gagneront
pas cette guerre. »

Gertie glissa une main dans sa chemise, en ressortit la lettre du capitaine Bourke et me la tendit.
« Tiens, ma belle. Je suppose qu'il raconte à peu
près ce que je viens de te dire. »

*Fort Fetterman, Territoire du Wyoming*
*26 décembre 1875*

*Madame,*
*J'espère que ma lettre vous trouvera en bonne
santé. J'ai des nouvelles de la plus extrême
urgence à vous faire parvenir, à vous comme aux
autres femmes blanches qui vous accompagnent.
Je fais donc une fois de plus appel à notre fidèle
estafette « Jimmy ».*

*Vous devez avec votre peuple lever le camp
aussi vite que possible et vous diriger sur-le-
champ vers Fort Fetterman. Assurez-vous de
déployer un drapeau blanc à tout moment. Les*

troupes qui vous intercepteront pourront ainsi connaître vos intentions pacifiques. L'armée escortera ensuite votre bande jusqu'au fort où l'on prendra les dispositions nécessaires à son installation future. Au moment où j'écris ces mots, le général Crook est en train d'organiser la plus vaste campagne d'hiver de toute l'histoire des guerres contre les Indiens des plaines. En tant que membre de l'état-major rapproché du général, je vais prendre la route sous les ordres du colonel Ronald S. Mackenzie avec un détachement de onze compagnies de cavalerie. Compte tenu du temps hivernal et des interventions probables qu'il nous faudra mener en chemin contre les populations hostiles, nous devrions rejoindre la Powder River au plus tard à la mi-février. Nous avons appris par nos éclaireurs l'emplacement approximatif de votre camp et le nombre de personnes qui y vivent.

Je ne saurais trop insister sur le fait qu'il n'y a pas un instant à perdre. Sous la direction du général Crook, le colonel Mackenzie et les autres commandants appliqueront l'ordre d'évacuer tous les Indiens situés entre les fleuves Bighorn et Yellowstone jusqu'aux Black Hills des Dakota Sud et Nord. L'armée ne fera pas de quartier. Tous les Indiens susceptibles de se trouver sur le chemin des troupes du colonel Mackenzie sont d'ores et déjà considérés hostiles — à la seule exception de ceux qui auront pris la direction de Fort Fetterman au sud en déployant le drapeau blanc de la reddition. ME COMPRENEZ-VOUS BIEN ? Je vous conjure de partir tout de suite, sans délai aucun.

Votre humble serviteur
John G. Bourke

*Capitaine, Troisième Régiment de Cavalerie,*
*États-Unis d'Amérique*

## 30 janvier 1876

Évidemment nous sommes toutes bouleversées
par les nouvelles de Gertie et l'urgence manifeste de
la lettre de Bourke — mes camarades l'ont lue à
leur tour. Même si l'armée a pris plusieurs semaines
de retard avec ce temps déplorable, il reste inconcevable que nous puissions répondre à ces exigences
absurdes.

J'ai griffonné à la hâte une courte note à l'attention du capitaine et insisté pour que Gertie parte
immédiatement à la rencontre des troupes de Mackenzie auxquelles il est rattaché. J'ai réussi à
convaincre Little Wolf de dresser un drapeau blanc
en haut d'une loge au milieu du camp. Malgré ses
ordres stricts et ses avertissements solennels,
l'armée n'osera quand même pas s'en prendre à un
village paisible en plein milieu de l'hiver ? Un village dans lequel, comme ils le savent très bien,
réside une douzaine de femmes enceintes.

## 17 février 1876

Plus de deux semaines ont passé depuis le départ
précipité de Gertie. Toujours pas de réponse, mais
le temps est resté abominable. La neige est fouettée
par le vent. C'est peut-être une réaction en chaîne,
toujours est-il que les enfants de mes camarades
naissent littéralement les uns à la suite des autres.
La tente aux bébés ne désemplit pas ! Martha et
Daisy ont accouché le même jour — de deux

solides gaillards, superbes nourrissons tout bruns dont la lignée exclut sans conteste l'intervention divine. À côté d'eux, ma petite « Irlandaise d'Écosse » à la peau de lait semble plus blanche encore, plus exotique !

« Mon Dieu ! s'exclama Martha et découvrant son fils. Regarde, May, il a hérité des cheveux de son père ! » De fait, le petit gars est né avec une chevelure noire tout emmêlée ! Nous l'avons donc aussitôt baptisé Tangle Hair Junior.

Les sœurs Kelly ont eu les leurs aussitôt après. Fidèles à elles-mêmes, elles ont perdu leurs eaux et ont accouché exactement en même temps — de deux jumelles chacune ! Mères jumelles, pères jumeaux, bébés jumeaux — c'est une vraie multiplication. Extraordinaire. « C'est de famille ! » commenta Susie. Bruns de peau sous des cheveux roux vif, leurs petits ont une allure peu commune...

Les nouveau-nés paraissent tous jusque-là en bonne santé ; nous avons eu une chance incroyable, les unes comme les autres, d'arriver à terme puis d'accoucher sans aucune complication. Les Cheyennes sont ravis de voir la tribu s'agrandir et les femmes, sans exception, sont aux anges devant ces bébés. Feather on Head dorlote ma petite Wren comme son propre enfant ; c'est tout juste si elle me laisse la lui reprendre quand il est l'heure de donner le sein. Si je n'avais pas la poitrine pleine de lait, je me demande d'ailleurs comment ma fille reconnaîtrait sa mère. Quiet One, elle aussi, semble fascinée par Wren, et Little Wolf joue toujours quant à lui au fier papa.

Toujours pas de nouvelles de l'armée. Nous avons toutes prié pour que Gertie ait pu remettre sans problème mon message au capitaine, et nous restons sûres que notre situation connaîtra un dénouement heureux.

Little Wolf a tenu conseil. La plupart des autres chefs et des sociétés guerrières encore parmi nous ont accepté que nous partions rejoindre Fort Fetterman dès que le temps le permettra. Il semble que cette décision a été en partie facilitée par la naissance de notre fille. J'en suis grandement soulagée. Et fière, puisque après tout nous remplissons réellement notre mission en favorisant une issue pacifique. Notre ermite Anthony de la Prairie s'est révélé d'une grande utilité à cet égard. Le Peuple sait reconnaître un homme saint sur la base de ses actions. Son abnégation, ses jeûnes et ses pénitences sont autant d'actes d'une foi simple que les Cheyennes comprennent bien et qu'ils pratiquent parfois eux-mêmes pour se rapprocher de leur dieu.

Anthony, qui a baptisé chacun des enfants arrivés, conseille au Peuple de choisir le chemin de la paix et de l'harmonie. C'est un homme bon, empreint de pureté, qui a accueilli Dieu dans son cœur. Nous avions espéré qu'il nous accompagnerait à Fort Fetterman, mais il reste fidèle à son vœu de rester ici pour bâtir son ermitage — le monastère qu'il veut édifier sur les collines au-dessus du fleuve. Il nous manquera considérablement. C'est vrai, une partie de moi demeurera ici avec lui et j'ai bien l'intention de rendre régulièrement visite à Anthony une fois que nous serons installés à la réserve.

Gretchen a accouché hier d'un bébé curieusement

assez petit, fin et délicat, qui ne rappelle en rien le gabarit de sa mère. L'enfant a pour nom de baptême chrétien Sara.

## 24 février 1876

Les températures ont légèrement remonté ces derniers jours, comme elles le font à la fin de l'hiver, et neige et glace fondent rapidement. Nos éclaireurs, qui ont pu s'aventurer plus souvent que d'habitude hors du camp, ont repéré des mouvements de troupes à quelques jours de cheval d'ici : le gros de la cohorte se trouve donc à une semaine au moins. Le drapeau blanc flotte toujours au-dessus de la loge-médecine et je suis maintenant convaincue que Gertie a rempli sa mission et délivré mon message.

Cela étant, nous avons appris, consternées, que certains des jeunes guerriers remuants de la société Kit Fox ont profité du dégel précoce pour s'éclipser à l'ouest faire un raid contre une tribu shoshone. Les sœurs Kelly furent les premières à être au courant, leurs maris faisant partie des Kit Foxes. Partant tôt un matin avec plusieurs autres, ils ont expliqué à leurs femmes que l'expédition avait pour but de marquer la naissance de leurs enfants, et qu'ils rapporteraient de nombreux chevaux en leur honneur.

« On n'a pas pu les arrêter, dit Meggie. On a fait notre possible, mais ils avaient la fièvre au sang. On pourrait croire qu'ils seraient bien assez contents de voir leurs petits bébés arriver sains et saufs à la maison, mais non, il faut encore qu'ils aillent voler des chevaux comme s'ils n'étaient pas encore sûrs d'être des hommes. »

Ce raid est une pure folie. Les Shoshones, comme les Crows, sont les ennemis jurés des Cheyennes et de proches alliés des Blancs. À l'évidence, c'est dans le dernier conseil des chefs, et la décision prise de nous rendre, qu'il faut trouver la cause de cette expédition, puisqu'elle constitue pour certains l'ultime occasion de faire valoir leurs talents guerriers, d'en découdre une dernière fois. L'indépendance foncière des individus et l'absence d'autorité centrale jouent une fois de plus contre la société indienne.

Quant à moi, j'ai parlé avec Little Wolf de notre avenir à l'Agence. Le général Crook a promis que les Cheyennes recevraient leurs propres réserves dès qu'ils se soumettraient. Du fait qu'au début de cette aventure j'ai, comme les autres femmes blanches, signé un contrat selon lequel je m'engage à rester chez les Indiens un minimum de deux ans, c'est donc au cours de l'année à venir que mon travail, notre travail, commencera vraiment : celui d'enseigner au Peuple la vie civilisée.

« L'une des premières choses qu'il te faudra faire, ai-je expliqué à mon mari, sera de renoncer à deux de tes épouses. La loi des Blancs interdit aux hommes d'avoir plus d'une femme.

— Je ne souhaite pas abandonner deux de mes femmes, répondit-il. J'aime toutes mes épouses.

— Oui, mais c'est comme ça, chez les Blancs. Tu seras obligé de garder Quiet One, la première, et de te séparer de Feather on Head et de moi. Feather est assez jeune pour se trouver un nouveau mari.

— Rien ne dit qu'elle souhaite un nouveau mari. Elle est peut-être tout à fait heureuse de rester dans la loge avec notre enfant, son mari et sa sœur Quiet One.

— Ce n'est pas ce qu'elle souhaite qui compte ; c'est la loi de l'homme blanc, c'est tout. Un mari, une épouse, voilà.

« — Et toi, *Mesoke* ? me demanda Little Wolf. Vas-tu chercher un nouvel époux ?

— Je ne sais pas ce que je ferai, répondis-je sincèrement. Je ne peux espérer trouver un mari plus prévenant et plus digne que toi.

— Tu voudras peut-être nous quitter pour emmener notre fille dans le monde des Blancs auquel elle appartient — puisqu'elle est membre de la tribu de sa mère, dit fièrement le chef. Si le Grand Père Blanc nous avait donné les mille épouses promises, tous les nouveaux enfants appartiendraient à la tribu des Blancs, de sorte que mon Peuple et ton peuple n'en formeraient plus qu'un.

— Lorsque nous aurons rejoint l'Agence, le général Crook a promis qu'il en reparlerait au président Grant.

— Bien sûr, fit Little Wolf en hochant la tête. Je sais ce qu'elles valent, maintenant, les promesses des hommes blancs... »

## 28 février 1876

Horreur... boucherie... sauvagerie... mais par où commencer ? Peut-être par les mots de Meggie Kelly lorsque, à peine capable de parler, elle est venue nous alerter : « Doux Jésus, a-t-elle murmuré en voyant son mari danser fièrement autour du feu et exhiber ses innommables trophées guerriers. Doux Jésus Vierge Marie, que Dieu nous aide... Qu'avez-vous fait, les gars ? Qu'avez-vous fait là ?... »

Ce fut ensuite Martha qui, comprenant à son tour, poussa un cri à glacer le sang. J'en ai encore le cœur saisi et je me demande s'il battra jamais à nouveau normalement. John Bourke avait donc raison...

Les Kit Foxes sont rentrés ce matin de leur raid contre les Shoshones. Poussant devant eux un troupeau de chevaux, ils ont fait irruption dans le camp en rugissant comme des dames blanches[1]. Le vol de chevaux est somme toute une activité assez inoffensive, car les différentes tribus passent leur temps à reprendre les leurs ou à en dérober d'autres. Cela reste un jeu de grands enfants et la plupart du temps personne n'est blessé ou tué dans aucun des camps. Nous pensions donc que c'était le cas, puisque les hommes sont revenus triomphants — pas de mélopée funèbre, pas de camarade mort sur la selle d'un cheval. Suivis par le crieur qui annonçait déjà les danses et les célébrations à venir, ils ont exhibé leur butin d'un bout à l'autre du campement.

Nos éclaireurs sont apparus peu après le retour des Kit Foxes pour annoncer que les militaires étaient maintenant tout près. Je suggérai à Little Wolf d'envoyer un homme avec un message à l'attention du colonel Mackenzie afin de confirmer nos intentions pacifiques. Mais il m'a répondu qu'avant de soumettre au conseil réuni les questions d'ordre tribal, nous étions lui et moi tenus d'honorer les Kit Foxes et de les féliciter. C'est pourquoi nous devions participer au festin et aux danses offertes par leur chef Last Bull[2] — un individu satisfait et arrogant que je ne tiens pas en haute estime.

Nous nous sommes donc rendus à sa loge pour l'écouter pérorer à loisir. Une fois cet assommant repas terminé, nous nous sommes rassemblés autour d'un grand feu au-dehors où les guerriers Kit Foxes ont dansé chacun à leur tour en faisant le récit de leurs exploits.

1. Dame blanche : fantôme féminin des traditions nordiques.
2. Dernier taureau.

Il avait neigé la nuit précédente et le ciel était dégagé. L'étau glacé de l'hiver se resserrait de nouveau sur nous — la température descendait sans cesse. Mais rien, pas même le froid, n'aurait réussi à dissuader les valeureux guerriers de célébrer leur victoire.

J'avais confié Wren à Feather on Head restée dans notre loge où je suis revenue, après le repas, lui donner sa tétée et vérifier que tout allait bien. « Va à la danse, *naveó a* », dis-je à Feather tandis que j'allaitais ma petite affamée. « Je préfère rester ici avec ma fille.

— Non, *Mesoke,* a-t-elle répondu. Il faut que tu ailles retrouver notre mari à la danse avec ton bébé ; le crieur a dit ce matin que les nouveau-nés devaient être présents, puisque le raid a été décidé en leur honneur et que ce sera leur première danse de victoire. Notre mari sera contrarié si tu ne le fais pas, et les Kit Foxes se vexeraient de ton manque de politesse. »

À contrecœur, je suis donc partie avec Wren rejoindre les autres autour du feu.

Toutes les jeunes mamans avaient été également invitées, et les sœurs Kelly siégeaient à la place d'honneur puisque, évidemment, leurs maris avaient réalisé un grand exploit pour apporter une touche de gloire supplémentaire à la naissance déjà miraculeuse de leurs jumelles.

L'immense feu répandait suffisamment de chaleur pour faire oublier le froid, et bien sûr nous avions emmitouflé nos bébés de couvertures et de fourrures. Les flammes s'élevaient dans le ciel tandis que les guerriers entamaient leurs danses et leurs récits... Ils commencèrent à brandir des scalps tachés de sang, montés sur des perches qu'ils agitaient à l'intention des dieux et de l'assemblée réunie... Certaines d'entre nous baissèrent la tête au souvenir de la satisfaction vengeresse que nous avions ressentie en voyant tués et mutilés les Crows dont les corps nous avaient souillées... Pourtant l'image de ce bain de sang avait maintenant quelque chose d'onirique, comme un cauchemar privé de réalité, ou des actes que nous n'aurions pas réellement commis... puisque nous sommes des femmes civilisées...

Les époux des sœurs Kelly dansaient devant elles et leurs petites jumelles qu'elles tenaient bien au chaud sur leurs genoux. Tout en psalmodiant leurs hauts faits, les hommes passaient devant les enfants avec une sacoche de cuir brut. « Dans ce sac se trouve le pouvoir de la tribu shoshone, dit l'un d'eux. Nous, *Hestahke,* leur avons volé ce pouvoir pour le donner à nos petits. Il est maintenant à eux. Les Shoshones ne retrouveront jamais leur force car nous la détenons. Ce soir nous la donnons à nos enfants qui la conserveront. Car les enfants de nos épouses blanches représentent l'avenir du Peuple. C'est eux qui ont le pouvoir. »

*Hestahke* tenait la poche maintenant bien haut. Nous étions incapables d'en détacher nos yeux ; elle devait contenir un formidable trésor, une grande médecine shoshone. L'homme dansait en brandissant la sacoche, puis il la confia à son frère qui reprit la même psalmodie. Celui-ci, cependant, en sortit un petit objet qu'il présenta à sa femme comme s'il lui offrait quelque bijou de valeur. Captivée, je plissai les paupières en même temps que les autres autour de moi en m'efforçant de comprendre ce que cela pouvait être.

Je ne parvins pas tout de suite à identifier la chose. Mais soudain ma curiosité prit un goût de pierre et mon sang se figea. Je devinai, d'instinct, qu'il s'agissait d'un membre humain, d'un épouvantable trophée barbare.

« Oh doux Jésus, murmura Meggie. Non, doux Jésus Vierge Marie, que Dieu nous aide... Qu'avez-vous fait, les gars ? Qu'avez-vous fait là ?... »

Je sentis des larmes glacées noyer mes yeux, couler sur mes joues. « Mon Dieu, non », soufflai-je. Je regardai le ciel, les flammes qui montaient très haut vers la voûte céleste comme pour prendre la place des étoiles. « Non, répétai-je, non, mon Dieu, empêchez cela... »

Mais le guerrier chantait, dansait, exhibant fièrement son macabre trophée. Des *hou* d'approbation, entrecoupés par les trilles enthousiastes des femmes cheyennes, commençaient à retentir par-dessus le martèlement des tambours. « Dans ce sac sont réunies les mains droites de douze bébés shoshones, c'est le pouvoir de leur tribu qui est maintenant le nôtre. Voici le cadeau que je présente à nos filles. Nos enfants détiennent aujourd'hui ce pouvoir. » Je distinguai alors nettement les petits doigts repliés de la menotte.

Martha poussa un cri, un hurlement angoissé et accusateur qui, déchirant la nuit, couvrit trilles et tambours. Serrant mon enfant contre moi, je me levai, en proie à la nausée, à l'horreur. Little Wolf, parfaitement impassible à mes côtés, continuait d'observer la scène...

Les joues inondées de larmes, m'agrippant presque à mon bébé, je sifflai à mon mari comme devant un fou : « Des bébés ! Vous êtes allés charcuter des bébés ! Mais tu ne te rends pas compte ? » Je levai une main tremblante d'émotion. « Tu ne comprends donc pas que la main de ta fille pourrait aussi bien se trouver avec celles de ces innocents ? Dieu du ciel, mais quel genre de gens êtes-vous pour faire des choses pareilles ? Des barbares ! Vous brûlerez en enfer, Bourke avait bien raison... »

Wren calée dans mes bras, je m'enfuis en courant aussi vite que je pus. La neige fraîche et mordante crissait sous mes pas.

Toujours en pleurs, j'atteignis la loge, entrai en tempête et me laissai tomber sur les genoux. Je serrai mon enfant contre ma poitrine et la berçai en sanglotant. « Mon bébé, mon bébé. » Je ne savais plus rien dire d'autre. « *Naneso, naneso...* »

S'asseyant près de moi, Feather on Head et Quiet One voulurent savoir ce qui m'arrivait. Sans trouver de réponse entre mes sanglots, je les ai simplement priées de m'expliquer comment les femmes de la tribu pouvaient laisser leurs maris commettre d'aussi horribles crimes. Elles ne saisirent pas tout de suite le sens de ma question — puisque les femmes ne sont pas censées en poser.

« Des bébés ! criai-je. Ces hommes ont tué et mutilé des bébés. Ils ont tranché leurs mains. Cela aurait pu être vos enfants, nos enfants. Vous ne comprenez donc pas ? C'est une très mauvaise chose, une très très mauvaise chose qu'ils ont faite. » J'aurais voulu parler de « mal », mais ni le mot ni le concept n'existent dans la langue cheyenne — et c'est peut-être là que le bât blesse...

Quiet One me répondit doucement : « Les Shoshones ont toujours été les ennemis du Peuple, *Mesoke*. C'est pour cela que les Kit Foxes ont pris leurs chevaux et volé leur pouvoir afin de le donner à nos enfants. Mais aussi pour que les Shoshones ne puissent pas utiliser leur médecine contre nous et contre nos bébés. Les hommes ont voulu ainsi nous protéger. Le Peuple, toi et ton bébé aussi, *Mesoke*. Nos guerriers ont dérobé le pouvoir des enfants shoshones et l'ont donné à ta fille — *Vo'estaneves-*

*tomanehe,* Celle Qui Vient Nous Sauver — pour qu'elle soit forte et à l'abri des dangers.

— Vous ne voulez vraiment pas comprendre, hein ? dis-je impuissante et finalement trop épuisée pour continuer de pleurer. Il n'y a aucun pouvoir entre les mains d'un bébé. » Je pris une des menottes de Wren sous la couverture et la leur montrai. « Regardez, c'est minuscule, fragile comme tout. Il n'y a pas de pouvoir dans les mains d'un bébé... »

Il ne fut pas question de dormir cette sombre nuit. Les autres femmes blanches avaient quitté la « fête » en même temps que moi. Comme je m'en étais doutée, elles s'étaient dirigées vers la loge d'Anthony à l'orée du village, espérant y trouver une manière de sanctuaire et la parole rassurante du moine.

Les célébrations ne s'étaient pas arrêtées après notre départ. Assises en rond autour du feu dans la tente du moine, nos enfants dans nos bras, nous dûmes écouter l'incessant martèlement des tambours, la musique et les chants des guerriers kit foxes qui répétaient à l'envi le récit de leur triomphe sur des bébés.

Nous avons tenté d'y trouver un sens, de nous réconforter mutuellement, de donner quelque raison à cette folie, de rendre compréhensible ce qui simplement ne l'est pas. Étant les seules parmi nous qui soient mariées à des Kit Foxes, auteurs des crimes, les jumelles Kelly se montrèrent parfaitement inconsolables. Toute leur crânerie d'Irlandaises était cette fois bel et bien évanouie.

« Je veux rentrer chez nous, Meggie, disait Susie. Je n'arriverai plus à regarder les deux gars en face, après ce qu'ils ont fait.

— Moi non plus, Meggie. C'est fini pour nous

deux ici, je ne vois pas ce que nous pourrions faire. On prend les petites avec nous et on part le plus tôt possible demain. Si on tombe sur l'armée, on essayera de se rendre. »

Mais nous partagions toutes la même culpabilité, le même échec, et ni la force tranquille, ni les conseils paisibles d'Anthony, ni les prières que nous récitions devant le feu ne parvinrent à réchauffer nos cœurs meurtris.

« Qui peut bien être ce Dieu qui laisse ces choses se faire ? demandai-je au moine.

— Un Dieu qui exige notre foi, répondit-il, et dont l'unique enfant est mort sur la croix pour le salut de l'humanité.

— Ah oui ? Alors c'est qu'on n'a pas appris grand-chose depuis ! coupa Susie Kelly avec un rire amer. Nous sommes de bonnes catholiques, Meggie et moi, mon frère, mais quand on voit ça, on peut se demander où trouver un reste de foi.

— C'est maintenant que commence vraiment votre travail avec les païens, dit Anthony. Nous devons répandre la parole de Dieu auprès de ces âmes naïves. »

L'aube approche... quelques-unes d'entre nous sont reparties dans leurs tentes, d'autres dorment d'un sommeil agité avec leurs bébés, dans celle d'Anthony. Toujours incapable de fermer l'œil, je reste assise près du feu à consigner ces horribles événements. J'espère maintenant que les troupes de l'armée arriveront bientôt, qu'elles pourront nous ramener saines et sauves à la civilisation...

J'entends pourtant encore les tambours et les chants, le Peuple a dansé toute la nuit... une nuit qu'aucune d'entre nous n'oubliera. Je vais bientôt retrouver ma propre loge...

# 1er mars 1876

Cette fois, tout est vraiment fini. Dès les premières lueurs du jour, telle la main vengeresse du Tout-puissant, les soldats ont fondu sur nous. J'ai reçu un coup de feu, j'ai peur de mourir vite, le village est détruit, incendié, le Peuple nu est parti se réfugier en courant dans les collines et se tapir dans les rochers comme des animaux. Je ne sais où sont la plupart d'entre nous, certaines sont mortes, d'autres encore vivantes. Je me suis réfugiée dans une petite grotte avec Feather on Head, Quiet One et Martha. Nous sommes blotties les unes contre les autres avec nos enfants, tandis que le village brûle en contrebas, semblable à un immense bûcher funéraire. Les soldats empilent tous nos biens, tout ce que nous avons — peaux, fourrures, couvertures, réserves de viande et de nourriture, selles de chevaux, munitions —, placent les cadavres par-dessus et embrasent le tout avec leurs grandes torches. Ils mettent pareillement le feu aux loges qui s'enflamment comme des arbres dans une forêt sèche ; à l'intérieur, poudre et cartouches font des feux d'artifice... Tout ce que nous avions s'envole en fumée. La vision de Woman who Moves Against the Wind est devenue réalité... l'espèce humaine est malade, folle, tous ne sont que des sauvages... Sommes-nous punis à cause de ces enfants mutilés ? Il faut que je trouve Anthony pour le lui demander. Je ne sais où il est. Il doit savoir, lui...

Je suis blessée et crains de mourir bientôt, j'entends mon souffle rauque, des bulles de sang s'échappent de ma bouche et de mon nez. Je ne dois pas mourir... Pardonnez-moi, mes chéris, William et Hortense, de vous abandonner ainsi. Je serais revenue auprès de vous, je le jure... Si je meurs, j'espère qu'un jour vous pourrez lire ces pages, que vous saurez toute la vérité à propos de votre mère... qui vous a aimés, qui a péri en pensant à vous...

Je dois faire vite maintenant. J'ai si froid que j'arrive à peine à tenir mon crayon, je grelotte. Les femmes, les enfants et les plus vieux se sont éparpillés dans les rochers au-dessus du camp. Martha est avec moi, Quiet One, Feather, et nos bébés... Je ne sais où sont les autres, certaines sont mortes... Beaucoup...

Tant qu'il me reste un peu de force, je vais continuer à écrire ce qui c'est passé...

Il y a quelques heures à peine, juste avant l'aube, j'ai quitté la loge d'Anthony. Je suis revenue à la nôtre avec mon enfant que j'ai laissé au chaud sous les couvertures auprès de Feather on Head pour descendre à la rivière où mon petit homme Horse Boy garde les chevaux. La musique et les danses avaient cessé, tous étaient rentrés se coucher, et le silence était enfin revenu. Entendant de loin les chevaux hennir nerveusement, je compris qu'un événement grave était imminent. Une angoisse me nouait la gorge. Je pressai le pas pour atteindre la rivière au plus vite...

Je me figeai en les apercevant : Horse Boy, debout enveloppé dans sa couverture, droit comme une statue de pierre — et devant lui, à cheval, l'arme au poing en train de viser, se trouvait le capitaine Bourke, un lieutenant à ses côtés. Leurs montures étaient immobiles, des filets de buée s'échappaient de leurs naseaux dans l'aube glacée. Derrière eux, glissant comme un flot de mercure le long des ravins et des couloirs naturels, recouvrant la roche, les talus et les remblais, se pressaient des dizaines, des centaines de soldats et d'Indiens à cheval. Je m'avançai et criai : « John, mais qu'est-ce que vous faites ? Baissez votre arme. C'est un petit garçon. Nous sommes prêts à nous rendre, tous. Vous n'avez pas vu le drapeau blanc au milieu du village ? »

Bourke me contempla comme un fantôme. D'abord choquée, puis horrifiée, son expression afficha ensuite la perplexité. Pistolet en main, il tremblait, hésitait. « Bon Dieu, May, nos éclaireurs nous ont dit que c'était le village des Sioux de Crazy Horse. Que faites-vous ici ?

— C'est un village cheyenne. Celui de Little Wolf. Le mien Gertie ne vous l'a pas dit ? Enfin, John, baissez votre arme. Ce n'est qu'un enfant.

— Il est trop tard, May. Le village est encerclé, l'assaut va être donné. Gertie fait partie d'un autre détachement. Notre éclaireur en chef seminole nous a assurés que c'était le campement de Crazy Horse. Courez derrière moi et allez vous réfugier dans les collines. Je vous retrouverai après.

— Tirez, capitaine, intima l'impatient lieutenant. Tuez-le avant qu'il ne se mette à hurler et prévienne les autres.

— Imbéciles ! criai-je. La détonation va donner l'alerte ! John, pour l'amour du ciel, ne faites pas ça ! C'est de la folie. C'est le village de Little Wolf. Nous sommes prêts à nous rendre pacifiquement. Le drapeau blanc est levé dans le village. »

Bourke regarda Horse Boy, puis moi. Ses yeux enfoncés revêtirent la couleur des cendres. « Navré, May. J'ai essayé de vous prévenir. C'est la guerre, j'ai des ordres, nous allons attaquer. Je suis un soldat au service de mon pays. Courez vous cacher. »

Sa main se raidit sur le pistolet et avec un terrible sang-froid il pressa la détente. Une balle en plein front, Horse Boy s'affala par terre comme un tas de chiffon.

On n'entendit, un instant durant, que la détonation réverbérée par les falaises rocheuses ; comme si la terre, immobile, doutait que la chose soit arrivée. Comme si Dieu là-haut avait arrêté le temps... John venait d'assassiner un enfant sans défense.

« Chargez ! » beugla le lieutenant, et les portes de l'enfer s'ouvrirent devant nous.

Trébuchant, glissant et tombant dans la neige, je revins ventre à terre à la loge pendant que les troupes s'engouffraient de toutes parts dans le village ; je ne pensais qu'à mon enfant, je devais le sauver. Le camp entier était maintenant réveillé, alerté par le tonnerre des chevaux au galop. Partout des coups de feu, des cris de terreur, d'agonie. Mon mari Little Wolf, faisant irruption de la loge avec sa carabine, s'arrêta pour tirer, courut et s'arrêta de nouveau pour tirer, comme le faisaient les autres hommes de façon à attirer les soldats vers eux et laisser s'échapper femmes et enfants par l'arrière des tentes.

Arrivant dans la nôtre, je pris ma fille dans mes bras. D'un coup de couteau, Quiet One pratiqua une ouverture dans le fond du tipi qu'elle maintint ouvert pour nous laisser passer. Pretty Walker et Feather on Head, son enfant sur le porte-bébé, sortirent. Avant de m'engager à mon tour, je me retournai vers Crooked Nose : « Viens, *Vohkeesa'e,* dépêche-toi ! »

Mais, découvrant ses gencives d'un sourire, elle leva son gourdin et répondit d'une voix paisible : « Va, *Mesoke,* sauve ton bébé. Je suis une vieille femme et c'est un beau jour pour mourir. »

Elle se retourna et quitta le tipi par l'entrée normale. Me retournant une dernière fois en partant de l'autre côté, je la vis abattre son gourdin sur un soldat à cheval. Il perdit l'équilibre, chercha vainement un point d'appui et s'effondra par terre. Crooked Nose lui régla son compte.

Serrant Wren contre moi, je courus de toutes mes forces et suivis les autres vers les falaises rocheuses qui cernent le village. Ce n'était partout que chaos et folie, hurlements et coups de feu, les braillements des soldats, les cris de nos guerriers et les gémissements terrorisés des femmes ; j'appelai à pleins poumons Martha, Gretchen, Daisy, mais personne ne m'entendit dans le tumulte — ni moi quiconque.

Je vis brièvement Phemie sur un grand cheval blanc de l'armée, totalement nue, noire comme la mort sur la blancheur neigeuse, galoper droit vers un soldat à terre qui s'efforçait de retirer sa baïonnette fichée dans le sternum d'une Blanche. Phemie, une lance à la main, poussa un rugissement inhumain à tourner les sangs. Quand le soldat leva la tête et l'aperçut qui fonçait sur lui, il écarquilla les yeux, horrifié. Je me détournai et repris ma course vers les collines à la suite des autres. Je ressentis soudain un coup dans le dos qui me précipita au sol, comme si un pieu de tente m'avait clouée. Je m'effondrai la tête la première mais réussis à amortir le choc pour que Wren ne souffre pas. Puis je me relevai et poursuivis.

Il gelait et beaucoup de femmes et d'enfants s'étaient enfuis encore nus de leur loges, sans même prendre le temps d'enfiler ne serait-ce que leurs mocassins. Certaines portaient leurs enfants qu'elles essayaient de protéger du froid en les serrant contre elles. Tout tremblants, de vieux hommes et de vieilles femmes, blottis contre les rochers sous les falaises, cherchaient grottes ou cavernes pour s'y cacher. Dans la débandade, nos propres chevaux déambulaient l'air affolé sous la rocaille. Le fracas de leurs sabots résonnait dans l'air sec et glacial. Ici et là, certains avaient réussi à maîtriser quelques animaux dont ils avaient tranché la gorge avant de leur ouvrir le ventre afin de plonger leurs pieds gelés dans les entrailles fumantes.

Il faisait si froid que je craignais pour la vie de mon enfant. Je la maintenais contre ma peau, sous mon manteau. Dieu merci j'étais encore habillée à l'heure de l'attaque. Je finis par rattraper Pretty Walker, Feather et Quiet One, et nous retrouvâmes ensemble Martha. Elle aussi presque nue, recroquevillée contre un rocher à la manière d'un animal traqué, elle serrait son petit garçon contre elle en se balançant d'avant en arrière. Le bébé était déjà bleu. M'agenouillant, je le lui pris des mains et le glissai sous mon manteau. Il me fit l'effet d'un glaçon sur la peau. Martha avait elle-même si froid que, parcourue de frissons, elle était incapable de parler. J'ôtai mon manteau, la couvris, puis confiai Wren et le fils de Martha à Feather on Head. « Serre-les contre ta peau », lui demandai-je. Je dégageai le couteau de la gaine de Quiet One et nous sommes allées retenir par la crinière une jument que nous avions entendue arriver. Je me glissai sur son dos tandis que Quiet One s'efforçait de la calmer. L'animal glissa et tenta de retrouver l'équilibre. J'en profitai aussitôt pour me pencher en avant et lui trancher rapidement la gorge. Je sentis un râle d'air chaud s'échapper sous mes doigts, puis elle tomba sur ses pattes repliées. Je bondis à terre avant qu'elle ne s'effondre. Le sang avait déjà noirci la neige sous la bête. Elle culbuta sur un côté, le flanc agité, l'horreur prête à s'évanouir dans ses yeux avec la lumière du jour. Je l'éventrai et ses entrailles jaillirent, fumantes. Elle essaya une dernière fois de se lever mais se figea aussitôt dans la mort. Je pris le fils de Martha encore emmitouflé dans mon manteau, et le fourrai dans le ventre de la jument. « Merci, murmurai-je au pauvre animal. Merci, mère. »

Feather on Head et moi avons ensuite aidé Martha à rejoindre le cheval et nous avons placé ses pieds gelés dans les entrailles de l'animal. Parvenant enfin à ne plus grelotter, elle put dire quelques mots. « Mon Dieu, May, on t'a tiré dessus. Tu es blessée dans le dos. »

Comprenant alors ce qui m'avait précipitée au sol, je détachai la bandoulière de mon carnet dans mon dos. Il avait dû amortir l'impact de la balle qui l'avait entièrement traversé avant de se loger dans la chair entre mes omoplates. « Oh May ! répétait Martha qui se mit à pleurer. Tu as reçu un coup de revolver. Oh mon Dieu !

— Arrête, Martha, lui intimai-je. Nous devons trouver un abri. Et faire du feu.

— Mais avec quoi ? On n'a rien, geignait-elle. Non, on va toutes mourir au milieu des rochers. Et mon Dieu, May, tu es blessée. Nos enfants, nos enfants... » Et de pleurer encore.

« Ton fils n'a rien, Martha. Regarde, il a repris toutes ses forces dans le ventre de la jument. » C'était vrai. Couvert de sang, il ressemblait dans les entrailles de la pauvre bête à un nourrisson revenu à l'heure de l'accouchement. Mais il reprenait des couleurs et braillait maintenant à toute voix. « Regarde-le ! Il est en pleine santé. Il sera encore au chaud quelques bonnes heures, là-dedans. Mais nous devons trouver un endroit pour nous abriter. »

Mes mains sont maintenant presque gelées, j'ai des crampes dans les doigts... Je griffonne ces quelques dernières notes dans une étroite grotte... nous n'avons pas pu faire de feu... nous allons toutes mourir de froid... je respire de plus en plus difficilement, d'un souffle court et pénible... j'ai les lèvres engluées de sang.

En contrebas, les flammes crépitent dans le village détruit dans l'aube glaciale. Depuis les rochers où nous sommes, nous contemplons leur chaleur sans pouvoir la sentir. Il ne reste des feux déjà éteints que des piles rougeoyantes de cendres, de résidus, de cadavres à moitié consumés d'hommes et de femmes qui n'ont pu s'échapper. Certaines de nos amies sont certainement parmi eux, et leurs enfants aussi... Mon Dieu, pardonnez-nous tous... Pardonnez à cette humanité...

Depuis les rochers gelés, nous voyons aussi nos chiens revenir furtivement au camp fouiller la ruine en quête de morceaux de viande. L'air matinal, encore glacé, porte des odeurs de viandes cuites, de poudre, de cuir roussi, de chair carbonisée. Des dizaines de soldats restent au village et nous empêchent d'y retourner pour trouver peut-être un peu de nourriture, une flamme où se chauffer... une couverture...

Ils continuent d'empiler nos dernières possessions, nos derniers cadavres, puis mettent le feu à chacun des tas... Les bûchers s'embrasent vivement dans le froid et retombent aussi vite pour se consumer de l'intérieur.

Dans les collines résonnent de temps à autre de faibles détonations... celles de nos guerriers qui, mal armés, ne tirent qu'à bon escient...

« Tu es une fille courageuse, May, dit maintenant Martha qui recommence à grelotter. Une vraie amie qui continue d'écrire son journal pour nous garder vivantes une fois de plus. Je t'aime tellement, si tu savais.

— Je t'aime moi aussi.

— Tout est fini, n'est-ce pas ? demande-t-elle

d'une petite voix bavarde. Fini, terminé, et tout ça pour quoi ?

— Pour ces enfants. Nos bébés doivent survivre. Ils sont tout ce qui restera de nous, et ce sera déjà ça.

— Redescendons alors. Rendons-nous aux soldats. Ils nous prendront avec eux quand ils verront que nous sommes blanches.

— Ils ont tué les uns et les autres, Martha. Les Blanches comme les Indiens. Mais peut-être qu'ils ont eu leur content, maintenant. Vas-y si tu veux. Va, mon amie, prends ton fils avec toi. Dis aux soldats qui tu es et implore leur grâce.

— Je trouverai le capitaine Bourke. Je le ramènerai ici. Il viendra à notre secours. Attends-moi bien, May.

Oui. J'ai assez écrit et j'ai besoin de fermer les yeux un instant... Je suis tellement fatiguée... notre petite Sara vit à l'endroit le plus beau que tu aies jamais vu, Martha. C'est un lit de verdure où chante une rivière, toute bordé de printemps, et où le soleil brille sous les trilles des oiseaux... Va maintenant, mon amie, va... Pretty Walker, Feather on Head et Quiet One vont rester un moment avec moi... J'attendrai ici que tu reviennes avec le capitaine... Oui, pars, dépêche-toi. Emmène ton enfant. Explique aux soldats qui nous sommes, montre-leur ce qu'ils ont fait. Dis-leur que ce n'est pas le village de Crazy Horse, mais celui du grand chef cheyenne Little Wolf. Et dis ceci au capitaine Bourke — il comprendra — dis-lui : "Bien avisé le père qui reconnaît son enfant..." »

# CODICILLE

par l'abbé Anthony de la Prairie
Abbaye Saint-Antoine du Désert
Powder River, Montana

15 novembre 1926

Quelle fantastique bénédiction ! Dieu n'est jamais trop pressé de révéler ses secrets ! D'accorder tant de bienfaits ! Il détient dans ses mains tout le temps de ce monde !

J'ai su pendant plus d'un demi-siècle que les carnets de May Dodd avaient été conservés. Mais je n'en ai pas parlé. Et voici qu'il y a trois jours on me les a apportés, ici à mon abbaye, non loin du théâtre des événements relatés dans les dernières pages. Un jeune homme cheyenne du nom de Harold Wild Plums, qui vit dans la proche réserve indienne de la Tongue River est venu me les montrer. Je connais Harold depuis sa naissance et je l'ai baptisé moi-même. Il est le petit-fils de l'auteur des carnets — de May Dodd Little Wolf, ou *Mesoke,* comme l'appelaient les Cheyennes. Harold est l'enfant de celle qu'ils nommaient *Ve'keseheso,* Wren, Little Bird.

Il y a plus de cinquante ans ! L'Ouest a tellement changé depuis 1876 ! J'espère, moi, être devenu un homme différent, avoir perdu un peu de cette arrogance qui caractérise la jeunesse et, avec l'âge, m'être rapproché de Dieu. Ma santé est précaire, je suis presque aveugle et n'ai plus longtemps à vivre. Le cœur plein de joie et d'amour, j'attends de quitter enfin ce monde et de prendre place pour l'éternité au plus près du Seigneur. Il m'appelle. J'ai le privilège d'entendre Sa voix, de reconnaître Sa main en toute chose.

J'ai eu le privilège de vivre une vie harmonieuse de prière et de labeur, de lecture et d'étude. À la sueur de mon front, grâce au travail de mes mains et à l'amour de mon Dieu, j'ai eu la chance de bâtir cette humble abbaye sur les collines qui dominent la rivière. C'est à ce même endroit que j'ai fondé mon premier ermitage il y a tant d'années, sous la forme d'une simple cabane. Et j'ai la bonne fortune d'y vivre encore, en compagnie des douze autres hommes, paisibles et humbles d'esprit qui, au fil du temps, m'y ont rejoint.

Pendant plus d'un demi-siècle j'ai joui du grand bonheur de parcourir ces collines. J'ai étudié leur flore et leur faune. J'ai déplacé des rochers afin de planter mon jardin. Et Dieu a bien voulu que je reçoive mes visiteurs avec un repas chaud, un lit douillet, et une miche de pain frais à prendre pour le retour. J'ai prié.

Cinquante ans plus tôt je suis arrivé ici, jeune ermite, auprès de May Dodd, de ses amies et d'une bande de Cheyennes qui avait pour chef le grand homme Little Wolf. Oui, cinquante ans !

« Comment va ta mère ? demandai-je à Harold Wild Plums le jour où il m'a apporté ces carnets. Cela fait de nombreux mois qu'elle ne me rend plus visite. Je pense beaucoup à elle depuis un moment.

— Elle est malade, mon Père, répondit-il. Elle est en train de mourir d'un cancer.

— J'irai la voir à la réserve. Je suis vieux et

presque aveugle, mais j'ai encore la chance de pouvoir marcher, et je saurai m'y rendre.

— Non, mon Père. Elle souhaite seulement que vous lisiez ces journaux et que vous écriviez la fin de l'histoire sur les pages restées vierges du dernier carnet. Elle veut que je revienne les prendre la semaine prochaine quand vous aurez fini, et que je les lui ramène.

— Dis-moi, mon fils. Dans sa bonté, Dieu a bien voulu que je rencontre ta mère, Wren, dès le jour de sa naissance. Mais elle et moi n'avons jamais évoqué ces journaux. A-t-elle toujours su qu'ils avaient échappé aux bûchers, ce jour-là ?

— Non. Ils ont été conservés depuis toutes ces années avec d'autres trésors de la tribu dans le sac-médecine. Seuls quelques aînés en connaissaient l'existence. Le vieux Little Wolf les a gardés lui-même jusqu'à sa mort en 1904, mais il n'en a jamais parlé à ma mère. Il les a tenus secrets contre la loi cheyenne pendant vingt-cinq ans, après que le peuple l'a eu exilé pour le meurtre de Jules Seminole en le destituant de ses fonctions de chef. C'est à sa mort qu'ils ont été placés dans le ballot de la Douce Médecine. Et c'est seulement parce qu'elle va mourir qu'on les a donnés à lire à maman.

— Elle apprend donc seulement maintenant, après tout ce temps, la véritable identité de son père, dis-je à Harold. Et toi, tu sais qui est vraiment ton grand-père, maintenant.

— Oui. C'est pourquoi ma mère aimerait que vous couchiez dans le dernier carnet ce qui s'est déroulé après ce matin-là, afin qu'elle puisse connaître la fin de l'histoire.

— Tu es un bon garçon, Harold. Ta mère doit être très fière de toi. Je suis très honoré de faire ce qu'elle me demande. Reviens la semaine prochaine quand j'aurai fini. »

Ainsi Dieu, dans son infinie sagesse et bonté, m'a laissé cette dernière tâche à accomplir sur terre à la fin de ma propre vie. Il bénit mes derniers jours en plaçant momentanément ces journaux si précieux dans mes mains. Ils sont inestimables. Je les avais déjà lus il y a bien des années, quand le vieux Little Wolf me les a montrés pour que je lui en fasse lecture. Car il n'a jamais voulu apprendre l'anglais.

Humble scribe que je suis, me voilà en train de noircir les pages vierges du dernier journal avec mon codicille. L'un des côtés est taché de sang, celui, desséché, de May Dodd. J'y appose mes lèvres pour le bénir. Je prends soin de déposer mes mots autour du trou brun et brûlé, laissé dans chacune des pages par la balle qui s'est ensuite enfoncée dans la chair de mon amie.

Au matin de l'assaut, je n'ai pas pris la fuite avec les autres vers les collines. J'ai couru au village où je déambulai au milieu du massacre et des brasiers. Voyant mon habit de moine, les soldats m'épargnèrent. Dieu m'a protégé ce jour-là comme Il l'a fait chaque jour de ma vie, avant et après, afin que je puisse transmettre Sa parole et offrir Sa miséricorde à qui l'accepte dans son cœur.

Contre la furie des assaillants, je tentai de défendre ceux qui ne pouvaient courir, les vieux, les infirmes. J'ai essayé d'aider ceux qui fuyaient à s'échapper vraiment. Où j'ai pu, j'ai posé manteaux et couvertures sur le dos des femmes et des enfants nus. J'ai soigné les blessés, administré les derniers sacrements aux mourants. J'ai marché dans ce théâtre de mort et de destruction, cet enfer déchaîné sur terre.

Abattus par les militaires, beaucoup ont péri dans le village ce matin-là. Helen Elizabeth Flight, cette extraordinaire jeune Anglaise, est morte en défendant sa tente. La dernière fois que je l'ai vue vivante, elle était debout devant son tipi, les pieds bien campés sur le sol, la pipe calée au coin de la bouche, à charger calmement la gueule de son fusil et tirer sur les soldats. L'un d'entre eux lui logea une balle en plein front. Tous ses remarquables dessins d'oiseaux furent livrés aux flammes. C'est une grande perte pour le monde des arts. Helen aurait été célèbre si son œuvre avait survécu. Il ne reste plus que quelques croquis ici et là dans les carnets de May.

Euphemia Washington perdit elle aussi la vie ce jour-là. Elle mourut en combattant — non sans avoir auparavant abattu de nombreux soldats. Enragée comme un diable, elle effrayait les jeunes militaires. De fait, beaucoup étaient à peine adultes. Euphemia était empreinte d'une grande sérénité, mais son cœur débordait de fureur. Je pense que Dieu aurait su dompter sa colère, car c'était une femme d'esprit. Il en a décidé autrement. Je me souviens moins de ses ressentiments que de ses chants — des chants d'esclave, de bonheur, de tristesse et de liberté qu'elle entonnait souvent. Parfois, lorsque je m'occupe du jardin, que je fais cuire du pain ou que je me promène simplement dans les collines, je me surprends à en fredonner quelques-uns. Oui, je me souviens avec bonheur d'Euphemia, *Mo'ohtaeve'ho'a'e,* Black White Woman comme l'appelaient les Cheyennes, ou plus tard *Nexana'hane'e.* Eux aussi célèbrent encore les hauts faits de guerre de Kills Twice Woman au cours des cérémonies séculaires qu'ils tiennent en cachette. Et Dieu m'a fait la grâce de me rappeler ses refrains.

Quand je la croisai, Gretchen Fathauer était vivante, quoique grièvement blessée. Sanglotant lourdement, elle serrait contre sa poitrine nue sa petite fille morte. No Brains, son mari, s'était réfugié dans les collines dès le début de l'attaque, laissant à la mort sa famille derrière lui. Gretchen était une enfant bien-aimée du Seigneur. Je trouvai de quoi la couvrir avec la petite et m'évertuai à adoucir autant que possible ses derniers instants. « Il a abandonné son enfant, pleurait-elle. Ce grand crétin a oublié de prendre son bébé *afec* lui. Moi *ch'ai* essayé de la *saufer, bruder Antony.*

— Mais j'en suis sûr, Gretchen. » Dieu a voulu qu'à elle et son enfant j'administre aussi les derniers sacrements. Je me suis alors effondré et j'ai pleuré.

« Ça ira, *bruder Antony,* disait-elle pour me consoler malgré ses larmes amères. Oui, ça *fa* aller. Nous allons *rechoindre* Sara à *Seano,* avec ma petite fille. Tout ira bien là-bas. Tout ira bien. » Là, au milieu de cette folie, de cette brutalité meurtrière, Dieu se révélait à moi dans la bonté même de Gretchen. Il me donna la force d'affronter le reste de l'ordalie.

Les soldats avaient à ce moment achevé l'essentiel de leur sinistre besogne. Soudain, un genre de mélopée funèbre s'éleva du contingent des éclaireurs shoshones. Ils venaient de découvrir le macabre trophée des Kit Foxes, la poche contenant les mains de bébés qu'ils reconnurent. Leurs cris de chagrin étaient terribles. Je m'arrêtai en chemin dans l'espoir de soulager leur souffrance. Je ne parle pas leur langage, mais j'ai prié pour les âmes de ces enfants morts.

Quelques Cheyennes, épargnés d'une façon ou d'une autre par les militaires, ont quand même survécu. D'autres ont fui vers les collines. Plus tard, dans la matinée, je trouvai Martha Tangle Hair qui, hébétée, déambulait dans le village, son bébé dans les bras.

« Aidez-nous, frère Anthony, dit-elle. Mon bébé est gelé. »

J'avais rassemblé un petit tas de couvertures échappées aux feux. J'enveloppai son enfant avant d'en poser une seconde sur les épaules de Martha.

« Il faut que je trouve Bourke, poursuivit-elle. Je vous en prie, aidez-nous, mon frère. May est blessée. Elle a besoin d'assistance. Je dois trouver le capitaine.

— Pouvez-vous me conduire à elle, Martha ? Je ferai ce que je pourrai.

— Elle a très froid. Elle a reçu une balle dans le dos. »

Cheminant incertaine dans la rocaille au-dessus du camp, Martha parvint tout de même à retrouver l'endroit. Nous finîmes par y arriver. C'était une étroite caverne dans la falaise. J'y retourne encore quand je le peux. Dieu a bien voulu que j'y consacre une petite chapelle à la mémoire de May Dodd. Recueillis dans le silence et la contemplation, mes compagnons de solitude et moi-même venons parfois réciter là nos prières du jour. Les Cheyennes croient que toute chose ayant eu lieu quelque part — chaque naissance, chaque vie, chaque mort — s'y trouve toujours, de sorte que le passé, le présent et l'avenir cohabitent éternellement sur terre. J'ai fini par le croire à mon tour.

J'appelai May de l'extérieur, là, dans ce matin froid et terrible. Personne ne répondit. Pénétrant dans la grotte, je la trouvai seule, morte, adossée à la paroi rocheuse. Emmenant Wren avec elles, Quiet One, Feather on Head et Pretty Walker étaient parties. C'est donc dans cette grotte qu'elle reçut les derniers sacrements. Puis je retirai son crayon de ses doigts raides et gelés. Son carnet, le même carnet que Dieu a placé aujourd'hui dans mes mains, avait lui aussi disparu.

Je ramenai Martha au village en cendres, où je la confiai personnellement, elle et son enfant, au capitaine John G. Bourke. C'était la première fois que je voyais cet homme. J'allais apprendre par la suite à bien le connaître. Les années sont nombreuses où il est venu prier à mon ermitage. Avec la grâce de Dieu, je l'ai assisté dans ses pénitences.

La nuit suivant l'attaque du camp, le mercure est tombé en dessous de zéro. L'armée ayant tout détruit, les survivants cheyennes ne disposaient plus d'aucune protection contre les éléments. En outre ils étaient à peine vêtus. Ils partirent rejoindre le village du chef dakota Crazy Horse qui se trouvait de l'autre côté de la montagne. Je les suivis et fis de mon mieux pour soulager leurs peines.

Il fallut cheminer deux jours — deux journées d'épreuves et de souffrances inimaginables. Onze bébés cheyennes moururent de froid la première nuit dans les bras de leur mère, trois autres la nuit suivante. Tous les enfants nés des femmes blanches périrent à l'exception de deux : Wren, la fille de May, et le fils de Martha.

Peut-être certains spéculateurs religieux y verraient l'œuvre d'un Dieu vengeur. Mais Dieu ne connaît pas la vengeance, mes petits. Il représente la grâce, la lumière et l'infini pardon. Il n'est pas l'assassin des enfants shoshones. Il n'a pas non plus tué les Cheyennes afin de punir le meurtre d'innocents bébés. Ce sont de malheureux hommes, perdus, qui de chaque côté ont tué tous ces êtres dont Dieu a recueilli les âmes au sein de Son royaume.

Daisy Lovelace et son fils, Dieu les bénisse, ont succombé la première nuit. Sous la lune pleine et froide, je dus encore administrer l'extrême-onction. Ils ont tous deux fait preuve d'un courage exemplaire. Fern Louise, le petit caniche, resta lové sur le corps inerte et glacé de sa maîtresse. Je le plaçai sous ma robe et il survécut. Le petit chien a vécu auprès de moi plusieurs années avant de mourir paisiblement de vieillesse, dans son sommeil.

Les sœurs Kelly, Margaret et Susan, ont toutes deux perdu leurs jumelles respectives au cours de ces deux jours d'épouvantable chemin de croix. La force et l'amertume de leur chagrin offrait un spectacle terrifiant. Elles me maudirent, maudirent le Seigneur d'avoir pris leurs petites filles.

Meggie et Susie étaient vives, enjouées, pétillantes. Elles sont les deux seules femmes blanches, avec Martha, qui aient survécu à l'attaque de Mackenzie et aux indicibles difficultés qui s'ensuivirent. La mort de leurs enfants les a rendues folles furieuses. Rejoignant par la suite différentes bandes itinérantes de pilleurs cheyennes et sioux, elles combattirent les Blancs avec une âpreté démoniaque jusqu'aux derniers jours des guerres indiennes. On rapporte qu'elles se trouvaient parmi les guerriers qui ont attaqué et tué Custer et ses hommes l'été suivant à Little Big Horn, d'où elles auraient rapporté d'épouvantables trophées. D'année en année, j'ai de nombreuses fois tenté de retrouver la trace des sœurs Kelly et j'ai entendu toutes sortes de rumeurs. Je n'ai cependant jamais pu réellement apprendre ce qu'il était advenu d'elles. Dieu les bénisse.

Little Wolf fut blessé sept fois au matin de l'attaque. Le chef cheyenne combattit vaillamment pour protéger son Peuple et l'aider à s'enfuir. Il survécut. Avec ses deux épouses Quiet One et Feather on Head, sa fille Pretty Walker, il conduisit sa bande de réfugiés en hardes de l'autre côté de la montagne, jusqu'au camp de Crazy Horse.

Les Cheyennes n'avaient plus rien, leur esprit

était brisé. Moins d'un mois plus tard, un grand nombre d'entre eux partit en désordre se rendre à Camp Robinson.

Le gouvernement fit discrètement en sorte que les femmes blanches qui s'étaient réfugiées à l'Agence au début de l'automne en compagnie de leurs familles indiennes soient rendues à leurs foyers d'origine. Certaines prirent leurs enfants avec elles pour les élever dans le monde dit civilisé, d'autres laissèrent leurs petits aux Cheyennes de la réserve.

Martha Atwood Tangle Hair, la seule Blanche qui ait officiellement survécu à l'assaut de Mackenzie, est retournée avec son fils à Chicago où il fut rebaptisé Dodd. Je ne l'ai jamais revue, cependant nous avons entretenu une correspondance pendant de nombreuses années. Martha se remaria et donna vie à plusieurs autres enfants. Si elle dit dans sa première lettre avoir bien remis le dernier message de son amie May au capitaine Bourke, elle ne parla plus jamais ensuite de l'affaire. Je n'ai jamais su non plus quel arrangement les autorités conclurent avec elle pour qu'elle garde le silence. Un moine n'a pas à poser de telles questions. C'est pourquoi ce silence est resté entier. Martha a rejoint le royaume du Seigneur voici trois ans.

Tout le monde connaît le destin tragique de Little Wolf. Quelques années plus tard, pris de boisson, il tua Jules Seminole dans un des magasins de l'Agence alors que celui-ci venait de faire une remarque égrillarde au sujet de Pretty Walker. En punition de son crime, l'un des plus grands hommes de l'histoire cheyenne fut destitué de son statut de Chef de la Douce Médecine, surnommé Stinking Flesh, et banni par son peuple.

Little Wolf passa ses dernières vingt-cinq années en exil. Il vécut bien au-delà de quatre-vingt-dix ans. Ayant adopté une vie monastique à sa manière, il parcourait les terres à pied avec sa fidèle et première épouse Quiet One. Je les ai souvent croisés sur ces collines et ils m'ont parfois fait l'honneur d'installer leur tipi plusieurs jours de suite près de ma cahute. C'est d'ailleurs dans celle-ci que le chef m'a donné le premier ces journaux à lire. Je profitais toujours de l'occasion pour cuire une bonne miche de pain frais à l'attention de Quiet One. Espiègle, Little Wolf la taquinait gentiment en rappelant la fois où elle avait confondu le sachet de levure avec le poison aux loups.

Les Cheyennes étant tenus de renoncer à la polygamie, Feather on Head dut quitter la loge de Little Wolf. Elle trouva un jeune mari du nom de Wild Plums avec qui elle éleva la petite Wren comme sa propre fille. Bien sûr, le Peuple entier savait que l'enfant blanc sacré était celui de May Dodd et du grand chef — et les Cheyennes continuèrent de l'appeler *Vo'estanevestomanehe,* Celle Qui Vient Nous Sauver, au cours de leurs rites secrets. Ils persistaient à croire, comme Little Wolf l'avait toujours maintenu, que l'enfant était le don de *Maheo* au Peuple, qu'elle avait été envoyée par Dieu pour leur apprendre la vie qui les attendait à la mort du bison.

Si j'ai lu l'ensemble de ces carnets à Little Wolf, s'il a ainsi appris qui était vraiment John Bourke, il n'a jamais renoncé à cette foi. C'est pourquoi il les a tenus secrets, sans jamais révéler leur existence à sa fille. Cependant, avant de mourir, il fit en sorte que le gardien du ballot de la Douce Médecine les remette tout de même à Wren à la fin de sa vie. Little Wolf était un très grand homme. Ce fut une bénédiction pour moi de le croiser sur terre.

John Bourke, devenu grand avocat de la cause

indienne, ne cessa de critiquer vertement la façon dont notre gouvernement traite les vrais natifs d'Amérique. Son franc-parler en la matière mina largement toute possibilité d'avancement dans sa carrière militaire. Il finit lui aussi par se marier et fonder une famille. Mais sa santé avait été ruinée par ces terribles années de guerres indiennes et il mourut en 1896.

John Bourke n'a jamais revendiqué la paternité de Wren. Pourtant, veillant de loin sur elle, il s'est toujours assuré qu'elle grandissait dans les meilleures conditions possibles. Je le sais, puisque je lui ai justement servi d'intermédiaire pour cela. C'est moi, Anthony de la Prairie, qui ai prié avec lui et lui ai conseillé d'accorder au Peuple, et à lui-même, le miracle de la naissance de Wren. May Dodd avait entièrement raison, les enfants allaient être tout ce qui resterait de cette grande aventure... et c'était déjà ça.

Bénis soient les enfants du Seigneur !

# ÉPILOGUE

## par J. Will Dodd
## Chicago, Illinois

23 février 1997

L'abbé Anthony de la Prairie a disparu au matin du 7 décembre 1926, deux semaines seulement après avoir achevé le codicille apposé aux journaux de May Dodd. L'abbaye Saint-Antoine du Désert qu'il bâtit dans les collines au-dessus de la Tongue River est toujours habitée. C'est là, par chance — et peut-être miraculeusement, comme aurait sûrement dit l'abbé — que je commençai mes recherches en arrivant à la réserve, muni d'une lettre d'introduction de ma propre famille. Elle représente le seul lien qui unisse mon arrière-arrière-grand-mère May Dodd, le peuple cheyenne, et moi.

Mon nom de famille éveilla un vif intérêt chez les moines — et une certaine gaieté — car ils connaissent fort bien la légende de May. Les frères vont toujours prononcer leurs liturgies dans la grotte où elle quitta la vie. C'est eux qui me mirent en contact avec Harold Wild Plums, âgé de quatre-vingt-seize ans, le plus âgé actuellement des descendants du grand chef cheyenne Little Wolf.

Harold habite une des HLM de béton du ministère de l'Urbanisme dans la ville de Lame Elk, au

Montana, située dans la réserve de Tongue River. Il vit avec sa petite-fille qui, ce n'est pas une coïncidence, porte le nom de May Swallow Wild Plums. Comme nombre de villes des réserves indiennes des États-Unis, c'est un endroit morne et triste qu'on assimilerait facilement au tiers-monde. On trouve en face de chez Harold, peintes en lettres rouge sang dégoulinantes sur le mur éventré d'un bâtiment désaffecté, les armoiries de ce ghetto : *Fuck the police*[1].

Les moines m'avaient appris que, jeune homme, Harold était parti poursuivre ses études à l'université et qu'il était devenu un célèbre avocat de la communauté amérindienne. Il a travaillé de longues années au service de la réserve à plaider la cause des Cheyennes, bien souvent gratuitement, dans le cadre d'un certain nombre d'affaires concernant la population native en général.

La lettre que j'apportai à Harold Wild Plums était bien sûr celle qui, exhumée des archives familiales, avait servi de détonateur à mes recherches. Elle avait également donné naissance aux rumeurs qui hantèrent mon enfance et celle de mon frère Jimmy. C'est aussi le seul courrier adressé par May Dodd à ses enfants Will et Hortense de Chicago, ou le seul qui ait été retrouvé.

Simple feuille de papier jauni, arrachée à un carnet relié, elle est couverte d'une écriture épaisse, aujourd'hui estompée, au crayon à mine de plomb. Elle porte la date du 10 juin 1875, suivie de la mention « Quelque part dans le territoire du Nebraska, au nord de la Niobrara River ».

Selon mes propres recherches, le 10 juin 1875 Hortense et William — ce dernier étant mon grand-

1. Mort aux vaches.

père — vivaient avec les parents de May dans leur maison de Lake Shore Drive à Chicago. Selon les documents familiaux, May était alors internée à l'asile de fous de Lake Forest, une institution privée en pleine campagne, sur une rive du lac Michigan, à une cinquantaine de kilomètres de la ville. S'il est toujours en activité, l'établissement a cependant changé plusieurs fois de nom au fil des années pour rester à la page. Il s'appelle aujourd'hui *Les Dunes de la Sérénité*. Il ne s'y trouve bien sûr aucun dossier concernant les patients des années 1870, mais, à en croire notre saga officielle familiale, May y serait morte l'hiver suivant sans que l'on sache de quoi. Elle est enterrée dans la concession Dodd au Lake Forest Cemetery où, du moins, une pierre tombale signale sa présence. Comme toutes les vieilles dynasties argentées de Chicago, nous sommes une famille importante, étendue par les liens de mariages successifs, et je me suis souvent rendu au cimetière au cours des années pour y inhumer des proches, entre autres mon frère Jimmy qui trouva la mort au Viêt-nam. Sa tombe n'est guère loin de celle de notre arrière-arrière-grand-mère May Dodd.

Mon grand-père William Dodd et sa sœur Hortense n'ont eu l'occasion de lire l'unique courrier de leur mère que bien des années après sa rédaction. Soucieuse de ne pas épouvanter les enfants de May avec cette inquiétante missive d'une maman affolée dont ils ne savaient presque rien — sinon qu'elle était morte quand ils étaient tout petits —, la famille Dodd avait choisi de la conserver dans un coffre-fort. Son existence ne leur fut révélée qu'après la disparition des parents de May. William et Hortense étaient alors adultes. Cette lettre de leur mère a donc mis près de vingt ans à leur parvenir, ce qui représente un acheminement assez lent, même en tenant compte des standards postaux de l'époque. Cette courte missive fut écrite à la hâte :

*Mes chers enfants Hortense et William,*

*J'ai confié ce courrier à ma chère amie Gertie McCartney, personnage bien connu des prairies de l'Ouest sous les sobriquets de Dirtie Gertie ou Jimmy le Muletier. Je ne sais s'il vous parviendra jamais. Et, même dans ce cas, rien ne me dit que vous le lirez. C'est pourquoi j'ai le sentiment de glisser cette lettre dans une bouteille que l'on jetterait dans une grande mer d'herbe verte, avec l'espoir désespéré que les vagues la déposent un jour sur vos rives.*

*Avec plus de ferveur encore que de désir immense, je souhaite et prie chaque jour que vous soyez tous deux en bonne santé et que nous soyons bientôt tous réunis. Je n'ai ni le temps ni la place de vous expliquer maintenant tout ce qui s'est passé. Je tiens un journal détaillé de mon voyage pour que vous puissiez un jour connaître l'histoire entière de ma vie. Je peux seulement pour révéler, en quelques mots pour l'instant, que l'on m'a injustement retiré votre garde, puis qu'on m'a enfermée dans un asile. L'amour que je portais à votre père, Harry Ames, fut qualifié de « folie » — vous en êtes pourtant le produit bien-aimé. Je n'entretiens à cet égard aucune sorte de regret et je ne sais ce qu'il est advenu de lui. Seul votre grand-père est-il sans doute en mesure d'en parler — si toutefois il en a le courage.*

*Je vis à l'heure actuelle dans les prairies du grand Ouest parmi une bande d'Indiens... oh là là, cela doit vous paraître totalement insensé... J'ai épousé un homme qui s'appelle Little Wolf et*

*qui est un grand chef au service de son peuple...*
*Mon Dieu, cette lettre n'est peut-être pas une si*
*bonne idée. Ne risque-t-elle pas après tout de*
*vous conforter dans celle que votre mère est*
*« complètement maboule », comme dirait mon*
*amie Gertie. Enfin, il y a plus urgent que ces pré-*
*occupations... Comme je suis enceinte de Little*
*Wolf, j'accoucherai de votre petit frère ou de*
*votre petite sœur cet l'hiver. D'autres sont avec*
*moi ici — je veux dire d'autres femmes blanches.*
*Nous faisons partie d'un important projet gou-*
*vernemental dont vous apprendrez l'existence*
*plus tard. J'espère que vous serez alors bien fiers*
*de votre mère. Je ne peux en dire plus.*

*Sachez bien tous deux que je vous chéris de*
*tout mon cœur, qu'il ne se passe un seul instant*
*sans que je pense à vous, sans que je ressente le*
*désir de vous reprendre dans mes bras. Le jour*
*viendra, bientôt, où cela sera possible, je vous le*
*promets, mes bien-aimés, je vous reviendrai. Je*
*ne vis tout entière que dans ce but.*

*Souvenez-vous, je vous le demande, de votre*
*mère qui vous aime.*

*May Dodd*


Si Harold Wild Plums était maintenant atteint de
cécité, son esprit avait gardé toute sa vigueur. Sa
petite-fille May lui lut la lettre tandis que je restai
assis sur son vieux canapé fourbu. En écoutant la
voix de la jeune femme, je compris mieux encore
pourquoi l'expression « partir à l'Ouest vivre avec
les Indiens » était devenue dans notre famille synonyme de folie — euphémisme ou légende bien pratiques à utiliser devant des enfants impression-
nables. Il n'est pas impossible que mon frère Jimmy
et moi fussions les seuls qui y aient réellement cru.

Pourtant, l'unique pensée qui s'imposa à moi, alors que je balayais du regard cette triste pièce de béton, me révélait à quel point, enfant de l'aisance et du privilège, j'étais ici loin de mon univers personnel. J'ai dû ressentir un peu ce que mon arrière-arrière-grand-mère a vécu elle-même, isolée de tout dans les vastes prairies. Et je sus brusquement, sans aucun doute possible, que son histoire était vraie.

Harold sourit au fil de la lecture, puis hocha la tête. « Oui, dit-il quand sa petite-fille eut fini. Ce sont les mots de ma grand-mère. Tu as reconnu son écriture, May ? »

May est une jolie femme de bientôt quarante ans. « Oui, grand-père. C'est la même que celle des carnets, et c'est le même papier. Je parie que je saurais trouver exactement l'endroit où il manque cette page.

— Vous avez ses carnets ? demandai-je d'une petite voix émerveillée.

— May, va prendre les journaux de grand-mère dans le ballot de la Douce Médecine, pria Harold. C'est plus qu'un invité que nous avons ici, c'est un parent. Il est le petit-fils de Willie, le demi-frère de ma mère. » Il posa sur moi son regard laiteux d'aveugle. « J'ai souvent pensé, au fil des années, à faire des recherches pour retrouver la branche blanche de la famille. » Il haussa les épaules. « Mais j'ai toujours été si occupé par autre chose. Est-ce que votre grand-père William est toujours vivant ?

— Il est mort d'un cancer il y a plus de trente ans.

— Ah. » Songeur, il hocha de nouveau la tête. « Ma mère Wren est morte elle aussi trop jeune, et comme lui d'un cancer. Je ne sais pas pourquoi j'aurai vécu si longtemps. Peut-être pour vous confier ces manuscrits. C'est ce que frère Anthony

494

aurait dit. » Harold sourit. « Non, il aurait dit que Dieu m'a accordé la grâce de vous les donner. »

May revint à cet instant dans la pièce avec un petit tas de vieux carnets reliés de cuir tout craquelé, attachés ensemble par d'épais rubans.

« Car vous aurez peut-être envie de les lire, ces journaux, M. Will Dodd », ajouta Harold.

Alors, très soigneusement, May Swallow Wild Plums posa le tout dans mes mains et, de ses longs doigts gracieux, défit les lanières de cuir brut qui retenaient les manuscrits.

# GLOSSAIRE DES NOMS INDIENS

Alights on the Cloud : Atterrit sur le nuage
Antelope Bowels Moving : Celui qui a vu l'antilope faire ses besoins
Ash Faced Woman : Celle qui a le visage couvert de cendres
Bad Horse : Mauvais cheval
Bear Sings Woman : Celle qui chante comme l'ourse
Big Bat Pourrier : Grande chauve-souris Pourrier
Big Foot : Gros pied
Big Nose Little Man : Petit homme au grand nez
Bird Woman : Femme-oiseau
Black White Woman : Femme blanche noire
Blackbird : Merle noir
Bloody Foot : Pied en sang
Bridge Girl : La Fille-pont
Buffalo Not Kill Him : Le bison ne l'a pas tué
Calf Road Woman : Celle qui, enfant, a trouvé la piste des jeunes bisons et en a tué un
Crazy Dogs : Les Chiens fous
Crazy Horse : Cheval fou
Crazy Mule : Mule folle
Crooked Nose : Nez crochu
Dog Woman : Femme-chien
Falls Down in Fire Woman : Celle qui tombe dans le feu
Falls Down Woman : Celle qui tombe par terre
Feather on Head : Plume sur la tête
Flying Woman : Celle qui vole

Hanging Road in the Sky : La route suspendue dans le ciel

Harold Wild Plums : Harold Prunes sauvages

Hog : Pourceau

Holy-Speaking White Man : Homme blanc à la parole sainte

Horse Breaks Leg : Cheval patte cassée

Howling Woman : Celle qui hurle

Hump : Le Bossu

Kills Twice Woman : Celle qui tue deux fois

Kit Foxes : Les Hommes-Renards

Last Bull : Dernier taureau

Little Bat : Petite chauve-souris

Little White Girl who Speaks Cheyenne : Petite Blanche qui parle cheyenne

Little Wolf : Petit-loup (coyote)

Medicine Bird Woman : Femme-oiseau-médecine

Needs Manicure Woman : Celle qui a besoin d'une manucure

No Brains : Pas de cervelle

One Bear : Un ours

Paper Medicine Man : L'Homme à la médecine de papier

Pretty Walker : Celle qui marche gracieusement

Quiet One : La Silencieuse

Red Cloud : Nuage rouge

Runs from Crow : Celui qui fuit les Crows

Sitting Bull : Taureau assis

Sleeps with Dog Woman : Celle qui dort avec Femme-chien

Stares at Sun : Fixe le soleil

Stinking Flesh : Chair puante

Swallow : Hirondelle

Three Stars : Trois étoiles

Turkey Legs : Pattes de dinde

Twin Woman : Femme jumelle

Walking Whirlwind : Tourbillon en marche

Whistling Elk : Le wapiti qui siffle

White Bull : Taureau blanc

Woman who Leaps Fire : Celle qui saute par-dessus le feu

Woman who Moves Against the Wind : Celle qui avance contre le vent

Woman who Paints Birds : Celle qui peint les oiseaux

Wren : Passereau troglodyte

Yellow Wolf : Loup jaune

## NOTE DE L'AUTEUR

Ce livre est une œuvre de fiction. Plusieurs événements historiques y trouvent certes leur place, mais ils s'insèrent dans un cadre fictif. De la même façon, si l'on reconnaît le nom de certaines figures historiques, les personnages qui les incarnent ici sont tout aussi fictifs.

Patronymes, caractères, lieux, dates et descriptions géographiques sont, soit le produit de l'imagination de l'auteur, soit insérés dans cette fiction. Toute ressemblance avec des personnes réelles, mortes ou vivante, avec des événements et des lieux concrets ne serait que pure coïncidence.

Enfin, malgré les nombreux efforts entrepris pour transcrire la langue cheyenne avec le maximum d'exactitude, certaines erreurs ou faux-sens sont inévitables. L'auteur tient à s'en excuser sincèrement auprès du peuple cheyenne.

Cinq pour cent des royalties perçues par l'auteur sur les ventes de *Mille Femmes blanches* seront versées à la St. Labre Indian School, Ashland-Montana 59004.

# TABLE

### TROISIÈME CARNET : MA VIE DE SQUAW

### QUATRIÈME CARNET : WHISKEY L'ŒUVRE DU DIABLE

### CINQUIÈME CARNET : UNE VIE DE NOMADE

SIXIÈME CARNET : LE CREUSET ÉPINEUX
DE LA CIVILISATION

SEPTIÈME CARNET : L'HIVER

CODICILLE
*par l'abbé Anthony de la Prairie*

ÉPILOGUE
*par J. Will Dodd*

# "Destins entremêlés"

**Michael Cunningham**
**Les heures**

Il reste à acheter les fleurs. Clarissa feint d'être exaspérée (encore qu'elle ne déteste pas faire ce genre d'achats), laisse Sally ranger la salle de bains

POCKET

*(Pocket n° 10992)*

**C**'est à New York, à la fin du xxe siècle. Clarissa est éditrice. C'est à Londres, en 1923. Virginia est écrivain. C'est à Los Angeles, en 1949. Laura est mère au foyer.
Trois femmes, trois histoires reliées par un subtil jeu de correspondances, dont l'émouvante cohésion ne sera révélée que dans les dernières pages...

Il y a toujours un Pocket à découvrir

# "Chronique de l'Amérique profonde"

**(Pocket n° 10906)**

**E**n cet été 1960, à Atktinson, petite bourgade du Vermont, la vie n'est qu'en apparence tranquille. On y croise des gens pas si ordinaires que ça. Marie, divorcée, mère de trois enfants, surendettée, qui essaye de remonter la pente avec orgueil et dignité. Omar Duvall, l'escroc qui la séduit et la gruge. Et le jeune Benjy, qui est le seul à savoir pourquoi une odeur de cadavre empoisonne la ville…

Il y a toujours un Pocket à découvrir

www.pocket.fr
Le site qui se lit comme
un bon livre
Informer
Toute l'actualité de Pocket,
les dernières parutions
collection par collection,
les auteurs, des articles,
des interviews,
des exclusivités.
Découvrir
Des 1ers chapitres
et extraits à lire.
Choisissez vos livres
selon vos envies :
thriller, policier,
roman, terroir,
science-fiction...
POCKET
Il y a toujours un Pocket à découvrir
sur www.pocket.fr

Cet ouvrage a été composé par
EURONUMÉRIQUE - 92120 MONTROUGE

*Impression réalisée sur Presse Offset par*

**BRODARD & TAUPIN**

GROUPE CPI

29046 – La Flèche (Sarthe), le 06-04-2005
Dépôt légal : mars 2002
Suite du premier tirage : avril 2005

POCKET – 12, avenue d'Italie - 75627 Paris cedex 13
Tél. : 01.44.16.05.00

*Imprimé en France*